LE PÈRE GORIOT

HONORÉ DE BALZAC

LE PÈRE GORIOT

Introduction, notes, anthologie critique, bibliographie
par
Philippe BERTHIER

Chronologie de Nadine SATIAT

GF Flammarion

©1995, Flammarion, Paris, pour cette édition.
ISBN : 2-08-070826-0

INTRODUCTION

Pour Gérard Bejjani.

LE FESTIN DES ARAIGNÉES

> L'amour, c'est donner ce qu'on n'a pas
> à quelqu'un qui n'en veut pas.
>
> Lacan

Père et martyr, martyr parce que père, Goriot brille au firmament des figures mythiques comme l'incarnation du dévouement superlatif, de la dépossession absolue. Cet être purement oblatif, mis à mort par l'ingratitude de ceux (en l'occurrence celles) à qui il a tout donné, est explicitement présenté par Balzac comme un Christ dont l'amour inépuisable non seulement n'a pas été reconnu, mais lui a valu hostilité, abandon et la plus amère des agonies. Comme l'Autre, il est venu dans le (grand) monde, *et suae eum non receperunt*.

Cette lecture édifiante, qui suffirait à assurer au roman son succès auprès des cœurs sensibles et des âmes pieuses, éprises du sublime jusque (et surtout) dans ses échecs, ne résiste pourtant guère à un examen sans complaisance. Il ne s'agit pas de prendre systématiquement le contre-pied de l'interprétation traditionnelle, ni d'attaquer cette vache sacrée de la Paternité sacrificielle pour le plaisir de se singulariser, en prétendant, par exemple, que l'anti-Grandet parisien aime en réalité moins ses filles que l'avare saumurois n'aime la sienne (cause qui pourtant pourrait fort bien se plaider), mais d'apporter des nuances, d'être attentif à des signes souvent négligés, de refuser un manichéisme trop commode et trop fade. *Le Père Goriot* est une œuvre implacable, qui, y compris en son personnage éponyme, ne laisse à peu près rien subsister des illusions auxquelles serait heureuse de se cramponner une vision « positive » et « idéaliste » du monde et de la vie, attachée à préserver un îlot de valeur(s) au sein d'un océan de non-sens. Ce serait fort rassurant sans doute, mais Balzac n'a cure de ces emplâtres lénifiants. Il débride les blessures morales et sociales, les fait béer à cru.

Qui est Goriot ? Un homme dont la fortune apparaît d'origine peu scrupuleuse pour le moins : il s'est enrichi en vendant sa farine en période de disette sous la Révolution, dans les conditions qu'on imagine aisément. Il n'y a assurément pas là de quoi délivrer des leçons de vertu. Dans la vie privée, tout s'est joué autour de la mort d'une épouse bien-aimée. Les événements ultérieurs prouvent surabondamment que le travail de deuil n'a jamais pu s'effectuer de manière normale. Brusquement orphelin d'une femme à laquelle il vouait un amour sans bornes, il reverse sur ses filles tout le potentiel affectif qu'il avait investi dans une conjugalité idolâtre, et il n'y aurait dans ce transfert rien que de très compréhensible et de très naturel, s'il ne s'opérait avec une intensité effrayante, « déraisonnable », et toute la fougue aveugle d'une décharge pulsionnelle, qui s'explique si l'on considère qu'en chérissant ses filles *à la folie* (et pour une fois l'expression reprend tout son sens), Goriot n'en finit pas de nier la disparition de sa moitié, il la ressuscite chaque jour. C'est donc moins pour elles-mêmes que pour leur défunte mère, et en définitive pour leur inconsolable père, que Delphine et Anastasie se voient l'objet de soins si extravagants : amour de substitution, qui s'augmente par la défection de celle qui en était la véritable destinataire. Que cet amour soit proprement *dévoyé* est confirmé par de nombreux symptômes, dont témoignent à leur manière (littéralement erronée, mais profondément clairvoyante) les pensionnaires Vauquer lorsque les visites féminines discretement rendues au vermicellier leur font subodorer quelque intrigue galante : Goriot est soupçonné d'inconduite sénile, on lui prête des maîtresses qu'il n'a pas — et que pourtant il a bien : les prétendues « filles » qui le ruinent sont ses filles, croqueuses de diamants et tarifées comme les autres. Son comportement n'est pas d'un géniteur, mais d'un amant, il est chargé d'un désir qui, à travers la filiation, vise autre chose et lui demande ce qu'elle ne peut pas donner. Rastignac ne pourra s'empêcher de concevoir de la jalousie devant les enfantillages amoureux de Goriot, ses accès de gâtisme érotique, et cette réaction est grosse d'une vérité enfouie : le délire de générosité de ce père n'est peut-être au fond (ou : est peut-être aussi) la compensation transposée d'un partage sexuel devenu impossible et quêté malgré tout.

Avec tout ce que l'amour induit d'avide possessivité : s'il veut pousser Delphine dans les bras d'Eugène, c'est pour la conserver, pouvoir demeurer près d'elle. Balzac l'énonce sous forme d'axiome on ne peut plus net, et ne souffrant aucune exception : ce qu'on appelle pompeusement « les abîmes du cœur humain » (et la Paternité est bien l'un des plus vertigineux) ne recouvre en réalité que les mouvements de l'intérêt personnel, des calculs faits au profit de nos jouissances. Les passions vont toutes à leur assouvissement. Dans la surenchère d'enthousiasme dont Delphine est l'objet entre Goriot et Rastignac, c'est une naïveté de croire que la passion du père aurait la supériorité du désintéressement. En le traitant de « vieil égoïste », Mme Vauquer touche plus juste qu'elle ne le pense sans doute elle-même. Tout dévouement est paradoxalement dévouement à soi, au principe qui nous fait vivre ; fût-il placé en dehors de nous, il nous rabat toujours sur nous. Ostensiblement centrifuge, foncièrement centripète, cet homme livré aux autres ne cesse de parler de lui : mes filles sont à moi, c'est moi qui les ai faites, si elles étaient encore petites j'en ferais ce que je voudrais. Cette victime enthousiaste du devoir paternel rappelle impérieusement ses droits, s'indigne de les voir ignorés. Au lieu de donner à fonds perdus, pour rien, il compte bien être payé de retour ; son fétichisme (tout ce qui a touché ses filles est aussitôt sacralisé), son masochisme (quelle volupté d'être piétiné par Elles !) s'avouent comme des arrhes sur un remboursement qui, malgré l'apparence, est inflexiblement exigé. La férocité avec laquelle il menace de s'en prendre à quiconque ferait du mal à ses trésors (il est prêt à tuer, guillotiner, brûler à petit feu, déchiqueter, dévorer...) en dit long sur la violence de son instinct de survie prédatrice et ogresque. Ce pélican est un vampire [1].

L'aberrante éducation qu'il a dispensée à ces demoiselles, dont il reconnaîtra trop tard le mal-fondé, et dont le socle pédagogique, si l'on ose dire, consiste tout simplement à ne rien leur refuser, ne peut que préparer sa propre élimination. Il conviendra sur son lit de mort qu'en étant trop père, il n'a pas été père du tout : prêt à « s'avilir » pour Nasie et Fifine, livré à la « corruption » d'une irresponsable facilité, il a démissionné, renoncé à toute autorité et par là même privé ses filles de la ferme instance, du repère solide dont toute jeune personnalité a besoin pour pouvoir se constituer sainement. Déréglé lui-même, ce maniaque qui, sous son abnégation, camoufle un impérialisme jamais repu, ne peut bien entendu que dérégler ses enfants, qui héritent non seulement de son argent, mais surtout de sa nature carnassière et perverse : de leur propre aveu, elles l'ont « égorgé ». Mais les parricides répétés dont elles se rendent coupables ont été en quelque sorte programmés par l'assassiné lui-même. Tout se passe comme si Goriot avait organisé son meurtre, armé ses bourrelles, par inconscience, défaillance fondamentale, incapacité d'endosser sans

1. Cf. l'article de Nicole Mozet, *Le Magazine littéraire*, juillet-août 1989.

équivoque le statut qui est le sien dans l'ordre familial. Ayant d'emblée tout mélangé dans le cadastre clair qui devrait assigner à chacun sa place et son rôle dans l'économie du désir (et dans l'économie tout court...), ce grand cannibale d'affection est lui-même logiquement bientôt cannibalisé. Etreignant Delphine, il ne peut que lui faire mal ; pleurant son père, celle-ci ne peut que penser : je serai laide au bal. Si, comme il le constatera finalement, ses filles auront été son « vice », celles-ci chassent de race et, à un amour scandaleusement mal entendu, ne pouvaient répondre que par une scandaleuse indifférence. Dans cette perspective, il est trop facile d'incriminer les gendres, boucs émissaires tout désignés, qui n'auraient rien de plus pressé que de détourner de leurs pères, après les avoir plumés, les filles qu'ils épousent. Delphine et Anastasie reprochent à Goriot de les avoir mal mariées. C'est injuste, évidemment : elles ont les maris qu'elles méritent, ceux qu'appellent les goûts que leur père a amoureusement cajolés. Lorsque Balzac nous explique que Goriot, par ignorance et sentiment, est en révolte contre les lois sociales, il veut moins le dégrever de sa responsabilité (écrasante) que souligner ce qu'a d'anarchique en soi toute grande énergie libidinale ; et c'est bien en cela que, malgré tout ce qui les sépare, Goriot communique souterrainement avec Vautrin : pour ses filles, il braquerait une banque, risquerait le bagne, parce que, comme lui, c'est un « homme à passions ».

Quant à la comparaison récurrente avec Dieu, elle ne devrait tromper personne. En s'identifiant complètement avec lui, celui que Bianchon qualifie ironiquement de « Père éternel », mais qui est surtout un père abusif, soucieux d'occuper tout le terrain et de se rendre indispensable (c'est-à-dire odieux) par la profusion même de ses dons, oublie que l'amour divin est un amour en général discret, plein de tact et de patience, et par-dessus tout respectueux de l'autonomie de ceux à qui il se propose. L'amour de Goriot, accablant par son excès, et toujours proche du chantage (Vois combien je t'aime ! Aime-moi autant, ou tu es un monstre), est à peu près le contraire. S'il a été « un dieu » pour ses filles, ce n'était pas un dieu libérateur. Les émouvantes exclamations visant à s'auto-ériger en Donateur indépassable (« Le cœur, tout est là ! ») occultent surtout le mauvais usage qu'il a fait d'une abondance affective mal régulée et mal orientée. Faut-il vraiment plaindre Goriot ? Il est évidemment pénible d'être considéré par ses filles comme une tache de cambouis maculant leur salon, mais il a tout fait pour être ce cambouis-là. Loin de trahir leur papa, Delphine et Anastasie restent parfaitement fidèles à son exemple, à ses leçons : puisqu'il s'est dégradé lui-même devant elles et pour elles, comment pourraient-elles lui rendre sa dignité ? Bien entendu, il n'est pas beau qu'Anastasie trouve puante la main de son père (celle-là même qui va signer l'endos qui la sauve) : mais à chacun ses passions. Nasie se ruine pour M. de Trailles. Goriot se ruine pour Nasie. Supplice, certes. Puissant assouvissement aussi. En imaginant de faire mourir le Père humilié dans une ultime illusion — « Mes anges ! » s'écrie-t-il, en saisissant les têtes d'Eugène et de Bianchon, qu'il prend pour celles de ses filles revenues à son chevet —, Balzac nous paraît moins lui accorder une grâce suprême qu'illustrer jusqu'au bout, et non sans cette note de grotesque dont s'accompagnent toujours les vraies tragédies, un radical et catastrophique fourvoiement.

*
* *

Ne pas se fourvoyer, mais viser d'emblée au but sans dévier de la trajectoire (qui conduit d'un ruineux manoir des Charentes au cœur du triangle d'or du Faubourg Saint-Germain), c'est l'ambition de Rastignac, qui, malgré ses « langes encore tachés de vertu » (*dixit* Vautrin) et ses délicatesses de pied-tendre — rapidement endurci —, est bien décidé, et dès le début, à « pressurer la société ». Lui aussi s'alimente des autres : la famille, là-bas, se saigne aux quatre veines pour donner toutes ses chances au brillant poulain sur lequel elle a tout misé. Avec ces sacrifices lointains, si pauvres, si utiles (au moins dans les débuts), et surtout si touchants, Balzac ménage une profondeur de résonance qui, jusque dans les moelles de la province profonde, fait vibrer les échos de la lutte menée à Paris par l'apprenti parvenu. Lequel, sans états d'âme excessifs, n'a qu'une hâte : se débarrasser de son pucelage moral (bien plus encombrant que le physique) pour entrer lui aussi dans la danse, prendre part au grand jeu, réclamer son lot de butin. Mère et sœurs, si aimantes, si pures, se privent du superflu, et presque du nécessaire, pour permettre à leur jeune pirate de monter à l'abordage des maisons opulentes, de faire la traite des femmes, de pêcher la fortune dans les flots tumultueux de la capitale. Il faut rendre à ces métaphores flibustières leur cynisme, leur mordant. Il est de bon ton de souligner, non sans émoi, la vulnérabilité d'Eugène, ses belles larmes de jeune homme. Mais ce sont là dernières loques d'une robe prétexte qu'il brûle d'enlever.

Comme il est doué, il ne lui faudra pas longtemps pour apprendre à déchiffrer et à parler « le Paris » (car Paris est une langue), à le maîtriser souverainement, pour en faire à la fois la cible et l'instrument de sa volonté de puissance. L'innocent sait admirablement manœuvrer. Il a beau repousser avec horreur (ou ce qui y ressemble) les maximes et combinaisons de Vautrin, rien n'en aura été perdu et. S'il refuse l'assassinat, c'est de justesse et il n'est guère regardant sur le choix de moyens moins expéditifs sans doute, mais qui ne valent pas beaucoup mieux au fond. Comme tout passionné selon Balzac, il est essentiellement jésuitique, et prompt à trouver avec sa conscience des accommodements. *Bildungsroman*, *Le Père Goriot*, bien entendu, et même l'un des plus forts qui soient, et il n'y a pas de doute que l'unité de l'œuvre, souvent mise en question, est là : dans les « initiations successives » d'un jeune homme à la vie, et à la vie contemporaine. Mais plutôt qu'à l'émouvant spectacle d'une chrysalide devenant papillon, nous assistons, comme dans un film *gore*, à la métamorphose maléfique d'un monstre naissant : le Chérubin a les dents longues (de plus en plus longues), de minute en minute il lui pousse griffes et crocs. Cet être intact, plein de bons sentiments, s'avère de la race des mantes religieuses : il ne fera aucun quartier.

Voyons-le, après quelques tâtonnements, jeter son dévolu sur Delphine de Nucingen, « mettre le mors » à sa bête. Aucun amour dans ce qui n'est d'abord expressément que calcul, comme au billard on médite un carambolage : gouverner cette femme, c'est gouverner son mari, avoir accès privilégié à l'un des plus superbes coffre-forts de la place, « faire sauter la banque », comme le dit crûment d'Ajuda —, comprenons : en sautant la banquière [1]. Cette « passion de commande », née non pas d'un quelconque entraînement, mais de l'analyse la plus *matter of fact* de la situation sur le terrain, s'arrangera bien sûr pour se déguiser sous de nobles, et risibles, auto-justifications (il l'aime parce qu'elle aime son père !), mais la gaze de ces draperies un peu trop transparentes ne saurait dissimuler l'obscénité du troc : de même que Nucingen permettra à sa femme de coucher avec Eugène pourvu qu'il puisse continuer à user de sa fortune pour spéculer en ruinant les pauvres, de même Eugène paie Delphine en lui procurant des satisfactions sexuelles qu'elle ignore et le sauf-conduit magique qui lui ouvrira les portes enchantées du Saint des Saints (l'hôtel de Beauséant) ; Delphine de son côté rétribue Eugène avec son corps et avec son argent ; Vautrin l'avait prédit : avec ses airs de vierge effarouchée, il finirait, lui aussi, par se faire entretenir comme un banal gigolo. Trafics en tous genres. Si quelque chose qui relève du cœur s'éveille en Eugène, ce sera seulement après la possession, dans la révéla-

---

1. Si l'on est révolté par cette vulgarité verbale, qu'on songe plutôt à la vulgarité bien pire, parce que *morale*, des enjeux dissimulés sous la brillance mondaine.

tion érotique partagée. Mais rien ne le sauvera de la profonde tristesse qu'il éprouve à se sentir acheté par Delphine, qui le munit des « armes de l'époque » : les corsaires ont remplacé les preux chevaliers. Il aime « égoïstement », nous dit Balzac. Mais l'adverbe est redondant. Dans le monde tel qu'il va, peut-on aimer autrement ?

Moins féminin que Lucien de Rubempré (avec qui Vautrin, dans *Illusions perdues* et *Splendeurs et misères des courtisanes*, essaiera de réussir ce qu'il a raté avec lui), Rastignac est tout autant que lui séductible par les blandices de la « vie exorbitante » qu'il découvre peu à peu ; il s'ouvre au luxe, dit Balzac, comme le dattier aux fécondantes poussières du printemps... La dramaturgie de la tentation joue à plein, mais malgré quelques épisodes renouvelés de l'antique (jusqu'à se croire poursuivi par les Erinnyes en plein Luxembourg), il tombera du côté où il penche dès l'origine, proie finalement consentante de la grande Loi du Désir, qui, aux yeux de Balzac, fait tourner à plein régime le moteur universel. *Libido agitat molem* : épigraphe possible de *La Comédie humaine*. L'apologue du mandarin de la Chine reprend une fois de plus la réflexion chère au romancier sur l'énergétique passionnelle, à la fois pouvoir et dépense, achèvement ontologique et potlatch mortel : « Un désir est un fait entièrement accompli dans notre volonté avant de l'être extérieurement » (*Louis Lambert*). A chaque instant, pour parvenir à sa réalisation, le désir détruit, et la vie, le monde, ne sont rien d'autre que l'enchevêtrement infini de ces jets homicides. On ne peut être qu'en tuant et en se tuant.

Au *trivium* d'où partent les chemins de l'Obéissance, de la Lutte et de la Révolte, Eugène n'hésite pas longtemps. Il descend dans l'arène, et ne se retournera pas sur la tombe de Goriot. Désormais en possession de ses moyens, le nouveau condottiere se jette dans la seule bataille qui vaille aujourd'hui : celle de la domination au sein d'un système entièrement fondé sur l'argent. Commencer son affrontement avec la Société (la majuscule est de Balzac, et sied à cette Hydre de la mythologie dix-neuviémiste) par... un dîner chez la femme d'un financier aux procédés douteux, grâce à qui on rêve d'accrocher des millions, et dont, treize ans plus tard, une fois les ardeurs physiques refroidies, on épousera la fille, en dit long sur l'état délabré des valeurs (autres que boursières). *Ad augusta per angusta*, soit. Mais qu'y a-t-il encore d'auguste dans les années 1820 ? On a souvent qualifié de « grandiose » le défi final. On pourrait plutôt se demander si parler de *grandiose moderne* ne relève pas de l'oxymore, et du plus détonant.

*
* *

Si le grandiose existe, il n'est pas à chercher parmi ceux qui ne se proposent que d'emboîter le pas au troupeau, d'aller à la soupe comme tout le monde (et c'est bien ce qu'à sa manière, sous la bravade, ambitionne Eugène : tirer parti de la machine, en acceptant son fonctionnement). Vautrin, lui aussi, veut profiter de la nature, ou plutôt de la dé-nature des choses dans le monde comme il va, mais parce qu'il la refuse, de toute sa « rancune contre l'état social » : et la seule grandeur possible peut-être, qu'Eugène lui-même finira par reconnaître, est dans le *non* sauvage opposé à l'imposture institutionnelle. Vautrin a un compte à régler. C'est déjà un héros de Genet, auréolé du nimbe noir de l'homosexualité et du bagne, un irrécupérable qui, sous ses dehors bonhommes d'« Hercule farceur », cache des gouffres de ressentiment. Dans son rejet sarcastique de la fausse morale régnante, sa violence révèle une exigence éthique insatisfaite qui, ne prenant pas son parti du désordre établi, a choisi de le bafouer de l'intérieur même. Par une ironie « hénaurme », il finira chef de la police, lui le déviant absolu... S'honorant d'être disciple de Rousseau, il proteste contre les « profondes déceptions du contrat social » ; sa révolte est réfléchie, théorisée : il se dresse seul contre le système — si c'est être seul que de commander une confrérie clandestine de dix mille compagnons, épars dans le corps social comme autant de virus sournoisement occupés à le détruire —, et prêts à tout pour lui. Armée secrète d'exclus et de rebelles, en guerre contre l'injustice des lois.

Nul n'est plus moraliste que l'amoral Vautrin, raillant la relativité des critères qui font absoudre ou condamner selon qu'on a voiture ou qu'on se crotte, dénudant faux-semblants et alibis, décapant jusqu'à l'os, dénonçant cette gangrène qui prétend donner des leçons de santé. Au fond de tout, et qui explique tout, tire les ficelles du bal des pantins, l'*ultima ratio* en quoi se résume le Sens universel et hors de quoi il n'est point de salut : la pièce d'or qui s'élève au-dessus du monde comme la nouvelle hostie, étend ses rayons de Saint-Sacrement des temps d'après la Révolution. Guizot pourtant n'a pas encore lancé son mot d'ordre, et tous déjà se ruent pour participer au festin de Balthazar. Mais aucune Main invisible ne trace plus sur les murs des condamnations prophétiques. Vautrin n'anathématise pas au nom de l'eschatologie. Il n'erre pas dans Ninive en prédisant qu'elle sera détruite. Il a pris mesure du mensonge et du cynisme universels, et décide de les battre sur leur propre terrain, par un mensonge et un cynisme plus ravageurs encore. Si l'on veut être le maître des marionnettes, il faut entrer à fond dans la baraque, ne pas se contenter des bagatelles de la porte, d'un voyeurisme timoré à travers les trous. Vautrin embrasse l'ensemble du spectacle, prend à bras le corps tous ses ressorts cachés, se hausse jusqu'à la stature de régisseur intégral de la Vie dans sa réalité concrète, et non dans les images humanistes qu'on en donne pour masquer les poids et poulies qui la font mouvoir derrière les toiles peintes du décor.

Vautrin, en somme, *a compris*. Ayant compris, il désire faire comprendre. Sa pédérastie est aussi, dans la meilleure tradition attique, une pédagogie. Ayant rencontré un *kaloskagathos* en la personne d'Eugène, il entreprend de le déniaiser dans tous les sens du terme : le mettre dans son lit bien sûr, mais aussi et peut-être surtout lui confier le mot de l'énigme (Vautrin est sans cesse comparé au Sphinx), lui dévoiler la règle du jeu, lui faire partager sa vision d'un monde complètement *désillusionné*, le faire grandir, l'accoucher à l'adultéité. Son grand Sermon sous les tilleuls (ses *Béatitudes* à lui) est un morceau d'anthologie où se laisse lire, infernalement inversé, un scénario délibérément anti-évangélique, explicitement contre-christique : Jacques Collin (dont les initiales ne sont pas innocentes, et qui lui aussi sera trahi) se fait « pêcheur d'homme » — il « ferre » littéralement Rastignac —, remet les clefs du seul royaume d'ici-bas à ce nouveau Pierre et nouveau Thomas dont il prend la main pour la placer lui-même dans son flanc ursin ; il se fait le prédicateur d'une Bonne Nouvelle aux accents d'autant plus sataniques qu'elle prétend se conformer aux impénétrables décrets d'une Providence absurde, tuant à tort et à travers et faisant triompher le chaos. Puisque tout est truqué, que seule est récompensée l'adresse à se débarbouiller, que l'essence gît entièrement dans l'apparence, qu'il n'y a ni principes ni règles, mais seulement événements et circonstances, il ne reste qu'à agir en conséquence, à observer les mailles par lesquelles on peut se faufiler à travers le réseau d'un code détraqué, avec les lurons capables comme lui de se mettre au-dessus des frileuses catégories du bien et du mal, telles que les définit le catéchisme mesquin et intéressé qu'on inculque aux bestiaux dont se compose l'écrasante majorité de l'espèce.

Et sans avoir la sottise de croire à quoi que ce soit : Talleyrand, avoué comme modèle, a méprisé assez l'humanité pour lui cracher autant de serments qu'elle lui en demandait. La force de Vautrin tient aussi à ce qu'il ne déclame pas, ne vitupère pas, ne monte pas sur ses grands chevaux pour stigmatiser déchéance et pourriture. Il enregistre : c'est comme ça, ça a toujours été comme ça, et ça ne sera jamais autrement.

En un langage moins râblé et plus économe, Mme de Beauséant n'avait pas expliqué autre chose à Eugène. Le noble faubourg et Toulon sont d'accord : l'homme ne peut être changé. Dont acte. Parvenu à ce balcon (« je vis dans une sphère plus élevée que les autres hommes » ; Mme de Beauséant elle aussi avait dit : le monde est un bourbier, tâchons de rester sur les hauteurs) d'où il surplombe les agitations browniennes dont il a parfaitement percé les mobiles, Vautrin le masqué, le démasqueur, peut s'abandonner à un rire supérieur, muet, froid, *blanc* pourrait-on dire, nietzschéen en ce sens qu'il est vraiment celui de l'homme qui écraserait comme punaises les *crapoussins* (« le siècle est mou »), à qui tout est transparent (« connu ! connu ! »), et qui s'égale à Dieu. « Je suis tout », déclare-t-il avec la plus énergique des simplicités.

C'est après avoir procédé à une impitoyable analyse du réel, passé aux rayons x, scannérisé sans faiblesse, que Vautrin, ce « féroce théoricien », en est arrivé à ce Credo anarchique où Balzac donne au caïnisme de Byron et de Maturin une portée politique, une application sociale dévastatrices et inconnues avant lui. Il veut qu'Eugène vienne à lui par raison, et non par besoin, rejoindre la fratrie thébaine de ceux qui, sur les décombres des valeurs, se sont sacrés rois eux-mêmes, affirment la seule primauté et l'unique authenticité du Moi souverain. Faustien, bien entendu, le pacte qu'il lui propose : lui et ses amis s'exténueront pour complaire à leur enfant gâté, à leur « Benjamin », le réseau sera entièrement mobilisé pour lui « réduire la civilisation en ambroisie ». La condition, l'encore candide Eliacin ne la devinera que dans une allusion venimeuse de la Michonneau qui, en ancienne professionnelle du sexe, sait qu'on n'a jamais rien sans rien. Mais l'homosexualité de Vautrin, symptôme transgressif et provocateur bien entendu, vaut surtout par l'idéal qu'il manifeste chez quelqu'un dont le principal souci semble au contraire de crever les baudruches idéalistes. Vautrin le dit lui-même : comme Gobseck, mais par d'autres voies, il est un

poète sans écriture. Poétique, son rêve nègre et sudiste
d'existence patriarcale loin de la foire d'empoigne du
Vieux Monde. Poétique surtout, son lancinant fantasme de couple viril inspiré d'Otway (le bagnard a
beaucoup de lecture...), qui lui arrache des accents
d'une tendresse insoupçonnée, un lyrisme de
l'offrande dont le père Goriot n'a pas l'apanage. Ce
taureau a des délicatesses de femme, ce volcan des
grâces de fleur lorsqu'il s'agit de sentiment, car il ne
vit « que par les sentiments ». N'est-ce pas d'ailleurs
« par sentiment » qu'il a pris sur lui le crime d'un
autre — un « beau jeune homme qu'il aimait beaucoup » — et purgé sa peine à sa place ? Dévouement
digne d'un Plutarque sodomite qui, jusque dans
l'amour qui n'ose pas dire son nom, témoigne d'une
vocation au sublime. Que ces trésors *d'agapè* soient
aussi, constitutivement, des emprises *d'eros* est évident
de reste, et c'est dans ce clair-obscur mouvant que se
donne à interroger toute la complexité d'un personnage impossible à enfermer dans des formules univo-
ques, et qu'illuminent des feux contrastés.

Ce qui fait de Vautrin une instance démoniaque, ce
n'est pas tant sa sexualité « anormale » (abordée
d'ailleurs par Balzac avec une méritoire absence de
préjugés) que son discours de la Tentation (accepte le
meurtre du fils Taillefer, et tu épouseras Victorine
devenue millionnaire), la pression qu'il exerce sur une
âme où le désert croît, mais qui préserve encore quelque
oasis de fraîcheur et se débat entre la violence de ses
appétits démuselés par Paris et les réticences de ses
scrupules d'enfant provincial. Eternelle chorégraphie
de l'archange luciférien, fascination de l'immémorial
Serpent, dont cet homme « éminemment magnétique »
a endossé la défroque. « Vous seriez une belle proie pour
le diable » : c'est se désigner lui-même, avec ce qu'il sied
de gouaille afin de suggérer que le diable n'est pas si
terrible, qu'il est bon diable au fond... Mais aussi inviter
à se pencher sur ces « vastes sentiments concentrés que
les sots appellent des vices ». Vicieux, Vautrin ? Ni plus
ni moins que l'exemplaire Goriot, parangon de vertu et

pourtant épris de ses filles avec la démence dont seules sont créditées d'ordinaire les passions interdites. Tout jugement moral manichéen s'invalide face à cet « infernal génie » dont l'épiphanie, en pleine pension bourgeoise « des deux sexes et autres », explose brusquement comme une bourrasque d'horreur sacrée et qui, dans la modernité développée et progressiste, fait retentir le cri archaïque du refoulé : la nation farouche des galériens, le peuple brutal et souple traînant son boulet, parqué dans les chiourmes, mais qui, comme le proclame fièrement leur porte-parole, a moins d'infamie sur l'épaule que les « honnêtes gens » n'en ont dans le cœur.

Les barbares sont parmi nous.

*
* *

Paris-jungle, Paris-savane où des Illinois, des Hurons en cravate et haut de forme partent sur le sentier de la guerre et tendent à leurs adversaires des pièges implacables, Paris-labyrinthe, Paris-océan, roulant dans ses abysses perles et Léviathans, Paris-cratère, Paris-champ de bataille... En se demandant si son roman sera compris en dehors de Paris, Balzac, loin d'en limiter la portée, d'en circonscrire la pertinence, affirme qu'il se place au centre même d'une analyse sur le « pêle-mêle de la civilisation », dont il offre à la fois l'emblème et le creuset, dans une vision qui passera intégralement chez Baudelaire (« je t'aime, ô capitale infâme... ») et bien d'autres, avec la mélancolie inhérente au capharnaüm, au bazar, au brassage jamais en repos d'une humanité hétéroclite, travaillée d'obscurs ferments, tracassée d'envies incessantes, poursuivant dans la hâte et la confusion des chimères toujours évanouies et toujours renaissantes, chassant son gibier et elle-même chassée, traquée par son propre inassouvissement, bouillonnant fiévreusement et s'évaporant sous l'indifférence d'un ciel fumeux déserté par le divin (pas un mot, dans Le Père Goriot,

qui renvoie à quelque espérance ou consolation méta-
physique). Paris-chancre s'autodétruisant de sa mons-
trueuse prolifération, sécrétant par l'exacerbation
même de son affolant vouloir-vivre, l'intensité de sa
production désirante, les poisons et métastases qui le
vouent à la morbidité. Pour suggérer l'atrocité splendide de la Ville dix-neuviémiste, Balzac retrouve le
frisson dantesque devant la *Città dolente*, et sur cette
« vallée de plâtras, souffrante, illustre, agitée », passe
comme le reflet d'un Josaphat sans résurrection. C'est
tout Paris qui est embrassé par le roman, depuis le
quartier « horrible, inconnu » du faubourg Saint-
Marceau, dont le silence, l'abandon, le décati cata-
combal semblent endeuillés par cette tristesse gélati-
neuse qui suintera encore des clichés d'Atget ou de
Marville, jusqu'à cette ruche superbe, entre colonne
Vendôme et Invalides, dont le regard final de Rastignac, depuis les hauteurs du Père-Lachaise, pompe
rêveusement le miel au crépuscule, en passant par
l'excitation juvénile, les bouffées de joie et les accès de
découragement qui sont comme le biotope du quartier
Latin : « Quiconque n'a pas vécu entre la rue Saint-
Jacques et la rue des Saints-Pères ignore tout de la vie
humaine ! » Plexus solaire et centre nerveux, phare
dispensant ses rayons mais aussi flamme avide brûlant
les phalènes, Baal s'engraissant de la jeunesse montée
des extrémités du pays pour consumer dans la four-
naise ses talents et ses forces, convoquée par l'intuable
mirage de la réussite et du pouvoir. Paris en perma-
nente gésine et genèse, Paris-Chaos, Paris-Tout...
    Que la civilisation, ou ce qu'on appelle ainsi, soit
essentiellement maelström d'énergies giclant en tous
sens, débondage désordonné, irrépressible, d'une
vapeur qui fait aveuglément avancer une machine
haletante, emportée par son propre mouvement,
Balzac l'indique assez en la comparant à ce char pro-
cessionnel qui, dans la cité indienne de Jaggernaut,
broie sur son passage les fidèles venus avec ivresse se
jeter sous ses roues dans l'espoir du salut. Telle est
l'Idole moderne, à laquelle tout le monde sacrifie, et

qui réclame son tribut : il n'est personne qui, peu ou
prou, ne s'offre à l'écrasement extatique par cette divinité cruelle ; le triomphe s'achète par la mort, souvent
du corps, toujours de l'âme, au sein d'un carnage
généralisé. Au-delà des brillantes arabesques qui, au
premier plan attirent tous les yeux, c'est bien le tour-
ment qui fait le fond du tableau ; sous les roulades
lumineuses du plaisir, une basse continue, obstinée,
fait entendre un inapaisable lamento. Tandis que dansent ses filles, couvertes de diamants hypothéqués et
de fleurs vite fanées, Goriot râle sur son grabat : Paris
joue le *Dies irae* et Rossini en même temps. Symphonie fantastique, où Bal et Gibet se pénètrent et
s'imbriquent, s'avouent ensemble comme la vérité
paradoxale et incompréhensible l'un de l'autre. Non
pas juxtaposition, collage, mais superposition d'une
multiplicité de partitions contradictoires, exécutées à
la fois, dans une cacophonie qui est la musique même
du présent, incohérente, mixée, interférant sans cesse
avec elle-même, s'autoparasitant, la seule capable
d'exprimer l'inextricable métissage d'aspirations indi-
viduelles lâchées en pleine liberté, légitimées par les
nouveaux droits ouverts sans frein à l'expansion du
Moi.

Dans le morne jardinet de la veuve Vauquer, une
statue écaillée de l'Amour rappelle que ce gamin qui
saccage tout sur son passage n'excepte personne de
son empire, courbe chacun sous ses lois, aussi bien les
épaves échouées chez cette Calypso de brocante que
les ornements en vue du gratin. L'un des traits les plus
puissants du *Père Goriot* est sans doute de montrer à
quel point sont vaines les barrières pourtant infran-
chissables qui séparent entre eux les différents Paris de
Paris : toutes ces monades étanches les unes aux
autres et sans aucune porosité partagent en réalité la
même misère, boivent la même lie dans le même
calice, parce que l'être humain est partout aussi
inconscient, égoïste, frivole et jouisseur et, quand, par
exception, il ne l'est pas, solitaire et malheureux. Les
femmes sont galamment assassinées par leurs amants

aussi bien à la chaussée d'Antin que chez les aristo-
crates, l'or et le sexe entraînent sans distinction de
caste dans leur vortex emballé ; dans les plus élégants
hôtels comme dans les garnis miteux, ce ne sont que
« drames cachés, muets, glacés, continus ». Ce qui
n'empêche pas tous ces malades, comme le dira Baudelaire, de souhaiter ardemment changer de lit, dans
la folle illusion sinon de guérir, du moins de bénéficier
d'un soulagement, voire d'un supplément d'être.
Trahit sua quemque voluptas : pas d'autre maxime que
ce vieil adage des grammaires latines, à la fois état de
fait et programme. Pour arborer une robe lamée, on
éventrerait sa mère, on marcherait sur le corps de son
père ; pour gagner son billet d'entrée dans un presti-
gieux salon où l'on n'est pas reçu, on laperait la boue
de la rue ; pour une nuit d'amour, on ruinerait des
orphelins ; pour obtenir ce à quoi l'on aspire, on se
sert des autres comme de chevaux à crever sous soi.
Au-delà des solidarités qui lient entre elles les diverses
micro-sociétés qui constituent la Société, c'est l'atomi-
sation qui frappe dans ce monde où, finalement, on
reste claquemuré dans la désolation impartageable de
son désir, de son destin. Goriot meurt, échafaudant
des plans, rêvant d'Odessa : mais c'est l'heure du
dîner, la soupe va refroidir ; Mme de Beauséant succombant symboliquement devant tout Paris assemblé,
n'est pas moins seule que le vieux vermicellier.
Mme de Restaud n'a personne ; la duchesse de Langeais non plus ; Delphine de Nucingen a Rastignac :
mais sur des bases si équivoques qu'on se demande si
elle l'a vraiment. Vautrin est reparti pour le bagne,
une fois encore dépareillé. Goriot aurait voulu avoir
Victorine pour fille, Victorine aurait voulu avoir
Goriot pour père. Maldonne générale. La bonté,
lorsqu'elle existe, se trompe d'adresse ou reste impuis-
sante. Bianchon travaille et n'attend rien de personne : le seul peut-être dans le vrai.

Rastignac a le vent en poupe, mais a trop vu le
dessous des cartes pour avoir désormais le cœur léger.
Horrifiée par le cadavre découvert sous les pierreries,

cette tête charmante est passagèrement traversée d'inquiétudes philosophiques ; il y a un Dieu, et il nous a fait après la mort une existence meilleure, ou notre terre est un non-sens. Déjà Goriot l'avait constaté avec reproche : « Mon Dieu, comme ton monde est mal arrangé ! » Et pourtant il faut bien s'en arranger. Eugène professe que les belles âmes ne peuvent y rester longtemps. Mais lui-même s'y installe, et fort douillettement : tout le monde n'est pas fait pour la Grande Chartreuse. Quiconque ne se met pas radicalement hors jeu est peu ou prou complice de cet enfer du désir qu'est la vie. Vautrin en avait ironiquement énoncé le premier et le seul commandement : mangez-vous les uns les autres comme araignées dans un pot. Traité des passions, *Le Père Goriot* plonge en plein dans la mêlée, mais sans « morale ». Goriot et Vautrin sont des monstres chacun dans son genre, mais de braves gens tout de même, ainsi qu'en juge le chœur ancillaire de la pension. Les filles ingrates sont aussi les victimes de ce que la société a fait du mariage. *All is true*, ce qu'on peut traduire par : rien n'est simple. Balzac n'en pense pas moins, mais n'édulcore pas, ne choisit pas, s'immerge avec une jubilation amère dans le monde et « son obscure, abominable et superbe totalité [1] ».

Philippe BERTHIER.

---

1. Dominique Rolin, *Trente ans d'amour fou.*

HISTOIRE DU TEXTE

Le Père Goriot, dont le manuscrit est conservé à l'Institut, dans la collection Lovenjoul, a été commencé à Saché en septembre 1834, puis rédigé rapidement, pour l'essentiel à Paris, en octobre et novembre. Il a d'abord paru en feuilleton dans la *Revue de Paris*, en quatre livraisons (14 et 28 décembre 1834, 25 janvier et 11 février 1835).

L'édition originale sortit en mars 1835 chez Werdet (deux volumes in-8°). La Préface ne fut mise à la disposition des lecteurs que quelques jours après la publication. L'ouvrage est divisé en sept « chapitres » : I. UNE PENSION BOURGEOISE. II. LES DEUX VISITES. III. L'ENTRÉE DANS LE MONDE. IV. L'ENTRÉE DANS LE MONDE (suite). V. TROMPE-LA-MORT. VI. LES DEUX FILLES. VII. LA MORT DU PÈRE. Tirage à 1 200 exemplaires, et succès immédiat.

En mai, Werdet donne une seconde édition, où ne figurent plus que quatre faux-titres : UNE PENSION BOURGEOISE. L'ENTRÉE DANS LE MONDE. TROMPE-LA-MORT. LA MORT DU PÈRE.

En 1839, Balzac publia chez Charpentier, en un volume in-12, une nouvelle édition « revue et corrigée ». Plus de préface ni de divisions. Un second tirage eut lieu en 1840.

En 1843, *Le Père Goriot* entre dans l'édition Furne

de *La Comédie humaine*, tome IX, parmi les *Scènes de la vie parisienne*. Le texte a été revu, la dédicace ajoutée. Deux années plus tard, Balzac exprima l'intention de faire passer le roman dans les *Scènes de la vie privée*.

LE PÈRE GORIOT

PRÉFACE
DE LA PREMIÈRE ÉDITION WERDET
1835

L'auteur de cette esquisse n'a jamais abusé du droit de parler de soi que possède tout écrivain, et dont autrefois chacun usait si librement, qu'aucun ouvrage des deux siècles précédents n'a paru sans un peu de préface. La seule préface que l'auteur ait faite a été supprimée [1] ; celle-ci le sera vraisemblablement encore [2], pourquoi l'écrire ? voici la réponse.

L'ouvrage auquel travaille l'auteur doit un jour se recommander beaucoup plus sans doute par son étendue, que par la valeur des détails. Il ressemblera, pour accepter le triste arrêt d'une récente critique, à l'œuvre politique de ces puissances barbares qui ne triomphaient que par le nombre des soldats. Chacun triomphe comme il peut, les impuissants seuls ne triomphent jamais [3]. Ainsi donc, il ne saurait exiger que le public embrasse tout d'abord et devine un plan que lui-même n'entrevoit qu'à certaines heures, quand le jour tombe, quand il songe à bâtir ses châteaux en Espagne, enfin dans ces moments où l'on vous dit : « A quoi pensez-vous ? » et que l'on répond : « A rien ! » Aussi ne s'est-il jamais plaint ni de l'injustice de la critique, ni du peu d'attention que le public apportait dans le jugement des diverses parties de cette œuvre encore mal étayée, incomplètement dessinée, et dont le plan d'alignement n'est exposé dans aucune des mairies de Paris. Souvent donc il aurait dû peut-être, avec la simplicité des vieux auteurs, avertir les personnes abonnées aux cabinets de lecture que tel ou tel ouvrage était publié dans telle ou telle intention. L'auteur des *Etudes de mœurs* et des *Etudes philosophiques* ne l'a pas fait par plusieurs raisons. D'abord, les habitués des cabinets littéraires s'intéressent-ils à la littérature ? Ne l'acceptent-ils pas comme l'étudiant accepte le cigare ? Est-il nécessaire de leur dire que les révolutions humanitaires [4] sont ou ne sont pas circonscrites dans une œuvre, que l'on est un grand homme inédit, un Homère toujours inachevé, que l'on partage avec Dieu la fatigue ou le plaisir de coordonner les mondes ? Ajouteraient-ils foi à ces bourdes littéraires ? Ne les a-t-on pas fatigués de systèmes boiteux, de promesses inexécutées ? D'ailleurs, l'auteur ne croit ni à la générosité, ni à l'attention d'une époque lâche et voleuse qui va chercher pour deux sous de littérature au coin d'une rue, comme elle y prend un briquet phosphorique, qui bientôt voudra du Benvenuto Cellini à bon marché, du talent à prix fixe, et qui fait aux poètes la même guerre qu'elle a faite à Dieu, en les rayant du Code, en les dépouillant pendant qu'ils vivent, et en déshéritant leurs familles quand ils sont morts. Puis, pendant longtemps, sa seule intention en publiant des livres fut d'obéir à cette seconde destinée, souvent contraire à celle que le ciel nous a faite, qui nous est forgée par les événements sociaux, que nous appelons vulgairement *la nécessité*, et qui a pour exécuteurs des hommes nommés *créanciers*, gens précieux, car ce nom veut dire qu'ils ont foi en nous. Enfin, ces avertissements à propos d'un détail lui semblaient mesquins et inutiles ; mesquins parce qu'ils ne portaient que sur de petites choses qu'il fallait laisser à la critique, inutiles, parce qu'ils devaient disparaître quand le tout serait accompli.

Si l'auteur parle ici de ses entreprises, il a donc fallu quelque accusation étrange, imméritée. Cette accusa-

tion passera nécessairement dans un pays où tout
passe. La préface, qui déjà ne signifie pas grand-chose,
ne signifiera donc plus rien. Néanmoins il faut
répondre. Aussi répond-il.

Depuis quelque temps donc, l'auteur a été effrayé
de rencontrer dans le monde un nombre surhumain,
inespéré de femmes sincèrement vertueuses, heureuses d'être vertueuses, vertueuses parce qu'elles sont
heureuses, et sans doute heureuses parce qu'elles sont
vertueuses. Pendant quelques jours de distraction, il
n'a vu de toutes parts que des craquements d'ailes
blanches qui se déployaient, de véritables anges qui
faisaient mine de s'envoler dans leur robe d'innocence, toutes personnes mariées d'ailleurs, qui lui faisaient des reproches sur le goût immodéré dont il gra-
tifiait les femmes pour les félicités illicites d'une crise
conjugale, qu'il a scientifiquement nommée ailleurs le
Minotaurisme [5]. Ces reproches n'allaient pas sans
quelque flatterie, car ces femmes prédestinées aux
plaisirs du ciel avouaient connaître par ouï-dire le plus
détestable de tous les libelles, la Très Horrible *Physiologie du mariage*, et se servaient de cette expression
pour éviter de prononcer un mot banni du beau langage, l'adultère. L'une lui disait que, dans ses livres, la
femme n'était vertueuse que par force ou par hasard,
et jamais ni par goût, ni par plaisir. D'autres lui
disaient que les femmes adonnées au Minotaure,
mises en scène dans ses œuvres, étaient ravissantes, et
faisaient venir l'eau à la bouche de ces fautes qui ne
devaient être représentées que comme tout ce qu'il y
avait de plus désagréable dans le monde, et qu'il y
avait péril pour la chose publique à faire envier la
destinée de ces femmes, quelque malheureuses
qu'elles fussent. Au contraire, celles qui étaient
atteintes de vertu leur paraissaient devoir être des personnes extrêmement disgracieuses et disgraciées.
Enfin les reproches furent si nombreux que l'auteur ne
saurait les consigner tous. Figurez-vous un peintre qui
croit avoir fait une jeune femme ressemblante, et à qui
la jeune femme renvoie le portrait, sous prétexte qu'il

est horrible. N'y a-t-il pas de quoi devenir fou ? Ainsi a fait le monde. Le monde a dit : « Mais nous sommes blanc et rose, et vous nous avez prêté des tons fort vilains. J'ai le teint uni pour les gens qui m'aiment, et vous m'avez mis cette petite verrue dont mon mari seul s'aperçoit. »

L'auteur fut épouvanté de ces reproches. Il ne sut que devenir en voyant ce nombre prodigieux de rosières qui méritaient le prix Montyon [6] et qu'il avait envoyées par mégarde à la police correctionnelle de l'opinion. Dans les premiers moments d'une déroute, on ne pense qu'à se sauver ; les plus braves sont entraînés. L'auteur oublia qu'il s'était permis de faire quelquefois, à l'instar de la capricieuse nature, des femmes vertueuses aussi attrayantes que le sont les femmes criminelles. On ne s'était pas aperçu de sa politesse, et l'on criait à propos de la vérité. *Le Père Goriot* fut commencé dans le premier quart d'heure de ce désespoir. Pour éviter de jeter dans son monde fictif des adultères de plus, il eut la pensée d'aller rechercher quelques-uns de ses plus méchants personnages féminins, afin de rester dans une sorte de *statu quo* relativement à cette grave question. Puis, quand cet acte respectueux fut accompli, la peur de recevoir quelques coups de griffe l'a pris, et il sent la nécessité de justifier ici, par l'aveu de sa panique, la réapparition de Mme de Beauséant, celle de lady Brandon [7], de Mmes de Restaud et de Langeais, qui figurent déjà dans *La Femme abandonnée*, dans *La Grenadière* *, dans *Le Papa Gobseck* ** [8], et dans *Ne touchez pas à la hache* [9]. Mais, si le monde lui tient compte de sa parcimonie à l'égard des femmes reprochables, il aura le courage de supporter les coups de la Critique. Cette vieille parasite des festins littéraires

---

* Tome VI des *Etudes de mœurs* (deuxième volume des *Scènes de la vie de province*).

** Tome IX des *Etudes de mœurs* (premier volume des *Scènes de la vie parisienne*, sous presse). *Ne touchez pas à la hache* est dans le tome XI des *Etudes de mœurs* (troisième volume des *Scènes de la vie parisienne*).

qui est descendue du salon pour aller s'asseoir à la cuisine, où elle fait tourner les sauces avant qu'elles ne soient prêtes, ne manquera pas de dire au nom du public qu'on en avait déjà bien assez de ces personnages ; que si l'auteur avait eu la puissance d'en créer de nouveaux, il aurait pu se dispenser de faire revenir ceux-là [10] ; car, de tous les Revenants, le pire est le Revenant littéraire. Quant à la faute d'avoir donné les commencements du *Rastignac* de *La Peau de chagrin*, l'auteur est sans excuse. Mais si dans ce désastre il a tout le monde contre lui, peut-être aura-t-il de son côté ce personnage grave et positif qui, pour beaucoup d'auteurs, est le monde entier, à savoir le *libraire*. Ce protecteur des lettres paraît compter sur le grand nombre de personnes aux oreilles desquelles ne sont point parvenus les titres des livres d'où sont tirés ces personnages, pour les leur vendre. Opinion tout à la fois amère et douce que l'auteur est forcé de prendre en gré. Certaines personnes voudront voir dans ces phrases purement naïves une espèce de prospectus, mais tout le monde sait qu'on ne peut rien dire, en France, sans encourir des reproches. Quelques amis blâment déjà, dans l'intérêt de l'auteur, la légèreté de cette préface, où il paraît ne pas prendre son œuvre au sérieux, comme si l'on pouvait répondre gravement à des observations bouffonnes, et s'armer d'une hache pour tuer des mouches.

Maintenant, si quelques-unes des personnes qui reprochent à l'auteur son goût littéraire pour les pécheresses lui faisaient un crime d'avoir lancé dans la circulation *livresque* une mauvaise femme de plus en la personne de Mme de Nucingen, il supplie ses jolis censeurs en jupons de lui passer encore cette pauvre petite faute. En retour de leur indulgence, il s'engage formellement à leur faire, après quelque temps employé à chercher son modèle, une femme vertueuse par goût. Il la représentera mariée à un homme peu aimable ; car si elle était mariée à un homme adoré ne serait-elle pas vertueuse par plaisir ? Il ne la fera pas mère de famille, car, comme Juana de Mancini [11], cette héroïne que certains critiques ont trouvée trop vertueuse, elle pourrait être vertueuse par attachement à ses chers anges. Il a bien compris sa mission, et voit qu'il s'agit, dans l'œuvre promise, de peindre quelque vertu en lingot, une vertu poinçonnée à la Monnaie du rigorisme. Aussi sera-ce quelque belle femme gracieuse, ayant des sens impérieux et un mauvais mari, poussant la charité jusqu'à se dire heureuse, et tourmentée comme l'était cette excellente Mme Guyon [12] que son époux prenait plaisir à troubler dans ses prières de la façon la plus inconvenante. Mais, hélas ! en cette affaire, il se rencontre de graves questions à résoudre. L'auteur les propose, dans l'espérance de recevoir plusieurs mémoires académiques faits de mains de maîtresse, afin de composer un portrait dont le public féminin soit satisfait.

D'abord, si ce phénix femelle croit au paradis, ne sera-t-elle pas vertueuse par calcul ? car, comme l'a dit un des esprits les plus extraordinaires de cette grande époque, si l'homme voit avec certitude l'enfer, comment peut-il succomber ? « Où est le sujet qui, jouissant de sa raison, ne sera pas dans l'impuissance de contrevenir à l'ordre de son prince, s'il lui dit : "Vous voilà dans mon sérail, au milieu de toutes mes femmes. Pendant cinq minutes, n'en approchez aucune ; j'ai l'œil sur vous ; si vous êtes fidèle pendant ce peu de temps, tous ces plaisirs et d'autres vous seront permis pendant trente années d'une prospérité constante." Qui ne voit que cet homme, quelque ardent qu'on le suppose, n'a pas même besoin de force pour résister pendant un temps si court ; il n'a besoin que de croire à la parole de son prince. Assurément les tentations du chrétien ne sont pas plus fortes, et la vie de l'homme est bien moins devant l'éternité que cinq minutes comparées à trente années. Il y a l'infini de distance entre le bonheur promis au chrétien et les plaisirs offerts au sujet, et si la parole du prince peut laisser de l'incertitude, celle de Dieu n'en laisse aucune » *(Obermann* [13]).

Être vertueuse ainsi, n'est-ce pas faire l'usure ? Donc, pour savoir si elle est vertueuse, il faut la faire tentée. Si elle est tentée et qu'elle soit vertueuse, il faudrait logiquement la représenter n'ayant pas même l'idée de la faute. Mais si elle n'a pas l'idée de la faute, elle n'en saura pas les plaisirs. Si elle n'en sait pas les plaisirs, sa tentation sera très incomplète, elle n'aura pas le mérite de la résistance. Comment désirerait-on une chose inconnue ? Or la peindre vertueuse sans être tentée est un non-sens. Supposez une femme bien constituée, mal mariée, tentée, comprenant les bonheurs de la passion : l'œuvre est difficile, mais elle peut encore être inventée. Là n'est pas la difficulté. Croyez-vous qu'en cette situation elle ne rêvera pas souvent cette faute que doivent pardonner les anges ? Alors, si elle y pense une ou deux fois, sera-t-elle vertueuse en commettant de petits crimes dans sa pensée ou au fond de son cœur ? Voyez-vous ? tout le monde s'accorde sur la faute ; mais dès qu'il s'agit de vertu, je crois qu'il est presque impossible de s'entendre.

L'auteur ne terminera pas sans publier ici le résultat de l'examen de conscience que ses critiques l'ont forcé de faire relativement au nombre de femmes vertueuses et de femmes criminelles qu'il a émises sur la place littéraire. Dès que son effroi lui a laissé le temps de réfléchir, son premier soin fut de rassembler ses corps d'armée, afin de voir si le rapport qui devait se trouver entre ces deux éléments de son monde écrit était exact relativement à la mesure de vice et de vertu qui entre dans la composition des mœurs actuelles. Il s'est trouvé riche de plus de trente-huit femmes vertueuses, et pauvre de vingt femmes criminelles tout au plus [14], qu'il prend la liberté de ranger toutes en bataille de la manière suivante, afin qu'on ne lui conteste pas les résultats immenses que donnent déjà ses peintures commencées. Puis, afin qu'on ne le chicane en aucune manière, il a négligé de compter beaucoup de femmes vertueuses qu'il a mises dans l'ombre, comme elles y sont quelquefois en réalité.

FEMMES VERTUEUSES	FEMMES CRIMINELLES
Etudes de mœurs	*Etudes de mœurs*

1-2. Mme DE FONTAINE et Mme DE KERGAROUËT, *Le Bal de Sceaux*, t. I.

3-4-5. Mme GUIL- LAUME, Mme DE SOMMER- VIEUX et Mme LEBAS, *Gloire et malheur [La Mai- son du chat-qui-pelote]*, t. I.

6. GINEVRA DI PIOMBO, *La Vendetta*, t. I.

7. Mme DE SPONDE, *La Fleur des pois* [15], t. II (sous presse).

8. Mme DE SOULANGES, *La Paix du ménage*, t. II.

9-10. Mme CLAËS et Mme DE SOLIS, *La Recherche de l'Absolu*, t. III.

11-12-13-14. Mme GRANDET et EUGÉNIE GRANDET, NANON et Mme DES GRASSINS, *Eugénie Grandet*, t. V.

15-16. SOPHIE GAMARD, la baronne DE LISTOMÈRE, *Les Célibataires [Le Curé de Tours]*, t. VI.

17-18-19. Mme de GRAN- VILLE, *La Femme vertueuse [Une double famille]* ; ADÉ- LAÏDE DE ROUVILLE et Mme DE ROUVILLE, *La Bourse*, t. IX.

20-21. JUANA (Mme DIARD), *Les Marana* ; Mme JULES, *Ferragus, chef des dévo- rants (Histoire des Treize)*, t. X.

1. La duchesse DE CARI- GLIANO, *Gloire et malheur [La Maison du chat-qui-pelote]*, t. I.

2-3. Mme D'AIGLE- MONT, *Même histoire [La Femme de trente ans]*, t. IV.

4-5-6. Mme DE BEAU- SÉANT, *La Femme abandon- née* ; lady BRANDON, *La Gre- nadière* ; et JULIETTE, *Le Message*, t. VI.

7. Mme DE MÉRÉ [16], *La Grande Bretèche [fin d'Autre étude de femme]*, t. VIII (sous presse).

8-9-10. Mlle DE BELLE- FEUILLE, *La Femme vertueuse [Une double famille]* ; Mme DE RESTAUD, *Le Papa Gobseck* ; FANNY VERMEIL [17], *La Torpille [Esther heureuse, première partie de Splendeurs et misères des courtisanes]*, t. IX (sous presse).

11. LA MARANA, *Les Marana*, t. X.

12. IDA GRUGET, *Ferragus, chef des dévorants (Histoire des Treize)*, t. X.

13. Mme DE LANGEAIS, *Histoire des Treize, Ne touchez pas à la hache [La Duchesse de Langeais]*, t. XI.

14-15. EUPHÉMIE, mar- quise DE SAN-RÉAL et PAQUITA VALDES, *La Fille aux yeux d'or*, t. XII.

FEMMES VERTUEUSES	FEMMES CRIMINELLES

22-23-24. Mme FIRMIANI, la marquise DE LISTOMÈRE, *Profil de marquise [Etude de femme]* ; Mme CHABERT, *La Comtesse à deux maris [Le Colonel Chabert]*, t. XII.

16-17. Mme DE NUCINGEN, Mlle MICHONNEAU, *Le Père Goriot.*

25-26. Mlle TAILLEFER, Mme VAUQUER *, *Le Père Goriot.*

27-28. EVELINA ET LA FOSSEUSE, *Le Médecin de campagne.*

Etudes philosophiques

29. FŒDORA, *La Peau de chagrin*, t. IV.

30. La comtesse DE VANDIÈRE, *Adieu*, t. IV.

31. Mme DE DEY, *Le Réquisitionnaire*, t. V.

32-33. Mme BIROTTEAU et CÉSARINE BIROTTEAU (sous presse), *Histoire de la grandeur et de la décadence de César Birotteau*, t. VI-X.

34-35. JEANNE D'HÉROUVILLE et SŒUR MARIE, *L'Enfant maudit, Sœur Marie-des-Anges* [18], t. V, XVII, XVIII et XIX.

36-37. PAULINE DE VILLENOIX, *Louis Lambert* ; et Mme DE ROCHECAVE, *Ecce Homo* [19], t. XXIII et XXIV.

38. FRANCINE,   *Les Chouans* **.

Etudes philosophiques

18-19. PAULINE DE WITCHNAU, AQUILINA, *La Peau de chagrin* et *Melmoth réconcilié*, t. I-IV et XXI.

20. Mme DE SAINT-VALLIER, *Maître Cornélius*, t. V.

21-22. Mlle DE VERNEUIL et Mme DU GUA, *Les Chouans.*

* Elle est douteuse.
** L'auteur omet à dessein plus de dix femmes vertueuses, pour ne pas ennuyer le lecteur ; mais il les nommerait s'il y avait contestation sur le résultat de cette statistique littéraire.

Quoique l'auteur ait encore quelques fautes en projet, il a aussi beaucoup de vertu sous presse, en sorte qu'il est certain de corroborer ce résultat flatteur pour la société, la balance étant de trente-huit sur soixante en faveur de la vertu, dans l'état actuel où en est la peinture qu'il a entreprise du monde. S'il s'arrêtait là, le monde ne serait-il pas flatté ? Si quelques personnes se sont trompées, en croyant à un résultat contraire, peut-être leur erreur doit-elle être attribuée à ce que le vice a plus d'apparence, il foisonne ; et, comme disent les marchands en parlant d'un châle, il est *très avantageux*. Au contraire, la vertu n'offre au pinceau que des lignes d'une excessive ténuité. La vertu est absolue, elle est une et indivisible, comme était la république ; tandis que le vice est multiforme, multicolore, ondoyant, capricieux. D'ailleurs, quand l'auteur aura peint la femme vertueuse fantastique, à la recherche de laquelle il va se mettre dans tous les boudoirs de l'Europe, on lui rendra justice, et les reproches tomberont d'eux-mêmes.

Quelques raffinées ayant fait observer que l'auteur avait peint les pécheresses beaucoup plus aimables que ne l'étaient les femmes irréprochables, ce fait a semblé si naturel à l'auteur, qu'il ne parle de la critique que pour en constater l'absurdité. Chacun sait trop bien qu'il est malheureusement dans la nature masculine de ne pas aimer le vice quand il est hideux, et de fuir la vertu quand elle est épouvantable.

Paris, 6 mars 1835.

PRÉFACE AJOUTÉE
DANS LA SECONDE EDITION WERDET
1835

Depuis sa réimpression sous forme de livre, ce qui dans la logique du libraire a constitué une seconde édition, *Le Père Goriot* est l'objet de la censure impé-

riale de Sa Majesté le Journal, cet autocrate du dix-
neuvième siècle [20], qui trône au-dessus des rois, leur
donne des avis, les fait, les défait ; et qui, de temps en
temps, est tenu de surveiller la morale depuis qu'il a
supprimé la religion de l'Etat. L'auteur savait bien qu'il
était dans la destinée du Père Goriot de souffrir pendant
sa vie littéraire, comme il avait souffert durant sa vie
réelle. Pauvre homme ! Ses filles ne voulaient pas le
reconnaître parce qu'il était sans fortune ; et les feuilles
publiques aussi l'ont renié, sous prétexte qu'il était
immoral. Comment un auteur ne tâcherait-il pas de se
débarrasser du *San-Benito* [21] dont la sainte ou la maudite inquisition du journalisme le coiffe en lui jetant à la
tête le mot *immoralité* ? Si les tableaux dessinés par l'auteur
étaient faux, la critique les lui aurait reprochés en lui
disant qu'il calomniait la société moderne ; si la critique
les tient pour vrais, ce n'est pas son œuvre qui est immorale. Le Père Goriot n'a pas été suffisamment compris,
quoique l'auteur ait eu le soin d'expliquer comment le
bonhomme était en révolte contre les lois sociales, par
ignorance et par sentiment, comme Vautrin l'est par sa
puissance méconnue et par l'instinct de son caractère.
L'auteur a bien ri de voir quelques personnes, obligées
de comprendre ce qu'elles critiquaient, vouloir que le
Père Goriot eût le sentiment des convenances, lui, cet
Illinois de la farine, ce Huron de la halle aux blés [22].
Pourquoi ne lui a-t-on pas reproché de ne connaître ni
Voltaire ni Rousseau, d'ignorer le code des salons et la
langue française ? Le Père Goriot est comme le chien du
meurtrier qui lèche la main de son maître quand elle est
teinte de sang ; il ne discute pas, il ne juge pas, il aime.
Le Père Goriot cirerait, comme il le dit, les bottes de
Rastignac, pour se rapprocher de sa fille. Il veut aller
prendre la Banque d'assaut quand elles manquent
d'argent, et il ne serait pas furieux contre ses gendres qui
ne les rendent pas heureuses ? Il aime Rastignac, parce
que sa fille l'aime. Que chacun regarde autour de soi, et
veuille être franc, combien de pères Goriot en jupon ne
verrait-on pas ? Or, le sentiment du Père Goriot implique
la maternité. Mais ces explications sont presque inu-

tiles. Ceux qui crient contre cette œuvre la justifieraient admirablement bien, s'ils l'avaient faite ! D'ailleurs, l'auteur n'est pas de propos délibéré moral ou immoral, pour employer les termes faux dont on se sert. Le plan général qui lie ses œuvres les unes aux autres, et qu'un de ses amis, M. Félix Davin, a récemment exposé [23], l'oblige à tout peindre : le Père Goriot comme la Marana *, Bartholomeo di Piombo ** comme la veuve Crochard ***, le marquis de Léganès **** comme Cambremer *****, Ferragus ****** comme M. de Fontaine *******, enfin de saisir la paternité dans tous les plis de son cœur, de la peindre tout entière [24] comme il essaie de représenter les sentiments humains, les crises sociales, le mal et le bien, tout le pêle-mêle de la civilisation.

Si quelques journaux ont accablé l'auteur, il en est d'autres qui l'ont défendu. Vivant solitaire, préoccupé par ses travaux, il n'a pu remercier les personnes auxquelles il est d'autant plus redevable que ce sont des camarades qui avaient, pour le gourmander, les droits du talent et d'une ancienne amitié, mais il les remercie collectivement de leurs utiles secours.

Les personnes amoureuses de morale, qui ont pris au sérieux la promesse que, dans la précédente préface, l'auteur a faite de pourtraire une femme complètement vertueuse, apprendront peut-être avec satisfaction que le tableau se vernit en ce moment, que le cadre se bronze, enfin que sans métaphore cette œuvre difficultueuse intitulée *Le Lys dans la vallée* va paraître dans l'une de nos revues [25].

Meudon, 1er mai 1835.

---

* T. X des Etudes de mœurs.
** T. I des Etudes de mœurs, *La Vendetta*.
*** T. IX des Etudes de mœurs, *La Femme vertueuse [Une double famille]*.
**** T. V des Etudes philosophiques, *El Verdugo*.
***** T. V des Etudes philosophiques, *Un drame au bord de la mer*.
****** T. X des Etudes de mœurs.
******* T. I des Etudes de mœurs, *Le Bal de Sceaux*.

AU GRAND ET ILLUSTRE
GEOFFROY-SAINT-HILAIRE,

comme un témoignage d'admiration de ses travaux et de son génie.

DE BALZAC [26].

Mme Vauquer [27], née de Conflans, est une vieille femme qui, depuis quarante ans, tient à Paris une pension bourgeoise établie rue Neuve-Sainte-Geneviève [28], entre le quartier latin et le faubourg Saint-Marceau. Cette pension, connue sous le nom de la Maison Vauquer, admet également des hommes et des femmes, des jeunes gens et des vieillards, sans que jamais la médisance ait attaqué les mœurs de ce respectable établissement. Mais aussi depuis trente ans ne s'y était-il jamais vu de jeune personne, et pour qu'un jeune homme y demeure, sa famille doit-elle lui faire une bien maigre pension. Néanmoins, en 1819, époque à laquelle ce drame commence [29], il s'y trouvait une pauvre jeune fille. En quelque discrédit que soit tombé le mot drame par la manière abusive et tortionnaire dont il a été prodigué dans ces temps de douloureuse littérature [30], il est nécessaire de l'employer ici : non que cette histoire soit dramatique dans le sens vrai du mot ; mais, l'œuvre accomplie, peut-être aura-t-on versé quelques larmes *intra muros*

et extra [31]. Sera-t-elle comprise au-delà de Paris ? le
doute est permis [32]. Les particularités de cette scène
pleine d'observations et de couleurs locales ne peuvent être appréciées qu'entre les buttes de Mont-
martre et les hauteurs de Montrouge, dans cette
illustre vallée de plâtras incessamment près de tomber
et de ruisseaux noirs de boue ; vallée remplie de souffrances réelles, de joies souvent fausses, et si terrible-
ment agitée qu'il faut je ne sais quoi d'exorbitant pour
y produire une sensation de quelque durée. Cependant il s'y rencontre çà et là des douleurs que l'agglo-
mération des vices et des vertus rend grandes et solen-
nelles : à leur aspect, les égoïsmes, les intérêts,
s'arrêtent et s'apitoient ; mais l'impression qu'ils en
reçoivent est comme un fruit savoureux promptement
dévoré. Le char de la civilisation, semblable à celui de
l'idole de Jaggernaut [33], à peine retardé par un cœur
moins facile à broyer que les autres et qui enraye sa
roue, l'a brisé bientôt et continue sa marche glorieuse.
Ainsi ferez-vous, vous qui tenez ce livre d'une main
blanche, vous qui vous enfoncez dans un moelleux
fauteuil en vous disant : « Peut-être ceci va-t-il
m'amuser. » Après avoir lu les secrètes infortunes du
père Goriot, vous dînerez avec appétit en mettant
votre insensibilité sur le compte de l'auteur, en le
taxant d'exagération, en l'accusant de poésie. Ah !
sachez-le : ce drame n'est ni une fiction, ni un roman.
All is true [34], il est si véritable, que chacun peut en
reconnaître les éléments chez soi, dans son cœur peut-
être.

La maison où s'exploite la pension bourgeoise
appartient à Mme Vauquer. Elle est située dans le bas
de la rue Neuve-Sainte-Geneviève, à l'endroit où le
terrain s'abaisse vers la rue de l'Arbalète par une pente
si brusque et si rude que les chevaux la montent ou la
descendent rarement. Cette circonstance est favorable
au silence qui règne dans ces rues serrées entre le
dôme du Val-de-Grâce et le dôme du Panthéon, deux
monuments qui changent les conditions de l'atmosphère en y jetant des tons jaunes, en y assombrissant

tout par les teintes sévères que projettent leurs cou-
poles. Là, les pavés sont secs, les ruisseaux n'ont ni
boue ni eau, l'herbe croît le long des murs. L'homme
le plus insouciant s'y attriste comme tous les passants,
le bruit d'une voiture y devient un événement, les
maisons y sont mornes, les murailles y sentent la
prison. Un Parisien égaré ne verrait là que des pensions bourgeoises ou des institutions, de la misère ou
de l'ennui, de la vieillesse qui meurt, de la joyeuse
jeunesse contrainte à travailler. Nul quartier de Paris
n'est plus horrible, ni, disons-le, plus inconnu. La rue
Neuve-Sainte-Geneviève surtout est comme un cadre
de bronze, le seul qui convienne à ce récit, auquel on
ne saurait trop préparer l'intelligence par des couleurs
brunes, par des idées graves ; ainsi que, de marche en
marche, le jour diminue et le chant du conducteur se
creuse, alors que le voyageur descend aux Catacombes [35]. Comparaison vraie ! Qui décidera de ce qui est
plus horrible à voir, ou des cœurs desséchés, ou des
crânes vides ?

La façade de la pension donne sur un jardinet, en
sorte que la maison tombe à angle droit sur la rue
Neuve-Sainte-Geneviève, où vous la voyez coupée
dans sa profondeur. Le long de cette façade, entre la
maison et le jardinet, règne un cailloutis en cuvette,
large d'une toise, devant lequel est une allée sablée,
bordée de géraniums, de lauriers-roses et de grena-
diers plantés dans de grands vases en faïence bleue et
blanche. On entre dans cette allée par une porte
bâtarde, surmontée d'un écriteau sur lequel est écrit :
MAISON VAUQUER, et dessous : *Pension bourgeoise des
deux sexes et autres.* Pendant le jour, une porte à claire-
voie, armée d'une sonnette criarde, laisse apercevoir
au bout du petit pavé, sur le mur opposé à la rue, une
arcade peinte en marbre vert par un artiste du quartier. Sous le renfoncement que simule cette peinture,
s'élève une statue représentant l'Amour. A voir le
vernis écaillé qui la couvre, les amateurs de symboles y
découvriraient peut-être un mythe de l'amour parisien
qu'on guérit à quelques pas de là [36]. Sous le socle,

cette inscription à demi effacée rappelle le temps
auquel remonte cet ornement par l'enthousiasme dont
il témoigne pour Voltaire, rentré dans Paris en 1777 :

> *Qui que tu sois, voici ton maître :*
> *Il l'est, le fut, ou le doit être* [37].

A la nuit tombante, la porte à claire-voie est rem-
placée par une porte pleine. Le jardinet, aussi large
que la façade est longue, se trouve encaissé par le mur
de la rue et par le mur mitoyen de la maison voisine,
le long de laquelle pend un manteau de lierre qui la
cache entièrement, et attire les yeux des passants par
un effet pittoresque dans Paris. Chacun de ces murs
est tapissé d'espaliers et de vignes dont les fructifica-
tions grêles et poudreuses sont l'objet des craintes
annuelles de Mme Vauquer et de ses conversations
avec les pensionnaires. Le long de chaque muraille,
règne une étroite allée qui mène à un couvert de
tilleuls, mot que Mme Vauquer, quoique née de
Conflans, prononce obstinément *tieuilles* [38], malgré les
observations grammaticales de ses hôtes. Entre les
deux allées latérales est un carré d'artichauts flanqué
d'arbres fruitiers en quenouille, et bordé d'oseille, de
laitue ou de persil. Sous le couvert de tilleuls est
plantée une table ronde peinte en vert, et entourée de
sièges. Là, durant les jours caniculaires, les convives
assez riches pour se permettre de prendre du café
viennent le savourer par une chaleur capable de faire
éclore des œufs. La façade, élevée de trois étages et
surmontée de mansardes, est bâtie en moellons et
badigeonnée avec cette couleur jaune qui donne un
caractère ignoble à presque toutes les maisons de
Paris. Les cinq croisées percées à chaque étage ont de
petits carreaux et sont garnies de jalousies dont
aucune n'est relevée de la même manière, en sorte que
toutes leurs lignes jurent entre elles. La profondeur de
cette maison comporte deux croisées qui, au rez-de-
chaussée, ont pour ornement des barreaux en fer,
grillagés. Derrière le bâtiment est une cour large

d'environ vingt pieds, où vivent en bonne intelligence des cochons, des poules, des lapins, et au fond de laquelle s'élève un hangar à serrer le bois. Entre ce hangar et la fenêtre de la cuisine se suspend le garde-manger, au-dessous duquel tombent les eaux grasses de l'évier. Cette cour a sur la rue Neuve-Sainte-Geneviève une porte étroite par où la cuisinière chasse les ordures de la maison en nettoyant cette sentine à grand renfort d'eau, sous peine de pestilence.

Naturellement destiné à l'exploitation de la pension bourgeoise, le rez-de-chaussée se compose d'une première pièce éclairée par les deux croisées de la rue, et où l'on entre par une porte-fenêtre. Ce salon communique à une salle à manger qui est séparée de la cuisine par la cage d'un escalier dont les marches sont en bois et en carreaux mis en couleur et frottés. Rien n'est plus triste à voir que ce salon meublé de fauteuils et de chaises en étoffe de crin à raies alternativement mates et luisantes. Au milieu se trouve une table ronde à dessus de marbre Sainte-Anne [39], décorée de ce cabaret [40] en porcelaine blanche ornée de filets d'or effacés à demi, que l'on rencontre partout aujourd'hui. Cette pièce, assez mal planchéiée, est lambrissée à hauteur d'appui. Le surplus des parois est tendu d'un papier verni représentant les principales scènes de *Télémaque* [41], et dont les classiques personnages sont coloriés. Le panneau d'entre les croisées grillagées offre aux pensionnaires le tableau du festin donné au fils d'Ulysse par Calypso. Depuis quarante ans cette peinture excite les plaisanteries des jeunes pensionnaires, qui se croient supérieurs à leur position en se moquant du dîner auquel la misère les condamne. La cheminée en pierre, dont le foyer toujours propre atteste qu'il ne s'y fait de feu que dans les grandes occasions, est ornée de deux vases pleins de fleurs artificielles, vieillies et encagées, qui accompagnent une pendule en marbre bleuâtre du plus mauvais goût. Cette première pièce exhale une odeur sans nom dans la langue, et qu'il faudrait appeler l'*odeur de pension*. Elle sent le renfermé, le moisi, le rance ; elle donne froid, elle est humide au nez, elle pénètre les vêtements ; elle a le goût d'une salle où l'on a dîné ; elle pue le service, l'office, l'hospice. Peut-être pourrait-elle se décrire si l'on inventait un procédé pour évaluer les quantités élémentaires et nauséabondes qu'y jettent les atmosphères catarrhales et *sui generis* de chaque pensionnaire, jeune ou vieux. Eh bien, malgré ces plates horreurs, si vous le compariez à la salle à manger, qui lui est contiguë, vous trouveriez ce salon élégant et parfumé comme doit l'être un boudoir. Cette salle, entièrement boisée, fut jadis peinte en une couleur indistincte aujourd'hui, qui forme un fond sur lequel la crasse a imprimé ses couches de manière à y dessiner des figures bizarres. Elle est plaquée de buffets gluants sur lesquels sont des carafes échancrées, ternies, des ronds de moiré métallique, des piles d'assiettes en porcelaine épaisse, à bords bleus, fabriquées à Tournai. Dans un angle est placée une boîte à cases numérotées qui sert à garder les serviettes, ou tachées ou vineuses, de chaque pensionnaire. Il s'y rencontre de ces meubles indestructibles, proscrits partout, mais placés là comme le sont les débris de la civilisation aux Incurables [42]. Vous y verriez un baromètre à capucin qui sort quand il pleut, des gravures exécrables qui ôtent l'appétit, toutes encadrées en bois noir verni à filets dorés ; un cartel [43] en écaille incrustée de cuivre ; un poêle vert, des quinquets d'Argand [44] où la poussière se combine avec l'huile, une longue table couverte en toile cirée assez grasse pour qu'un facétieux externe y écrive son nom en se servant de son doigt comme de style [45], des chaises estropiées, de petits paillassons piteux en sparterie qui se déroule toujours sans se perdre jamais, puis des chaufferettes misérables à trous cassés, à charnières défaites, dont le bois se carbonise. Pour expliquer combien ce mobilier est vieux, crevassé, pourri, tremblant, rongé, manchot, borgne, invalide, expirant, il faudrait en faire une description qui retarderait trop l'intérêt de cette histoire, et que les gens pressés ne pardonneraient pas. Le carreau rouge est plein de vallées produites par le frottement ou par les mises en couleur. Enfin, là règne la misère sans poésie ; une misère économe, concentrée, râpée. Si elle n'a pas de fange encore, elle a des taches ; si elle n'a ni trous ni haillons, elle va tomber en pourriture.

Cette pièce est dans tout son lustre au moment où, vers sept heures du matin, le chat de Mme Vauquer précède sa maîtresse, saute sur les buffets, y flaire le lait que contiennent plusieurs jattes couvertes d'assiettes, et fait entendre son *rourou* matinal. Bientôt la veuve se montre, attifée de son bonnet de tulle sous lequel pend un tour de faux cheveux mal mis, elle marche en traînassant ses pantoufles grimacées [46]. Sa face vieillotte, grassouillette, du milieu de laquelle sort un nez à bec de perroquet, ses petites mains potelées, sa personne dodue comme un rat d'église, son corsage trop plein et qui flotte, sont en harmonie avec cette salle où suinte le malheur, où s'est blottie la spéculation, et dont Mme Vauquer respire l'air chaudement fétide sans en être écœurée. Sa figure fraîche comme une première gelée d'automne, ses yeux ridés, dont l'expression passe du sourire prescrit aux danseuses à l'amer renfrognement de l'escompteur, enfin toute sa personne explique la pension, comme la pension implique sa personne. Le bagne ne va pas sans l'argousin [47], vous n'imagineriez pas l'un sans l'autre. L'embonpoint blafard de cette petite femme est le produit de cette vie, comme le typhus est la conséquence des exhalaisons d'un hôpital. Son jupon de laine tricotée, qui dépasse sa première jupe faite avec une vieille robe, et dont la ouate s'échappe par les fentes de l'étoffe lézardée, résume le salon, la salle à manger, le jardinet, annonce la cuisine et fait pressentir les pensionnaires. Quand elle est là, ce spectacle est complet. Âgée d'environ cinquante ans, Mme Vauquer ressemble à toutes les *femmes qui ont eu des malheurs*. Elle a l'œil vitreux, l'air innocent d'une entremetteuse qui va se gendarmer pour se faire payer plus cher, mais d'ailleurs prête à tout pour adoucir son sort, à livrer Georges ou Pichegru, si Georges ou

Pichegru étaient encore à livrer [48]. Néanmoins, elle est *bonne femme au fond*, disent les pensionnaires, qui la croient sans fortune en l'entendant geindre et tousser comme eux. Qu'avait été M. Vauquer ? Elle ne s'expliquait jamais sur le défunt. Comment avait-il perdu sa fortune ? Dans les malheurs, répondait-elle. Il s'était mal conduit envers elle, ne lui avait laissé que les yeux pour pleurer, cette maison pour vivre, et le droit de ne compatir à aucune infortune, parce que, disait-elle, elle avait souffert tout ce qu'il est possible de souffrir. En entendant trottiner sa maîtresse, la grosse Sylvie, la cuisinière, s'empressait de servir le déjeuner des pensionnaires internes.

Généralement les pensionnaires externes ne s'abonnaient qu'au dîner, qui coûtait trente francs par mois. A l'époque où cette histoire commence, les internes étaient au nombre de sept. Le premier étage contenait les deux meilleurs appartements de la maison. Mme Vauquer habitait le moins considérable, et l'autre appartenait à Mme Couture, veuve d'un commissaire-ordonnateur de la République française [49]. Elle avait avec elle une très jeune personne, nommée Victorine Taillefer, à qui elle servait de mère. La pension de ces deux dames montait à dix-huit cents francs. Les deux appartements du second étaient occupés, l'un par un vieillard nommé Poiret ; l'autre, par un homme âgé d'environ quarante ans, qui portait une perruque noire, se teignait les favoris, se disait ancien négociant, et s'appelait M. Vautrin [50]. Le troisième étage se composait de quatre chambres, dont deux étaient louées, l'une par une vieille fille nommée Mlle Michonneau [51] ; l'autre, par un ancien fabricant de vermicelles, de pâtes d'Italie et d'amidon, qui se laissait nommer le père Goriot [52]. Les deux autres chambres étaient destinées aux oiseaux de passage, à ces infortunés étudiants qui, comme le père Goriot et Mlle Michonneau, ne pouvaient mettre que quarante-cinq francs par mois à leur nourriture et à leur logement ; mais Mme Vauquer souhaitait peu leur présence et ne les prenait que quand elle ne trouvait pas mieux : ils mangeaient trop de pain. En ce moment, l'une de ces deux chambres appartenait à un jeune homme venu des environs d'Angoulême[53] à Paris pour y faire son droit, et dont la nombreuse famille se soumettait aux plus dures privations afin de lui envoyer douze cents francs par an. Eugène de Rastignac, ainsi se nommait-il[54], était un de ces jeunes gens façonnés au travail par le malheur, qui comprennent dès le jeune âge les espérances que leurs parents placent en eux, et qui se préparent une belle destinée en calculant déjà la portée de leurs études, et les adaptant par avance au mouvement futur de la société, pour être les premiers à la pressurer. Sans ses observations curieuses et l'adresse avec laquelle il sut se produire dans les salons de Paris, ce récit n'eût pas été coloré des tons vrais qu'il devra sans doute à son esprit sagace et à son désir de pénétrer les mystères d'une situation épouvantable aussi soigneusement cachée par ceux qui l'avaient créée que par celui qui la subissait.

Au-dessus de ce troisième étage étaient un grenier à étendre le linge et deux mansardes où couchaient un garçon de peine, nommé Christophe, et la grosse Sylvie, la cuisinière. Outre les sept pensionnaires internes, Mme Vauquer avait, bon an, mal an, huit étudiants en droit ou en médecine, et deux ou trois habitués qui demeuraient dans le quartier, abonnés tous pour le dîner seulement. La salle contenait à dîner dix-huit personnes et pouvait en admettre une vingtaine ; mais le matin, il ne s'y trouvait que sept locataires dont la réunion offrait pendant le déjeuner l'aspect d'un repas de famille. Chacun descendait en pantoufles, se permettait des observations confidentielles sur la mise ou sur l'air des externes, et sur les événements de la soirée précédente, en s'exprimant avec la confiance de l'intimité. Ces sept pensionnaires étaient les enfants gâtés de Mme Vauquer, qui leur mesurait avec une précision d'astronome les soins et les égards, d'après le chiffre de leurs pensions. Une même considération affectait ces êtres rassemblés par le hasard. Les deux locataires du second ne payaient que soixante-douze francs par mois. Ce bon marché, qui ne se rencontre que dans le faubourg Saint-Marcel, entre la Bourbe [55] et la Salpêtrière, et auquel Mme Couture faisait seule exception, annonce que ces pensionnaires devaient être sous le poids de malheurs plus ou moins apparents. Aussi le spectacle désolant que présentait l'intérieur de cette maison se répétait-il dans le costume de ses habitués, également délabrés. Les hommes portaient des redingotes dont la couleur était devenue problématique, des chaussures comme il s'en jette au coin des bornes dans les quartiers élégants, du linge élimé, des vêtements qui n'avaient plus que l'âme. Les femmes avaient des robes passées, reteintes, déteintes, de vieilles dentelles raccommodées, des gants glacés par l'usage, des collerettes toujours rousses et des fichus éraillés. Si tels étaient les habits, presque tous montraient des corps solidement charpentés, des constitutions qui avaient résisté aux tempêtes de la vie, des faces froides, dures, effacées comme celles des écus démonétisés. Les bouches flétries étaient armées de dents avides. Ces pensionnaires faisaient pressentir des drames accomplis ou en action ; non pas de ces drames joués à la lueur des rampes, entre des toiles peintes, mais des drames vivants et muets, des drames glacés qui remuaient chaudement le cœur, des drames continus.

La vieille demoiselle Michonneau gardait sur ses yeux fatigués un crasseux abat-jour [56] en taffetas vert, cerclé par du fil d'archal [57] qui aurait effarouché l'ange de la Pitié. Son châle à franges maigres et pleurardes semblait couvrir un squelette, tant les formes qu'il cachait étaient anguleuses. Quel acide avait dépouillé cette créature de ses formes féminines ? elle devait avoir été jolie et bien faite : était-ce le vice, le chagrin, la cupidité ? avait-elle trop aimé, avait-elle été marchande à la toilette [58], ou seulement courtisane ? Expiait-elle les triomphes d'une jeunesse insolente au-devant de laquelle s'étaient rués les plaisirs par une vieillesse que fuyaient les passants ? Son regard blanc donnait froid, sa figure rabougrie menaçait. Elle avait la voix clairette d'une cigale criant dans son buisson aux approches de l'hiver. Elle disait avoir pris soin d'un vieux monsieur affecté d'un catarrhe à la vessie, et abandonné par ses enfants, qui l'avaient cru sans ressources. Ce vieillard lui avait légué mille francs de rente viagère, périodiquement disputés par les héritiers, aux calomnies desquels elle était en butte. Quoique le jeu des passions eût ravagé sa figure, il s'y trouvait encore certains vestiges d'une blancheur et d'une finesse dans le tissu qui permettaient de supposer que le corps conservait quelques restes de beauté.

M. Poiret était une espèce de mécanique. En l'apercevant s'étendre comme une ombre grise le long d'une allée au Jardin des Plantes, la tête couverte d'une vieille casquette flasque, tenant à peine sa canne à pomme d'ivoire jauni dans sa main, laissant flotter les pans flétris de sa redingote qui cachait mal une culotte presque vide, et des jambes en bas bleus qui flageolaient comme celles d'un homme ivre, montrant son gilet blanc sale et son jabot de grosse mousseline recroquevillée qui s'unissait imparfaitement à sa cravate cordée autour de son cou de dindon, bien des gens se demandaient si cette ombre chinoise appartenait à la race audacieuse des fils de Japhet [59] qui papillonnent sur le boulevard italien [60]. Quel travail avait pu le ratatiner ainsi ? quelle passion avait bistré sa face bulbeuse, qui, dessinée en caricature, aurait paru hors du vrai ? Ce qu'il avait été ? mais peut-être avait-il été employé au ministère de la Justice, dans le bureau où les exécuteurs des hautes œuvres envoient leurs mémoires de frais, le compte des fournitures de voiles noirs pour les parricides, de son pour les paniers, de ficelle pour les couteaux. Peut-être avait-il été receveur à la porte d'un abattoir, ou sous-inspecteur de salubrité. Enfin, cet homme semblait avoir été l'un des ânes de notre grand moulin social, l'un de ces Ratons parisiens qui ne connaissent même pas leurs Bertrands [61], quelque pivot sur lequel avaient

tourné les infortunes ou les saletés publiques, enfin
l'un de ces hommes dont nous disons, en les voyant :
Il en faut pourtant comme ça. Le beau Paris ignore ces
figures blêmes de souffrances morales ou physiques.
Mais Paris est un véritable océan. Jetez-y la sonde,
vous n'en connaîtrez jamais la profondeur. Parcou-
rez-le, décrivez-le : quelque soin que vous mettiez à le
parcourir, à le décrire ; quelque nombreux et intéressés que soient les explorateurs de cette mer, il s'y
rencontrera toujours un lieu vierge, un antre inconnu,
des fleurs, des perles, des monstres, quelque chose
d'inouï, oublié par les plongeurs littéraires [62]. La
Maison Vauquer est une de ces monstruosités
curieuses.

Deux figures y formaient un contraste frappant avec
la masse des pensionnaires et des habitués. Quoique
Mlle Victorine Taillefer eût une blancheur maladive
semblable à celle des jeunes filles attaquées de chlo-
rose [63], et qu'elle se rattachât à la souffrance générale
qui faisait le fond de ce tableau par une tristesse habituelle, par une contenance gênée, par un air pauvre et
grêle, néanmoins son visage n'était pas vieux, ses
mouvements et sa voix étaient agiles. Ce jeune malheur ressemblait à un arbuste aux feuilles jaunies, fraî-
chement planté dans un terrain contraire. Sa physionomie roussâtre, ses cheveux d'un blond fauve, sa
taille trop mince, exprimaient cette grâce que les
poètes modernes trouvaient aux statuettes du Moyen
Age. Ses yeux gris mélangés de noir exprimaient une
douceur, une résignation chrétiennes. Ses vêtements
simples, peu coûteux, trahissaient des formes jeunes.
Elle était jolie par juxtaposition. Heureuse, elle eût été
ravissante : le bonheur est la poésie des femmes,
comme la toilette en est le fard. Si la joie d'un bal eût
reflété ses teintes rosées sur ce visage pâle ; si les douceurs d'une vie élégante eussent rempli, eussent ver-
millonné ces joues déjà légèrement creusées ; si
l'amour eût ranimé ces yeux tristes, Victorine aurait
pu lutter avec les plus belles jeunes filles. Il lui manquait ce qui crée une seconde fois la femme, les chif-

fons et les billets doux. Son histoire eût fourni le sujet
d'un livre. Son père croyait avoir des raisons pour ne
pas la reconnaître [64], refusait de la garder près de lui,
ne lui accordait que six cents francs par an, et avait
dénaturé sa fortune, afin de pouvoir la transmettre en
entier à son fils. Parente éloignée de la mère de Victorine, qui jadis était venue mourir de désespoir chez
elle, Mme Couture prenait soin de l'orpheline comme
de son enfant. Malheureusement la veuve du commissaire-ordonnateur des armées de la République ne
possédait rien au monde que son douaire et sa pension ; elle pouvait laisser un jour cette pauvre fille,
sans expérience et sans ressources, à la merci du
monde. La bonne femme menait Victorine à la messe
tous les dimanches, à confesse tous les quinze jours,
afin d'en faire à tout hasard une fille pieuse. Elle avait
raison. Les sentiments religieux offraient un avenir à
cet enfant désavoué, qui aimait son père, qui tous les
ans s'acheminait chez lui pour y apporter le pardon de
sa mère ; mais qui, tous les ans, se cognait contre la
porte de la maison paternelle, inexorablement fermée.
Son frère, son unique médiateur, n'était pas venu la
voir une seule fois en quatre ans, et ne lui envoyait
aucun secours. Elle suppliait Dieu de dessiller les yeux
de son père, d'attendrir le cœur de son frère, et priait
pour eux sans les accuser. Mme Couture et
Mme Vauquer ne trouvaient pas assez de mots dans le
dictionnaire des injures pour qualifier cette conduite
barbare. Quand elles maudissaient ce millionnaire
infâme, Victorine faisait entendre de douces paroles,
semblables au chant du ramier blessé, dont le cri de
douleur exprime encore l'amour.

Eugène de Rastignac avait un visage tout méridional, le teint blanc, des cheveux noirs, des yeux
bleus. Sa tournure, ses manières, sa pose habituelle
dénotaient le fils d'une famille noble, où l'éducation
première n'avait comporté que des traditions de bon
goût. S'il était ménager de ses habits, si les jours ordi-
naires il achevait d'user les vêtements de l'an passé,
néanmoins il pouvait sortir quelquefois mis comme

l'est un jeune homme élégant. Ordinairement il portait une vieille redingote, un mauvais gilet, la méchante cravate noire, flétrie, mal nouée de l'étudiant, un pantalon à l'avenant et des bottes ressemelées.

Entre ces deux personnages et les autres, Vautrin, l'homme de quarante ans, à favoris peints, servait de transition. Il était un de ces gens dont le peuple dit : « Voilà un fameux gaillard ! » Il avait les épaules larges, le buste bien développé, les muscles apparents, des mains épaisses, carrées et fortement marquées aux phalanges par des bouquets de poils touffus et d'un roux ardent. Sa figure, rayée par des rides prématurées, offrait des signes de dureté que démentaient ses manières souples et liantes. Sa voix de basse-taille, en harmonie avec sa grosse gaieté, ne déplaisait point. Il était obligeant et rieur. Si quelque serrure allait mal, il l'avait bientôt démontée, rafistolée, huilée, limée, remontée, en disant : « Ça me connaît. » Il connaissait tout d'ailleurs, les vaisseaux, la mer, la France, l'étranger, les affaires, les hommes, les événements, les lois, les hôtels et les prisons. Si quelqu'un se plaignait par trop, il lui offrait aussitôt ses services. Il avait prêté plusieurs fois de l'argent à Mme Vauquer et à quelques pensionnaires ; mais ses obligés seraient morts plutôt que de ne pas le lui rendre, tant, malgré son air bonhomme, il imprimait de crainte par un certain regard profond et plein de résolution. A la manière dont il lançait un jet de salive, il annonçait un sang-froid imperturbable qui ne devait pas le faire reculer devant un crime pour sortir d'une position équivoque. Comme un juge sévère, son œil semblait aller au fond de toutes les questions, de toutes les consciences, de tous les sentiments. Ses mœurs consistaient à sortir après le déjeuner, à revenir pour dîner, à décamper pour toute la soirée, et à rentrer vers minuit, à l'aide d'un passe-partout que lui avait confié Mme Vauquer. Lui seul jouissait de cette faveur. Mais aussi était-il au mieux avec la veuve, qu'il appelait maman en la saisissant par la taille, flatterie peu comprise ! La bonne femme croyait la chose encore facile, tandis que Vautrin seul avait les bras assez longs pour presser cette pesante circonférence. Un trait de son caractère était de payer généreusement quinze francs par mois pour le *gloria* [65] qu'il prenait au dessert. Des gens moins superficiels que ne l'étaient ces jeunes gens emportés par les tourbillons de la vie parisienne, ou ces vieillards indifférents à ce qui ne les touchait pas directement, ne se seraient pas arrêtés à l'impression douteuse que leur causait Vautrin. Il savait ou devinait les affaires de ceux qui l'entouraient, tandis que nul ne pouvait pénétrer ni ses pensées ni ses occupations. Quoiqu'il eût jeté son apparente bonhomie, sa constante complaisance et sa gaieté comme une barrière entre les autres et lui, souvent il laissait percer l'épouvantable profondeur de son caractère. Souvent une boutade digne de Juvénal [66], et par laquelle il semblait se complaire à bafouer les lois, à fouetter la haute société, à la convaincre d'inconséquence avec ellemême, devait faire supposer qu'il gardait rancune à l'état social, et qu'il y avait au fond de sa vie un mystère soigneusement enfoui.

Attirée, peut-être à son insu, par la force de l'un ou par la beauté de l'autre, Mlle Taillefer partageait ses regards furtifs, ses pensées secrètes, entre ce quadragénaire et le jeune étudiant ; mais aucun d'eux ne paraissait songer à elle, quoique d'un jour à l'autre le hasard pût changer sa position et la rendre un riche parti. D'ailleurs aucune de ces personnes ne se donnait la peine de vérifier si les malheurs allégués par l'une d'elles étaient faux ou véritables. Toutes avaient les unes pour les autres une indifférence mêlée de défiance qui résultait de leurs situations respectives. Elles se savaient impuissantes à soulager leurs peines, et toutes avaient en se les contant épuisé la coupe des condoléances. Semblables à de vieux époux, elles n'avaient plus rien à se dire. Il ne restait donc entre elles que les rapports d'une vie mécanique, le jeu de rouages sans huile. Toutes devaient passer droit dans la rue devant un aveugle, écouter sans émotion le récit

d'une infortune, et voir dans une mort la solution
d'un problème de misère qui les rendait froides à la
plus terrible agonie. La plus heureuse de ces âmes
désolées était Mme Vauquer, qui trônait dans cet hospice libre. Pour elle seule ce petit jardin, que le silence
et le froid, le sec et l'humide faisaient vaste comme un
steppe [67], était un riant bocage. Pour elle seule cette
maison jaune et morne, qui sentait le vert-de-gris du
comptoir, avait des délices. Ces cabanons lui appartenaient. Elle nourrissait ces forçats acquis à des peines
perpétuelles, en exerçant sur eux une autorité res-
pectée. Où ces pauvres êtres auraient-ils trouvé dans
Paris, au prix où elle les donnait, des aliments sains,
suffisants, et un appartement qu'ils étaient maîtres de
rendre, sinon élégant ou commode, du moins propre
et salubre ? Se fût-elle permis une injustice criante, la
victime l'aurait supportée sans se plaindre.

Une réunion semblable devait offrir et offrait en
petit les éléments d'une société complète. Parmi les
dix-huit convives il se rencontrait, comme dans les
collèges, comme dans le monde, une pauvre créature
rebutée, un souffre-douleur sur qui pleuvaient les plaisanteries. Au commencement de la seconde année,
cette figure devint pour Eugène de Rastignac la plus
saillante de toutes celles au milieu desquelles il était
condamné à vivre encore pendant deux ans. Ce *pati-
ras* [68] était l'ancien vermicellier, le père Goriot, sur la
tête duquel un peintre aurait, comme l'historien, fait
tomber toute la lumière du tableau. Par quel hasard ce
mépris à demi haineux, cette persécution mélangée de
pitié, ce non-respect du malheur avaient-ils frappé le
plus ancien pensionnaire ? Y avait-il donné lieu par
quelques-uns de ces ridicules ou de ces bizarreries que
l'on pardonne moins qu'on ne pardonne des vices ?
Ces questions tiennent de près à bien des injustices
sociales. Peut-être est-il dans la nature humaine de
tout faire supporter à qui souffre tout par humilité
vraie, par faiblesse ou par indifférence. N'aimons-nous
pas tous à prouver notre force aux dépens de
quelqu'un ou de quelque chose ? L'être le plus débile,

le gamin sonne à toutes les portes quand il gèle, ou se hisse pour écrire son nom sur un monument vierge.

Le père Goriot, vieillard de soixante-neuf ans environ, s'était retiré chez Mme Vauquer, en 1813, après avoir quitté les affaires. Il y avait d'abord pris l'appartement occupé par Mme Couture, et donnait alors douze cents francs de pension, en homme pour qui cinq louis de plus ou de moins étaient une bagatelle. Mme Vauquer avait rafraîchi les trois chambres de cet appartement moyennant une indemnité préalable qui paya, dit-on, la valeur d'un méchant ameublement composé de rideaux en calicot jaune, de fauteuils en bois verni couverts en velours d'Utrecht, de quelques peintures à la colle, et de papiers que refusaient les cabarets de la banlieue. Peut-être l'insouciante générosité que mit à se laisser attraper le père Goriot, qui vers cette époque était respectueusement nommé M. Goriot, le fit-elle considérer comme un imbécile qui ne connaissait rien aux affaires. Goriot vint muni d'une garde-robe bien fournie, le trousseau magnifique du négociant qui ne se refuse rien en se retirant du commerce. Mme Vauquer avait admiré dix-huit chemises de demi-hollande, dont la finesse était d'autant plus remarquable que le vermicellier portait sur son jabot dormant deux épingles unies par une chaînette, et dont chacune était montée d'un gros diamant. Habituellement vêtu d'un habit bleu-barbeau [69], il prenait chaque jour un gilet de piqué blanc, sous lequel fluctuait son ventre piriforme et proéminent, qui faisait rebondir une lourde chaîne d'or garnie de breloques. Sa tabatière, également en or, contenait un médaillon plein de cheveux qui le rendaient en apparence coupable de quelques bonnes fortunes. Lorsque son hôtesse l'accusa d'être un *galantin*, il laissa errer sur ses lèvres le gai sourire du bourgeois dont on a flatté le dada. Ses *ormoires* (il prononçait ce mot à la manière du menu peuple [70]) furent remplies par la nombreuse argenterie de son ménage. Les yeux de la veuve s'allumèrent quand elle l'aida complaisamment à déballer et ranger les lou-

ches, les cuillers à ragoût, les couverts, les huiliers, les
saucières, plusieurs plats, des déjeuners en vermeil,
enfin des pièces plus ou moins belles, pesant un certain nombre de marcs [71], et dont il ne voulait pas se
défaire. Ces cadeaux lui rappelaient les solennités de
sa vie domestique. « Ceci, dit-il à Mme Vauquer en
serrant un plat et une petite écuelle dont le couvercle
représentait deux tourterelles qui se becquetaient, est
le premier présent que m'a fait ma femme, le jour de
notre anniversaire. Pauvre bonne ! elle y avait
consacré ses économies de demoiselle. Voyez-vous,
madame ? j'aimerais mieux gratter la terre avec mes
ongles que de me séparer de cela. Dieu merci ! je
pourrai prendre dans cette écuelle mon café, tous les
matins durant le reste de mes jours. Je ne suis pas à
plaindre, j'ai sur la planche du pain de cuit pour longtemps. » Enfin, Mme Vauquer avait bien vu, de son
œil de pie, quelques inscriptions sur le grand-livre qui,
vaguement additionnées, pouvaient faire à cet excellent Goriot un revenu d'environ huit à dix mille
francs. Dès ce jour, Mme Vauquer, née de Conflans,
qui avait alors quarante-huit ans effectifs et n'en
acceptait que trente-neuf, eut des idées. Quoique le
larmier [72] des yeux de Goriot fût retourné, gonflé,
pendant, ce qui l'obligeait à les essuyer assez fréquem-
ment, elle lui trouva l'air agréable et comme il faut.
D'ailleurs son mollet charnu, saillant, pronostiquait,
autant que son long nez carré, des qualités morales [73]
auxquelles paraissait tenir la veuve, et que confirmait
la face lunaire et naïvement niaise du bonhomme. Ce
devait être une bête solidement bâtie, capable de
dépenser tout son esprit en sentiment. Ses cheveux en
ailes de pigeon [74], que le coiffeur de l'École polytech-
nique vint lui poudrer tous les matins, dessinaient
cinq pointes sur son front bas, et décoraient bien sa
figure. Quoique un peu rustaud, il était si bien tiré à
quatre épingles, il prenait si richement son tabac, il le
humait en homme si sûr de toujours avoir sa tabatière
pleine de macouba [75], que le jour où M. Goriot s'ins-
talla chez elle, Mme Vauquer se coucha le soir en

rôtissant, comme une perdrix dans sa barde, au feu du désir qui la saisit de quitter le suaire de Vauquer pour renaître en Goriot. Se marier, vendre sa pension, donner le bras à cette fine fleur de bourgeoisie, devenir une dame notable dans le quartier, y quêter pour les indigents, faire de petites parties le dimanche à Choisy, Soissy, Gentilly ; aller au spectacle à sa guise, en loge, sans attendre les billets d'auteur que lui donnaient quelques-uns de ses pensionnaires, au mois de juillet : elle rêva tout l'Eldorado des petits ménages parisiens. Elle n'avait avoué à personne qu'elle possédait quarante mille francs amassés sou à sou. Certes elle se croyait, sous le rapport de la fortune, un parti sortable. « Quant au reste, je vaux bien le bonhomme ! » se dit-elle en se retournant dans son lit, comme pour s'attester à elle-même des charmes que la grosse Sylvie trouvait chaque matin moulés en creux. Dès ce jour, pendant environ trois mois, la veuve Vauquer profita du coiffeur de M. Goriot, et fit quelques frais de toilette, excusés par la nécessité de donner à sa maison un certain décorum en harmonie avec les personnes honorables qui la fréquentaient. Elle s'intrigua beaucoup pour changer le personnel de ses pensionnaires, en affichant la prétention de n'accepter désormais que les gens les plus distingués sous tous les rapports. Un étranger se présentait-il, elle lui vantait la préférence que M. Goriot, un des négociants les plus notables et les plus respectables de Paris, lui avait accordée. Elle distribua des prospectus en tête desquels se lisait : MAISON VAUQUER. « C'était, disait-elle, une des plus anciennes et des plus estimées pensions bourgeoises du pays [76] latin. Il y existait une vue des plus agréables sur la vallée des Gobelins (on l'apercevait du troisième étage), et un *joli* jardin, au bout duquel s'étendait une ALLÉE de tilleuls ». Elle y parlait du bon air et de la solitude. Ce prospectus lui amena Mme la comtesse de l'Ambermesnil, femme de trente-six ans, qui attendait la fin de la liquidation et le règlement d'une pension qui lui était due, en qualité de veuve d'un général mort sur *les* champs de

bataille. Mme Vauquer soigna sa table, fit du feu dans
les salons pendant près de six mois, et tint si bien les
promesses de son prospectus, qu'*elle y mit du sien*.
Aussi la comtesse disait-elle à Mme Vauquer, en
l'appelant *chère amie*, qu'elle lui procurerait la baronne
de Vaumerland et la veuve du colonel comte Picquoi-
seau, deux de ses amies, qui achevaient au Marais leur
terme dans une pension plus coûteuse que ne l'était la
Maison Vauquer. Ces dames seraient d'ailleurs fort à
leur aise quand les Bureaux de la Guerre auraient fini
leur travail. « Mais, disait-elle, les Bureaux ne termi-
nent rien. » Les deux veuves montaient ensemble
après le dîner dans la chambre de Mme Vauquer, et y
faisaient de petites causettes en buvant du cassis et
mangeant des friandises réservées pour la bouche de la
maîtresse. Mme de l'Ambermesnil approuva beaucoup les vues de son hôtesse sur le Goriot, vues excellentes, qu'elle avait d'ailleurs devinées dès le premier
jour ; elle le trouvait un homme parfait.

« Ah ! ma chère dame, un homme sain comme mon
œil, lui disait la veuve, un homme parfaitement
conservé, et qui peut donner encore bien de l'agrément à une femme. »

La comtesse fit généreusement des observations à
Mme Vauquer sur sa mise, qui n'était pas en harmonie avec ses prétentions. « Il faut vous mettre sur le
pied de guerre », lui dit-elle. Après bien des calculs, les
deux veuves allèrent ensemble au Palais-Royal, où
elles achetèrent, aux Galeries de bois [77], un chapeau à
plumes et un bonnet. La comtesse entraîna son amie
au magasin de *La Petite Jeannette*, où elles choisirent
une robe et une écharpe. Quand ces munitions furent
employées, et que la veuve fut sous les armes, elle
ressembla parfaitement à l'enseigne du *Bœuf à la
mode* [78]. Néanmoins elle se trouva si changée à son
avantage, qu'elle se crut l'obligée de la comtesse, et,
quoique peu *donnante*, elle la pria d'accepter un chapeau de vingt francs. Elle comptait, à la vérité, lui
demander le service de sonder Goriot et de la faire
valoir auprès de lui. Mme de l'Ambermesnil se prêta

fort amicalement à ce manège, et cerna le vieux vermicellier avec lequel elle réussit à avoir une conférence ; mais après l'avoir trouvé pudibond, pour ne
pas dire réfractaire aux tentatives que lui suggéra son
désir particulier de le séduire pour son propre compte,
elle sortit révoltée de sa grossièreté.

« Mon ange, dit-elle à sa chère amie, vous ne tirerez
rien de cet homme-là ! il est ridiculement défiant ;
c'est un grippe-sou, une bête, un sot, qui ne vous
causera que du désagrément. »

Il y eut entre M. Goriot et Mme de l'Ambermesnil
des choses telles que la comtesse ne voulut même
plus se trouver avec lui. Le lendemain, elle partit en
oubliant de payer six mois de pension, et en laissant
une défroque prisée cinq francs. Quelque âpreté que
Mme Vauquer mît à ses recherches, elle ne put
obtenir aucun renseignement dans Paris sur la comtesse de l'Ambermesnil. Elle parlait souvent de cette
déplorable affaire, en se plaignant de son trop de
confiance, quoiqu'elle fût plus méfiante que ne l'est
une chatte ; mais elle ressemblait à beaucoup de personnes qui se défient de leurs proches, et se livrent
au premier venu. Fait moral, bizarre, mais vrai, dont
la racine est facile à trouver dans le cœur humain.
Peut-être certaines gens n'ont-ils plus rien à gagner
auprès des personnes avec lesquelles ils vivent ; après
leur avoir montré le vide de leur âme, ils se sentent
secrètement jugés par elles avec une sévérité méritée ;
mais, éprouvant un invincible besoin de flatteries qui
leur manquent, ou dévorés par l'envie de paraître
posséder les qualités qu'ils n'ont pas, ils espèrent surprendre l'estime ou le cœur de ceux qui leur sont
étrangers, au risque d'en déchoir un jour. Enfin il est
des individus nés mercenaires qui ne font aucun bien
à leurs amis ou à leurs proches, parce qu'ils le doivent ; tandis qu'en rendant service à des inconnus, ils
en recueillent un gain d'amour-propre : plus le cercle
de leurs affections est près d'eux, moins ils aiment ;
plus il s'étend, plus serviables ils sont. Mme Vauquer

tenait sans doute de ces deux natures, essentiellement mesquines, fausses, exécrables.

« Si j'avais été ici, lui disait alors Vautrin, ce malheur ne vous serait pas arrivé ! je vous aurais joliment dévisagé cette farceuse-là. Je connais leurs *frimousses*. »

Comme tous les esprits rétrécis, Mme Vauquer avait l'habitude de ne pas sortir du cercle des événements, et de ne pas juger leurs causes. Elle aimait à s'en prendre à autrui de ses propres fautes. Quand cette perte eut lieu, elle considéra l'honnête vermicellier comme le principe de son infortune, et commença dès lors, disait-elle, à se dégriser sur son compte. Lorsqu'elle eut reconnu l'inutilité de ses agaceries et de ses frais de représentation, elle ne tarda pas à en deviner la raison. Elle s'aperçut alors que son pensionnaire avait déjà, selon son expression, ses allures [79]. Enfin il lui fut prouvé que son espoir si mignonnement caressé reposait sur une base chimérique, et qu'elle ne tirerait jamais rien de cet homme-là, suivant le mot énergique de la comtesse, qui paraissait être une connaisseuse. Elle alla nécessairement plus loin en aversion qu'elle n'était allée dans son amitié. Sa haine ne fut pas en raison de son amour, mais de ses espérances trompées. Si le cœur humain trouve des repos en montant les hauteurs de l'affection, il s'arrête rarement sur la pente rapide des sentiments haineux. Mais M. Goriot était son pensionnaire, la veuve fut donc obligée de réprimer les explosions de son amour-propre blessé, d'enterrer les soupirs que lui causa cette déception, et de dévorer ses désirs de vengeance, comme un moine vexé par son prieur [80]. Les petits esprits satisfont leurs sentiments, bons ou mauvais, par des petitesses incessantes. La veuve employa sa malice de femme à inventer de sourdes persécutions contre sa victime. Elle commença par retrancher les superfluités introduites dans sa pension. « Plus de cornichons, plus d'anchois : c'est des duperies ! » dit-elle à Sylvie, le matin où elle rentra dans son ancien programme. M. Goriot était un homme frugal, chez qui la parcimonie nécessaire aux gens qui font eux-mêmes leur fortune était dégénérée en habitude. La soupe, le bouilli, un plat de légumes, avaient été, devaient toujours être son dîner de prédilection. Il fut donc bien difficile à Mme Vauquer de tourmenter son pensionnaire, de qui elle ne pouvait en rien froisser les goûts. Désespérée de rencontrer un homme inattaquable, elle se mit à le déconsidérer, et fit ainsi partager son aversion pour Goriot par ses pensionnaires, qui, par amusement, servirent ses vengeances. Vers la fin de la première année, la veuve en était venue à un tel degré de méfiance, qu'elle se demandait pourquoi ce négociant, riche de sept à huit mille livres de rente, qui possédait une argenterie superbe et des bijoux aussi beaux que ceux d'une fille entretenue, demeurait chez elle, en lui payant une pension si modique relativement à sa fortune. Pendant la plus grande partie de cette première année, Goriot avait souvent dîné dehors une ou deux fois par semaine ; puis, insensiblement, il en était arrivé à ne plus dîner en ville que deux fois par mois. Les petites parties fines du sieur Goriot convenaient trop bien aux intérêts de Mme Vauquer pour qu'elle ne fût pas mécontente de l'exactitude progressive avec laquelle son pensionnaire prenait ses repas chez elle. Ces changements furent attribués autant à une lente diminution de fortune qu'au désir de contrarier son hôtesse. Une des plus détestables habitudes de ces esprits lilliputiens est de supposer leurs petitesses chez les autres. Malheureusement, à la fin de la deuxième année, M. Goriot justifia les bavardages dont il était l'objet, en demandant à Mme Vauquer de passer au second étage, et de réduire sa pension à neuf cents francs. Il eut besoin d'une si stricte économie qu'il ne fit plus de feu chez lui pendant l'hiver. La veuve Vauquer voulut être payée d'avance ; à quoi consentit M. Goriot, que dès lors elle nomma le père Goriot. Ce fut à qui devinerait les causes de cette décadence. Exploration difficile ! Comme l'avait dit la fausse comtesse, le père Goriot était un sournois, un taciturne. Suivant la logique des gens à tête vide, tous indiscrets parce qu'ils n'ont que des riens à dire, ceux qui ne parlent pas de leurs affaires en doivent faire de mauvaises. Ce négociant si distingué devint donc un fripon, ce galantin fut un vieux drôle. Tantôt, selon Vautrin, qui vint vers cette époque habiter la Maison Vauquer, le père Goriot était un homme qui allait à la Bourse et qui, suivant une expression assez énergique de la langue financière, *carottait* sur les rentes [81] après s'y être ruiné. Tantôt c'était un de ces petits joueurs qui vont hasarder et gagner tous les soirs dix francs au jeu. Tantôt on en faisait un espion attaché à la haute police ; mais Vautrin prétendait qu'il n'était pas assez rusé pour *en être*. Le père Goriot était encore un avare qui prêtait à la petite semaine, un homme qui nourrissait des numéros à la loterie [82]. On en faisait tout ce que le vice, la honte, l'impuissance engendrent de plus mystérieux. Seulement, quelque ignobles que fussent sa conduite ou ses vices, l'aversion qu'il inspirait n'allait pas jusqu'à le faire bannir : il payait sa pension. Puis il était utile, chacun essuyait sur lui sa bonne ou mauvaise humeur par des plaisanteries ou par des bourrades. L'opinion qui paraissait plus probable, et qui fut généralement adoptée, était celle de Mme Vauquer. A l'entendre, cet homme si bien conservé, sain comme son œil et avec lequel on pouvait avoir encore beaucoup d'agrément, était un libertin qui avait des goûts étranges. Voici sur quels faits la veuve Vauquer appuyait ses calomnies. Quelques mois après le départ de cette désastreuse comtesse qui avait su vivre pendant six mois à ses dépens, un matin, avant de se lever, elle entendit dans son escalier le froufrou d'une robe de soie et le pas mignon d'une femme jeune et légère qui filait chez Goriot, dont la porte s'était intelligemment ouverte. Aussitôt la grosse Sylvie vint dire à sa maîtresse qu'une fille trop jolie pour être honnête, *mise comme une divinité*, chaussée en brodequins de prunelle [83] qui n'étaient pas crottés, avait glissé comme une anguille de la rue jusqu'à sa cuisine, et lui avait demandé l'appartement de M. Goriot. Mme Vauquer et sa cuisinière se mirent aux écoutes, et surprirent plusieurs mots tendrement prononcés pendant la visite, qui dura quelque temps. Quand M. Goriot reconduisit *sa dame*, la grosse Sylvie prit aussitôt son panier, et feignit d'aller au marché, pour suivre le couple amoureux.

« Madame, dit-elle à sa maîtresse en revenant, il faut que M. Goriot soit diantrement riche tout de même, pour les mettre sur ce pied-là. Figurez-vous qu'il y avait au coin de l'Estrapade un superbe équipage dans lequel *elle* est montée. »

Pendant le dîner, Mme Vauquer alla tirer un rideau, pour empêcher que Goriot ne fût incommodé par le soleil dont un rayon lui tombait sur les yeux.

« Vous êtes aimé des belles, monsieur Goriot, le soleil vous cherche, dit-elle en faisant allusion à la visite qu'il avait reçue. Peste ! vous avez bon goût, elle était bien jolie.

— C'était ma fille », dit-il avec une sorte d'orgueil dans lequel les pensionnaires voulurent voir la fatuité d'un vieillard qui garde les apparences.

Un mois après cette visite, M. Goriot en reçut une autre. Sa fille qui, la première fois, était venue en toilette du matin, vint après le dîner et habillée comme pour aller dans le monde. Les pensionnaires, occupés à causer dans le salon, purent voir en elle une jolie blonde, mince de taille, gracieuse, et beaucoup trop distinguée pour être la fille d'un père Goriot.

« Et de deux ! » dit la grosse Sylvie, qui ne la reconnut pas.

Quelques jours après, une autre fille, grande et bien faite, brune, à cheveux noirs et à l'œil vif, demanda M. Goriot.

« Et de trois ! » dit Sylvie.

Cette seconde fille, qui la première fois était aussi venue voir son père le matin, vint quelques jours après, le soir, en toilette de bal et en voiture.

« Et de quatre ! » dirent Mme Vauquer et la grosse Sylvie, qui ne reconnurent dans cette grande dame aucun vestige de la fille simplement mise le matin où elle fit sa première visite.

Goriot payait encore douze cents francs de pension. Mme Vauquer trouva tout naturel qu'un homme riche eût quatre ou cinq maîtresses, et le trouva même fort adroit de les faire passer pour ses filles. Elle ne se formalisa point de ce qu'il les mandait dans la Maison Vauquer. Seulement, comme ces visites lui expliquaient l'indifférence de son pensionnaire à son égard, elle se permit, au commencement de la deuxième année, de l'appeler *vieux matou*. Enfin, quand son pensionnaire tomba dans les neuf cents francs, elle lui demanda fort insolemment ce qu'il comptait faire de sa maison, en voyant descendre une de ces dames. Le père Goriot lui répondit que cette dame était sa fille aînée.

« Vous en avez donc trente-six, des filles ? dit aigrement Mme Vauquer.

— Je n'en ai que deux », répliqua le pensionnaire avec la douceur d'un homme ruiné qui arrive à toutes les docilités de la misère.

Vers la fin de la troisième année, le père Goriot réduisit encore ses dépenses, en montant au troisième étage et en se mettant à quarante-cinq francs de pension par mois. Il se passa de tabac, congédia son perruquier et ne mit plus de poudre. Quand le père Goriot parut pour la première fois sans être poudré, son hôtesse laissa échapper une exclamation de surprise en apercevant la couleur de ses cheveux, ils étaient d'un gris sale et verdâtre. Sa physionomie, que des chagrins secrets avaient insensiblement rendue plus triste de jour en jour, semblait la plus désolée de toutes celles qui garnissaient la table. Il n'y eut alors plus aucun doute. Le père Goriot était un vieux libertin dont les yeux n'avaient été préservés de la maligne influence des remèdes nécessités par ses maladies que par l'habileté d'un médecin. La couleur dégoûtante de ses cheveux provenait de ses excès et des drogues qu'il avait prises pour les continuer. L'état physique et moral du bonhomme donnait raison à ces radotages. Quand son trousseau fut usé, il acheta du calicot à quatorze sous l'aune pour remplacer son beau linge. Ses diamants, sa tabatière d'or, sa chaîne, ses bijoux, disparurent un à un. Il avait quitté l'habit bleu-barbeau, tout son costume cossu, pour porter, été comme hiver, une redingote de drap marron grossier, un gilet en poil de chèvre, et un pantalon gris en cuir de laine. Il devint progressivement maigre ; ses mollets tombèrent ; sa figure, bouffie par le contentement d'un bonheur bourgeois, se rida démesurément ; son front se plissa, sa mâchoire se dessina. Durant la quatrième année de son établissement rue Neuve-Sainte-Geneviève, il ne se ressemblait plus. Le bon vermicellier de soixante-deux ans qui ne paraissait pas en avoir quarante, le bourgeois gros et gras, frais de bêtise, dont la tenue égrillarde réjouissait les passants, qui avait quelque chose de jeune dans le sourire, semblait être un septuagénaire hébété, vacillant, blafard. Ses yeux bleus si vivaces prirent des teintes ternes et gris-de-fer, ils avaient pâli, ne larmoyaient plus, et leur bordure rouge semblait pleurer du sang. Aux uns, il faisait horreur ; aux autres, il faisait pitié. De jeunes étudiants en médecine, ayant remarqué l'abaissement de sa lèvre inférieure et mesuré le sommet de son angle facial, le déclarèrent atteint de crétinisme, après l'avoir longtemps houspillé sans en rien tirer. Un soir, après le dîner, Mme Vauquer lui ayant dit en manière de raillerie : « Eh bien, elles ne viennent donc plus vous voir, vos filles ? » en mettant en doute sa paternité, le père Goriot tressaillit comme si son hôtesse l'eût piqué avec un fer.

« Elles viennent quelquefois, répondit-il d'une voix émue.

— Ah ! ah ! vous les voyez encore quelquefois ! s'écrièrent les étudiants. Bravo, père Goriot ! »

Mais le vieillard n'entendit pas les plaisanteries que sa réponse lui attirait, il était retombé dans un état méditatif que ceux qui l'observaient superficiellement prenaient pour un engourdissement sénile dû à son défaut d'intelligence. S'ils l'avaient bien connu, peut-être auraient-ils été vivement intéressés par le problème que présentait sa situation physique et morale ; mais rien n'était plus difficile. Quoiqu'il fût aisé de savoir si Goriot avait réellement été vermicellier, et quel était le chiffre de sa fortune, les vieilles gens dont la curiosité s'éveilla sur son compte ne sortaient pas du quartier et vivaient dans la pension comme des huîtres sur un rocher. Quant aux autres personnes, l'entraînement particulier de la vie parisienne leur faisait oublier, en sortant de la rue Neuve-Sainte-Geneviève, le pauvre vieillard dont ils se moquaient. Pour ces esprits étroits, comme pour ces jeunes gens insouciants, la sèche misère du père Goriot et sa stupide attitude étaient incompatibles avec une fortune et une capacité quelconques. Quant aux femmes qu'il nommait ses filles, chacun partageait l'opinion de Mme Vauquer, qui disait, avec la logique sévère que l'habitude de tout supposer donne aux vieilles femmes occupées à bavarder pendant leurs soirées : « Si le père Goriot avait des filles aussi riches que paraissaient l'être toutes les dames qui sont venues le voir, il ne serait pas dans ma maison, au troisième, à quarante-cinq francs par mois, et n'irait pas vêtu comme un pauvre. » Rien ne pouvait démentir ces inductions. Aussi, vers la fin du mois de novembre 1819, époque à laquelle éclata ce drame, chacun dans la pension avait-il des idées bien arrêtées sur le pauvre vieillard. Il n'avait jamais eu ni fille ni femme ; l'abus des plaisirs en faisait un colimaçon, un mollusque anthropomorphe à classer dans les *Casquettifères* [84], disait un employé au Muséum, un des habitués à cachet. Poiret était un aigle, un gentleman auprès de Goriot. Poiret parlait, raisonnait, répondait ; il ne disait rien, à la vérité, en parlant, raisonnant ou répondant, car il avait l'habitude de répéter en d'autres termes ce que les autres disaient ; mais il contribuait à la conversation, il était vivant, il paraissait sensible ; tandis que le père Goriot, disait encore l'employé au Muséum, était constamment à zéro de Réaumur [85].

Eugène de Rastignac était revenu dans une disposition d'esprit que doivent avoir connue les jeunes gens supérieurs, ou ceux auxquels une position difficile communique momentanément les qualités des hommes d'élite. Pendant sa première année de séjour à Paris, le peu de travail que veulent les premiers grades à prendre dans la Faculté l'avait laissé libre de goûter les délices visibles du Paris matériel. Un étudiant n'a pas trop de temps s'il veut connaître le répertoire de chaque théâtre, étudier les issues du labyrinthe parisien, savoir les usages, apprendre la langue et s'habituer aux plaisirs particuliers de la capitale ; fouiller les bons et les mauvais endroits, suivre les cours qui amusent, inventorier les richesses des musées. Un étudiant se passionne alors pour des niaiseries qui lui paraissent grandioses. Il a son grand homme, un professeur du Collège de France, payé pour se tenir à la hauteur de son auditoire. Il rehausse sa cravate et se pose pour la femme des premières galeries de l'Opéra-Comique. Dans ces initiations successives, il se dépouille de son aubier [86], agrandit l'horizon de sa vie, et finit par concevoir la superposition des couches humaines qui composent la société. S'il a commencé par admirer les voitures au défilé des Champs-Elysées par un beau soleil, il arrive bientôt à les envier. Eugène avait subi cet apprentissage à son insu, quand il partit en vacances, après avoir été reçu bachelier ès lettres et bachelier en droit. Ses illusions d'enfance, ses idées de province avaient disparu. Son intelligence modifiée, son ambition exaltée lui firent voir juste au milieu du manoir paternel, au sein de la famille. Son père, sa mère, ses deux frères, ses deux sœurs [87], et une tante dont la fortune consistait en pensions, vivaient sur la petite terre de Rastignac. Ce domaine d'un revenu d'environ trois mille francs était soumis à l'incertitude qui régit le produit tout industriel de la vigne, et néanmoins il fallait en extraire chaque année douze cents francs pour lui. L'aspect de cette constante détresse qui lui était généreusement cachée, la comparaison qu'il fut forcé d'établir entre

ses sœurs, qui lui semblaient si belles dans son
enfance, et les femmes de Paris, qui lui avaient réalisé
le type d'une beauté rêvée, l'avenir incertain de cette
nombreuse famille qui reposait sur lui, la parcimo-
nieuse attention avec laquelle il vit serrer les plus
minces productions, la boisson faite pour sa famille
avec les marcs du pressoir, enfin une foule de circonstances inutiles à consigner ici décuplèrent son désir de
parvenir et lui donnèrent soif des distinctions. Comme
il arrive aux âmes grandes, il voulut ne rien devoir
qu'à son mérite. Mais son esprit était éminemment
méridional ; à l'exécution, ses déterminations devaient
donc être frappées de ces hésitations qui saisissent les
jeunes gens quand ils se trouvent en pleine mer, sans
savoir ni de quel côté diriger leurs forces, ni sous quel
angle enfler leurs voiles. Si d'abord il voulut se jeter à
corps perdu dans le travail, séduit bientôt par la nécessité de se créer des relations, il remarqua combien les
femmes ont d'influence sur la vie sociale, et avisa soudain à se lancer dans le monde, afin d'y conquérir des
protectrices : devaient-elles manquer à un jeune
homme ardent et spirituel dont l'esprit et l'ardeur
étaient rehaussés par une tournure élégante et par une
sorte de beauté nerveuse à laquelle les femmes se lais-
sent prendre volontiers ? Ces idées l'assaillirent au
milieu des champs, pendant les promenades que jadis
il faisait gaiement avec ses sœurs, qui le trouvèrent
bien changé. Sa tante, Mme de Marcillac, autrefois
présentée à la cour, y avait connu les sommités aristocratiques. Tout à coup le jeune ambitieux reconnut,
dans les souvenirs dont sa tante l'avait si souvent
bercé, les éléments de plusieurs conquêtes sociales, au
moins aussi importantes que celles qu'il entreprenait à
l'Ecole de droit ; il la questionna sur les liens de
parenté qui pouvaient encore se renouer. Après avoir
secoué les branches de l'arbre généalogique, la vieille
dame estima que, de toutes les personnes qui pouvaient servir son neveu parmi la gent égoïste des
parents riches, Mme la vicomtesse de Beauséant serait
la moins récalcitrante. Elle écrivit à cette jeune femme

une lettre dans l'ancien style, et la remit à Eugène, en
lui disant que s'il réussissait auprès de la vicomtesse,
elle lui ferait retrouver ses autres parents. Quelques
jours après son arrivée, Rastignac envoya la lettre de
sa tante à Mme de Beauséant. La vicomtesse répondit
par une invitation de bal pour le lendemain.

Telle était la situation générale de la pension bourgeoise à la fin du mois de novembre 1819. Quelques
jours plus tard, Eugène, après être allé au bal de
Mme de Beauséant, rentra vers deux heures dans la
nuit. Afin de regagner le temps perdu, le courageux
étudiant s'était promis, en dansant, de travailler
jusqu'au matin. Il allait passer la nuit pour la première
fois au milieu de ce silencieux quartier, car il s'était
mis sous le charme d'une fausse énergie en voyant les
splendeurs du monde. Il n'avait pas dîné chez
Mme Vauquer. Les pensionnaires purent donc croire
qu'il ne reviendrait du bal que le lendemain matin au
petit jour, comme il était quelquefois rentré des fêtes
du Prado [88] ou des bals de l'Odéon, en crottant ses
bas de soie et gauchissant ses escarpins. Avant de
mettre les verrous à la porte, Christophe l'avait
ouverte pour regarder dans la rue. Rastignac se présenta dans ce moment, et put monter à sa chambre
sans faire de bruit, suivi de Christophe qui en faisait
beaucoup. Eugène se déshabilla, se mit en pantoufles,
prit une méchante redingote, alluma son feu de mottes [89], et se prépara lestement au travail, en sorte que
Christophe couvrit encore par le tapage de ses gros
souliers les apprêts peu bruyants du jeune homme.
Eugène resta pensif pendant quelques moments avant
de se plonger dans ses livres de droit. Il venait de
reconnaître en Mme la vicomtesse de Beauséant l'une
des reines de la mode à Paris, et dont la maison passait pour être la plus agréable du faubourg Saint-
Germain. Elle était d'ailleurs, et par son nom et par sa
fortune, l'une des sommités du monde aristocratique.
Grâce à sa tante de Marcillac, le pauvre étudiant avait
été bien reçu dans cette maison, sans connaître
l'étendue de cette faveur. Être admis dans ces salons

dorés équivalait à un brevet de haute noblesse. En se
montrant dans cette société, la plus exclusive de
toutes, il avait conquis le droit d'aller partout. Ebloui
par cette brillante assemblée, ayant à peine échangé
quelques paroles avec la vicomtesse, Eugène s'était
contenté de distinguer, parmi la foule des déités parisiennes qui se pressaient dans ce raout [90], une de ces
femmes que doit adorer tout d'abord un jeune
homme. La comtesse Anastasie de Restaud, grande et
bien faite, passait pour avoir l'une des plus jolies
tailles de Paris. Figurez-vous de grands yeux noirs,
une main magnifique, un pied bien découpé, du feu
dans les mouvements, une femme que le marquis de
Ronquerolles nommait un cheval de pur sang. Cette
finesse de nerfs ne lui ôtait aucun avantage ; elle avait
les formes pleines et rondes, sans qu'elle pût être
accusée de trop d'embonpoint. *Cheval de pur sang,*
femme de race, ces locutions commençaient à remplacer les anges du ciel, les figures ossianiques [91],
toute l'ancienne mythologie amoureuse repoussée par
le dandysme. Mais pour Rastignac, Mme Anastasie de
Restaud fut la femme désirable. Il s'était ménagé deux
tours dans la liste des cavaliers écrite sur l'éventail, et
avait pu lui parler pendant la première contredanse.
« Où vous rencontrer désormais, madame ? lui avait-il
dit brusquement avec cette force de passion qui plaît
tant aux femmes. — Mais, dit-elle, au Bois, aux Bouffons [92], chez moi, partout. » Et l'aventureux Méridional s'était empressé de se lier avec cette délicieuse
comtesse, autant qu'un jeune homme peut se lier avec
une femme pendant une contredanse et une valse. En
se disant cousin de Mme de Beauséant, il fut invité
par cette femme, qu'il prit pour une grande dame, et
eut ses entrées chez elle. Au dernier sourire qu'elle lui
jeta, Rastignac crut sa visite nécessaire. Il avait eu le
bonheur de rencontrer un homme qui ne s'était pas
moqué de son ignorance, défaut mortel au milieu des
illustres impertinents de l'époque, les Maulincour, les
Ronquerolles, les Maxime de Trailles, les de Marsay,
les Ajuda-Pinto, les Vandenesse, qui étaient là dans la

gloire de leurs fatuités et mêlés aux femmes les plus
élégantes, lady Brandon, la duchesse de Langeais, la
comtesse de Kergarouët, Mme de Sérizy, la duchesse
de Carigliano, la comtesse Ferraud, Mme de Lanty,
la marquise d'Aiglemont, Mme Firmiani, la marquise
de Listomère et la marquise d'Espard, la duchesse de
Maufrigneuse et les Grandlieu. Heureusement donc,
le naïf étudiant tomba sur le marquis de Montriveau,
l'amant [93] de la duchesse de Langeais, un général
simple comme un enfant, qui lui apprit que la comtesse de Restaud demeurait rue du Helder. Etre
jeune, avoir soif du monde, avoir faim d'une femme,
et voir s'ouvrir pour soi deux maisons ! mettre le pied
au faubourg Saint-Germain chez la vicomtesse de
Beauséant, le genou dans la Chaussée d'Antin chez
la comtesse de Restaud ! plonger d'un regard dans les
salons de Paris en enfilade, et se croire assez joli
garçon pour y trouver aide et protection dans un
cœur de femme ! se sentir assez ambitieux pour
donner un superbe coup de pied à la corde roide sur
laquelle il faut marcher avec l'assurance du sauteur
qui ne tombera pas, et avoir trouvé dans une charmante femme le meilleur des balanciers ! Avec ces
pensées et devant cette femme qui se dressait sublime
auprès d'un feu de mottes, entre le Code et la
misère, qui n'aurait comme Eugène sondé l'avenir
par une méditation, qui ne l'aurait meublé de succès ? Sa pensée vagabonde escomptait si drûment [94]
ses joies futures qu'il se croyait auprès de Mme de
Restaud, quand un soupir semblable à un *han* de
saint Joseph [95] troubla le silence de la nuit, retentit
au cœur du jeune homme de manière à le lui faire
prendre pour le râle d'un moribond. Il ouvrit doucement sa porte, et quand il fut dans le corridor, il
aperçut une ligne de lumière tracée au bas de la
porte du père Goriot. Eugène craignait que son
voisin ne se trouvât indisposé, il approcha son œil de
la serrure, regarda dans la chambre, et vit le vieillard
occupé de travaux qui lui parurent trop criminels
pour qu'il ne crût pas rendre service à la société en

examinant bien ce que machinait nuitamment le soi-
disant vermicellier. Le père Goriot, qui sans doute
avait attaché sur la barre d'une table renversée un
plat et une espèce de soupière en vermeil, tournait
une espèce de câble autour de ces objets richement
sculptés, en les serrant avec une si grande force qu'il
les tordait vraisemblablement pour les convertir en
lingots. « Peste ! quel homme ! » se dit Rastignac en
voyant le bras nerveux du vieillard qui, à l'aide de
cette corde, pétrissait sans bruit l'argent doré, comme
une pâte. « Mais serait-ce donc un voleur ou un recé-
leur qui, pour se livrer plus sûrement à son commerce, affecterait la bêtise, l'impuissance, et vivrait
en mendiant ? » se dit Eugène en se relevant un
moment. L'étudiant appliqua de nouveau son œil à
la serrure. Le père Goriot, qui avait déroulé son
câble, prit la masse d'argent, la mit sur la table après
y avoir étendu sa couverture, et l'y roula pour
l'arrondir en barre, opération dont il s'acquitta avec
une facilité merveilleuse. « Il serait donc aussi fort
que l'était Auguste, roi de Pologne [96] ? » se dit
Eugène quand la barre ronde fut à peu près
façonnée. Le père Goriot regarda son ouvrage d'un
air triste, des larmes sortirent de ses yeux, il souffla
le rat-de-cave à la lueur duquel il avait tordu ce vermeil, et Eugène l'entendit se coucher en poussant un
soupir. « Il est fou », pensa l'étudiant.

« Pauvre enfant ! » dit à haute voix le père Goriot.

A cette parole, Rastignac jugea prudent de garder le
silence sur cet événement, et de ne pas inconsidéré-
ment condamner son voisin. Il allait rentrer quand il
distingua soudain un bruit assez difficile à exprimer, et
qui devait être produit par des hommes en chaussons
de lisière [97] montant l'escalier. Eugène prêta l'oreille,
et reconnut en effet le son alternatif de la respiration
de deux hommes. Sans avoir entendu ni le cri de la
porte ni les pas des hommes, il vit tout à coup une
faible lueur au second étage, chez M. Vautrin. « Voilà
bien des mystères dans une pension bourgeoise ! » se
dit-il. Il descendit quelques marches, se mit à écouter,

et le son de l'or frappa son oreille. Bientôt la lumière fut éteinte, les deux respirations se firent entendre derechef sans que la porte eût crié. Puis, à mesure que les deux hommes descendirent, le bruit alla s'affaiblissant.

« Qui va là ? cria Mme Vauquer en ouvrant la fenêtre de sa chambre.

— C'est moi qui rentre, maman Vauquer », dit Vautrin de sa grosse voix.

« C'est singulier ! Christophe avait mis les verrous, se dit Eugène en rentrant dans sa chambre. Il faut veiller pour bien savoir ce qui se passe autour de soi, dans Paris. » Détourné par ces petits événements de sa méditation ambitieusement amoureuse, il se mit au travail. Distrait par les soupçons qui lui venaient sur le compte du père Goriot, plus distrait encore par la figure de Mme de Restaud, qui de moments en moments se posait devant lui comme la messagère d'une brillante destinée, il finit par se coucher et par dormir à poings fermés. Sur dix nuits promises au travail par les jeunes gens, ils en donnent sept au sommeil. Il faut avoir plus de vingt ans pour veiller.

Le lendemain matin régnait à Paris un de ces épais brouillards qui l'enveloppent et l'embrument si bien que les gens les plus exacts sont trompés sur le temps. Les rendez-vous d'affaires se manquent. Chacun se croit à huit heures quand midi sonne. Il était neuf heures et demie, Mme Vauquer n'avait pas encore bougé de son lit. Christophe et la grosse Sylvie, attardés aussi, prenaient tranquillement leur café, préparé avec les couches supérieures du lait destiné aux pensionnaires, et que Sylvie faisait longtemps bouillir, afin que Mme Vauquer ne s'aperçût pas de cette dîme illégalement levée.

« Sylvie, dit Christophe en mouillant sa première rôtie, M. Vautrin, qu'est un bon homme tout de même, a encore vu deux personnes cette nuit. Si madame s'en inquiétait, ne faudrait rien lui dire.

— Vous a-t-il donné quelque chose ?

— Il m'a donné cent sous pour son mois, une
manière de me dire : "Tais-toi."

— Sauf lui et Mme Couture, qui ne sont pas regar-
dants, les autres voudraient nous retirer de la main
gauche ce qu'ils nous donnent de la main droite au
jour de l'an, dit Sylvie

— Encore qu'est-ce qu'ils donnent ! fit Christophe,
une méchante pièce, *et* de cent sous. Voilà depuis
deux ans le père Goriot qui fait ses souliers lui-même.
Ce *grigou* de Poiret se passe de cirage, et le boirait
plutôt que de le mettre à ses savates. Quant au grin-
galet d'étudiant, il me donne quarante sous. Quarante
sous ne payent pas mes brosses, et il vend ses vieux
habits, par-dessus le marché. Qué baraque !

— Bah ! fit Sylvie en buvant de petites gorgées de
café, nos places sont encore les meilleures du quartier : on y vit bien. Mais, à propos du gros papa Vautrin, Christophe, vous a-t-on dit quelque chose ?

— Oui. J'ai rencontré il y a quelques jours un monsieur dans la rue, qui m'a dit : "N'est-ce pas chez vous
que demeure un gros monsieur qui a des favoris qu'il
teint ?" Moi j'ai dit : "Non, monsieur, il ne les teint
pas. Un homme gai comme lui, il n'en a pas le
temps." J'ai donc dit ça à M. Vautrin, qui m'a
répondu : "Tu as bien fait, mon garçon ! Réponds
toujours comme ça. Rien n'est plus désagréable que
de laisser connaître nos infirmités. Ça peut faire manquer des mariages."

— Eh bien, à moi, au marché, on a voulu
m'englauder [98] aussi pour me faire dire si je lui voyais
passer sa chemise. C'te farce ! Tiens, dit-elle en
s'interrompant, voilà dix heures quart moins [99] qui
sonnent au Val-de-Grâce, et personne ne bouge.

— Ah bah ! ils sont tous sortis. Mme Couture et sa
jeune personne sont allées manger le bon Dieu à
Saint-Etienne [100] dès huit heures. Le père Goriot est
sorti avec un paquet. L'étudiant ne reviendra qu'après
son cours, à dix heures. Je les ai vus partir en faisant
mes escaliers ; que le père Goriot m'a donné un coup
avec ce qu'il portait, qu'était dur comme du fer. Qué

qui fait donc, ce bonhomme-là ? Les autres le font aller comme une toupie, mais c'est un brave homme tout de même, et qui vaut mieux qu'eux tous. Il ne donne pas grand-chose ; mais les dames chez lesquelles il m'envoie quelquefois allongent de fameux pourboires, et sont joliment ficelées.

— Celles qu'il appelle ses filles, hein ? Elles sont une douzaine.

— Je ne suis jamais allé que chez deux, les mêmes qui sont venues ici.

— Voilà madame qui se remue ; elle va faire son sabbat : faut que j'y aille. Vous veillerez au lait, Christophe, rapport au chat. »

Sylvie monta chez sa maîtresse.

« Comment, Sylvie, voilà dix heures quart moins, vous m'avez laissée dormir comme une marmotte ! Jamais pareille chose n'est arrivée.

— C'est le brouillard, qu'est à couper au couteau.

— Mais le déjeuner ?

— Bah ! vos pensionnaires avaient bien le diable au corps ; ils ont tous décanillé [101] dès le patron-jacquette.

— Parle donc bien, Sylvie, reprit Mme Vauquer : on dit le patron-minette [102].

— Ah ! madame, je dirai comme vous voudrez. Tant y a que vous pouvez déjeuner à dix heures. La Michonnette et le Poireau n'ont pas bougé. Il n'y a qu'eux qui soient dans la maison, et ils dorment comme des souches qui sont.

— Mais, Sylvie, tu les mets tous les deux ensemble, comme si...

— Comme si quoi ? reprit Sylvie en laissant échapper un gros rire bête. Les deux font la paire.

— C'est singulier, Sylvie : comment M. Vautrin est-il donc rentré cette nuit après que Christophe a eu mis les verrous ?

— Bien au contraire, madame. Il a entendu M. Vautrin, et est descendu pour lui ouvrir la porte. Et voilà ce que vous avez cru...

— Donne-moi ma camisole, et va vite voir au

déjeuner. Arrange le reste du mouton avec des pommes de terre, et donne des poires cuites, de celles qui coûtent deux liards la pièce. »

Quelques instants après, Mme Vauquer descendit au moment où son chat venait de renverser d'un coup de patte l'assiette qui couvrait un bol de lait, et le lapait en toute hâte.

« Mistigris ! » s'écria-t-elle. Le chat se sauva, puis revint se frotter à ses jambes. « Oui, oui, fais ton capon [103], vieux lâche ! lui dit-elle. Sylvie ! Sylvie !

— Eh bien, quoi, madame ?

— Voyez donc ce qu'a bu le chat.

— C'est la faute de cet animal de Christophe, à qui j'avais dit de mettre le couvert. Où est-il passé ? Ne vous inquiétez pas, madame ; ce sera le café du père Goriot. Je mettrai de l'eau dedans, il ne s'en apercevra pas. Il ne fait attention à rien, pas même à ce qu'il mange.

— Où donc est-il allé, ce chinois-là ? dit Mme Vauquer en plaçant les assiettes.

— Est-ce qu'on sait ? Il fait des trafics des cinq cents diables.

— J'ai trop dormi, dit Mme Vauquer.

— Mais aussi madame est-elle fraîche comme une rose... »

En ce moment la sonnette se fit entendre, et Vautrin entra dans le salon en chantant de sa grosse voix :

J'ai longtemps parcouru le monde,
Et l'on m'a vu de toute part [104]...

« Oh ! oh ! bonjour, maman Vauquer, dit-il en apercevant l'hôtesse, qu'il prit galamment dans ses bras.

— Allons, finissez donc.

— Dites *impertinent* ! reprit-il. Allons, dites-le. Voulez-vous bien le dire ? Tenez, je vais mettre le couvert avec vous. Ah ! je suis gentil, n'est-ce pas ?

Courtiser la brune et la blonde,
Aimer, soupirer...

« Je viens de voir quelque chose de singulier.

... *au hasard.*

— Quoi ? dit la veuve.

— Le père Goriot était à huit heures et demie rue Dauphine, chez l'orfèvre qui achète de vieux couverts et des galons. Il lui a vendu pour une bonne somme un ustensile de ménage en vermeil, assez joliment tortillé pour un homme qui n'est pas de la manique [105].

— Bah ! vraiment ?

— Oui. Je revenais ici après avoir conduit un de mes amis qui s'expatrie par les Messageries royales [106], j'ai attendu le père Goriot pour voir : histoire de rire. Il a remonté dans ce quartier-ci, rue des Grès [107], où il est entré dans la maison d'un usurier connu, nommé Gobseck, un fier drôle, capable de faire des dominos avec les os de son père ; un Juif, un Arabe, un Grec, un bohémien, un homme qu'on serait bien embarrassé de dévaliser, il met ses écus à la Banque.

— Qu'est-ce que fait donc ce père Goriot ?

— Il ne fait rien, dit Vautrin, il défait. C'est un imbécile assez bête pour se ruiner à aimer les filles qui...

— Le voilà ! dit Sylvie.

— Christophe, cria le père Goriot, monte avec moi. »

Christophe suivit le père Goriot, et redescendit bientôt.

« Où vas-tu ? dit Mme Vauquer à son domestique.

— Faire une commission pour M. Goriot.

— Qu'est-ce que c'est que ça ? dit Vautrin en arrachant des mains de Christophe une lettre sur laquelle il lut : *A Mme la comtesse Anastasie de Restaud.* Et tu vas ? reprit-il en rendant la lettre à Christophe.

— Rue du Helder. J'ai ordre de ne remettre ceci qu'à Mme la comtesse.

— Qu'est-ce qu'il y a là-dedans ? dit Vautrin en mettant la lettre au jour ; un billet de banque ? non. »

Il entrouvrit l'enveloppe. « Un billet acquitté, s'écria-t-il. Fourche ! il est galant, le roquentin [108]. Va, vieux lascar, dit-il en coiffant de sa large main Christophe, qu'il fit tourner sur lui-même comme un dé, tu auras un bon pourboire. »

Le couvert était mis. Sylvie faisait bouillir le lait. Mme Vauquer allumait le poêle, aidée par Vautrin, qui fredonnait toujours :

> *J'ai longtemps parcouru le monde,*
> *Et l'on m'a vu de toute part...*

Quand tout fut prêt, Mme Couture et Mlle Taillefer rentrèrent.

« D'où venez-vous donc si matin, ma belle dame ? dit Mme Vauquer à Mme Couture.

— Nous venons de faire nos dévotions à Saint-Étienne du Mont, ne devons-nous pas aller aujourd'hui chez M. Taillefer ? Pauvre petite, elle tremble comme la feuille, reprit Mme Couture en s'asseyant devant le poêle à la bouche duquel elle présenta ses souliers qui fumèrent.

— Chauffez-vous donc, Victorine, dit Mme Vauquer.

— C'est bien, mademoiselle, de prier le bon Dieu d'attendrir le cœur de votre père, dit Vautrin en avançant une chaise à l'orpheline. Mais ça ne suffit pas. Il vous faudrait un ami qui se chargeât de dire son fait à ce marsouin-là, un sauvage qui a, dit-on, trois millions, et qui ne vous donne pas de dot. Une belle fille a besoin de dot dans ce temps-ci.

— Pauvre enfant, dit Mme Vauquer. Allez, mon chou, votre monstre de père attire le malheur à plaisir sur lui. »

A ces mots, les yeux de Victorine se mouillèrent de larmes, et la veuve s'arrêta sur un signe que lui fit Mme Couture.

« Si nous pouvions seulement le voir, si je pouvais lui parler, lui remettre la dernière lettre de sa femme, reprit la veuve du commissaire-ordonnateur. Je n'ai jamais osé la risquer par la poste ; il connaît mon écriture...

— *O femmes innocentes, malheureuses et persécutées* [109], s'écria Vautrin en interrompant, voilà donc où vous en êtes ! D'ici à quelques jours je me mêlerai de vos affaires, et tout ira bien.

— Oh ! monsieur, dit Victorine en jetant un regard à la fois humide et brûlant à Vautrin, qui ne s'en émut pas, si vous saviez un moyen d'arriver à mon père, dites-lui bien que son affection et l'honneur de ma mère me sont plus précieux que toutes les richesses du monde. Si vous obteniez quelque adoucissement à sa rigueur, je prierais Dieu pour vous. Soyez sûr d'une reconnaissance...

— *J'ai longtemps parcouru le monde* », chanta Vautrin d'une voix ironique.

En ce moment, Goriot, Mlle Michonneau, Poiret descendirent, attirés peut-être par l'odeur du roux que faisait Sylvie pour accommoder les restes du mouton. A l'instant où les sept convives s'attablèrent en se souhaitant le bonjour, dix heures sonnèrent, l'on entendit dans la rue le pas de l'étudiant.

« Ah bien, monsieur Eugène, dit Sylvie, aujourd'hui vous allez déjeuner avec tout le monde. »

L'étudiant salua les pensionnaires, et s'assit auprès du père Goriot.

« Il vient de m'arriver une singulière aventure, dit-il en se servant abondamment du mouton et se coupant un morceau de pain que Mme Vauquer mesurait toujours de l'œil.

— Une aventure ! dit Poiret.

— Eh bien, pourquoi vous en étonneriez-vous, vieux chapeau ? dit Vautrin à Poiret. Monsieur est bien fait pour en avoir. »

Mlle Taillefer coula timidement un regard sur le jeune étudiant.

« Dites-nous votre aventure, demanda Mme Vauquer.

— Hier j'étais au bal chez Mme la vicomtesse de Beauséant, une cousine à moi, qui possède une

maison magnifique, des appartements habillés de soie,
enfin qui nous a donné une fête superbe, où je me suis
amusé comme un roi...

— Telet, dit Vautrin en interrompant net.

— Monsieur, reprit vivement Eugène, que voulez-
vous dire ?

— Je dis *telet*, parce que les roitelets s'amusent
beaucoup plus que les rois.

— C'est vrai : j'aimerais mieux être ce petit oiseau
sans souci que roi, parce que... fit Poiret l'*idémiste* [110].

— Enfin, reprit l'étudiant en lui coupant la parole,
je danse avec une des plus belles femmes du bal, une
comtesse ravissante, la plus délicieuse créature que
j'aie jamais vue. Elle était coiffée avec des fleurs de
pêcher, elle avait au côté le plus beau bouquet de
fleurs, des fleurs naturelles qui embaumaient ; mais,
bah ! il faudrait que vous l'eussiez vue, il est impossible de peindre une femme animée par la danse. Eh
bien, ce matin j'ai rencontré cette divine comtesse, sur
les neuf heures, à pied, rue des Grès. Oh ! le cœur m'a
battu, je me figurais...

— Qu'elle venait ici, dit Vautrin en jetant un regard
profond à l'étudiant. Elle allait sans doute chez le
papa Gobseck, un usurier. Si jamais vous fouillez des
cœurs de femmes à Paris, vous y trouverez l'usurier
avant l'amant. Votre comtesse se nomme Anastasie de
Restaud, et demeure rue du Helder. »

A ce nom, l'étudiant regarda fixement Vautrin. Le
père Goriot leva brusquement la tête, il jeta sur les
deux interlocuteurs un regard lumineux et plein
d'inquiétude qui surprit les pensionnaires.

« Christophe arrivera trop tard, elle y sera donc
allée, s'écria douloureusement Goriot.

— J'ai deviné », dit Vautrin en se penchant à
l'oreille de Mme Vauquer.

Goriot mangeait machinalement et sans savoir ce
qu'il mangeait. Jamais il n'avait semblé plus stupide et
plus absorbé qu'il l'était en ce moment.

« Qui diable, monsieur Vautrin, a pu vous dire son
nom ? demanda Eugène.

— Ah ! ah ! voilà, répondit Vautrin. Le père Goriot le savait bien, lui ! pourquoi ne le saurai-je pas ?

— M. Goriot ! s'écria l'étudiant.

— Quoi ! dit le pauvre vieillard. Elle était donc bien belle hier ?

— Qui ?

— Mme de Restaud.

— Voyez-vous le vieux grigou, dit Mme Vauquer à Vautrin, comme ses yeux s'allument.

— Il l'entretiendrait donc ? dit à voix basse Mlle Michonneau à l'étudiant.

— Oh ! oui, elle était furieusement belle, reprit Eugène, que le père Goriot regardait avidement. Si Mme de Beauséant n'avait pas été là, ma divine comtesse eût été la reine du bal ; les jeunes gens n'avaient d'yeux que pour elle, j'étais le douzième inscrit sur sa liste, elle dansait toutes les contredanses. Les autres femmes enrageaient. Si une créature a été heureuse hier, c'était bien elle. On a bien raison de dire qu'il n'y a rien de plus beau que frégate à la voile, cheval au galop et femme qui danse.

— Hier en haut de la roue, chez une duchesse, dit Vautrin ; ce matin en bas de l'échelle, chez un escompteur : voilà les Parisiennes. Si leurs maris ne peuvent entretenir leur luxe effréné, elles se vendent. Si elles ne savent pas se vendre, elles éventreraient leurs mères pour y chercher de quoi briller. Enfin elles font les cent mille coups. Connu, connu ! »

Le visage du père Goriot, qui s'était allumé comme le soleil d'un beau jour en entendant l'étudiant, devint sombre à cette cruelle observation de Vautrin.

« Eh bien, dit Mme Vauquer, où donc est votre aventure ? Lui avez-vous parlé ? lui avez-vous demandé si elle venait apprendre le droit ?

— Elle ne m'a pas vu, dit Eugène. Mais rencontrer une des plus jolies femmes de Paris rue des Grès, à neuf heures, une femme qui a dû rentrer du bal à deux heures du matin, n'est-ce pas singulier ? Il n'y a que Paris pour ces aventures-là.

— Bah ! il y en a de bien plus drôles », s'écria Vautrin.

Mlle Taillefer avait à peine écouté, tant elle était préoccupée par la tentative qu'elle allait faire. Mme Couture lui fit signe de se lever pour aller s'habiller. Quand les deux dames sortirent, le père Goriot les imita.

« Eh bien, l'avez-vous vu ? dit Mme Vauquer à Vautrin et à ses autres pensionnaires. Il est clair qu'il s'est ruiné pour ces femmes-là.

— Jamais on ne me fera croire, s'écria l'étudiant, que la belle comtesse de Restaud appartienne au père Goriot.

— Mais, lui dit Vautrin en l'interrompant, nous ne tenons pas à vous le faire croire. Vous êtes encore trop jeune pour bien connaître Paris, vous saurez plus tard qu'il s'y rencontre ce que nous nommons des *hommes à passions*... (A ces mots, Mlle Michonneau regarda Vautrin d'un air intelligent [111]. Vous eussiez dit un cheval de régiment entendant le son de la trompette.) Ah ! ah ! fit Vautrin en s'interrompant pour lui jeter un regard profond, *que nous n'avons néu* nos petites passions, nous ? (La vieille fille baissa les yeux comme une religieuse qui voit des statues.) Eh bien ! reprit-il, ces gens-là chaussent une idée et n'en démordent pas. Ils n'ont soif que d'une certaine eau prise à une certaine fontaine, et souvent croupie ; pour en boire, ils vendraient leurs femmes, leurs enfants ; ils vendraient leur âme au diable. Pour les uns, cette fontaine est le jeu, la Bourse, une collection de tableaux ou d'insectes, la musique ; pour d'autres, c'est une femme qui sait leur cuisiner des friandises. A ceux-là, vous leur offririez toutes les femmes de la terre, ils s'en moquent, ils ne veulent que celle qui satisfait leur passion. Souvent cette femme ne les aime pas du tout, vous les rudoie, leur vend fort cher des bribes de satisfactions ; eh bien ! mes farceurs ne se lassent pas, et mettraient leur dernière couverture au Mont-de-Piété pour lui apporter leur dernier écu. Le père Goriot est un de ces gens-là. La comtesse l'exploite parce qu'il est discret, et voilà le beau monde ! Le pauvre bonhomme ne pense qu'à elle. Hors de sa passion, vous le

voyez, c'est une bête brute. Mettez-le sur ce chapi-
tre-là, son visage étincelle comme un diamant. Il n'est
pas difficile de deviner ce secret-là. Il a porté ce matin
du vermeil à la fonte, et je l'ai vu entrant chez le papa
Gobseck, rue des Grès. Suivez bien ! En revenant, il a
envoyé chez la comtesse de Restaud ce niais de Christophe qui nous a montré l'adresse de la lettre dans
laquelle était un billet acquitté. Il est clair que si la
comtesse allait aussi chez le vieil escompteur, il y avait
urgence. Le père Goriot a galamment financé pour
elle. Il ne faut pas coudre deux idées pour voir clair
là-dedans. Cela vous prouve, mon jeune étudiant,
que, pendant que votre comtesse riait, dansait, faisait
ses singeries, balançait ses fleurs de pêcher, et pinçait
sa robe, elle était dans ses petits souliers, comme on
dit, en pensant à ses lettres de change protestées [112],
ou à celles de son amant.

— Vous me donnez une furieuse envie de savoir la
vérité. J'irai demain chez Mme de Restaud, s'écria
Eugène.

— Oui, dit Poiret, il faut aller demain chez Mme de
Restaud.

— Vous y trouverez peut-être le bonhomme Goriot
qui viendra toucher le montant de ses galanteries.

— Mais, dit Eugène avec un air de dégoût, votre
Paris est donc un bourbier.

— Et un drôle de bourbier, reprit Vautrin. Ceux
qui s'y crottent en voiture sont d'honnêtes gens, ceux
qui s'y crottent à pied sont des fripons. Ayez le malheur d'y décrocher n'importe quoi, vous êtes montré
sur la place du Palais de Justice comme une curiosité.
Volez un million, vous êtes marqué dans les salons
comme une vertu. Vous payez trente millions à la
Gendarmerie et à la Justice pour maintenir cette
morale-là. Joli !

— Comment, s'écria Mme Vauquer, le père Goriot
aurait fondu son déjeuner de vermeil ?

— N'y avait-il pas deux tourterelles sur le couvercle ? dit Eugène.

— C'est bien cela.

— Il y tenait donc beaucoup, il a pleuré quand il a eu pétri l'écuelle et le plat. Je l'ai vu par hasard, dit Eugène.

— Il y tenait comme à sa vie, répondit la veuve.

— Voyez-vous le bonhomme, combien il est passionné, s'écria Vautrin. Cette femme-là sait lui chatouiller l'âme. »

L'étudiant remonta chez lui. Vautrin sortit. Quelques instants après, Mme Couture et Victorine montèrent dans un fiacre que Sylvie alla leur chercher. Poiret offrit son bras à Mlle Michonneau, et tous deux allèrent se promener au Jardin des Plantes, pendant les deux belles heures de la journée.

— Eh bien ! les voilà donc quasiment mariés, dit la grosse Sylvie. Ils sortent ensemble aujourd'hui pour la première fois. Ils sont tous deux si secs que, s'ils se cognent, ils feront feu comme un briquet.

— Gare au châle de Mlle Michonneau, dit en riant Mme Vauquer, il prendra comme de l'amadou.

A quatre heures du soir, quand Goriot rentra, il vit, à la lueur de deux lampes fumeuses, Victorine dont les yeux étaient rouges. Mme Vauquer écoutait le récit de la visite infructueuse faite à M. Taillefer pendant la matinée. Ennuyé de recevoir sa fille et cette vieille femme, Taillefer les avait laissé parvenir jusqu'à lui pour s'expliquer avec elles.

« Ma chère dame, disait Mme Couture à Mme Vauquer, figurez-vous qu'il n'a pas même fait asseoir Victorine, qu'est restée constamment debout. A moi, il m'a dit, sans se mettre en colère, tout froidement, de nous épargner la peine de venir chez lui ; que mademoiselle, sans dire sa fille, se nuisait dans son esprit en l'importunant (une fois par an, le monstre !) ; que la mère de Victorine ayant été épousée sans fortune, elle n'avait rien à prétendre ; enfin les choses les plus dures, qui ont fait fondre en larmes cette pauvre petite. La petite s'est jetée alors aux pieds de son père, et lui a dit avec courage qu'elle n'insistait autant que pour sa mère, qu'elle obéirait à ses volontés sans murmure ; mais qu'elle le suppliait de lire le testament de la pauvre défunte, elle a pris la lettre et la lui a présentée en disant les plus belles choses du monde et les mieux senties, je ne sais pas où elle les a prises, Dieu les lui dictait, car la pauvre enfant était si bien inspirée qu'en l'entendant, moi, je pleurais comme une bête. Savez-vous ce que faisait cette horreur d'homme, il se coupait les ongles, il a pris cette lettre que la pauvre Mme Taillefer avait trempée de larmes, et l'a jetée sur la cheminée en disant : « C'est bon ! » Il a voulu relever sa fille qui lui prenait les mains pour les lui baiser, mais il les a retirées. Est-ce pas une scélératesse ? Son grand dadais de fils est entré sans saluer sa sœur.

— C'est donc des monstres ? dit le père Goriot.

— Et puis, dit Mme Couture sans faire attention à l'exclamation du bonhomme, le père et le fils s'en sont allés en me saluant et me priant de les excuser, ils avaient des affaires pressantes. Voilà notre visite. Au moins il a vu sa fille. Je ne sais pas comment il peut la renier, elle lui ressemble comme deux gouttes d'eau.

Les pensionnaires, internes et externes, arrivèrent les uns après les autres, en se souhaitant mutuellement le bonjour, et se disant de ces riens qui constituent, chez certaines classes parisiennes, un esprit drolatique dans lequel la bêtise entre comme élément principal et dont le mérite consiste particulièrement dans le geste ou la prononciation. Cette espèce d'argot varie continuellement. La plaisanterie qui en est le principe n'a jamais un mois d'existence. Un événement politique, un procès en cour d'assises, une chanson des rues, les farces d'un acteur, tout sert à entretenir ce jeu d'esprit qui consiste surtout à prendre les idées et les mots comme des volants, et à se les renvoyer sur des raquettes. La récente invention du Diorama, qui portait l'illusion de l'optique à un plus haut degré que dans les Panoramas [113], avait amené dans quelques ateliers de peinture la plaisanterie de parler en *rama*, espèce de charge qu'un jeune peintre, habitué de la pension Vauquer, y avait inoculée.

« Eh bien ! *monsieurre* Poiret, dit l'employé au

Muséum, comment va cette petite *santérama* ? » Puis, sans attendre sa réponse : « Mesdames, vous avez du chagrin, dit-il à Mme Couture et à Victorine.

— Allons-nous *dinaire* ? s'écria Horace Bianchon, un étudiant en médecine, ami de Rastignac, ma petite estomac est descendue *usque ad talones* [114].

— Il fait un fameux *froitorama* ! dit Vautrin. Dérangez-vous donc, père Goriot ! Que diable ! votre pied prend toute la gueule du poêle.

— Illustre monsieur Vautrin, dit Bianchon, pourquoi dites-vous *froitorama* ? il y a une faute, c'est *froidorama*.

— Non, dit l'employé du Muséum, c'est *froitorama*, par la règle : « j'ai froit aux pieds. »

— Ah ! ah !

— Voici S. E., le marquis de Rastignac, docteur en droit-travers, s'écria Bianchon en saisissant Eugène par le cou et le serrant de manière à l'étouffer. Ohé, les autres, ohé ! »

Mlle Michonneau entra doucement, salua les convives sans rien dire, et s'alla placer près des trois femmes.

« Elle me fait toujours grelotter, cette vieille chauve-souris, dit à voix basse Bianchon à Vautrin en montrant Mlle Michonneau. Moi qui étudie le système de Gall [115], je lui trouve les bosses de Judas.

— Monsieur l'a connu ? dit Vautrin.

— Qui ne l'a pas rencontré ! répondit Bianchon. Ma parole d'honneur, cette vieille fille blanche me fait l'effet de ces longs vers qui finissent par ronger une poutre.

— Voilà ce que c'est, jeune homme, dit le quadragénaire en peignant ses favoris.

Et rose, elle a vécu ce que vivent les roses, l'espace d'un matin [116].

— Ah ! ah ! voici une fameuse *soupeaurama*, dit Poiret en voyant Christophe qui entrait en tenant respectueusement le potage.

— Pardonnez-moi, monsieur, dit Mme Vauquer, c'est une soupe aux choux. »

Tous les jeunes gens éclatèrent de rire.

« Enfoncé, Poiret !

— Poirrrrrette enfoncé !

— Marquez deux points à maman Vauquer, dit Vautrin.

— Quelqu'un a-t-il fait attention au brouillard de ce matin ? dit l'employé.

— C'était, dit Bianchon, un brouillard frénétique et sans exemple, un brouillard lugubre, mélancolique, vert, poussif, un brouillard Goriot.

— Goriorama, dit le peintre, parce qu'on n'y voyait goutte.

— Hé, milord Gâôriotte, il être questiônne dé véaus. »

Assis au bas bout de la table, près de la porte par laquelle on servait, le père Goriot leva la tête en flairant un morceau de pain qu'il avait sous sa serviette, par une vieille habitude commerciale qui reparaissait quelquefois.

« Hé bien, lui cria aigrement Mme Vauquer d'une voix qui domina le bruit des cuillers, des assiettes et des voix, est-ce que vous ne trouvez pas le pain bon ?

— Au contraire, madame, répondit-il, il est fait avec de la farine d'Étampes, première qualité.

— A quoi voyez-vous cela ? lui dit Eugène.

— A la blancheur, au goût.

— Au goût du nez, puisque vous le sentez, dit Mme Vauquer. Vous devenez si économe que vous finirez par trouver le moyen de vous nourrir en humant l'air de la cuisine.

— Prenez alors un brevet d'invention, cria l'employé au Muséum, vous ferez une belle fortune.

— Laissez donc, il fait ça pour nous persuader qu'il a été vermicellier, dit le peintre.

— Votre nez est donc une cornue, demanda encore l'employé au Muséum.

— Cor-quoi ? fit Bianchon.

— Cor-nouille.

— Cor-nemuse.

— Cor-naline.

— Cor-niche.
— Cor-nichon.
— Cor-beau.
— Cor-nac.
— Cor-norama. »

Ces huit réponses partirent de tous les côtés de la salle avec la rapidité d'un feu de file, et prêtèrent d'autant plus à rire, que le pauvre père Goriot regardait les convives d'un air niais, comme un homme qui tâche de comprendre une langue étrangère.

« Cor ? dit-il à Vautrin qui se trouvait près de lui.

— Cor aux pieds, mon vieux ! » dit Vautrin en enfonçant le chapeau du père Goriot par une tape qu'il lui appliqua sur la tête et qui le lui fit descendre jusque sur les yeux.

Le pauvre vieillard, stupéfait de cette brusque attaque, resta pendant un moment immobile. Christophe emporta l'assiette du bonhomme, croyant qu'il avait fini sa soupe ; en sorte que quand Goriot, après avoir relevé son chapeau, pris sa cuiller, il frappa sur la table. Tous les convives éclatèrent de rire.

« Monsieur, dit le vieillard, vous êtes un mauvais plaisant, et si vous vous permettez encore de me donner de pareils renfoncements...

— Eh bien, quoi, papa ? dit Vautrin en l'interrompant.

— Eh bien ! vous payerez cela bien cher quelque jour...

— En enfer, pas vrai ? dit le peintre, dans ce petit coin noir où l'on met les enfants méchants !

— Eh bien, mademoiselle, dit Vautrin à Victorine, vous ne mangez pas. Le papa s'est donc montré récalcitrant ?

— Une horreur, dit Mme Couture.

— Il faut le mettre à la raison, dit Vautrin.

— Mais, dit Rastignac, qui se trouvait assez près de Bianchon, mademoiselle pourrait intenter un procès sur la question des aliments, puisqu'elle ne mange pas. Eh ! eh ! voyez donc comme le père Goriot examine Mlle Victorine. »

Le vieillard oubliait de manger pour contempler la pauvre jeune fille, dans les traits de laquelle éclatait une douleur vraie, la douleur de l'enfant méconnu qui aime son père.

« Mon cher, dit Eugène à voix basse, nous nous sommes trompés sur le père Goriot. Ce n'est ni un imbécile ni un homme sans nerfs. Applique-lui ton système de Gall, et dis-moi ce que tu en penseras. Je lui ai vu cette nuit tordre un plat de vermeil, comme si c'eût été de la cire, et dans ce moment l'air de son visage trahit des sentiments extraordinaires. Sa vie me paraît être trop mystérieuse pour ne pas valoir la peine d'être étudiée. Oui, Bianchon, tu as beau rire, je ne plaisante pas.

— Cet homme est un fait médical, dit Bianchon, d'accord ; s'il veut, je le dissèque.

— Non, tâte-lui la tête.

— Ah ! bien, sa bêtise est peut-être contagieuse. »

Le lendemain Rastignac s'habilla fort élégamment, et alla, vers trois heures de l'après-midi, chez Mme de Restaud en se livrant pendant la route à ces espérances étourdiment folles qui rendent la vie des jeunes gens si belle d'émotions : ils ne calculent alors ni les obstacles ni les dangers, ils voient en tout le succès, poétisent leur existence par le seul jeu de leur imagination, et se font malheureux ou tristes par le renversement de projets qui ne vivaient encore que dans leurs désirs effrénés ; s'ils n'étaient pas ignorants et timides, le monde social serait impossible. Eugène marchait avec mille précautions pour ne se point crotter, mais il marchait en pensant à ce qu'il dirait à Mme de Restaud, il s'approvisionnait d'esprit, il inventait les reparties d'une conversation imaginaire, il préparait ses mots fins, ses phrases à la Talleyrand, en supposant de petites circonstances favorables à la déclaration sur laquelle il fondait son avenir. Il se crotta, l'étudiant, il fut forcé de faire cirer ses bottes et brosser son pantalon au Palais-Royal. « Si j'étais riche, se dit-il en changeant une pièce de trente sous qu'il avait prise *en cas de malheur*, je serais allé en

voiture, j'aurais pu penser à mon aise. » Enfin il
arriva rue du Helder et demanda la comtesse de Restaud. Avec la rage froide d'un homme sûr de triompher un jour, il reçut le coup d'œil méprisant des
gens qui l'avaient vu traversant la cour à pied, sans
avoir entendu le bruit d'une voiture à la porte. Ce
coup d'œil lui fut d'autant plus sensible qu'il avait
déjà compris son infériorité en entrant dans cette
cour, où piaffait un beau cheval richement attelé à
l'un de ces cabriolets pimpants qui affichent le luxe
d'une existence dissipatrice, et sous-entendent l'habitude de toutes les félicités parisiennes. Il se mit, à lui
tout seul, de mauvaise humeur. Les tiroirs ouverts
dans son cerveau et qu'il comptait trouver pleins
d'esprit se fermèrent, il devint stupide. En attendant
la réponse de la comtesse, à laquelle un valet de
chambre allait dire les noms du visiteur, Eugène se
posa sur un seul pied devant une croisée de l'antichambre, s'appuya le coude sur une espagnolette, et
regarda machinalement dans la cour. Il trouvait le
temps long, il s'en serait allé s'il n'avait pas été doué
de cette ténacité méridionale qui enfante des pro-
diges quand elle va en ligne droite.

« Monsieur, dit le valet de chambre, madame est
dans son boudoir et fort occupée, elle ne m'a pas
répondu ; mais, si monsieur veut passer au salon, il y a
déjà quelqu'un. »

Tout en admirant l'épouvantable pouvoir de ces
gens qui, d'un seul mot, accusent ou jugent leurs maîtres, Rastignac ouvrit délibérément la porte par
laquelle était sorti le valet de chambre, afin sans doute
de faire croire à ces insolents valets qu'il connaissait
les êtres [117] de la maison ; mais il déboucha fort étourdiment dans une pièce où se trouvaient des lampes,
des buffets, un appareil à chauffer des serviettes pour
le bain, et qui menait à la fois dans un corridor obscur
et dans un escalier dérobé. Les rires étouffés qu'il
entendit dans l'antichambre mirent le comble à sa
confusion.

« Monsieur, le salon est par ici », lui dit le valet de

chambre avec ce faux respect qui semble être une raillerie de plus.

Eugène revint sur ses pas avec une telle précipitation qu'il se heurta contre une baignoire, mais il retint assez heureusement son chapeau pour l'empêcher de tomber dans le bain. En ce moment, une porte s'ouvrit au fond du long corridor éclairé par une petite lampe, Rastignac y entendit à la fois la voix de Mme de Restaud, celle du père Goriot et le bruit d'un baiser. Il rentra dans la salle à manger, la traversa, suivit le valet de chambre, et rentra dans un premier salon où il resta posé devant la fenêtre, en s'apercevant qu'elle avait vue sur la cour. Il voulait voir si ce père Goriot était bien réellement son père Goriot. Le cœur lui battait étrangement, il se souvenait des épouvantables réflexions de Vautrin. Le valet de chambre attendait Eugène à la porte du salon, mais il en sortit tout à coup un élégant jeune homme, qui dit impatiemment : « Je m'en vais, Maurice. Vous direz à Mme la comtesse que je l'ai attendue plus d'une demi-heure. » Cet impertinent, qui sans doute avait le droit de l'être, chantonna quelque roulade italienne en se dirigeant vers la fenêtre où stationnait Eugène, autant pour voir la figure de l'étudiant que pour regarder dans la cour.

« Mais monsieur le comte ferait mieux d'attendre encore un instant, madame a fini », dit Maurice en retournant à l'antichambre.

En ce moment, le père Goriot débouchait près de la porte cochère par la sortie du petit escalier. Le bonhomme tirait son parapluie et se disposait à le déployer, sans faire attention que la grande porte était ouverte pour donner passage à un jeune homme décoré qui conduisait un tilbury. Le père Goriot n'eut que le temps de se jeter en arrière pour n'être pas écrasé. Le taffetas du parapluie avait effrayé le cheval, qui fit un léger écart en se précipitant vers le perron. Ce jeune homme détourna la tête d'un air de colère, regarda le père Goriot, et lui fit, avant qu'il ne sortît, un salut qui peignait la considération forcée que l'on

accorde aux usuriers dont on a besoin, ou ce respect
nécessaire exigé par un homme taré, mais dont on
rougit plus tard. Le père Goriot répondit par un petit
salut amical, plein de bonhomie. Ces événements se
passèrent avec la rapidité de l'éclair. Trop attentif
pour s'apercevoir qu'il n'était pas seul, Eugène
entendit tout à coup la voix de la comtesse.

« Ah ! Maxime, vous vous en alliez », dit-elle avec
un ton de reproche où se mêlait un peu de dépit.

La comtesse n'avait pas fait attention à l'entrée du
tilbury. Rastignac se retourna brusquement et vit la
comtesse coquettement vêtue d'un peignoir en cachemire blanc, à nœuds roses, coiffée négligemment,
comme le sont les femmes de Paris au matin ; elle
embaumait, elle avait sans doute pris un bain, et sa
beauté, pour ainsi dire assouplie, semblait plus voluptueuse ; ses yeux étaient humides. L'œil des jeunes
gens sait tout voir : leurs esprits s'unissent aux rayonnements de la femme comme une plante aspire dans
l'air des substances qui lui sont propres. Eugène sentit
donc la fraîcheur épanouie des mains de cette femme
sans avoir besoin d'y toucher. Il voyait, à travers le
cachemire, les teintes rosées du corsage que le peignoir, légèrement entrouvert, laissait parfois à nu, et
sur lequel son regard s'étalait. Les ressources du busc
étaient inutiles à la comtesse, la ceinture marquait
seule sa taille flexible, son cou invitait à l'amour, ses
pieds étaient jolis dans les pantoufles. Quand Maxime
prit cette main pour la baiser, Eugène aperçut alors
Maxime, et la comtesse aperçut Eugène.

« Ah ! c'est vous, monsieur de Rastignac, je suis
bien aise de vous voir, » dit-elle d'un air auquel savent
obéir les gens d'esprit.

Maxime regardait alternativement Eugène et la
comtesse d'une manière assez significative pour faire
décamper l'intrus. « Ah ! çà ! ma chère, j'espère que tu
vas me mettre ce petit drôle à la porte ! » Cette phrase
était une traduction claire et intelligible des regards du
jeune homme impertinemment fier que la comtesse
Anastasie avait nommé Maxime, et dont elle consul-

tait le visage avec cette attention soumise qui dit tous les secrets d'une femme sans qu'elle s'en doute. Rastignac se sentit une haine violente pour ce jeune homme. D'abord les beaux cheveux blonds et bien frisés de Maxime lui apprirent combien les siens étaient horribles. Puis Maxime avait des bottes fines et propres, tandis que les siennes, malgré le soin qu'il avait pris en marchant, s'étaient empreintes d'une légère teinte de boue. Enfin Maxime portait une redingote qui lui serrait élégamment la taille et le faisait ressembler à une jolie femme, tandis qu'Eugène avait à deux heures et demie un habit noir. Le spirituel enfant de la Charente sentit la supériorité que la mise donnait à ce dandy, mince et grand, à l'œil clair, au teint pâle, un de ces hommes capables de ruiner des orphelins. Sans attendre la réponse d'Eugène, Mme de Restaud se sauva comme à tire-d'aile dans l'autre salon, en laissant flotter les pans de son peignoir qui se roulaient et se déroulaient de manière à lui donner l'apparence d'un papillon ; et Maxime la suivit. Eugène furieux suivit Maxime et la comtesse. Ces trois personnages se trouvèrent donc en présence, à la hauteur de la cheminée, au milieu du grand salon. L'étudiant savait bien qu'il allait gêner cet odieux Maxime ; mais, au risque de déplaire à Mme de Restaud, il voulut gêner le dandy. Tout à coup, en se souvenant d'avoir vu ce jeune homme au bal de Mme de Beauséant, il devina ce qu'était Maxime pour Mme de Restaud ; et avec cette audace juvénile qui fait commettre de grandes sottises ou obtenir de grands succès, il se dit : « Voilà mon rival, je veux triompher de lui. » L'imprudent ! il ignorait que le comte Maxime de Trailles se laissait insulter, tirait le premier et tuait son homme. Eugène était un adroit chasseur, mais il n'avait pas encore abattu vingt poupées sur vingt-deux dans un tir. Le jeune comte se jeta dans une bergère au coin du feu, prit les pincettes, et fouilla le foyer par un mouvement si violent, si grimaud [118], que le beau visage d'Anastasie se chagrina soudain. La jeune femme se tourna vers Eugène, et lui

lança un de ces regards froidement interrogatifs qui
disent si bien : « Pourquoi ne vous en allez-vous pas ? »
que les gens bien élevés savent aussitôt faire de ces
phrases qu'il faudrait appeler des phrases de sortie.

Eugène prit un air agréable et dit : « Madame,
j'avais hâte de vous voir pour... »

Il s'arrêta tout court. Une porte s'ouvrit. Le monsieur qui conduisait le tilbury se montra soudain,
sans chapeau, ne salua pas la comtesse, regarda sou-
cieusement Eugène, et tendit la main à Maxime, en
lui disant : « Bonjour » avec une expression frater-
nelle qui surprit singulièrement Eugène. Les jeunes
gens de province ignorent combien est douce la vie
à trois.

« M. de Restaud », dit la comtesse à l'étudiant en lui
montrant son mari.

Eugène s'inclina profondément.

« Monsieur, dit-elle en continuant et en présentant
Eugène au comte de Restaud, est M. de Rastignac,
parent de Mme la vicomtesse de Beauséant par les
Marcillac, et que j'ai eu le plaisir de rencontrer à son
dernier bal. »

*Parent de Mme la vicomtesse de Beauséant par les Mar-
cillac !* ces mots, que la comtesse prononça presque
emphatiquement, par suite de l'espèce d'orgueil
qu'éprouve une maîtresse de maison à prouver qu'elle
n'a chez elle que des gens de distinction, furent d'un
effet magique, le comte quitta son air froidement céré-
monieux et salua l'étudiant.

« Enchanté, dit-il, monsieur, de pouvoir faire votre
connaissance. »

Le comte Maxime de Trailles lui-même jeta sur
Eugène un regard inquiet et quitta tout à coup son air
impertinent. Ce coup de baguette, dû à la puissante
intervention d'un nom, ouvrit trente cases dans le cerveau du Méridional, et lui rendit l'esprit qu'il avait
préparé. Une soudaine lumière lui fit voir clair dans
l'atmosphère de la haute société parisienne, encore
ténébreuse pour lui. La Maison Vauquer, le père
Goriot étaient alors bien loin de sa pensée.

« Je croyais les Marcillac éteints ? dit le comte de Restaud à Eugène.

— Oui, monsieur, répondit-il. Mon grand-oncle, le chevalier de Rastignac, a épousé l'héritière de la famille de Marcillac. Il n'a eu qu'une fille, qui a épousé le maréchal de Clarimbault, aïeul maternel de Mme de Beauséant. Nous sommes la branche cadette, branche d'autant plus pauvre que mon grand-oncle, vice-amiral, a tout perdu au service du Roi. Le gouvernement révolutionnaire n'a pas voulu admettre nos créances dans la liquidation qu'il a faite de la compagnie des Indes [119].

— Monsieur votre grand-oncle ne commandait-il pas le *Vengeur* avant 1789 ?

— Précisément.

— Alors, il a connu mon grand-père, qui commandait le *Warwick*. »

Maxime haussa légèrement les épaules en regardant Mme de Restaud, et eut l'air de lui dire : « S'il se met à causer marine avec celui-là, nous sommes perdus. » Anastasie comprit le regard de M. de Trailles. Avec cette admirable puissance que possèdent les femmes, elle se mit à sourire en disant : « Venez, Maxime ; j'ai quelque chose à vous demander. Messieurs, nous vous laisserons naviguer de conserve sur le *Warwick* et sur le *Vengeur*. » Elle se leva et fit un signe plein de traîtrise railleuse à Maxime, qui prit avec elle la route du boudoir. A peine ce couple *morganatique* [120], jolie expression allemande qui n'a pas son équivalent en français, avait-il atteint la porte, que le comte interrompit sa conversation avec Eugène.

« Anastasie ! restez donc, ma chère, s'écria-t-il avec humeur, vous savez bien que...

— Je reviens, je reviens, dit-elle en l'interrompant, il ne me faut qu'un moment pour dire à Maxime ce dont je veux le charger. »

Elle revint promptement. Comme toutes les femmes qui, forcées d'observer le caractère de leurs maris pour pouvoir se conduire à leur fantaisie, savent reconnaître jusqu'où elles peuvent aller afin de ne pas perdre une confiance précieuse, et qui alors ne les choquent jamais dans les petites choses de la vie, la comtesse avait vu d'après les inflexions de la voix du comte qu'il n'y aurait aucune sécurité à rester dans le boudoir. Ces contretemps étaient dus à Eugène. Aussi la comtesse montra-t-elle l'étudiant d'un air et par un geste pleins de dépit à Maxime, qui dit fort épigrammatiquement au comte, à sa femme et à Eugène : « Écoutez, vous êtes en affaires, je ne veux pas vous gêner ; adieu. » Il se sauva.

« Restez donc, Maxime ! cria le comte.

— Venez dîner, » dit la comtesse qui laissant encore une fois Eugène et le comte suivit Maxime dans le premier salon où ils restèrent assez de temps ensemble pour croire que M. de Restaud congédierait Eugène.

Rastignac les entendait tour à tour éclatant de rire, causant, se taisant ; mais le malicieux étudiant faisait de l'esprit avec M. de Restaud, le flattait ou l'embarquait dans des discussions, afin de revoir la comtesse et de savoir quelles étaient ses relations avec le père Goriot. Cette femme, évidemment amoureuse de Maxime, cette femme, maîtresse de son mari, liée secrètement au vieux vermicellier, lui semblait tout un mystère. Il voulait pénétrer ce mystère, espérant ainsi pouvoir régner en souverain sur cette femme si éminemment parisienne.

« Anastasie, dit le comte appelant de nouveau sa femme.

— Allons, mon pauvre Maxime, dit-elle au jeune homme, il faut se résigner. A ce soir...

— J'espère, *Nasie*, lui dit-il à l'oreille, que vous consignerez ce petit jeune homme dont les yeux s'allumaient comme des charbons quand votre peignoir s'entrouvrait. Il vous ferait des déclarations, vous compromettrait, et vous me forceriez à le tuer.

— Etes-vous fou, Maxime ? dit-elle. Ces petits étudiants ne sont-ils pas, au contraire, d'excellents paratonnerres ? Je le ferai, certes, prendre en grippe à Restaud [121]. »

Maxime éclata de rire et sortit suivi de la comtesse, qui se mit à la fenêtre pour le voir montant en voiture, faisant piaffer son cheval, et agitant son fouet. Elle ne revint que quand la grande porte fut fermée.

« Dites donc, lui cria le comte quand elle rentra, ma chère, la terre où demeure la famille de monsieur n'est pas loin de Verteuil [122], sur la Charente. Le grand-oncle de monsieur et mon grand-père se connais-saient.

— Enchantée d'être en pays de connaissance, dit la comtesse distraite.

— Plus que vous ne le croyez, dit à voix basse Eugène.

— Comment ? dit-elle vivement.

— Mais, reprit l'étudiant, je viens de voir sortir de chez vous un monsieur avec lequel je suis porte à porte dans la même pension, le père Goriot. »

A ce nom enjolivé du mot *père*, le comte, qui tison-nait, jeta les pincettes dans le feu, comme si elles lui eussent brûlé les mains, et se leva.

« Monsieur, vous auriez pu dire M. Goriot ! » s'écria-t-il.

La comtesse pâlit d'abord en voyant l'impatience de son mari, puis elle rougit, et fut évidemment embar-rassée ; elle répondit d'une voix qu'elle voulut rendre naturelle, et d'un air faussement dégagé : « Il est impossible de connaître quelqu'un que nous aimions mieux... » Elle s'interrompit, regarda son piano, comme s'il se réveillait en elle quelque fantaisie, et dit : « Aimez-vous la musique, monsieur ?

— Beaucoup, répondit Eugène devenu rouge et bêtifié par l'idée confuse qu'il eut d'avoir commis quelque lourde sottise.

— Chantez-vous ? s'écria-t-elle en s'en allant à son piano dont elle attaqua vivement toutes les touches en les remuant depuis l'ut d'en bas jusqu'au fa d'en haut. Rrrrah !

— Non, madame. »

Le comte de Restaud se promenait de long en large.

« C'est dommage, vous vous êtes privé d'un grand

moyen de succès. — *Ca-a-ro, ca-a-ro, ca-a-a-a-ro, non du-bita-re* [123] », chanta la comtesse.

En prononçant le nom du père Goriot, Eugène avait donné un coup de baguette magique, mais dont l'effet était l'inverse de celui qu'avaient frappé ces mots : parent de Mme de Beauséant. Il se trouvait dans la situation d'un homme introduit par faveur chez un amateur de curiosités, et qui, touchant par mégarde une armoire pleine de figures sculptées, fait tomber trois ou quatre têtes mal collées. Il aurait voulu se jeter dans un gouffre. Le visage de Mme de Restaud était sec, froid, et ses yeux devenus indifférents fuyaient ceux du malencontreux étudiant.

« Madame, dit-il, vous avez à causer avec M. de Restaud, veuillez agréer mes hommages, et me permettre...

— Toutes les fois que vous viendrez, dit précipitamment la comtesse en arrêtant Eugène par un geste, vous êtes sûr de nous faire, à M. de Restaud comme à moi, le plus vif plaisir. »

Eugène salua profondément le couple et sortit suivi de M. de Restaud, qui, malgré ses instances, l'accompagna jusque dans l'antichambre.

« Toutes les fois que monsieur se présentera, dit le comte à Maurice, ni madame ni moi nous n'y serons. »

Quand Eugène mit le pied sur le perron, il s'aperçut qu'il pleuvait. « Allons, se dit-il, je suis venu faire une gaucherie dont j'ignore la cause et la portée, je gâterai par-dessus le marché mon habit et mon chapeau. Je devrais rester dans un coin à piocher le droit, ne penser qu'à devenir un rude magistrat. Puis-je aller dans le monde quand, pour y manœuvrer convenablement, il faut un tas de cabriolets, de bottes cirées, d'agrès indispensables, des chaînes d'or, dès le matin des gants de daim blancs qui coûtent six francs, et toujours des gants jaunes le soir ? Vieux drôle de père Goriot, va ! »

Quand il se trouva sous la porte de la rue, le cocher d'une voiture de louage, qui venait sans doute de remiser de nouveaux mariés et qui ne demandait pas mieux que de voler à son maître quelques courses de contrebande, fit à Eugène un signe en le voyant sans parapluie, en habit noir, gilet blanc, gants jaunes et bottes cirées. Eugène était sous l'empire d'une de ces rages sourdes qui poussent un jeune homme à s'enfoncer de plus en plus dans l'abîme où il est entré, comme s'il espérait y trouver une heureuse issue. Il consentit par un mouvement de tête à la demande du cocher. Sans avoir plus de vingt-deux sous dans sa poche, il monta dans la voiture où quelques grains de fleurs d'oranger et des brins de cannetille [124] attestaient le passage des mariés.

« Où monsieur va-t-il ? demanda le cocher, qui n'avait déjà plus ses gants blancs.

— Parbleu ! se dit Eugène, puisque je m'enfonce, il faut au moins que cela me serve à quelque chose ! Allez à l'hôtel de Beauséant, ajouta-t-il à haute voix.

— Lequel ? » dit le cocher.

Mot sublime qui confondit Eugène. Cet élégant inédit ne savait pas qu'il y avait deux hôtels de Beauséant, il ne connaissait pas combien il était riche en parents qui ne se souciaient pas de lui.

« Le vicomte de Beauséant, rue...

— De Grenelle, dit le cocher en hochant la tête et l'interrompant. Voyez-vous, il y a encore l'hôtel du comte et du marquis de Beauséant, rue Saint-Dominique, ajouta-t-il en relevant le marchepied.

— Je le sais bien », répondit Eugène d'un air sec. « Tout le monde aujourd'hui se moque donc de moi ! dit-il en jetant son chapeau sur les coussins de devant. Voilà une escapade qui va me coûter la rançon d'un roi. Mais au moins je vais faire ma visite à ma soi-disant cousine d'une manière solidement aristocratique. Le père Goriot me coûte déjà au moins dix francs, le vieux scélérat ! Ma foi, je vais raconter mon aventure à Mme de Beauséant, peut-être la ferai-je rire. Elle saura sans doute le mystère des liaisons criminelles de ce vieux rat sans queue et de cette belle femme. Il vaut mieux plaire à ma cousine que de me cogner contre cette femme immorale, qui me fait l'effet d'être bien coûteuse. Si le nom de la belle vicomtesse est si puissant, de quel poids doit donc être sa personne ? Adressons-nous en haut. Quand on s'attaque à quelque chose dans le ciel, il faut viser Dieu ! »

Ces paroles sont la formule brève des mille et une pensées entre lesquelles il flottait. Il reprit un peu de calme et d'assurance en voyant tomber la pluie. Il se dit que s'il allait dissiper deux des précieuses pièces de cent sous qui lui restaient, elles seraient heureusement employées à la conservation de son habit, de ses bottes et de son chapeau. Il n'entendit pas sans un mouvement d'hilarité son cocher criant : *La porte, s'il vous plaît !* Un suisse rouge et doré fit grogner sur ses gonds la porte de l'hôtel, et Rastignac vit avec une douce satisfaction sa voiture passant sous le porche, tournant dans la cour, et s'arrêtant sous la marquise du perron. Le cocher à grosse houppelande bleue bordée de rouge vint déplier le marchepied. En descendant de sa voiture, Eugène entendit des rires étouffés qui partaient sous le péristyle. Trois ou quatre valets avaient déjà plaisanté sur cet équipage de mariée vulgaire. Leur rire éclaira l'étudiant au moment où il compara cette voiture à l'un des plus élégants coupés de Paris, attelé de deux chevaux fringants qui avaient des roses à l'oreille, qui mordaient leur frein, et qu'un cocher poudré, bien cravaté, tenait en bride comme s'ils eussent voulu s'échapper. A la Chaussée d'Antin, Mme de Restaud avait dans sa cour le fin cabriolet de l'homme de vingt-six ans. Au faubourg Saint-Germain, attendait le luxe d'un grand seigneur, un équipage que trente mille francs n'auraient pas payé.

« Qui donc est là ? » se dit Eugène en comprenant un peu tardivement qu'il devait se rencontrer à Paris bien peu de femmes qui ne fussent occupées, et que la conquête d'une de ces reines coûtait plus que du sang. « Diantre ! ma cousine aura sans doute aussi son Maxime. »

Il monta le perron la mort dans l'âme. A son aspect

la porte vitrée s'ouvrit ; il trouva les valets sérieux
comme des ânes qu'on étrille. La fête à laquelle il
avait assisté s'était donnée dans les grands appartements de réception, situés au rez-de-chaussée de
l'hôtel de Beauséant. N'ayant pas eu le temps, entre
l'invitation et le bal, de faire une visite à sa cousine, il
n'avait donc pas encore pénétré dans les appartements
de Mme de Beauséant ; il allait donc voir pour la première fois les merveilles de cette élégance personnelle
qui trahit l'âme et les mœurs d'une femme de distinction. Étude d'autant plus curieuse que le salon de
Mme de Restaud lui fournissait un terme de comparaison. A quatre heures et demie la vicomtesse était
visible. Cinq minutes plus tôt, elle n'eût pas reçu son
cousin. Eugène, qui ne savait rien des diverses éti-
quettes parisiennes, fut conduit par un grand escalier
plein de fleurs, blanc de ton, à rampe dorée, à tapis
rouge, chez Mme de Beauséant, dont il ignorait la
biographie verbale, une de ces changeantes histoires
qui se content tous les soirs d'oreille à oreille dans les
salons de Paris.

La vicomtesse était liée depuis trois ans avec un des
plus célèbres et des plus riches seigneurs portugais, le
marquis d'Ajuda-Pinto. C'était une de ces liaisons
innocentes qui ont tant d'attraits pour les personnes
ainsi liées, qu'elles ne peuvent supporter personne en
tiers. Aussi le vicomte de Beauséant avait-il donné lui-
même l'exemple au public en respectant, bon gré, mal
gré, cette union morganatique. Les personnes qui,
dans les premiers jours de cette amitié, vinrent voir la
vicomtesse à deux heures, y trouvaient le marquis
d'Ajuda-Pinto. Mme de Beauséant, incapable de
fermer sa porte, ce qui eût été fort inconvenant, recevait si froidement les gens et contemplait si studieuse-
ment sa corniche, que chacun comprenait combien il
la gênait. Quand on sut dans Paris qu'on gênait
Mme de Beauséant en venant la voir entre deux et
quatre heures, elle se trouva dans la solitude la plus
complète. Elle allait aux Bouffons ou à l'Opéra en
compagnie de M. de Beauséant et de M. d'Ajuda-

Pinto ; mais, en homme qui sait vivre, M. de Beauséant quittait toujours sa femme et le Portugais après
les y avoir installés. M. d'Ajuda devait se marier. Il
épousait une demoiselle de Rochefide. Dans toute la
haute société une seule personne ignorait encore ce
mariage, cette personne était Mme de Beauséant.
Quelques-unes de ses amies lui en avaient bien parlé
vaguement ; elle en avait ri, croyant que ses amies
voulaient troubler un bonheur jalousé. Cependant les
bans allaient se publier. Quoiqu'il fût venu pour notifier ce mariage à la vicomtesse, le beau Portugais
n'avait pas encore osé dire un traître mot. Pourquoi ?
rien sans doute n'est plus difficile que de notifier à une
femme un semblable *ultimatum*. Certains hommes se
trouvent plus à l'aise, sur le terrain, devant un homme
qui leur menace le cœur avec une épée, que devant
une femme qui, après avoir débité ses élégies pendant
deux heures, fait la morte et demande des sels. En ce
moment donc M. d'Ajuda-Pinto était sur les épines, et
voulait sortir, en se disant que Mme de Beauséant
apprendrait cette nouvelle, il lui écrirait, il serait plus
commode de traiter ce galant assassinat par correspondance que de vive voix. Quand le valet de
chambre de la vicomtesse annonça M. Eugène de Rastignac, il fit tressaillir de joie le marquis d'Ajuda-
Pinto. Sachez-le bien, une femme aimante est encore
plus ingénieuse à se créer des doutes qu'elle n'est
habile à varier le plaisir. Quand elle est sur le point
d'être quittée, elle devine plus rapidement le sens d'un
geste que le coursier de Virgile ne flaire les lointains
corpuscules qui lui annoncent l'amour [125]. Aussi
comptez que Mme de Beauséant surprit ce tressaille-
ment involontaire, léger, mais naïvement épouvantable. Eugène ignorait qu'on ne doit jamais se présenter chez qui que ce soit à Paris sans s'être fait
conter par les amis de la maison l'histoire du mari,
celle de la femme ou des enfants, afin de n'y commettre aucune de ces balourdises dont on dit pittores-
quement en Pologne : *Attelez cinq bœufs à votre char !*
sans doute pour vous tirer du mauvais pas où vous

vous embourbez. Si ces malheurs de la conversation n'ont encore aucun nom en France, on les y suppose sans doute impossibles, par suite de l'énorme publicité qu'y obtiennent les médisances. Après s'être embourbé chez Mme de Restaud, qui ne lui avait pas même laissé le temps d'atteler les cinq bœufs à son char, Eugène seul était capable de recommencer son métier de bouvier, en se présentant chez Mme de Beauséant. Mais s'il avait horriblement gêné Mme de Restaud et M. de Trailles, il tirait d'embarras M. d'Ajuda.

« Adieu, dit le Portugais en s'empressant de gagner la porte quand Eugène entra dans un petit salon coquet, gris et rose, où le luxe semblait n'être que de l'élégance.

— Mais à ce soir, dit Mme de Beauséant en retournant la tête et jetant un regard au marquis. N'allons-nous pas aux Bouffons ?

— Je ne le puis », dit-il en prenant le bouton de la porte.

Mme de Beauséant se leva, le rappela près d'elle, sans faire la moindre attention à Eugène, qui, debout, étourdi par les scintillements d'une richesse merveilleuse, croyait à la réalité des contes arabes, et ne savait où se fourrer en se trouvant en présence de cette femme sans être remarqué par elle. La vicomtesse avait levé l'index de sa main droite, et par un joli mouvement désignait au marquis une place devant elle. Il y eut dans ce geste un si violent despotisme de passion que le marquis laissa le bouton de la porte et vint. Eugène le regarda non sans envie.

« Voilà, se dit-il, l'homme au coupé ! Mais il faut donc avoir des chevaux fringants, des livrées et de l'or à flots pour obtenir le regard d'une femme de Paris ? » Le démon du luxe le mordit au cœur, la fièvre du gain le prit, la soif de l'or lui sécha la gorge. Il avait cent trente francs pour son trimestre. Son père, sa mère, ses frères, ses sœurs, sa tante, ne dépensaient pas deux cents francs par mois, à eux tous. Cette rapide comparaison entre sa situation

présente et le but auquel il fallait parvenir contri-
buèrent [126] à le stupéfier.

« Pourquoi, dit la vicomtesse en riant, ne *pouvez-
vous pas* venir aux Italiens ?

— Des affaires ! Je dîne chez l'ambassadeur
d'Angleterre.

— Vous les quitterez. »

Quand un homme trompe, il est invinciblement
forcé d'entasser mensonges sur mensonges.
M. d'Ajuda dit alors en riant : « Vous l'exigez ?

— Oui, certes.

— Voilà ce que je voulais me faire dire », répondit-il en jetant un de ces fins regards qui auraient ras-
suré toute autre femme. Il prit la main de la vicomtesse, la baisa et partit.

Eugène passa la main dans ses cheveux, et se tortilla
pour saluer en croyant que Mme de Beauséant allait
penser à lui ; tout à coup elle s'élance, se précipite
dans la galerie, accourt à la fenêtre et regarde
M. d'Ajuda pendant qu'il montait en voiture ; elle
prête l'oreille à l'ordre, et entend le chasseur répétant
au cocher : « Chez M. de Rochefide. » Ces mots, et la
manière dont d'Ajuda se plongea dans sa voiture,
furent l'éclair et la foudre pour cette femme, qui revint
en proie à de mortelles appréhensions. Les plus horribles catastrophes ne sont que cela dans le grand
monde. La vicomtesse rentra dans sa chambre à coucher, se mit à sa table, et prit un joli papier.

Du moment, écrivait-elle, *où vous dînez chez les
Rochefide, et non à l'ambassade anglaise, vous me devez
une explication, je vous attends.*

Après avoir redressé quelques lettres défigurées par
le tremblement convulsif de sa main, elle mit un C qui
voulait dire Claire de Bourgogne, et sonna.

« Jacques, dit-elle à son valet de chambre qui vint
aussitôt, vous irez à sept heures et demie chez M. de
Rochefide, vous y demanderez le marquis d'Ajuda. Si
M. le marquis y est, vous lui ferez parvenir ce billet
sans demander de réponse ; s'il n'y est pas, vous
reviendrez et me rapporterez ma lettre.

— Madame la vicomtesse a quelqu'un dans son salon.

— Ah ! c'est vrai », dit-elle en poussant la porte.

Eugène commençait à se trouver très mal à l'aise, il aperçut enfin la vicomtesse qui lui dit d'un ton dont l'émotion lui remua les fibres du cœur : « Pardon, monsieur, j'avais un mot à écrire, je suis maintenant tout à vous. » Elle ne savait ce qu'elle disait, car voici ce qu'elle pensait : « Ah ! il veut épouser Mlle de Rochefide. Mais est-il donc libre ? Ce soir ce mariage sera brisé, ou je... Mais il n'en sera plus question demain. »

« Ma cousine... répondit Eugène.

— Hein ? » fit la vicomtesse en lui jetant un regard dont l'impertinence glaça l'étudiant.

Eugène comprit ce hein. Depuis trois heures il avait appris tant de choses, qu'il s'était mis sur le qui-vive.

« Madame », reprit-il en rougissant. Il hésita, puis il dit en continuant : « Pardonnez-moi ; j'ai besoin de tant de protection qu'un bout de parenté n'aurait rien gâté. »

Mme de Beauséant sourit, mais tristement : elle sentait déjà le malheur qui grondait dans son atmosphère.

« Si vous connaissiez la situation dans laquelle se trouve ma famille, dit-il en continuant, vous aimeriez à jouer le rôle d'une de ces fées fabuleuses qui se plaisaient à dissiper les obstacles autour de leurs filleuls.

— Eh bien, mon cousin, dit-elle en riant, à quoi puis-je vous être bonne ?

— Mais le sais-je ? Vous appartenir par un lien de parenté qui se perd dans l'ombre est déjà toute une fortune. Vous m'avez troublé, je ne sais plus ce que je venais vous dire. Vous êtes la seule personne que je connaisse à Paris. Ah ! je voulais vous consulter en vous demandant de m'accepter comme un pauvre enfant qui désire se coudre à votre jupe, et qui saurait mourir pour vous.

— Vous tueriez quelqu'un pour moi ?

— J'en tuerais deux, fit Eugène.

— Enfant ! Oui, vous êtes un enfant, dit-elle en réprimant quelques larmes ; vous aimeriez sincèrement, vous !

— Oh ! » fit-il en hochant la tête.

La vicomtesse s'intéressa vivement à l'étudiant pour une réponse d'ambitieux. Le Méridional en était à son premier calcul. Entre le boudoir bleu de Mme de Restaud et le salon rose de Mme de Beauséant, il avait fait trois années de ce *droit parisien* dont on ne parle pas, quoiqu'il constitue une haute jurisprudence sociale qui, bien apprise et bien pratiquée, mène à tout.

« Ah ! j'y suis, dit Eugène. J'avais remarqué Mme de Restaud à votre bal, je suis allé ce matin chez elle.

— Vous avez dû bien la gêner, dit en souriant Mme de Beauséant.

— Eh ! oui, je suis un ignorant qui mettra contre lui tout le monde, si vous me refusez votre secours. Je crois qu'il est fort difficile de rencontrer à Paris une femme jeune, belle, riche, élégante qui soit inoccupée, et il m'en faut une qui m'apprenne ce que, vous autres femmes, vous savez si bien expliquer : la vie. Je trouverai partout un M. de Trailles. Je venais donc à vous pour vous demander le mot d'une énigme, et vous prier de me dire de quelle nature est la sottise que j'y ai faite. J'ai parlé d'un père...

— Mme la duchesse de Langeais, dit Jacques en coupant la parole à l'étudiant qui fit le geste d'un homme violemment contrarié.

— Si vous voulez réussir, dit la vicomtesse à voix basse, d'abord ne soyez pas aussi démonstratif.

— Eh ! bonjour, ma chère », reprit-elle en se levant et allant au-devant de la duchesse dont elle pressa les mains avec l'effusion caressante qu'elle aurait pu montrer pour une sœur et à laquelle la duchesse répondit par les plus jolies câlineries.

« Voilà deux bonnes amies, se dit Rastignac. J'aurai dès lors deux protectrices ; ces deux femmes doivent avoir les mêmes affections, et celle-ci s'intéressera sans doute à moi. »

« A quelle heureuse pensée dois-je le bonheur de te voir, ma chère Antoinette ? dit Mme de Beauséant.

— Mais j'ai vu M. d'Ajuda-Pinto entrant chez M. de Rochefide, et j'ai pensé qu'alors vous étiez seule. »

Mme de Beauséant ne se pinça point les lèvres, elle ne rougit pas, son regard resta le même, son front parut s'éclaircir pendant que la duchesse prononçait ces fatales paroles.

« Si j'avais su que vous fussiez occupée... ajouta la duchesse en se tournant vers Eugène.

— Monsieur est M. Eugène de Rastignac [127], un de mes cousins, dit la vicomtesse. Avez-vous des nouvelles du général Montriveau ? fit-elle. Sérizy m'a dit hier qu'on ne le voyait plus, l'avez-vous eu chez vous aujourd'hui ? »

La duchesse, qui passait pour être abandonnée par M. de Montriveau de qui elle était éperdument éprise, sentit au cœur la pointe de cette question, et rougit en répondant : « Il était hier à l'Elysée.

— De service [128], dit Mme de Beauséant.

— Clara, vous savez sans doute, reprit la duchesse en jetant des flots de malignité par ses regards, que demain les bans de M. d'Ajuda-Pinto et de Mlle de Rochefide se publient ? »

Ce coup était trop violent, la vicomtesse pâlit et répondit en riant : « Un de ces bruits dont s'amusent les sots. Pourquoi M. d'Ajuda porterait-il chez les Rochefide un des plus beaux noms du Portugal ? Les Rochefide sont des gens anoblis d'hier.

— Mais Berthe réunira, dit-on, deux cent mille livres de rente.

— M. d'Ajuda est trop riche pour faire de ces calculs.

— Mais, ma chère, Mlle de Rochefide est charmante.

— Ah !

— Enfin il y dîne aujourd'hui, les conditions sont arrêtées. Vous m'étonnez étrangement d'être si peu instruite.

— Quelle sottise avez-vous donc faite, monsieur ? dit Mme de Beauséant. Ce pauvre enfant est si nouvellement jeté dans le monde, qu'il ne comprend rien, ma chère Antoinette, à ce que nous disons. Soyez bonne pour lui, remettons à causer de cela demain. Demain, voyez-vous, tout sera sans doute officiel, et vous pourrez être officieuse à coup sûr. »

La duchesse tourna sur Eugène un de ces regards impertinents qui enveloppent un homme des pieds à la tête, l'aplatissent, et le mettent à l'état de zéro.

« Madame, j'ai, sans le savoir, plongé un poignard dans le cœur de Mme de Restaud. Sans le savoir, voilà ma faute », dit l'étudiant que son génie avait assez bien servi et qui avait découvert les mordantes épigrammes cachées sous les phrases affectueuses de ces deux femmes. « Vous continuez à voir, et vous craignez peut-être les gens qui sont dans le secret du mal qu'ils vous font, tandis que celui qui blesse en ignorant la profondeur de sa blessure est regardé comme un sot, un maladroit qui ne sait profiter de rien, et chacun le méprise. »

Mme de Beauséant jeta sur l'étudiant un de ces regards fondants où les grandes âmes savent mettre tout à la fois de la reconnaissance et de la dignité. Ce regard fut comme un baume qui calma la plaie que venait de faire au cœur de l'étudiant le coup d'œil d'huissier-priseur par lequel la duchesse l'avait évalué.

« Figurez-vous que je venais, dit Eugène en continuant, de capter la bienveillance du comte de Restaud ; car, dit-il en se tournant vers la duchesse d'un air à la fois humble et malicieux, il faut vous dire, madame, que je ne suis encore qu'un pauvre diable d'étudiant, bien seul, bien pauvre...

— Ne dites pas cela, monsieur de Rastignac. Nous autres femmes, nous ne voulons jamais de ce dont personne ne veut.

— Bah ! fit Eugène, je n'ai que vingt-deux ans, il faut savoir supporter les malheurs de son âge. D'ailleurs, je suis à confesse ; et il est impossible de se mettre à genoux dans un plus joli confessionnal : on y fait les péchés dont on s'accuse dans l'autre. »

La duchesse prit un air froid à ce discours antireligieux, dont elle proscrivit le mauvais goût en disant à la vicomtesse : « Monsieur arrive... »

Mme de Beauséant se prit à rire franchement et de son cousin et de la duchesse.

« Il arrive, ma chère, et cherche une institutrice qui lui enseigne le bon goût.

— Madame la duchesse, reprit Eugène, n'est-il pas naturel de vouloir s'initier aux secrets de ce qui nous charme ? (« Allons, se dit-il en lui-même, je suis sûr que je leur fais des phrases de coiffeur. »)

— Mais Mme de Restaud est, je crois, l'écolière de M. de Trailles, dit la duchesse.

— Je n'en savais rien, madame, reprit l'étudiant. Aussi me suis-je étourdiment jeté entre eux. Enfin, je m'étais assez bien entendu avec le mari, je me voyais souffert pour un temps par la femme, lorsque je me suis avisé de leur dire que je connaissais un homme que je venais de voir sortant par un escalier dérobé, et qui avait au fond d'un couloir embrassé la comtesse.

— Qui est-ce ? dirent les deux femmes.

— Un vieillard qui vit à raison de deux louis par mois, au fond du faubourg Saint-Marceau, comme moi, pauvre étudiant ; un véritable malheureux dont tout le monde se moque, et que nous appelons le père Goriot.

— Mais, enfant que vous êtes, s'écria la vicomtesse, Mme de Restaud est une demoiselle Goriot.

— La fille d'un vermicellier, reprit la duchesse, une petite femme qui s'est fait présenter le même jour qu'une fille de pâtissier. Ne vous en souvenez-vous pas, Clara ? Le roi s'est mis à rire, et a dit en latin un bon mot sur la farine. Des gens, comment donc ? des gens...

— *Ejusdem farinae* [129], dit Eugène.

— C'est cela, dit la duchesse.

— Ah ! c'est son père, reprit l'étudiant en faisant un geste d'horreur.

— Mais oui ; ce bonhomme avait deux filles dont il est quasi fou, quoique l'une et l'autre l'aient à peu près renié.

— La seconde n'est-elle pas, dit la vicomtesse en regardant Mme de Langeais, mariée à un banquier dont le nom est allemand, un baron de Nucingen ? Ne se nomme-t-elle pas Delphine ? N'est-ce pas une blonde qui a une loge de côté à l'Opéra, qui vient aussi aux Bouffons, et rit très haut pour se faire remarquer ? »

La duchesse sourit en disant : « Mais, ma chère, je vous admire. Pourquoi vous occupez-vous donc tant de ces gens-là ? Il a fallu être amoureux fou, comme l'était Restaud, pour s'être enfariné de Mlle Anastasie. Oh ! il n'en sera pas le bon marchand [130] ! Elle est entre les mains de M. de Trailles, qui la perdra.

— Elles ont renié leur père, répétait Eugène.

— Eh bien, oui, leur père, le père, un père, reprit la vicomtesse, un bon père qui leur a donné, dit-on, à chacune cinq ou six cent mille francs pour faire leur bonheur en les mariant bien, et qui ne s'était réservé que huit à dix mille livres de rente pour lui, croyant que ses filles resteraient ses filles, qu'il s'était créé chez elles deux existences, deux maisons où il serait adoré, choyé. En deux ans, ses gendres l'ont banni de leur société comme le dernier des misérables [131]...

Quelques larmes roulèrent dans les yeux d'Eugène, récemment rafraîchi par les pures et saintes émotions de la famille, encore sous le charme des croyances jeunes, et qui n'en était qu'à sa première journée sur le champ de bataille de la civilisation parisienne. Les émotions véritables sont si communicatives, que pendant un moment ces trois personnes se regardèrent en silence.

« Eh ! mon Dieu, dit Mme de Langeais, oui, cela semble bien horrible, et nous voyons cependant cela tous les jours. N'y a-t-il pas une cause à cela ? Dites-moi, ma chère, avez-vous pensé jamais à ce qu'est un gendre ? Un gendre est un homme pour qui nous élè-verons, vous ou moi, une chère petite créature à laquelle nous tiendrons par mille liens, qui sera pendant dix-sept ans la joie de la famille, qui en est l'âme blanche, dirait Lamartine [132], et qui en deviendra la peste. Quand cet homme nous l'aura prise, il commencera par saisir son amour comme une hache, afin de couper dans le cœur et au vif de cet ange tous les sentiments par lesquels elle s'attachait à sa famille. Hier, notre fille était tout pour nous, nous étions tout pour elle ; le lendemain elle se fait notre ennemie. Ne voyons-nous pas cette tragédie s'accomplissant tous les jours ? Ici, la belle-fille est de la dernière impertinence avec le beau-père, qui a tout sacrifié pour son fils. Plus loin, un gendre met sa belle-mère à la porte. J'entends demander ce qu'il y a de dramatique aujourd'hui dans la société ; mais le drame du gendre est effrayant, sans compter nos mariages qui sont devenus de fort sottes choses. Je me rends parfaitement compte de ce qui est arrivé à ce vieux vermicellier. Je crois me rappeler que ce Foriot...

— Goriot, madame.

— Oui, ce Moriot a été président de sa section pendant la révolution ; il a été dans le secret de la fameuse disette, et a commencé sa fortune par vendre dans ce temps-là des farines dix fois plus qu'elles ne lui coûtaient. Il en a eu tant qu'il en a voulu. L'intendant de ma grand-mère lui en a vendu pour des sommes immenses. Ce Goriot partageait sans doute, comme tous ces gens-là, avec le Comité de Salut public [133]. Je me souviens que l'intendant disait à ma grand-mère qu'elle pouvait rester en toute sûreté à Grandvilliers, parce que ses blés étaient une excellente carte civique. Eh bien, ce Loriot, qui vendait du blé aux coupeurs de têtes, n'a eu qu'une passion. Il adore, dit-on, ses filles. Il a juché l'aînée dans la maison de Restaud, et greffé l'autre sur le baron de Nucingen, un riche banquier qui fait le royaliste. Vous comprenez bien que, sous l'Empire, les deux gendres ne se sont pas trop formalisés d'avoir ce vieux Quatre-vingt-treize chez eux ; ça pouvait encore aller avec Buonaparte. Mais quand les Bourbons sont revenus, le bonhomme a gêné M. de

Restaud, et plus encore le banquier. Les filles, qui aimaient peut-être toujours leur père, ont voulu ménager la chèvre et le chou, le père et le mari ; elles ont reçu le Goriot quand elles n'avaient personne ; elles ont imaginé des prétextes de tendresse. "Papa, venez, nous serons mieux, parce que nous serons seuls !" etc. Moi, ma chère, je crois que les sentiments vrais ont des yeux et une intelligence : le cœur de ce pauvre Quatre-vingt-treize a donc saigné. Il a vu que ses filles avaient honte de lui ; que, si elles aimaient leurs maris, il nuisait à ses gendres. Il fallait donc se sacrifier. Il s'est sacrifié, parce qu'il était père : il s'est banni de lui-même. En voyant ses filles contentes, il comprit qu'il avait bien fait. Le père et les enfants ont été complices de ce petit crime. Nous voyons cela partout. Ce père Doriot n'aurait-il pas été une tache de cambouis dans le salon de ses filles ? il y aurait été gêné, il se serait ennuyé. Ce qui arrive à ce père peut arriver à la plus jolie femme avec l'homme qu'elle aimera le mieux : si elle l'ennuie de son amour, il s'en va, il fait des lâchetés pour la fuir. Tous les sentiments en sont là. Notre cœur est un trésor, videz-le d'un coup, vous êtes ruinés. Nous ne pardonnons pas plus à un sentiment de s'être montré tout entier qu'à un homme de ne pas avoir un sou à lui. Ce père avait tout donné. Il avait donné, pendant vingt ans, ses entrailles, son amour ; il avait donné sa fortune en un jour. Le citron bien pressé, ses filles ont laissé le zeste au coin des rues.

— Le monde est infâme, dit la vicomtesse en effilant son châle et sans lever les yeux, car elle était atteinte au vif par les mots que Mme de Langeais avait dits pour elle en racontant cette histoire.

— Infâme ! non, reprit la duchesse ; il va son train, voilà tout. Si je vous en parle ainsi, c'est pour montrer que je ne suis pas la dupe du monde. Je pense comme vous, dit-elle en pressant la main de la vicomtesse. Le monde est un bourbier, tâchons de rester sur les hauteurs. » Elle se leva, embrassa Mme de Beauséant au front en lui disant : « Vous êtes bien belle en ce

moment, ma chère. Vous avez les plus jolies couleurs
que j'aie vues jamais. » Puis elle sortit après avoir légèrement incliné la tête en regardant le cousin.

« Le père Goriot est sublime ! » dit Eugène en se
souvenant de l'avoir vu tordant son vermeil la nuit.

Mme de Beauséant n'entendit pas, elle était pen-
sive. Quelques moments de silence s'écoulèrent, et le
pauvre étudiant, par une sorte de stupeur honteuse,
n'osait ni s'en aller, ni rester, ni parler.

« Le monde est infâme et méchant, dit enfin la
vicomtesse. Aussitôt qu'un malheur nous arrive, il se
rencontre toujours un ami prêt à venir nous le dire, et
à nous fouiller le cœur avec un poignard en nous en
faisant admirer le manche. Déjà le sarcasme, déjà les
railleries ! Ah ! je me défendrai. » Elle releva la tête
comme une grande dame qu'elle était, et des éclairs
sortirent de ses yeux fiers. « Ah ! fit-elle en voyant
Eugène, vous êtes là !

— Encore, dit-il piteusement.

— Eh bien, monsieur de Rastignac, traitez ce
monde comme il mérite de l'être. Vous voulez parvenir, je vous aiderai. Vous sonderez combien est profonde la corruption féminine, vous toiserez la largeur
de la misérable vanité des hommes. Quoique j'aie bien
lu dans ce livre du monde, il y avait des pages qui
cependant m'étaient inconnues. Maintenant je sais
tout. Plus froidement vous calculerez, plus avant vous
irez. Frappez sans pitié, vous serez craint. N'acceptez
les hommes et les femmes que comme des chevaux de
poste que vous laisserez crever à chaque relais, vous
arriverez ainsi au faîte de vos désirs. Voyez-vous, vous
ne serez rien ici si vous n'avez pas une femme qui
s'intéresse à vous. Il vous la faut jeune, riche, élégante.
Mais si vous avez un sentiment vrai, cachez-le comme
un trésor ; ne le laissez jamais soupçonner, vous seriez
perdu. Vous ne seriez plus le bourreau, vous devien-
driez la victime. Si jamais vous aimiez, gardez bien
votre secret ! ne le livrez pas avant d'avoir bien su à
qui vous ouvrirez votre cœur. Pour préserver par
avance cet amour qui n'existe pas encore, apprenez à

vous méfier de ce monde-ci. Écoutez-moi, Miguel...
(Elle se trompait naïvement de nom sans s'en apercevoir.) Il existe quelque chose de plus épouvantable
que ne l'est l'abandon du père par ses deux filles, qui
le voudraient mort. C'est la rivalité des deux sœurs
entre elles. Restaud a de la naissance, sa femme a été
adoptée, elle a été présentée ; mais sa sœur, sa riche
sœur, la belle Mme Delphine de Nucingen, femme
d'un homme d'argent, meurt de chagrin ; la jalousie la
dévore, elle est à cent lieues de sa sœur ; sa sœur n'est
plus sa sœur ; ces deux femmes se renient entre elles
comme elles renient leur père. Aussi, Mme de
Nucingen laperait-elle toute la boue qu'il y a entre la
rue Saint-Lazare et la rue de Grenelle pour entrer
dans mon salon. Elle a cru que de Marsay la ferait
arriver à son but, et elle s'est faite l'esclave de de
Marsay, elle assomme de Marsay. De Marsay se
soucie fort peu d'elle. Si vous me la présentez, vous
serez son Benjamin [134], elle vous adorera. Aimez-la si
vous pouvez après, sinon servez-vous d'elle. Je la
verrai une ou deux fois, en grande soirée, quand il y
aura cohue ; mais je ne la recevrai jamais le matin. Je
la saluerai, cela suffira. Vous vous êtes fermé la porte
de la comtesse pour avoir prononcé le nom du père
Goriot. Oui, mon cher, vous iriez vingt fois chez
Mme de Restaud, vingt fois vous la trouveriez
absente. Vous avez été consigné. Eh bien, que le père
Goriot vous introduise près de Mme Delphine de
Nucingen. La belle Mme de Nucingen sera pour vous
une enseigne. Soyez l'homme qu'elle distingue, les
femmes raffoleront de vous. Ses rivales, ses amies, ses
meilleures amies, voudront vous enlever à elle. Il y a
des femmes qui aiment l'homme déjà choisi par une
autre, comme il y a de pauvres bourgeoises qui, en
prenant nos chapeaux, espèrent avoir nos manières.
Vous aurez des succès. A Paris, le succès est tout, c'est
la clef du pouvoir. Si les femmes vous trouvent de
l'esprit, du talent, les hommes le croiront, si vous ne
les détrompez pas. Vous pourrez alors tout vouloir,
vous aurez le pied partout. Vous saurez alors ce qu'est

le monde, une réunion de dupes et de fripons. Ne soyez ni parmi les uns ni parmi les autres. Je vous donne mon nom comme un fil d'Ariane pour entrer dans ce labyrinthe. Ne le compromettez pas, dit-elle en recourbant son cou et jetant un regard de reine à l'étudiant, rendez-le-moi blanc. Allez, laissez-moi. Nous autres femmes, nous avons aussi nos batailles à livrer.

— S'il vous fallait un homme de bonne volonté pour aller mettre le feu à une mine ? dit Eugène en l'interrompant.

— Eh bien ? » dit-elle.

Il se frappa le cœur, sourit au sourire de sa cousine, et sortit. Il était cinq heures. Eugène avait faim, il craignit de ne pas arriver à temps pour l'heure du dîner. Cette crainte lui fit sentir le bonheur d'être rapidement emporté dans Paris. Ce plaisir purement machinal le laissa tout entier aux pensées qui l'assaillaient. Lorsqu'un jeune homme de son âge est atteint par le mépris, il s'emporte, il enrage, il menace du poing la société tout entière, il veut se venger et doute aussi de lui-même. Rastignac était en ce moment accablé par ces mots : *Vous vous êtes fermé la porte de la comtesse.* « J'irai ! se disait-il, et si Mme de Beauséant a raison, si je suis consigné... je... Mme de Restaud me trouvera dans tous les salons où elle va. J'apprendrai à faire des armes, à tirer le pistolet, je lui tuerai son Maxime ! — Et de l'argent ! lui criait sa conscience, où donc en prendras-tu ? » Tout à coup la richesse étalée chez la comtesse de Restaud brilla devant ses yeux. Il avait vu là le luxe dont une demoiselle Goriot devait être amoureuse, des dorures, des objets de prix en évidence, le luxe inintelligent du parvenu, le gaspillage de la femme entretenue. Cette fascinante image fut soudainement écrasée par le grandiose hôtel de Beauséant. Son imagination, transportée dans les hautes régions de la société parisienne, lui inspira mille pensées mauvaises au cœur, en lui élargissant la tête et la conscience. Il vit le monde comme il est : les lois et la morale impuissantes chez les riches, et vit dans la fortune l'*ultima ratio mundi* [135]. « Vautrin a raison, la fortune est la vertu ! » se dit-il.

Arrivé rue Neuve-Sainte-Geneviève, il monta rapidement chez lui, descendit pour donner dix francs au cocher, et vint dans cette salle à manger nauséabonde où il aperçut, comme des animaux à un râtelier, les dix-huit convives en train de se repaître. Le spectacle de ces misères et l'aspect de cette salle lui furent horribles. La transition était trop brusque, le contraste trop complet, pour ne pas développer outre mesure chez lui le sentiment de l'ambition. D'un côté, les fraîches et charmantes images de la nature sociale la plus élégante, des figures jeunes, vives, encadrées par les merveilles de l'art et du luxe, des têtes passionnées pleines de poésie ; de l'autre, de sinistres tableaux bordés de fange, et des faces où les passions n'avaient laissé que leurs cordes et leur mécanisme. Les enseignements que la colère d'une femme abandonnée [136] avait arrachés à Mme de Beauséant, ses offres captieuses revinrent dans sa mémoire, et la misère les commenta. Rastignac résolut d'ouvrir deux tranchées parallèles pour arriver à la fortune, de s'appuyer sur la science et sur l'amour, d'être un savant docteur et un homme à la mode. Il était encore bien enfant ! Ces deux lignes sont des asymptotes qui ne peuvent jamais se rejoindre [137].

« Vous êtes bien sombre, monsieur le marquis, lui dit Vautrin, qui lui jeta un de ces regards par lesquels cet homme semblait s'initier aux secrets les plus cachés du cœur.

— Je ne suis plus disposé à souffrir les plaisanteries de ceux qui m'appellent M. le marquis, répondit-il. Ici, pour être vraiment marquis, il faut avoir cent mille livres de rente, et quand on vit dans la Maison Vauquer on n'est pas précisément le favori de la Fortune. »

Vautrin regarda Rastignac d'un air paternel et méprisant, comme s'il eût dit : « Marmot ! dont je ne ferais qu'une bouchée ! » Puis il répondit : « Vous êtes de mauvaise humeur, parce que vous n'avez peut-être pas réussi auprès de la belle comtesse de Restaud.

— Elle m'a fermé sa porte pour lui avoir dit que son père mangeait à notre table », s'écria Rastignac.

Tous les convives s'entre-regardèrent. Le père Goriot baissa les yeux, et se retourna pour les essuyer.

« Vous m'avez jeté du tabac dans l'œil, dit-il à son voisin.

— Qui vexera le père Goriot s'attaquera désormais à moi, répondit Eugène en regardant le voisin de l'ancien vermicellier ; il vaut mieux que nous tous. Je ne parle pas des dames », dit-il en se retournant vers Mlle Taillefer.

Cette phrase fut un dénouement, Eugène l'avait prononcée d'un air qui imposa silence aux convives. Vautrin seul lui dit en goguenardant : « Pour prendre le père Goriot à votre compte, et vous établir son éditeur responsable, il faut savoir bien tenir une épée et bien tirer le pistolet.

— Ainsi ferai-je, dit Eugène.

— Vous êtes donc entré en campagne aujourd'hui ?

— Peut-être, répondit Rastignac. Mais je ne dois compte de mes affaires à personne, attendu que je ne cherche pas à deviner celles que les autres font la nuit. »

Vautrin regarda Rastignac de travers.

« Mon petit, quand on ne veut pas être dupe des marionnettes, il faut entrer tout à fait dans la baraque, et ne pas se contenter de regarder par les trous de la tapisserie. Assez causé, ajouta-t-il en voyant Eugène près de se gendarmer. Nous aurons ensemble un petit bout de conversation quand vous le voudrez. »

Le dîner devint sombre et froid. Le père Goriot, absorbé par la profonde douleur que lui avait causée la phrase de l'étudiant, ne comprit pas que les dispositions des esprits étaient changées à son égard, et qu'un jeune homme en état d'imposer silence à la persécution avait pris sa défense.

« M. Goriot, dit Mme Vauquer à voix basse, serait donc le père d'une comtesse à c't' heure ?

— Et d'une baronne, lui répliqua Rastignac.

— Il n'a que ça à faire, dit Bianchon à Rastignac, je lui ai pris la tête : il n'y a qu'une bosse, celle de la paternité, ce sera un Père *Éternel*. »

Eugène était trop sérieux pour que la plaisanterie de Bianchon le fît rire. Il voulait profiter des conseils de Mme de Beauséant, et se demandait où et comment il se procurerait de l'argent. Il devint soucieux en voyant les savanes du monde qui se déroulaient à ses yeux à la fois vides et pleines ; chacun le laissa seul dans la salle à manger quand le dîner fut fini.

« Vous avez donc vu ma fille ? » lui dit Goriot d'une voix émue.

Réveillé de sa méditation par le bonhomme, Eugène lui prit la main, et le contemplant avec une sorte d'attendrissement : « Vous êtes un brave et digne homme, répondit-il. Nous causerons de vos filles plus tard. » Il se leva sans vouloir écouter le père Goriot, et se retira dans sa chambre, où il écrivit à sa mère la lettre suivante :

« Ma chère mère, vois si tu n'as pas une troisième mamelle à t'ouvrir pour moi. Je suis dans une situation à faire promptement fortune. J'ai besoin de douze cents francs, et il me les faut à tout prix. Ne dis rien de ma demande à mon père, il s'y opposerait peut-être, et si je n'avais pas cet argent je serais en proie à un désespoir qui me conduirait à me brûler la cervelle. Je t'expliquerai mes motifs aussitôt que je te verrai, car il faudrait t'écrire des volumes pour te faire comprendre la situation dans laquelle je suis. Je n'ai pas joué, ma bonne mère, je ne dois rien ; mais si tu tiens à me conserver la vie que tu m'as donnée, il faut me trouver cette somme. Enfin, je vais chez la vicomtesse de Beauséant, qui m'a pris sous sa protection. Je dois aller dans le monde, et n'ai pas un sou pour avoir des gants propres. Je saurai ne manger que du pain, ne boire que de l'eau, je jeûnerai au besoin ; mais je ne puis me passer des outils avec lesquels on pioche la vigne dans ce pays-ci. Il s'agit pour moi de faire mon chemin ou de rester dans la boue. Je sais toutes les espérances que vous avez mises en moi, et veux les réaliser promptement. Ma bonne mère, vends quelques-uns de tes anciens bijoux, je te les remplacerai bientôt. Je connais assez la situation de notre famille pour savoir apprécier de tels sacrifices, et tu dois croire que je ne te demande pas de les faire en vain, sinon je serais un monstre. Ne vois dans ma prière que le cri d'une impérieuse nécessité. Notre avenir est tout entier dans ce subside, avec lequel je dois ouvrir la campagne ; car cette vie de Paris est un combat perpétuel. Si, pour compléter la somme, il n'y a pas d'autres ressources que de vendre les dentelles de ma tante, dis-lui que je lui en enverrai de plus belles. » Etc.

Il écrivit à chacune de ses sœurs en leur demandant leurs économies ; et, pour les leur arracher sans qu'elles parlassent en famille du sacrifice qu'elles ne manqueraient pas de lui faire avec bonheur, il intéressa leur délicatesse en attaquant les cordes de l'honneur qui sont si bien tendues et résonnent si fort dans de jeunes cœurs. Quand il eut écrit ces lettres, il éprouva néanmoins une trépidation involontaire : il palpitait, il tressaillait. Ce jeune ambitieux connaissait la noblesse immaculée de ces âmes ensevelies dans la solitude, il savait quelles peines il causerait à ses deux sœurs, et aussi quelles seraient leurs joies ; avec quel plaisir elles s'entretiendraient en secret de ce frère bien-aimé, au fond du clos. Sa conscience se dressa lumineuse, et les lui montra comptant en secret leur petit trésor : il les vit, déployant le génie malicieux des jeunes filles pour lui envoyer *incognito* cet argent, essayant une première tromperie pour être sublimes. « Le cœur d'une sœur est un diamant de pureté, un abîme de tendresse ! » se dit-il. Il avait honte d'avoir écrit. Combien seraient puissants leurs vœux, combien pur serait l'élan de leurs âmes vers le ciel ! Avec quelles voluptés ne se sacrifieraient-elles pas ? De quelle douleur serait atteinte sa mère, si elle ne pouvait envoyer toute la somme ! Ces beaux sentiments, ces effroyables sacrifices allaient lui servir d'échelon

pour arriver à Delphine de Nucingen. Quelques
larmes, derniers grains d'encens jetés sur l'autel sacré
de la famille, lui sortirent des yeux. Il se promena dans
une agitation pleine de désespoir. Le père Goriot, le
voyant ainsi par sa porte qui était restée entrebâillée,
entra et lui dit : « Qu'avez-vous, monsieur ?

— Ah ! mon bon voisin, je suis encore fils et frère
comme vous êtes père. Vous avez raison de trembler
pour la comtesse Anastasie, elle est à un M. Maxime
de Trailles qui la perdra. »

Le père Goriot se retira en balbutiant quelques
paroles dont Eugène ne saisit pas le sens. Le lendemain, Rastignac alla jeter ses lettres à la poste. Il
hésita jusqu'au dernier moment, mais il les lança dans
la boîte en disant : « Je réussirai ! » Le mot du joueur,
du grand capitaine, mot fataliste qui perd plus
d'hommes qu'il n'en sauve. Quelques jours après,
Eugène alla chez Mme de Restaud et ne fut pas reçu.
Trois fois il y retourna, trois fois encore il trouva la
porte close, quoiqu'il se présentât à des heures où le
comte Maxime de Trailles n'y était pas. La vicomtesse
avait eu raison. L'étudiant n'étudia plus. Il allait aux
cours pour y répondre à l'appel, et quand il avait
attesté sa présence, il décampait. Il s'était fait le raisonnement que se font la plupart des étudiants. Il
réservait ses études pour le moment où il s'agirait de
passer ses examens ; il avait résolu d'entasser ses inscriptions de seconde et de troisième année, puis
d'apprendre le droit sérieusement et d'un seul coup au
dernier moment. Il avait ainsi quinze mois de loisirs
pour naviguer sur l'océan de Paris, pour s'y livrer à la
traite des femmes, ou y pêcher la fortune. Pendant
cette semaine, il vit deux fois Mme de Beauséant, chez
laquelle il n'allait qu'au moment où sortait la voiture
du marquis d'Ajuda. Pour quelques jours encore cette
illustre femme, la plus poétique figure du faubourg
Saint-Germain, resta victorieuse, et fit suspendre le
mariage de Mlle de Rochefide avec le marquis d'Ajuda-Pinto. Mais ces derniers jours, que la crainte de
perdre son bonheur rendit les plus ardents de tous,

devaient précipiter la catastrophe. Le marquis
d'Ajuda, de concert avec les Rochefide, avait regardé
cette brouille et ce raccommodement comme une circonstance heureuse : ils espéraient que Mme de Beauséant s'accoutumerait à l'idée de ce mariage et finirait
par sacrifier ses matinées à un avenir prévu dans la vie
des hommes. Malgré les plus saintes promesses renou-
velées chaque jour, M. d'Ajuda jouait donc la
comédie, et la vicomtesse aimait à être trompée. « Au
lieu de sauter noblement par la fenêtre, elle se laissait
rouler dans les escaliers », disait la duchesse de Langeais, sa meilleure amie. Néanmoins, ces dernières
lueurs brillèrent assez longtemps pour que la vicomtesse restât à Paris et y servît son jeune parent auquel
elle portait une sorte d'affection superstitieuse.
Eugène s'était montré pour elle plein de dévouement
et de sensibilité dans une circonstance où les femmes
ne voient de pitié, de consolation vraie dans aucun
regard. Si un homme leur dit alors de douces paroles,
il les dit par spéculation.

   Dans le désir de parfaitement bien connaître son
échiquier avant de tenter l'abordage de la maison de
Nucingen, Rastignac voulut se mettre au fait de la vie
antérieure du père Goriot, et recueillit des renseignements certains, qui peuvent se réduire à ceci.

   Jean-Joachim Goriot était, avant la Révolution, un
simple ouvrier vermicellier, habile, économe, et assez
entreprenant pour avoir acheté le fonds de son maître,
que le hasard rendit victime du premier soulèvement
de 1789. Il s'était établi rue de la Jussienne, près de la
Halle-aux-blés [138], et avait eu le gros bon sens
d'accepter la présidence de sa section, afin de faire
protéger son commerce par les personnages les plus
influents de cette dangereuse époque. Cette sagesse
avait été l'origine de sa fortune qui commença dans la
disette, fausse ou vraie, par suite de laquelle les grains
acquièrent un prix énorme à Paris. Le peuple se tuait à
la porte des boulangers, tandis que certaines personnes allaient chercher sans émeute des pâtes d'Italie
chez les épiciers. Pendant cette année, le citoyen

Goriot amassa les capitaux qui plus tard lui servirent à faire son commerce avec toute la supériorité que donne une grande masse d'argent à celui qui la possède. Il lui arriva ce qui arrive à tous les hommes qui n'ont qu'une capacité relative. Sa médiocrité le sauva. D'ailleurs, sa fortune n'étant connue qu'au moment où il n'y avait plus de danger à être riche, il n'excita l'envie de personne. Le commerce des grains semblait avoir absorbé toute son intelligence. S'agissait-il de blés, de farines, de grenailles [139], de reconnaître leurs qualités, les provenances, de veiller à leur conservation, de prévoir les cours, de prophétiser l'abondance ou la pénurie des récoltes, de se procurer les céréales à bon marché, de s'en approvisionner en Sicile, en Ukraine, Goriot n'avait pas son second. A lui voir conduire ses affaires, expliquer les lois sur l'exportation, sur l'importation des grains, étudier leur esprit, saisir leurs défauts, un homme l'eût jugé capable d'être ministre d'État. Patient, actif, énergique, constant, rapide dans ses expéditions, il avait un coup d'œil d'aigle, il devançait tout, prévoyait tout, savait tout, cachait tout ; diplomate pour concevoir, soldat pour marcher. Sorti de sa spécialité, de sa simple et obscure boutique sur le pas de laquelle il demeurait pendant ses heures d'oisiveté, l'épaule appuyée au montant de la porte, il redevenait l'ouvrier stupide et grossier, l'homme incapable de comprendre un raisonnement, insensible à tous les plaisirs de l'esprit, l'homme qui s'endormait au spectacle, un de ces Dolibans [140] parisiens, forts seulement en bêtise. Ces natures se ressemblent presque toutes. A presque toutes, vous trouveriez un sentiment sublime au cœur. Deux sentiments exclusifs avaient rempli le cœur du vermicellier, en avaient absorbé l'humide, comme le commerce des grains employait toute l'intelligence de sa cervelle. Sa femme, fille unique d'un riche fermier de la Brie, fut pour lui l'objet d'une admiration religieuse, d'un amour sans bornes. Goriot avait admiré en elle une nature frêle et forte, sensible et jolie, qui contrastait vigoureusement avec la sienne. S'il est un sentiment inné dans le cœur de l'homme, n'est-ce pas l'orgueil de la protection exercée à tout moment en faveur d'un être faible ? joignez-y l'amour, cette reconnaissance vive de toutes les âmes franches pour le principe de leurs plaisirs, et vous comprendrez une foule de bizarreries morales. Après sept ans de bonheur sans nuages, Goriot, malheureusement pour lui, perdit sa femme : elle commençait à prendre de l'empire sur lui, en dehors de la sphère des sentiments. Peut-être eût-elle cultivé cette nature inerte, peut-être y eût-elle jeté l'intelligence des choses du monde et de la vie. Dans cette situation, le sentiment de la paternité se développa chez Goriot jusqu'à la déraison. Il reporta ses affections trompées par la mort sur ses deux filles, qui, d'abord, satisfirent pleinement tous ses sentiments. Quelque brillantes que fussent les propositions qui lui furent faites par des négociants ou des fermiers jaloux de lui donner leurs filles, il voulut rester veuf. Son beau-père, le seul homme pour lequel il avait eu du penchant, prétendait savoir pertinemment que Goriot avait juré de ne pas faire d'infidélité à sa femme, quoique morte. Les gens de la Halle, incapables de comprendre cette sublime folie, en plaisantèrent, et donnèrent à Goriot quelque grotesque sobriquet. Le premier d'entre eux qui, en buvant le vin d'un marché, s'avisa de le prononcer, reçut du vermicellier un coup de poing sur l'épaule qui l'envoya, la tête la première, sur une borne de la rue Oblin. Le dévouement irréfléchi, l'amour ombrageux et délicat que portait Goriot à ses filles était si connu, qu'un jour un de ses concurrents, voulant le faire partir du marché pour rester maître du cours, lui dit que Delphine venait d'être renversée par un cabriolet. Le vermicellier, pâle et blême, quitta aussitôt la Halle. Il fut malade pendant plusieurs jours par suite de la réaction des sentiments contraires auxquels le livra cette fausse alarme. S'il n'appliqua pas sa tape meurtrière sur l'épaule de cet homme, il le chassa de la Halle en le forçant, dans une circonstance critique, à faire faillite. L'éducation de ses deux filles fut naturellement déraisonnable. Riche de plus de soixante mille livres de rente, et ne dépensant pas douze cents francs pour lui, le bonheur de Goriot était de satisfaire les fantaisies de ses filles : les plus excellents maîtres furent chargés de les douer des talents qui signalent une bonne éducation ; elles eurent une demoiselle de compagnie ; heureusement pour elles, ce fut une femme d'esprit et de goût ; elles allaient à cheval, elles avaient voiture, elles vivaient comme auraient vécu les maîtresses d'un vieux seigneur riche ; il leur suffisait d'exprimer les plus coûteux désirs pour voir leur père s'empressant de les combler ; il ne demandait qu'une caresse en retour de ses offrandes. Goriot mettait ses filles au rang des anges, et nécessairement au-dessus de lui, le pauvre homme ! il aimait jusqu'au mal qu'elles lui faisaient. Quand ses filles furent en âge d'être mariées, elles purent choisir leurs maris suivant leurs goûts : chacune d'elles devait avoir en dot la moitié de la fortune de son père. Courtisée pour sa beauté par le comte de Restaud, Anastasie avait des penchants aristocratiques qui la portèrent à quitter la maison paternelle pour s'élancer dans les hautes sphères sociales. Delphine aimait l'argent : elle épousa Nucingen, banquier d'origine allemande qui devint baron du Saint-Empire. Goriot resta vermicellier. Ses filles et ses gendres se choquèrent bientôt de lui voir continuer ce commerce, quoique ce fût toute sa vie. Après avoir subi pendant cinq ans leurs instances, il consentit à se retirer avec le produit de son fonds, et les bénéfices de ces dernières années ; capital que Mme Vauquer, chez laquelle il était venu s'établir, avait estimé rapporter de huit à dix mille livres de rente. Il se jeta dans cette pension par suite du désespoir qui l'avait saisi en voyant ses deux filles obligées par leurs maris de refuser non seulement de le prendre chez elles, mais encore de l'y recevoir ostensiblement.

Ces renseignements étaient tout ce que savait un M. Muret sur le compte du père Goriot, dont il avait acheté le fonds. Les suppositions que Rastignac avait entendu faire par la duchesse de Langeais se trouvaient ainsi confirmées. Ici se termine l'exposition de cette obscure, mais effroyable tragédie parisienne.

Vers la fin de cette première semaine du mois de décembre, Rastignac reçut deux lettres, l'une de sa mère, l'autre de sa sœur aînée. Ces écritures si connues le firent à la fois palpiter d'aise et trembler de terreur. Ces deux frêles papiers contenaient un arrêt de vie ou de mort sur ses espérances. S'il concevait quelque terreur en se rappelant la détresse de ses parents, il avait trop bien éprouvé leur prédilection pour ne pas craindre d'avoir aspiré leurs dernières gouttes de sang. La lettre de sa mère était ainsi conçue :

« Mon cher enfant, je t'envoie ce que tu m'as demandé. Fais un bon emploi de cet argent, je ne pourrais, quand il s'agirait de te sauver la vie, trouver une seconde fois une somme si considérable sans que ton père en fût instruit, ce qui troublerait l'harmonie de notre ménage. Pour nous la procurer, nous serions obligés de donner des garanties sur notre terre. Il m'est impossible de juger le mérite de projets que je ne connais pas ; mais de quelle nature sont-ils donc pour te faire craindre de me les confier ? Cette explication ne demandait pas des volumes, il ne nous faut qu'un mot à nous autres mères, et ce mot m'aurait évité les angoisses de l'incertitude. Je ne saurais te cacher l'impression douloureuse que ta lettre m'a causée. Mon cher fils, quel est donc le sentiment qui t'a contraint à jeter un tel effroi dans mon cœur ? tu as dû bien souffrir en m'écrivant, car j'ai bien souffert en te lisant. Dans quelle carrière t'engages-tu donc ? Ta vie, ton bonheur seraient attachés à paraître ce que tu n'es pas, à voir un monde où tu ne saurais aller sans faire des dépenses d'argent que tu ne peux soutenir, sans perdre un temps précieux pour tes études ? Mon bon Eugène, crois-en le cœur de ta mère, les voies tortueuses ne mènent à rien de grand. La patience et la résignation doivent être les vertus des jeunes gens qui sont dans ta position. Je ne te gronde pas, je ne voudrais communiquer à notre offrande aucune amer-

tume. Mes paroles sont celles d'une mère aussi
confiante que prévoyante. Si tu sais quelles sont tes
obligations, je sais, moi, combien ton cœur est pur,
combien tes intentions sont excellentes. Aussi puis-je
te dire sans crainte : "Va, mon bien-aimé, marche !"
Je tremble parce que je suis mère ; mais chacun de tes
pas sera tendrement accompagné de nos vœux et de
nos bénédictions. Sois prudent, cher enfant. Tu dois
être sage comme un homme, les destinées de cinq
personnes qui te sont chères reposent sur ta tête. Oui,
toutes nos fortunes sont en toi, comme ton bonheur
est le nôtre. Nous prions tous Dieu de te seconder
dans tes entreprises. Ta tante Marcillac a été, dans
cette circonstance, d'une bonté inouïe : elle allait
jusqu'à concevoir ce que tu me dis de tes gants. Mais
elle a un faible pour l'aîné, disait-elle gaiement. Mon
Eugène, aime bien ta tante, je ne te dirai ce qu'elle a
fait pour toi que quand tu auras réussi ; autrement,
son argent te brûlerait les doigts. Vous ne savez pas,
enfants, ce que c'est que de sacrifier des souvenirs !
Mais que ne vous sacrifierait-on pas ? Elle me charge
de te dire qu'elle te baise au front, et voudrait te communiquer par ce baiser la force d'être souvent heureux. Cette bonne et excellente femme t'aurait écrit si
elle n'avait pas la goutte aux doigts. Ton père va bien.
La récolte de 1819 passe nos espérances. Adieu, cher
enfant. Je ne dirai rien de tes sœurs : Laure t'écrit. Je
lui laisse le plaisir de babiller sur les petits événements
de la famille. Fasse le ciel que tu réussisses ! Oh ! oui,
réussis, mon Eugène, tu m'as fait connaître une douleur trop vive pour que je puisse la supporter une
seconde fois. J'ai su ce que c'était que d'être pauvre,
en désirant la fortune pour la donner à mon enfant.
Allons, adieu. Ne nous laisse pas sans nouvelles, et
prends ici le baiser que ta mère t'envoie. »

Quand Eugène eut achevé cette lettre, il était en
pleurs, il pensait au père Goriot tordant son vermeil et
le vendant pour aller payer la lettre de change de sa
fille. « Ta mère a tordu ses bijoux ! se disait-il. Ta
tante a pleuré sans doute en vendant quelques-unes

de ses reliques ! De quel droit maudirais-tu Anastasie ? tu viens d'imiter pour l'égoïsme de ton avenir ce
qu'elle a fait pour son amant ! Qui, d'elle ou de toi,
vaut mieux ? » L'étudiant se sentit les entrailles ron-
gées par une sensation de chaleur intolérable. Il voulait renoncer au monde, il voulait ne pas prendre cet
argent. Il éprouva ces nobles et beaux remords secrets
dont le mérite est rarement apprécié par les hommes
quand ils jugent leurs semblables, et qui font souvent
absoudre par les anges du ciel le criminel condamné
par les juristes de la terre. Rastignac ouvrit la lettre de
sa sœur, dont les expressions innocemment gracieuses
lui rafraîchirent le cœur.

« Ta lettre est venue bien à propos, cher frère.
Agathe et moi nous voulions employer notre argent de
tant de manières différentes, que nous ne savions plus
à quel achat nous résoudre. Tu as fait comme le
domestique du roi d'Espagne quand il a renversé les
montres de son maître, tu nous as mises d'accord.
Vraiment, nous étions constamment en querelle pour
celui de nos désirs auquel nous donnerions la préférence, et nous n'avions pas deviné, mon bon Eugène,
l'emploi qui comprenait tous nos désirs. Agathe a
sauté de joie. Enfin, nous avons été comme deux folles
pendant toute la journée, *à telles enseignes* (style de
tante) que ma mère nous disait de son air sévère :
"Mais qu'avez-vous donc, mesdemoiselles ?" Si nous
avions été grondées un brin, nous en aurions été, je
crois, encore plus contentes. Une femme doit trouver
bien du plaisir à souffrir pour celui qu'elle aime ! Moi
seule étais rêveuse et chagrine au milieu de ma joie. Je
ferai sans doute une mauvaise femme, je suis trop
dépensière. Je m'étais acheté deux ceintures, un joli
poinçon pour percer les œillets de mes corsets, des
niaiseries, en sorte que j'avais moins d'argent que
cette grosse Agathe, qui est économe, et entasse ses
écus comme une pie. Elle avait deux cents francs !
Moi, mon pauvre ami, je n'ai que cinquante écus. Je
suis bien punie, je voudrais jeter ma ceinture dans le
puits, il me sera toujours pénible de la porter. Je t'ai

volé. Agathe a été charmante. Elle m'a dit :
« Envoyons les trois cent cinquante francs, à nous
deux ! » Mais je n'ai pas tenu à [141] te raconter les
choses comme elles se sont passées. Sais-tu comment
nous avons fait pour obéir à tes commandements ?
Nous avons pris notre glorieux argent, nous sommes
allées nous promener toutes deux, et quand une fois
nous avons eu gagné la grande route, nous avons
couru à Ruffec, où nous avons tout bonnement donné
la somme à M. Grimbert, qui tient le bureau des Messageries royales ! Nous étions légères comme des
hirondelles en revenant. « Est-ce que le bonheur nous
allégirait [142] ? » me dit Agathe. Nous nous sommes dit
mille choses que je ne vous répéterai pas, monsieur le
Parisien, il était trop question de vous. Oh ! cher frère,
nous t'aimons bien, voilà tout en deux mots. Quant au
secret, selon ma tante, de petites masques [143] comme
nous sont capables de tout, même de se taire. Ma
mère est allée mystérieusement à Angoulême avec ma
tante, et toutes deux ont gardé le silence sur la haute
politique de leur voyage, qui n'a pas eu lieu sans de
longues conférences d'où nous avons été bannies,
ainsi que M. le baron. De grandes conjectures occupent les esprits dans l'Etat de Rastignac [144]. La robe
de mousseline semée de fleurs à jour que brodent les
infantes pour sa majesté la reine avance dans le plus
profond secret. Il n'y a plus que deux laizes [145] à faire.
Il a été décidé qu'on ne ferait pas de mur du côté de
Verteuil, il y aura une haie. Le menu peuple y perdra
des fruits, des espaliers, mais on y gagnera une belle
vue pour les étrangers. Si l'héritier présomptif avait
besoin de mouchoirs, il est prévenu que la douairière
de Marcillac, en fouillant dans ses trésors et ses
malles, désignées sous le nom de Pompéia et d'Her-
culanum, a découvert une pièce de belle toile de Hollande, qu'elle ne se connaissait pas ; les princesses
Agathe et Laure mettent à ses ordres leur fil, leur
aiguille, et des mains toujours un peu trop rouges. Les
deux jeunes princes don Henri et don Gabriel ont
conservé la funeste habitude de se gorger de rai-

siné [146], de faire enrager leurs sœurs, de ne vouloir rien apprendre, de s'amuser à dénicher des oiseaux, de tapager, et de couper, malgré les lois de l'Etat, des osiers pour se faire des badines. Le nonce du pape, vulgairement appelé M. le curé, menace de les excommunier s'ils continuent à laisser les saints canons de la grammaire pour les canons du sureau belliqueux [147]. Adieu, cher frère, jamais lettre n'a porté tant de vœux faits pour ton bonheur, ni tant d'amour satisfait. Tu auras donc bien des choses à nous dire quand tu viendras ! Tu me diras tout, à moi, je suis l'aînée. Ma tante nous a laissé soupçonner que tu avais des succès dans le monde.

L'on parle d'une dame et l'on se tait du reste [148].

Avec nous s'entend ! Dis donc, Eugène, si tu voulais, nous pourrions nous passer de mouchoirs, et nous te ferions des chemises. Réponds-moi vite à ce sujet. S'il te fallait promptement de belles chemises bien cousues, nous serions obligées de nous y mettre tout de suite ; et s'il y avait à Paris des façons que nous ne connussions pas, tu nous enverrais un modèle, surtout pour les poignets. Adieu, adieu ! je t'embrasse au front du côté gauche, sur la tempe qui m'appartient exclusivement. Je laisse l'autre feuillet pour Agathe, qui m'a promis de ne rien lire de ce que je te dis. Mais, pour en être plus sûre, je resterai près d'elle pendant qu'elle t'écrira. Ta sœur qui t'aime.

                                   LAURE DE RASTIGNAC. »

« Oh ! oui, se dit Eugène, oui, la fortune à tout prix ! Des trésors ne payeraient pas ce dévouement. Je voudrais leur apporter tous les bonheurs ensemble. Quinze cent cinquante francs ! se dit-il après une pause. Il faut que chaque pièce porte coup ! Laure a raison. Nom d'une femme ! je n'ai que des chemises de grosse toile. Pour le bonheur d'un autre, une jeune fille devient rusée autant qu'un voleur. Innocente pour elle et prévoyante pour moi, elle est comme l'ange du ciel qui pardonne les fautes de la terre sans les comprendre. »

Le monde était à lui ! Déjà son tailleur avait été convoqué, sondé, conquis. En voyant M. de Trailles, Rastignac avait compris l'influence qu'exercent les tailleurs sur la vie des jeunes gens. Hélas ! il n'existe pas de moyenne entre ces deux termes : un tailleur est ou un ennemi mortel, ou un ami donné par la facture [149]. Eugène rencontra dans le sien un homme qui avait compris la paternité de son commerce, et qui se considérait comme un trait d'union entre le présent et l'avenir des jeunes gens. Aussi Rastignac reconnaissant a-t-il fait la fortune de cet homme par un de ces mots auxquels il excella plus tard. « Je lui connais, disait-il, deux pantalons qui ont fait faire des mariages de vingt mille livres de rente. »

Quinze cents francs et des habits à discrétion ! En ce moment le pauvre Méridional ne douta plus de rien, et descendit au déjeuner avec cet air indéfinissable que donne à un jeune homme la possession d'une somme quelconque. A l'instant où l'argent se glisse dans la poche d'un étudiant, il se dresse en lui-même une colonne fantastique sur laquelle il s'appuie. Il marche mieux qu'auparavant, il se sent un point d'appui pour son levier, il a le regard plein, direct, il a les mouvements agiles ; la veille, humble et timide, il aurait reçu des coups ; le lendemain, il en donnerait à un premier ministre. Il se passe en lui des phénomènes inouïs : il veut tout et peut tout, il désire à tort et à travers, il est gai, généreux, expansif. Enfin, l'oiseau naguère sans ailes a retrouvé son envergure. L'étudiant sans argent happe un brin de plaisir comme un chien qui dérobe un os à travers mille périls, il le casse, en suce la moelle, et court encore ; mais le jeune homme qui fait mouvoir dans son gousset quelques fugitives pièces d'or déguste ses jouissances, il les détaille, il s'y complaît, il se balance dans le ciel, il ne sait plus ce que signifie le mot *misère*. Paris lui appartient tout entier. Age où tout est luisant, où tout scintille et flambe ! âge de force joyeuse dont

personne ne profite, ni l'homme, ni la femme ! âge des
dettes et des vives craintes qui décuplent tous les plaisirs ! Qui n'a pas pratiqué la rive gauche de la Seine,
entre la rue Saint-Jacques et la rue des Saints-Pères,
ne connaît rien à la vie humaine ! « Ah ! si les femmes
de Paris savaient ! se disait Rastignac en dévorant les
poires cuites, à un liard la pièce, servies par
Mme Vauquer, elles viendraient se faire aimer ici. » En
ce moment un facteur des Messageries royales se présenta dans la salle à manger, après avoir fait sonner la
porte à claire-voie. Il demanda M. Eugène de Rastignac, auquel il tendit deux sacs à prendre, et un
registre à émarger. Rastignac fut alors sanglé comme
d'un coup de fouet par le regard profond que lui lança
Vautrin.

« Vous aurez de quoi payer des leçons d'armes et
des séances au tir, lui dit cet homme.

— Les galions sont arrivés [150] », lui dit Mme Vauquer en regardant les sacs.

Mlle Michonneau craignait de jeter les yeux sur
l'argent, de peur de montrer sa convoitise.

« Vous avez une bonne mère, dit Mme Couture.

— Monsieur a une bonne mère, répéta Poiret.

— Oui, la maman s'est saignée, dit Vautrin. Vous
pourrez maintenant faire vos farces, aller dans le
monde, y pêcher des dots, et danser avec des com-
tesses qui ont des fleurs de pêcher sur la tête. Mais
croyez-moi, jeune homme, fréquentez le tir. »

Vautrin fit le geste d'un homme qui vise son adversaire. Rastignac voulut donner pour boire au facteur,
et ne trouva rien dans sa poche. Vautrin fouilla dans la
sienne, et jeta vingt sous à l'homme.

« Vous avez bon crédit », reprit-il en regardant l'étudiant.

Rastignac fut forcé de le remercier, quoique depuis
les mots aigrement échangés, le jour où il était revenu
de chez Mme de Beauséant, cet homme lui fût insup-
portable. Pendant ces huit jours Eugène et Vautrin
étaient restés silencieusement en présence, et s'observaient l'un l'autre. L'étudiant se demandait vainement

pourquoi. Sans doute les idées se projettent en raison directe de la force avec laquelle elles se conçoivent, et vont frapper là où le cerveau les envoie, par une loi mathématique comparable à celle qui dirige les bombes au sortir du mortier [151]. Divers en sont les effets. S'il est des natures tendres où les idées se logent et qu'elles ravagent, il est aussi des natures vigoureusement munies, des crânes à remparts d'airain sur lesquels les volontés des autres s'aplatissent et tombent comme les balles devant une muraille ; puis il est encore des natures flasques et cotonneuses où les idées d'autrui viennent mourir comme des boulets s'amortissent dans la terre molle des redoutes. Rastignac avait une de ces têtes pleines de poudre qui sautent au moindre choc. Il était trop vivacement jeune pour ne pas être accessible à cette projection des idées, à cette contagion des sentiments dont tant de bizarres phénomènes nous frappent à notre insu. Sa vue morale avait la portée lucide de ses yeux de lynx. Chacun de ses doubles sens avait cette longueur mystérieuse, cette flexibilité d'aller et de retour qui nous émerveille chez les gens supérieurs, bretteurs habiles à saisir le défaut de toutes les cuirasses. Depuis un mois il s'était d'ailleurs développé chez Eugène autant de qualités que de défauts. Ses défauts, le monde et l'accomplissement de ses croissants désirs les lui avaient demandés. Parmi ses qualités se trouvait cette vivacité méridionale qui fait marcher droit à la difficulté pour la résoudre, et qui ne permet pas à un homme d'outre-Loire de rester dans une incertitude quelconque ; qualité que les gens du Nord nomment un défaut : pour eux, si ce fut l'origine de la fortune de Murat, ce fut aussi la cause de sa mort [152]. Il faudrait conclure de là que quand un Méridional sait unir la fourberie du Nord à l'audace d'outre-Loire, il est complet et reste roi de Suède [153]. Rastignac ne pouvait donc pas demeurer longtemps sous le feu des batteries de Vautrin sans savoir si cet homme était son ami ou son ennemi. De moment en moment, il lui semblait que ce singulier personnage pénétrait ses passions et lisait dans son cœur, tandis que chez lui tout était si bien clos qu'il semblait avoir la profondeur immobile d'un sphinx qui sait, voit tout, et ne dit rien. En se sentant le gousset plein, Eugène se mutina.

« Faites-moi le plaisir d'attendre, dit-il à Vautrin qui se levait pour sortir après avoir savouré les dernières gorgées de son café.

— Pourquoi ? répondit le quadragénaire en mettant son chapeau à larges bords et prenant une canne en fer avec laquelle il faisait souvent des moulinets en homme qui n'aurait pas craint d'être assailli par quatre voleurs.

— Je vais vous rendre, reprit Rastignac qui défit promptement un sac et compta cent quarante francs à Mme Vauquer. Les bons comptes font les bons amis, dit-il à la veuve. Nous sommes quittes jusqu'à la Saint-Sylvestre. Changez-moi ces cent sous.

— Les bons amis font les bons comptes, répéta Poiret en regardant Vautrin.

— Voici vingt sous, dit Rastignac en tendant une pièce au sphinx en perruque.

— On dirait que vous avez peur de me devoir quelque chose ? s'écria Vautrin en plongeant un regard divinateur dans l'âme du jeune homme auquel il jeta un de ces sourires goguenards et diogéniques [154] desquels Eugène avait été sur le point de se fâcher cent fois.

— Mais... oui », répondit l'étudiant qui tenait ses deux sacs à la main et s'était levé pour monter chez lui.

Vautrin sortait par la porte qui donnait dans le salon, et l'étudiant se disposait à s'en aller par celle qui menait sur le carré de l'escalier.

« Savez-vous, monsieur le marquis de Rastignacorama, que ce que vous me dites n'est pas exactement poli », dit alors Vautrin en fouettant la porte du salon et venant à l'étudiant qui le regarda froidement.

Rastignac ferma la porte de la salle à manger, en emmenant avec lui Vautrin au bas de l'escalier, dans le carré qui séparait la salle à manger de la cuisine, où se trouvait une porte pleine donnant sur le jardin, et surmontée d'un long carreau garni de barreaux en fer. Là, l'étudiant dit devant Sylvie qui déboucha de sa cuisine : « *Monsieur* Vautrin, je ne suis pas marquis, et je ne m'appelle pas Rastignacorama.

— Ils vont se battre, dit Mlle Michonneau d'un air indifférent.

— Se battre ! répéta Poiret.

— Que non, répondit Mme Vauquer en caressant sa pile d'écus.

— Mais les voilà qui vont sous les tilleuls, cria Mlle Victorine en se levant pour regarder dans le jardin. Ce pauvre jeune homme a pourtant raison.

— Remontons, ma chère petite, dit Mme Couture, ces affaires-là ne nous regardent pas. »

Quand Mme Couture et Victorine se levèrent, elles rencontrèrent, à la porte, la grosse Sylvie qui leur barra le passage.

« Quoi qui n'y a donc ? dit-elle. M. Vautrin a dit à M. Eugène : "Expliquons-nous !" Puis il l'a pris par le bras, et les voilà qui marchent dans nos artichauts. »

En ce moment Vautrin parut. « Maman Vauquer, dit-il en souriant, ne vous effrayez de rien, je vais essayer mes pistolets sous les tilleuls.

— Oh ! monsieur, dit Victorine en joignant les mains, pourquoi voulez-vous tuer M. Eugène ? »

Vautrin fit deux pas en arrière et contempla Victorine. « Autre histoire, s'écria-t-il d'une voix railleuse qui fit rougir la pauvre fille. Il est bien gentil, n'est-ce pas, ce jeune homme-là ? reprit-il. Vous me donnez une idée. Je ferai votre bonheur à tous deux, ma belle enfant. »

Mme Couture avait pris sa pupille par le bras et l'avait entraînée en lui disant à l'oreille : « Mais, Victorine, vous êtes inconcevable ce matin.

— Je ne veux pas qu'on tire des coups de pistolet chez moi, dit Mme Vauquer. N'allez-vous pas effrayer tout le voisinage et amener la police, à c't'heure !

— Allons, du calme, maman Vauquer, répondit

Vautrin. Là, là, tout beau, nous irons au tir. » Il rejoignit Rastignac, qu'il prit familièrement par le bras : « Quand je vous aurais prouvé qu'à trente-cinq pas je mets cinq fois de suite ma balle dans un as de pique, lui dit-il, cela ne vous ôterait pas votre courage. Vous m'avez l'air d'être un peu rageur, et vous vous feriez tuer comme un imbécile.

— Vous reculez, dit Eugène.

— Ne m'échauffez pas la bile, répondit Vautrin. Il ne fait pas froid ce matin, venez nous asseoir là-bas, dit-il en montrant les sièges peints en vert. Là, personne ne nous entendra. J'ai à causer avec vous. Vous êtes un bon petit jeune homme auquel je ne veux pas de mal. Je vous aime, foi de Tromp... (mille tonnerres !), foi de Vautrin. Pourquoi vous aimé-je, je vous le dirai. En attendant, je vous connais comme si je vous avait fait, et vais vous le prouver. Mettez vos sacs là », reprit-il en lui montrant la table ronde.

Rastignac posa son argent sur la table et s'assit en proie à une curiosité que développa chez lui au plus haut degré le changement soudain opéré dans les manières de cet homme, qui, après avoir parlé de le tuer, se posait comme son protecteur.

« Vous voudriez bien savoir qui je suis, ce que j'ai fait, ou ce que je fais, reprit Vautrin. Vous êtes trop curieux, mon petit. Allons, du calme. Vous allez en entendre bien d'autres ! J'ai eu des malheurs. Ecoutez-moi d'abord, vous me répondrez après. Voilà ma vie antérieure en trois mots. Qui suis-je ? Vautrin. Que fais-je ? Ce qui me plaît. Passons. Voulez-vous connaître mon caractère ? Je suis bon avec ceux qui me font du bien ou dont le cœur parle au mien. A ceux-là tout est permis, ils peuvent me donner des coups de pied dans les os des jambes sans que je leur dise : *Prends garde !* Mais, nom d'une pipe ! je suis méchant comme le diable avec ceux qui me tracassent, ou qui ne me reviennent pas. Et il est bon de vous apprendre que je me soucie de tuer un homme comme de ça ! dit-il en lançant un jet de salive. Seulement je m'efforce de le tuer proprement, quand il le

faut absolument. Je suis ce que vous appelez un
artiste. J'ai lu les Mémoires de Benvenuto Cellini, tel
que vous me voyez, et en italien encore [155] ! J'ai appris
de cet homme-là, qui était un fier luron, à imiter la
Providence qui nous tue à tort et à travers, et à aimer
le beau partout où il se trouve. N'est-ce pas d'ailleurs
une belle partie à jouer que d'être seul contre tous les
hommes et d'avoir la chance ? J'ai bien réfléchi à la
constitution actuelle de votre désordre social. Mon
petit, le duel est un jeu d'enfant, une sottise. Quand
de deux hommes vivants l'un doit disparaître, il faut
être imbécile pour s'en remettre au hasard. Le duel ?
croix ou pile [156] ! voilà. Je mets cinq balles de suite
dans un as de pique en renfonçant chaque nouvelle
balle sur l'autre, et à trente-cinq pas encore ! quand
on est doué de ce petit talent-là, l'on peut se croire sûr
d'abattre son homme. Eh bien, j'ai tiré sur un homme
à vingt pas, je l'ai manqué. Le drôle n'avait jamais
manié de sa vie un pistolet. Tenez ! dit cet homme
extraordinaire en défaisant son gilet et montrant sa
poitrine velue comme le dos d'un ours, mais garnie
d'un crin fauve qui causait une sorte de dégoût mêlé
d'effroi, ce blanc-bec m'a roussi le poil, ajouta-t-il en
mettant le doigt de Rastignac sur un trou qu'il avait
au sein. Mais dans ce temps-là j'étais un enfant, j'avais
votre âge, vingt et un ans. Je croyais encore à quelque
chose, à l'amour d'une femme, un tas de bêtises dans
lesquelles vous allez vous embarbouiller. Nous nous
serions battus, pas vrai ? Vous auriez pu me tuer. Supposez que je sois en terre, où seriez-vous ? Il faudrait
décamper, aller en Suisse, manger l'argent du papa,
qui n'en a guère. Je vais vous éclairer, moi, la position
dans laquelle vous êtes ; mais je vais le faire avec la
supériorité d'un homme qui, après avoir examiné les
choses d'ici-bas, a vu qu'il n'y avait que deux partis à
prendre : ou une stupide obéissance ou la révolte. Je
n'obéis à rien, est-ce clair ? Savez-vous ce qu'il vous
faut, à vous, au train dont vous allez ? un million, et
promptement ; sans quoi, avec notre petite tête, nous
pourrions aller flâner dans les filets de Saint-Cloud [157],

pour voir s'il y a un Etre suprême. Ce million, je vais vous le donner. » Il fit une pause en regardant Eugène. « Ah ! ah ! vous faites meilleure mine à votre petit papa Vautrin. En entendant ce mot-là, vous êtes comme une jeune fille à qui l'on dit : "A ce soir", et qui se toilette en se pourléchant comme un chat qui boit du lait. A la bonne heure. Allons donc ! A nous deux ! Voici votre compte, jeune homme. Nous avons, là-bas, papa, maman, grand-tante, deux sœurs (dix-huit et dix-sept ans), deux petits frères (quinze et dix ans), voilà le contrôle de l'équipage. La tante élève vos sœurs. Le curé vient apprendre le latin aux deux frères. La famille mange plus de bouillie de marrons que de pain blanc, le papa ménage ses culottes, maman se donne à peine une robe d'hiver et une robe d'été, nos sœurs font comme elles peuvent. Je sais tout, j'ai été dans le Midi. Les choses sont comme cela chez vous, si l'on vous envoie douze cents francs par an, et que votre terrine [158] ne rapporte que trois mille francs. Nous avons une cuisinière et un domestique, il faut garder le décorum, papa est baron. Quant à nous, nous avons de l'ambition, nous avons les Beauséant pour alliés et nous allons à pied, nous voulons la fortune et nous n'avons pas le sou, nous mangeons les *ratatouilles* de maman Vauquer et nous aimons les beaux dîners du faubourg Saint-Germain, nous couchons sur un grabat et nous voulons un hôtel ! Je ne blâme pas vos vouloirs. Avoir de l'ambition, mon petit cœur, ce n'est pas donné à tout le monde. Demandez aux femmes quels hommes elles recherchent, les ambitieux. Les ambitieux ont les reins plus forts, le sang plus riche en fer, le cœur plus chaud que ceux des autres hommes. Et la femme se trouve si heureuse et si belle aux heures où elle est forte, qu'elle préfère à tous les hommes celui dont la force est énorme, fût-elle en danger d'être brisée par lui. Je fais l'inventaire de vos désirs afin de vous poser la question. Cette question, la voici. Nous avons une faim de loup, nos quenottes sont incisives, comment nous y prendrons-nous pour approvisionner la marmite ? Nous avons

142   LE PÈRE GORIOT

d'abord le code à manger, ce n'est pas amusant, et ça
n'apprend rien ; mais il le faut. Soit. Nous nous faisons avocat pour devenir président d'une cour
d'assises, envoyer les pauvres diables qui valent mieux
que nous avec T. F. [159] sur l'épaule, afin de prouver
aux riches qu'ils peuvent dormir tranquillement. Ce
n'est pas drôle, et puis c'est long. D'abord, deux
années à droguer [160] dans Paris, à regarder, sans y
toucher, les *nanans* dont nous sommes friands. C'est
fatigant de désirer toujours sans jamais se satisfaire. Si
vous étiez pâle et de la nature des mollusques, vous
n'auriez rien à craindre ; mais nous avons le sang fié-
vreux des lions et un appétit à faire vingt sottises par
jour. Vous succomberez donc à ce supplice, le plus
horrible que nous ayons aperçu dans l'enfer du bon
Dieu. Admettons que vous soyez sage, que vous
buviez du lait et que vous fassiez des élégies ; il faudra,
généreux comme vous l'êtes, commencer, après bien
des ennuis et des privations à rendre un chien enragé,
par devenir le substitut de quelque drôle, dans un trou
de ville où le gouvernement vous jettera mille francs
d'appointements, comme on jette une soupe à un
dogue de boucher. Aboie après les voleurs, plaide
pour le riche, fais guillotiner des gens de cœur. Bien
obligé ! Si vous n'avez pas de protections, vous pour-
rirez dans votre tribunal de province. Vers trente ans,
vous serez juge à douze cents francs par an, si vous
n'avez pas encore jeté la robe aux orties. Quand vous
aurez atteint la quarantaine, vous épouserez quelque
fille de meunier, riche d'environ six mille livres de
rente. Merci. Ayez des protections, vous serez procureur du roi à trente ans, avec mille écus d'appointements, et vous épouserez la fille du maire. Si vous
faites quelques-unes de ces petites bassesses politiques, comme de lire sur un bulletin Villèle au lieu de
Manuel [161] (ça rime, ça met la conscience en repos),
vous serez, à quarante ans, procureur général, et
pourrez devenir député. Remarquez, mon cher enfant,
que nous aurons fait des accrocs à notre petite conscience, que nous aurons eu vingt ans d'ennuis, de

misères secrètes, et que nos sœurs auront coiffé sainte Catherine [162]. J'ai l'honneur de vous faire observer de plus, qu'il n'y a que vingt procureurs généraux en France [163], et que vous êtes vingt mille aspirants au grade, parmi lesquels il se rencontre des farceurs qui vendraient leur famille pour monter d'un cran. Si le métier vous dégoûte, voyons autre chose. Le baron de Rastignac veut-il être avocat ? Oh ! joli. Il faut pâtir pendant dix ans, dépenser mille francs par mois, avoir une bibliothèque, un cabinet, aller dans le monde, baiser la robe d'un avoué pour avoir des causes, balayer le palais avec sa langue. Si ce métier vous menait à bien, je ne dirais pas non ; mais trouvez-moi dans Paris cinq avocats qui, à cinquante ans, gagnent plus de cinquante mille francs par an ? Bah ! plutôt que de m'amoindrir ainsi l'âme, j'aimerais mieux me faire corsaire. D'ailleurs, où prendre des écus ? Tout ça n'est pas gai. Nous avons une ressource dans la dot d'une femme. Voulez-vous vous marier ? ce sera vous mettre une pierre au cou ; puis, si vous vous mariez pour de l'argent, que deviennent nos sentiments d'honneur, notre noblesse ! Autant commencer aujourd'hui votre révolte contre les conventions humaines. Ce ne serait rien que se coucher comme un serpent devant une femme, lécher les pieds de la mère, faire des bassesses à dégoûter une truie, pouah ! si vous trouviez au moins le bonheur. Mais vous serez malheureux comme les pierres d'égout avec une femme que vous aurez épousée ainsi. Vaut encore mieux guerroyer avec les hommes que de lutter avec sa femme. Voilà le carrefour de la vie, jeune homme, choisissez. Vous avez déjà choisi : vous êtes allé chez notre cousine de Beauséant, et vous y avez flairé le luxe. Vous êtes allé chez Mme de Restaud, la fille du père Goriot, et vous y avez flairé la Parisienne. Ce jour-là vous êtes revenu avec un mot écrit sur votre front, et que j'ai bien su lire : *Parvenir !* parvenir à tout prix. Bravo ! ai-je dit, voilà un gaillard qui me va. Il vous a fallu de l'argent. Où en prendre ? Vous avez saigné vos sœurs. Tous les frères *flouent* plus ou moins

leurs sœurs. Vos quinze cents francs arrachés, Dieu
sait comme ! dans un pays où l'on trouve plus de châ-
taignes que de pièces de cent sous, vont filer comme
des soldats à la maraude. Après, que ferez-vous ? vous
travaillerez ? Le travail, compris comme vous le comprenez en ce moment, donne, dans les vieux jours, un
appartement chez maman Vauquer à des gars de la
force de Poiret. Une rapide fortune est le problème
que se proposent de résoudre en ce moment cinquante mille jeunes gens qui se trouvent tous dans
votre position. Vous êtes une unité de ce nombre-là.
Jugez des efforts que vous avez à faire et de l'acharne-
ment du combat. Il faut vous manger les uns les autres
comme des araignées dans un pot, attendu qu'il n'y a
pas cinquante mille bonnes places. Savez-vous comment on fait son chemin ici ? par l'éclat du génie ou
par l'adresse de la corruption. Il faut entrer dans cette
masse d'hommes comme un boulet de canon, ou s'y
glisser comme une peste. L'honnêteté ne sert à rien.
L'on plie sous le pouvoir du génie, on le hait, on tâche
de le calomnier, parce qu'il prend sans partager ; mais
on plie s'il persiste ; en un mot, on l'adore à genoux
quand on n'a pas pu l'enterrer sous la boue. La corruption est en force, le talent est rare. Ainsi la corruption est l'arme de la médiocrité qui abonde, et vous en
sentirez partout la pointe. Vous verrez des femmes
dont les maris ont six mille francs d'appointements
pour tout potage, et qui dépensent plus de dix mille
francs à leur toilette. Vous verrez des employés à
douze cents francs acheter des terres. Vous verrez des
femmes se prostituer pour aller dans la voiture du fils
d'un pair de France, qui peut courir à Longchamp sur
la chaussée du milieu. Vous avez vu le pauvre bêta de
père Goriot obligé de payer la lettre de change
endossée par sa fille, dont le mari a cinquante mille
livres de rente. Je vous défie de faire deux pas dans
Paris sans rencontrer des manigances infernales. Je
parierais ma tête contre un pied de cette salade que
vous donnerez dans un guêpier chez la première
femme qui vous plaira, fût-elle riche, belle et jeune.

Toutes sont bricolées [164] par les lois, en guerre avec leurs maris à propos de tout. Je n'en finirais pas s'il fallait vous expliquer les trafics qui se font pour des amants, pour des chiffons, pour des enfants, pour le ménage ou pour la vanité, rarement par vertu, soyez-en sûr. Aussi l'honnête homme est-il l'ennemi commun. Mais que croyez-vous que soit l'honnête homme ? A Paris, l'honnête homme est celui qui se tait, et refuse de partager. Je ne vous parle pas de ces pauvres ilotes [165] qui partout font la besogne sans être jamais récompensés de leurs travaux, et que je nomme la confrérie des savates du bon Dieu. Certes, là est la vertu dans toute la fleur de sa bêtise, mais là est la misère. Je vois d'ici la grimace de ces braves gens si Dieu nous faisait la mauvaise plaisanterie de s'absenter au jugement dernier. Si donc vous voulez promptement la fortune, il faut être déjà riche ou le paraître. Pour s'enrichir, il s'agit ici de jouer de grands coups ; autrement on carotte, et votre serviteur. Si dans les cent professions que vous pouvez embrasser, il se rencontre dix hommes qui réussissent vite, le public les appelle des voleurs. Tirez vos conclusions. Voilà la vie telle qu'elle est. Ça n'est pas plus beau que la cuisine, ça pue tout autant, et il faut se salir les mains si l'on veut fricoter ; sachez seulement vous bien débarbouiller : là est toute la morale de notre époque. Si je vous parle ainsi du monde, il m'en a donné le droit, je le connais. Croyez-vous que je le blâme ? du tout. Il a toujours été ainsi. Les moralistes ne le changeront jamais. L'homme est imparfait. Il est parfois plus ou moins hypocrite, et les niais disent alors qu'il a ou n'a pas de mœurs. Je n'accuse pas les riches en faveur du peuple : l'homme est le même en haut, en bas, au milieu. Il se rencontre par chaque million de ce haut bétail dix lurons qui se mettent au-dessus de tout, même des lois : j'en suis. Vous, si vous êtes un homme supérieur, allez en droite ligne et la tête haute. Mais il faudra lutter contre l'envie, la calomnie, la médiocrité, contre tout le monde. Napoléon a rencontré un ministre de la guerre qui s'appelait Aubry, et qui a failli l'envoyer aux colonies [166]. Tâtez-vous ! Voyez si vous pourrez vous lever tous les matins avec plus de volonté que vous n'en aviez la veille. Dans ces conjonctures, je vais vous faire une proposition que personne ne refuserait. Ecoutez bien. Moi, voyez-vous, j'ai une idée. Mon idée est d'aller vivre [167] de la vie patriarcale au milieu d'un grand domaine, cent mille arpents, par exemple, aux Etats-Unis, dans le sud. Je veux m'y faire planteur, avoir des esclaves, gagner quelques bons petits millions à vendre mes bœufs, mon tabac, mes bois, en vivant comme un souverain, en faisant mes volontés, en menant une vie qu'on ne conçoit pas ici, où l'on se tapit dans un terrier de plâtre. Je suis un grand poète. Mes poésies, je ne les écris pas : elles consistent en actions et en sentiments. Je possède en ce moment cinquante mille francs qui me donneraient à peine quarante nègres. J'ai besoin de deux cent mille francs, parce que je veux deux cents nègres, afin de satisfaire mon goût pour la vie patriarcale. Des nègres, voyez-vous ? c'est des enfants tout venus dont on fait ce qu'on veut, sans qu'un curieux de procureur du roi arrive vous en demander compte. Avec ce capital noir, en dix ans j'aurai trois ou quatre millions. Si je réussis, personne ne me demandera : "Qui es-tu ?" Je serai M. Quatre-Millions, citoyen des Etats-Unis. J'aurais cinquante ans, je ne serai pas encore pourri, je m'amuserai à ma façon. En deux mots, si je vous procure une dot d'un million, me donnerez-vous deux cent mille francs ? Vingt pour cent de commission, hein ! est-ce trop cher ? Vous vous ferez aimer de votre petite femme. Une fois marié, vous manifesterez des inquiétudes, des remords, vous ferez le triste pendant quinze jours. Une nuit, après quelques singeries, vous déclarerez, entre deux baisers, deux cent mille francs de dettes à votre femme, en lui disant : "Mon amour !" Ce vaudeville est joué tous les jours par les jeunes gens les plus distingués. Une jeune femme ne refuse pas sa bourse à celui qui lui prend le cœur. Croyez-vous que vous y perdrez ? Non. Vous trouverez le moyen de regagner vos deux cent mille francs dans une affaire. Avec votre argent et votre esprit, vous amasserez une fortune aussi considérable que vous pourrez la souhaiter. *Ergo* [168] vous aurez fait, en six mois de temps, votre bonheur, celui d'une femme aimable et celui de votre papa Vautrin, sans compter celui de votre famille qui souffle dans ses doigts, l'hiver, faute de bois. Ne vous étonnez ni de ce que je vous propose, ni de ce que je vous demande ! Sur soixante beaux mariages qui ont lieu dans Paris, il y en a quarante-sept qui donnent lieu à des marchés semblables. La Chambre des Notaires a forcé monsieur...

— Que faut-il que je fasse ? dit avidement Rastignac en interrompant Vautrin.

— Presque rien, répondit cet homme en laissant échapper un mouvement de joie semblable à la sourde expression d'un pêcheur qui sent un poisson au bout de sa ligne. Ecoutez-moi bien ! Le cœur d'une pauvre fille malheureuse et misérable est l'éponge la plus avide à se remplir d'amour, une éponge sèche qui se dilate aussitôt qu'il y tombe une goutte de sentiment. Faire la cour à une jeune personne qui se rencontre dans des conditions de solitude, de désespoir et de pauvreté sans qu'elle se doute de sa fortune à venir ! dame ! c'est quinte et quatorze en main [169], c'est connaître les numéros à la loterie, c'est jouer sur les rentes en sachant les nouvelles. Vous construisez sur pilotis un mariage indestructible. Viennent des millions à cette jeune fille, elle vous les jettera aux pieds, comme si c'était des cailloux. "Prends, mon bien-aimé ! Prends, Adolphe ! Alfred ! Prends, Eugène !" dira-t-elle si Adolphe, Alfred ou Eugène ont eu le bon esprit de se sacrifier pour elle. Ce que j'entends par des sacrifices, c'est vendre un vieil habit afin d'aller au Cadran-Bleu [170] manger ensemble des croûtes aux champignons ; de là, le soir, à l'Ambigu-Comique ; c'est mettre sa montre au Mont-de-Piété pour lui donner un châle. Je ne vous parle pas du gribouillage de l'amour ni des fariboles auxquelles tiennent tant les femmes, comme, par exemple, de répandre des

gouttes d'eau sur le papier à lettres en manière de
larmes quand on est loin d'elles [171] : vous m'avez l'air
de connaître parfaitement l'argot du cœur. Paris,
voyez-vous, est comme une forêt du Nouveau Monde,
où s'agitent vingt espèces de peuplades sauvages, les
Illinois, les Hurons, qui vivent du produit que donnent les différentes chasses sociales ; vous êtes un
chasseur de millions. Pour les prendre, vous usez de
pièges, de pipeaux, d'appeaux. Il y a plusieurs
manières de chasser. Les uns chassent à la dot ; les
autres chassent à la liquidation ; ceux-ci pêchent des
consciences, ceux-là vendent leurs abonnés pieds et
poings liés [172]. Celui qui revient avec sa gibecière bien
garnie est salué, fêté, reçu dans la bonne société. Rendons justice à ce sol hospitalier, vous avez affaire à la
ville la plus complaisante qui soit dans le monde. Si
les fières aristocraties de toutes les capitales de
l'Europe refusent d'admettre dans leurs rangs un millionnaire infâme, Paris lui tend les bras, court à ses
fêtes, mange ses dîners et trinque avec son infamie.

— Mais où trouver une fille ? dit Eugène.

— Elle est à vous, devant vous !

— Mlle Victorine ?

— Juste !

— Eh ! comment ?

— Elle vous aime déjà, votre petite baronne de
Rastignac !

— Elle n'a pas un sou, reprit Eugène étonné.

— Ah ! nous y voilà. Encore deux mots, dit Vautrin, et tout s'éclaircira. Le père Taillefer est un vieux
coquin qui passe pour avoir assassiné l'un de ses amis
pendant la Révolution. C'est un de mes gaillards qui
ont de l'indépendance dans les opinions. Il est banquier, principal associé de la maison Frédéric Taillefer
et compagnie. Il a un fils unique, auquel il veut laisser
son bien, au détriment de Victorine. Moi, je n'aime
pas ces injustices-là. Je suis comme don Quichotte,
j'aime à prendre la défense du faible contre le fort. Si
la volonté de Dieu était de lui retirer son fils, Taillefer
reprendrait sa fille ; il voudrait un héritier quelconque,

une bêtise qui est dans la nature, et il ne peut plus avoir d'enfants, je le sais. Victorine est douce et gentille, elle aura bientôt entortillé son père, et le fera tourner comme une toupie d'Allemagne avec le fouet du sentiment ! Elle sera trop sensible à votre amour pour vous oublier, vous l'épouserez. Moi, je me charge du rôle de la Providence, je ferai vouloir le bon Dieu. J'ai un ami pour qui je me suis dévoué, un colonel de l'armée de la Loire qui vient d'être employé dans la garde royale [173]. Il écoute mes avis, et s'est fait ultra-royaliste : ce n'est pas un de ces imbéciles qui tiennent à leurs opinions. Si j'ai encore un conseil à vous donner, mon ange, c'est de ne pas plus tenir à vos opinions qu'à vos paroles. Quand on vous les demandera, vendez-les. Un homme qui se vante de ne jamais changer d'opinion est un homme qui se charge d'aller toujours en ligne droite, un niais qui croit à l'infaillibilité. Il n'y a pas de principes, il n'y a que des événements ; il n'y a pas de lois, il n'y a que des circonstances [174] : l'homme supérieur épouse les événements et les circonstances pour les conduire. S'il y avait des principes et des lois fixes, les peuples n'en changeraient pas comme nous changeons de chemises. L'homme n'est pas tenu d'être plus sage que toute une nation. L'homme qui a rendu le moins de services à la France est un fétiche vénéré pour avoir toujours vu en rouge, il est tout au plus bon à mettre au Conservatoire, parmi les machines, en l'étiquetant La Fayette [175] ; tandis que le prince auquel chacun lance sa pierre, et qui méprise assez l'humanité pour lui cracher au visage autant de serments qu'elle en demande, a empêché le partage de la France au congrès de Vienne ; on lui doit des couronnes, on lui jette de la boue [176]. Oh ! je connais les affaires, moi ! J'ai les secrets de bien des hommes ! Suffit. J'aurai une opinion inébranlable le jour où j'aurai rencontré trois têtes d'accord sur l'emploi d'un principe, et j'attendrai longtemps ! L'on ne trouve pas dans les tribunaux trois juges qui aient le même avis sur un article de loi. Je reviens à mon homme. Il remettrait Jésus-Christ en croix si je le lui disais. Sur un seul mot de son papa Vautrin, il cherchera querelle à ce drôle qui n'envoie pas seulement cent sous à sa pauvre sœur, et... » Ici Vautrin se leva, se mit en garde, et fit le mouvement d'un maître d'armes qui se fend. « Et, à l'ombre ! ajouta-t-il.

— Quelle horreur ! dit Eugène. Vous voulez plaisanter, monsieur Vautrin ?

— Là, là, là, du calme, reprit cet homme. Ne faites pas l'enfant : cependant, si cela peut vous amuser, courroucez-vous, emportez-vous ! Dites que je suis un infâme, un scélérat, un coquin, un bandit, mais ne m'appelez ni escroc, ni espion ! Allez, dites, lâchez votre bordée ! Je vous pardonne, c'est si naturel à votre âge ! J'ai été comme ça, moi ! Seulement, réfléchissez. Vous ferez pis quelque jour. Vous irez coqueter chez quelque jolie femme et vous recevrez de l'argent. Vous y avez pensé ! dit Vautrin ; car comment réussirez-vous, si vous n'escomptez pas votre amour ? La vertu, mon cher étudiant, ne se scinde pas : elle est ou n'est pas. On nous parle de faire pénitence de nos fautes. Encore un joli système que celui en vertu duquel on est quitte d'un crime avec un acte de contrition ! Séduire une femme pour arriver à vous poser sur tel bâton de l'échelle sociale, jeter la zizanie entre les enfants d'une famille, enfin toutes les infamies qui se pratiquent sous le manteau d'une cheminée ou autrement dans un but de plaisir ou d'intérêt personnel, croyez-vous que ce soient des actes de foi, d'espérance et de charité ? Pourquoi deux mois de prison au dandy qui, dans une nuit, ôte à un enfant la moitié de sa fortune, et pourquoi le bagne au pauvre diable qui vole un billet de mille francs avec les circonstances aggravantes ? Voilà vos lois. Il n'y a pas un article qui n'arrive à l'absurde. L'homme en gants et à paroles jaunes [177] a commis des assassinats où l'on ne verse pas de sang, mais où l'on en donne ; l'assassin a ouvert une porte avec un monseigneur [178] : deux choses nocturnes ! Entre ce que je vous propose et ce que vous ferez un jour, il n'y a que le sang de

moins. Vous croyez à quelque chose de fixe dans ce
monde-là ! Méprisez donc les hommes, et voyez les
mailles par où l'on peut passer à travers le réseau du
code. Le secret des grandes fortunes sans cause apparente est un crime oublié, parce qu'il a été proprement
fait.

— Silence, monsieur, je ne veux pas en entendre
davantage, vous me feriez douter de moi-même. En ce
moment le sentiment est toute ma science.

— A votre aise, bel enfant. Je vous croyais plus fort,
dit Vautrin, je ne vous dirai plus rien. Un dernier mot,
cependant. » Il regarda fixement l'étudiant : « Vous
avez mon secret, lui dit-il.

— Un jeune homme qui vous refuse saura bien
l'oublier.

— Vous avez bien dit cela, ça me fait plaisir. Un
autre, voyez-vous, sera moins scrupuleux. Souvenez-
vous de ce que je veux faire pour vous. Je vous donne
quinze jours. C'est à prendre ou à laisser. »

« Quelle tête de fer a donc cet homme ! se dit Rastignac en voyant Vautrin s'en aller tranquillement, sa
canne sous le bras. Il m'a dit crûment ce que Mme de
Beauséant me disait en y mettant des formes. Il me
déchirait le cœur avec des griffes d'acier. Pourquoi
veux-je aller chez Mme de Nucingen ? Il a deviné mes
motifs aussitôt que je les ai conçus. En deux mots, ce
brigand m'a dit plus de choses sur la vertu que ne
m'en ont dit les hommes et les livres. Si la vertu ne
souffre pas de capitulation, j'ai donc volé mes
sœurs ? » dit-il en jetant le sac sur la table. Il s'assit, et
resta là plongé dans une étourdissante méditation.
« Etre fidèle à la vertu, martyre sublime ! Bah ! tout le
monde croit à la vertu ; mais qui est vertueux ? Les
peuples ont la liberté pour idole ; mais où est sur la
terre un peuple libre ? Ma jeunesse est encore bleue
comme un ciel sans nuage : vouloir être grand ou
riche, n'est-ce pas se résoudre à mentir, plier, ramper,
se redresser, flatter, dissimuler ? n'est-ce pas consentir
à se faire le valet de ceux qui ont menti, plié, rampé ?
Avant d'être leur complice, il faut les servir. Eh bien,

non. Je veux travailler noblement, saintement ; je veux travailler jour et nuit, ne devoir ma fortune qu'à mon labeur. Ce sera la plus lente des fortunes, mais chaque jour ma tête reposera sur mon oreiller sans une pensée mauvaise. Qu'y a-t-il de plus beau que de contempler sa vie et de la trouver pure comme un lys [179] ? Moi et la vie, nous sommes comme un jeune homme et sa fiancée. Vautrin m'a fait voir ce qui arrive après dix ans de mariage. Diable ! ma tête se perd. Je ne veux penser à rien, le cœur est un bon guide. »

Eugène fut tiré de sa rêverie par la voix de la grosse Sylvie, qui lui annonça son tailleur, devant lequel il se présenta, tenant à la main ses deux sacs d'argent, et il ne fut pas fâché de cette circonstance. Quand il eut essayé ses habits du soir, il remit sa nouvelle toilette du matin, qui le métamorphosait complètement. « Je vaux bien M. de Trailles, se dit-il. Enfin j'ai l'air d'un gentilhomme !

— Monsieur, dit le père Goriot en entrant chez Eugène, vous m'avez demandé si je connaissais les maisons où va Mme de Nucingen ?

— Oui !

— Eh bien, elle va lundi prochain au bal du maréchal de Carigliano. Si vous pouvez y être, vous me direz si mes deux filles se sont bien amusées, comment elles seront mises, enfin tout.

— Comment avez-vous su cela, mon bon père Goriot ? dit Eugène en le faisant asseoir à son feu.

— Sa femme de chambre me l'a dit. Je sais tout ce qu'elles font par Thérèse et par Constance », reprit-il d'un air joyeux. Le vieillard ressemblait à un amant encore assez jeune pour être heureux d'un stratagème qui le met en communication avec sa maîtresse sans qu'elle puisse s'en douter. « Vous les verrez, vous ! dit-il en exprimant avec naïveté une douloureuse envie.

— Je ne sais pas, répondit Eugène. Je vais aller chez Mme de Beauséant lui demander si elle peut me présenter à la maréchale. »

Eugène pensait avec une sorte de joie intérieure à se montrer chez la vicomtesse mis comme il le serait désormais. Ce que les moralistes nomment les abîmes du cœur humain sont uniquement les décevantes pensées, les involontaires mouvements de l'intérêt personnel. Ces péripéties, le sujet de tant de déclamations, ces retours soudains sont des calculs faits au profit de nos jouissances. En se voyant bien mis, bien ganté, bien botté, Rastignac oublia sa vertueuse résolution. La jeunesse n'ose pas se regarder au miroir de la conscience quand elle verse du côté de l'injustice, tandis que l'âge mûr s'y est vu : là gît toute la différence entre ces deux phases de la vie. Depuis quelques jours les deux voisins, Eugène et le père Goriot, étaient devenus bons amis. Leur secrète amitié tenait aux raisons psychologiques qui avaient engendré des sentiments contraires entre Vautrin et l'étudiant. Le hardi philosophe qui voudra constater les effets de nos sentiments dans le monde physique trouvera sans doute plus d'une preuve de leur effective matérialité dans les rapports qu'ils créent entre nous et les animaux. Quel physiognomoniste est plus prompt à deviner un caractère qu'un chien l'est à savoir si un inconnu l'aime ou ne l'aime pas ? Les *atomes crochus*, expression proverbiale dont chacun se sert, sont un de ces faits qui restent dans les langages pour démentir les niaiseries philosophiques dont s'occupent ceux qui aiment à vanner les épluchures des mots primitifs. On se sent aimé. Le sentiment s'empreint en toutes choses et traverse les espaces. Une lettre est une âme, elle est un si fidèle écho de la voix qui parle que les esprits délicats la comptent parmi les plus riches trésors de l'amour. Le père Goriot, que son sentiment irréfléchi élevait jusqu'au sublime de la nature canine, avait flairé la compassion, l'admirative bonté, les sympathies juvéniles qui s'étaient émues pour lui dans le cœur de l'étudiant. Cependant cette union naissante n'avait encore amené aucune confidence. Si Eugène avait manifesté le désir de voir Mme de Nucingen, ce n'était pas qu'il comptât sur le vieillard pour être introduit par lui chez elle ; mais il espérait qu'une indiscrétion pourrait le bien servir. Le père Goriot ne lui avait parlé de ses filles qu'à propos de ce qu'il s'était permis d'en dire publiquement le jour de ses deux visites. « Mon cher monsieur, lui avait-il dit le lendemain, comment avez-vous pu croire que Mme de Restaud vous en ait voulu d'avoir prononcé mon nom ? Mes deux filles m'aiment bien. Je suis un heureux père. Seulement, mes deux gendres se sont mal conduits envers moi. Je n'ai pas voulu faire souffrir ces chères créatures de mes dissensions avec leurs maris, et j'ai préféré les voir en secret. Ce mystère me donne mille jouissances que ne comprennent pas les autres pères qui peuvent voir leurs filles quand ils veulent. Moi, je ne le peux pas, comprenez-vous ? Alors je vais, quand il fait beau, dans les Champs-Elysées, après avoir demandé aux femmes de chambre si mes filles sortent. Je les attends au passage, le cœur me bat quand les voitures arrivent, je les admire dans leur toilette, elles me jettent en passant un petit rire qui me dore la nature comme s'il y tombait un rayon de quelque beau soleil. Et je reste, elles doivent revenir. Je les vois encore ! l'air leur a fait du bien, elles sont roses. J'entends dire autour de moi : "Voilà une belle femme !" Ça me réjouit le cœur. N'est-ce pas mon sang ? J'aime les chevaux qui les traînent, et je voudrais être le petit chien qu'elles ont sur leurs genoux. Je vis de leurs plaisirs. Chacun a sa façon d'aimer, la mienne ne fait pourtant de mal à personne, pourquoi le monde s'occupe-t-il de moi ? Je suis heureux à ma manière. Est-ce contre les lois que j'aille voir mes filles, le soir, au moment où elles sortent de leurs maisons pour se rendre au bal ? Quel chagrin pour moi si j'arrive trop tard, et qu'on me dise : "Madame est sortie." Un soir j'ai attendu jusqu'à trois heures du matin pour voir Nasie, que je n'avais pas vue depuis deux jours. J'ai manqué crever d'aise ! Je vous en prie, ne parlez de moi que pour dire combien mes filles sont bonnes. Elles veulent me combler de toutes sortes de cadeaux ; je les en empêche, je leur dis : "Gardez donc votre argent ! Que voulez-vous que j'en fasse ? Il ne me faut rien." En effet, mon cher monsieur, que suis-je ? un méchant cadavre dont l'âme est partout où sont mes filles. Quand vous aurez vu Mme de Nucingen, vous me direz celle des deux que vous préférez, dit le bonhomme après un moment de silence en voyant Eugène qui se disposait à partir pour aller se promener aux Tuileries en attendant l'heure de se présenter chez Mme de Beauséant.

Cette promenade fut fatale à l'étudiant. Quelques femmes le remarquèrent. Il était si beau, si jeune, et d'une élégance de si bon goût ! En se voyant l'objet d'une attention presque admirative, il ne pensa plus à ses sœurs ni à sa tante dépouillées, ni à ses vertueuses répugnances. Il avait vu passer au-dessus de sa tête ce démon qu'il est si facile de prendre pour un ange, ce Satan aux ailes diaprées, qui sème des rubis, qui jette ses flèches d'or au front des palais, empourpre les femmes, revêt d'un sot éclat les trônes, si simples dans leur origine ; il avait écouté le dieu de cette vanité crépitante dont le clinquant nous semble être un symbole de puissance. La parole de Vautrin, quelque cynique qu'elle fût, s'était logée dans son cœur comme dans le souvenir d'une vierge se grave le profil ignoble d'une vieille marchande à la toilette, qui lui a dit : « Or et amour à flots ! » Après avoir indolemment flâné, vers cinq heures Eugène se présenta chez Mme de Beauséant, et il y reçut un de ces coups terribles contre lesquels les cœurs jeunes sont sans armes. Il avait jusqu'alors trouvé la vicomtesse pleine de cette aménité polie, de cette grâce mellifue [180] donnée par l'éducation aristocratique, et qui n'est complète que si elle vient du cœur.

Quand il entra, Mme de Beauséant fit un geste sec, et lui dit d'une voix brève : « Monsieur de Rastignac, il m'est impossible de vous voir, en ce moment du moins ! je suis en affaire... »

Pour un observateur, et Rastignac l'était devenu promptement, cette phrase, le geste, le regard, l'inflexion de voix, étaient l'histoire du caractère et des habitudes de la caste. Il aperçut la main de fer sous le gant de velours ; la personnalité, l'égoïsme, sous les

manières ; le bois, sous le vernis. Il entendit enfin le
MOI LE ROI qui commence sous les panaches du trône
et finit sous le cimier du dernier gentilhomme. Eugène
s'était trop facilement abandonné sur sa parole à
croire aux noblesses de la femme. Comme tous les
malheureux, il avait signé de bonne foi le pacte délicieux qui doit lier le bienfaiteur à l'obligé, et dont le
premier article consacre entre les grands cœurs une
complète égalité. La bienfaisance, qui réunit deux
êtres en un seul, est une passion céleste aussi incom-
prise, aussi rare que l'est le véritable amour. L'un et
l'autre est la prodigalité des belles âmes. Rastignac
voulait arriver au bal de la duchesse de Carigliano, il
dévora cette bourrasque.

« Madame, dit-il d'une voie émue, s'il ne s'agissait
pas d'une chose importante, je ne serais pas venu vous
importuner ; soyez assez gracieuse pour me permettre
de vous voir plus tard, j'attendrai.

— Eh bien ! venez dîner avec moi », dit-elle un peu
confuse de la dureté qu'elle avait mise dans ses paroles ; car cette femme était vraiment aussi bonne que
grande.

Quoique touché de ce retour soudain, Eugène se dit
en s'en allant : « Rampe, supporte tout. Que doivent
être les autres, si, dans un moment, la meilleure des
femmes efface les promesses de son amitié, te laisse là
comme un vieux soulier ? Chacun pour soi, donc ? Il
est vrai que sa maison n'est pas une boutique, et que
j'ai tort d'avoir besoin d'elle. Il faut, comme dit Vautrin, se faire boulet de canon. » Les amères réflexions
de l'étudiant furent bientôt dissipées par le plaisir qu'il
se promettait en dînant chez la vicomtesse. Ainsi, par
une sorte de fatalité, les moindres événements de sa
vie conspiraient à le pousser dans la carrière où, suivant les observations du terrible sphinx de la Maison
Vauquer, il devait, comme sur un champ de bataille,
tuer pour ne pas être tué, tromper pour ne pas être
trompé ; où il devait déposer à la barrière sa conscience, son cœur, mettre un masque, se jouer sans
pitié des hommes, et, comme à Lacédémone, saisir sa

fortune sans être vu, pour mériter la couronne [181].
Quand il revint chez la vicomtesse, il la trouva pleine
de cette bonté gracieuse qu'elle lui avait toujours
témoignée. Tous deux allèrent dans une salle à
manger où le vicomte attendait sa femme, et où resplendissait ce luxe de table qui sous la Restauration
fut poussé, comme chacun le sait, au plus haut degré.
M. de Beauséant, semblable à beaucoup de gens
blasés, n'avait plus guère d'autres plaisirs que ceux de
la bonne chère ; il était en fait de gourmandise de
l'école de Louis XVIII et du duc d'Escars [182]. Sa table
offrait donc un double luxe, celui du contenant et
celui du contenu. Jamais semblable spectacle n'avait
frappé les yeux d'Eugène, qui dînait pour la première
fois dans une de ces maisons où les grandeurs sociales
sont héréditaires. La mode venait de supprimer les
soupers qui terminaient autrefois les bals de l'Empire,
où les militaires avaient besoin de prendre des forces
pour se préparer à tous les combats qui les attendaient
au-dedans comme au-dehors. Eugène n'avait encore
assisté qu'à des bals. L'aplomb qui le distingua plus
tard si éminemment, et qu'il commençait à prendre,
l'empêcha de s'ébahir niaisement. Mais en voyant
cette argenterie sculptée, et les mille recherches d'une
table somptueuse, en admirant pour la première fois
un service fait sans bruit, il était difficile à un homme
d'ardente imagination de ne pas préférer cette vie
constamment élégante à la vie de privations qu'il voulait embrasser le matin. Sa pensée le rejeta pendant un
moment dans sa pension bourgeoise ; il en eut une si
profonde horreur qu'il se jura de la quitter au mois de
janvier, autant pour se mettre dans une maison propre
que pour fuir Vautrin, dont il sentait la large main sur
son épaule. Si l'on vient à songer aux mille formes que
prend à Paris la corruption, parlante ou muette, un
homme de bon sens se demande par quelle aberration
l'État y met des écoles, y assemble des jeunes gens,
comment les jolies femmes y sont respectées, comment l'or étalé par les changeurs ne s'envole pas magi-
quement de leurs sébiles. Mais si l'on vient à songer

qu'il est peu d'exemples de crimes, voire même de délits commis par les jeunes gens, de quel respect ne doit-on pas être pris pour ces patients Tantales qui se combattent eux-mêmes, et sont presque toujours victorieux ! S'il était bien peint dans sa lutte avec Paris, le pauvre étudiant fournirait un des sujets les plus dramatiques de notre civilisation moderne. Mme de Beauséant regardait vainement Eugène pour le convier à parler, il ne voulut rien dire en présence du vicomte.

« Me menez-vous ce soir aux Italiens ? demanda la vicomtesse à son mari.

— Vous ne pouvez douter du plaisir que j'aurais à vous obéir, répondit-il avec une galanterie moqueuse dont l'étudiant fut la dupe, mais je dois aller rejoindre quelqu'un aux Variétés. »

« Sa maîtresse », se dit-elle.

« Vous n'avez donc pas d'Ajuda ce soir ? demanda le vicomte.

— Non, répondit-elle avec humeur.

— Eh bien ! s'il vous faut absolument un bras, prenez celui de M. de Rastignac. »

La vicomtesse regarda Eugène en souriant.

« Ce sera bien compromettant pour vous, dit-elle.

— *Le Français aime le péril, parce qu'il y trouve la gloire*, a dit M. de Chateaubriand[183] », répondit Rastignac en s'inclinant.

Quelques moments après il fut emporté près de Mme de Beauséant, dans un coupé rapide, au théâtre à la mode, et crut à quelque féerie lorsqu'il entra dans une loge de face, et qu'il se vit le but de toutes les lorgnettes concurremment avec la vicomtesse, dont la toilette était délicieuse. Il marchait d'enchantements en enchantements.

« Vous avez à me parler, lui dit Mme de Beauséant. Ha ! tenez, voici Mme de Nucingen à trois loges de la nôtre. Sa sœur et M. de Trailles sont de l'autre côté. »

En disant ces mots, la vicomtesse regardait la loge où devait être Mlle de Rochefide, et, n'y voyant pas M. d'Ajuda, sa figure prit un éclat extraordinaire.

« Elle est charmante, dit Eugène après avoir regardé Mme de Nucingen.

— Elle a les cils blancs.

— Oui, mais quelle jolie taille mince !

— Elle a de grosses mains.

— Les beaux yeux !

— Elle a le visage en long.

— Mais la forme longue a de la distinction.

— Cela est heureux pour elle qu'il y en ait là. Voyez comment elle prend et quitte son lorgnon ! Le Goriot perce dans tous ses mouvements », dit la vicomtesse au grand étonnement d'Eugène.

En effet, Mme de Beauséant lorgnait la salle et semblait ne pas faire attention à Mme de Nucingen, dont elle ne perdait cependant pas un geste. L'assemblée était exquisément belle. Delphine de Nucingen n'était pas peu flattée d'occuper exclusivement le jeune, le beau, l'élégant cousin de Mme de Beauséant, il ne regardait qu'elle.

« Si vous continuez à la couvrir de vos regards, vous allez faire scandale, monsieur de Rastignac. Vous ne réussirez à rien, si vous vous jetez ainsi à la tête des gens.

— Ma chère cousine, dit Eugène, vous m'avez déjà bien protégé ; si vous voulez achever votre ouvrage, je ne vous demande plus que de me rendre un service qui vous donnera peu de peine et me fera grand bien. Me voilà pris.

— Déjà ?

— Oui.

— Et de cette femme ?

— Mes prétentions seraient-elles donc écoutées ailleurs ? dit-il en lançant un regard pénétrant à sa cousine. Mme la duchesse de Carigliano est attachée à Mme la duchesse de Berry, reprit-il après une pause, vous devez la voir, ayez la bonté de me présenter chez elle et de m'amener au bal qu'elle donne lundi. J'y rencontrerai Mme de Nucingen, et je livrerai ma première escarmouche.

— Volontiers, dit-elle. Si vous vous sentez déjà du

goût pour elle, vos affaires de cœur vont très bien. Voici de Marsay dans la loge de la princesse Gala-thionne. Mme de Nucingen est au supplice, elle se dépite. Il n'y a pas de meilleur moment pour aborder une femme, surtout une femme de banquier. Ces dames de la Chaussée d'Antin aiment toutes la ven-geance.

— Que feriez-vous donc, vous, en pareil cas ?

— Moi, je souffrirais en silence. »

En ce moment le marquis d'Ajuda se présenta dans la loge de Mme de Beauséant.

« J'ai mal fait mes affaires afin de venir vous retrouver, dit-il, et je vous en instruis pour que ce ne soit pas un sacrifice. »

Les rayonnements du visage de la vicomtesse appri-rent à Eugène à reconnaître les expressions d'un véri-table amour, et à ne pas les confondre avec les sima-grées de la coquetterie parisienne. Il admira sa cousine, devint muet et céda sa place à M. d'Ajuda en soupirant. « Quelle noble, quelle sublime créature est une femme qui aime ainsi ! se dit-il. Et cet homme la trahirait pour une poupée ! comment peut-on la tra-hir ? » Il se sentit au cœur une rage d'enfant. Il aurait voulu se rouler aux pieds de Mme de Beauséant, il souhaitait le pouvoir des démons afin de l'emporter dans son cœur, comme un aigle enlève de la plaine dans son aire une jeune chèvre blanche qui tette encore. Il était humilié d'être dans ce grand Musée de la beauté sans son tableau, sans une maîtresse à lui. « Avoir une maîtresse est une position quasi royale, se disait-il, c'est le signe de la puissance ! » Et il regarda Mme de Nucingen comme un homme insulté regarde son adversaire. La vicomtesse se retourna vers lui pour lui adresser sur sa discrétion mille remerciements dans un clignement d'yeux. Le premier acte était fini.

« Vous connaissez assez Mme de Nucingen pour lui présenter M. de Rastignac ? dit-elle au marquis d'Ajuda.

— Mais elle sera charmée de voir monsieur », dit le marquis.

Le beau Portugais se leva, prit le bras de l'étudiant, qui en un clin d'œil se trouva auprès de Mme de Nucingen.

« Madame la baronne, dit le marquis, j'ai l'honneur de vous présenter le chevalier Eugène de Rastignac, un cousin de la vicomtesse de Beauséant. Vous faites une si vive impression sur lui, que j'ai voulu compléter son bonheur en le rapprochant de son idole. »

Ces mots furent dits avec un certain accent de raillerie qui en faisait passer la pensée un peu brutale, mais qui, bien sauvée, ne déplaît jamais à une femme. Mme de Nucingen sourit, et offrit à Eugène la place de son mari, qui venait de sortir.

« Je n'ose pas vous proposer de rester près de moi, monsieur, lui dit-elle. Quand on a le bonheur d'être auprès de Mme de Beauséant, on y reste.

— Mais, lui dit à voix basse Eugène, il me semble, madame, que si je veux plaire à ma cousine, je demeurerai près de vous. Avant l'arrivée de M. le marquis, nous parlions de vous et de la distinction de toute votre personne », dit-il à haute voix.

M. d'Ajuda se retira.

« Vraiment, monsieur, dit la baronne, vous allez me rester ? Nous ferons donc connaissance, Mme de Restaud m'avait déjà donné le plus vif désir de vous voir.

— Elle est donc bien fausse, elle m'a fait consigner à sa porte.

— Comment ?

— Madame, j'aurai la conscience de vous en dire la raison ; mais je réclame toute votre indulgence en vous confiant un pareil secret. Je suis le voisin de monsieur votre père. J'ignorais que Mme de Restaud fût sa fille. J'ai eu l'imprudence d'en parler fort innocemment, et j'ai fâché madame votre sœur et son mari. Vous ne sauriez croire combien Mme la duchesse de Langeais et ma cousine ont trouvé cette apostasie filiale de mauvais goût. Je leur ai raconté la scène, elles en ont ri comme des folles. Ce fut alors qu'en faisant un parallèle entre vous et votre sœur, Mme de Beauséant me parla de vous en fort bons

termes, et me dit combien vous étiez excellente pour
mon voisin, M. Goriot. Comment, en effet, ne l'aime-
riez-vous pas ? il vous adore si passionnément que j'en
suis déjà jaloux. Nous avons parlé de vous ce matin
pendant deux heures. Puis, tout plein de ce que votre
père m'a raconté, ce soir en dînant avec ma cousine,
je lui disais que vous ne pouviez pas être aussi belle
que vous étiez aimante. Voulant sans doute favoriser
une si chaude admiration, Mme de Beauséant m'a
amené ici, en me disant avec sa grâce habituelle que je
vous y verrais.

— Comment, monsieur, dit la femme du banquier,
je vous dois déjà de la reconnaissance ? Encore un
peu, nous allons être de vieux amis.

— Quoique l'amitié doive être près de vous un sentiment peu vulgaire, dit Rastignac, je ne veux jamais
être votre ami. »

Ces sottises stéréotypées à l'usage des débutants
paraissent toujours charmantes aux femmes, et ne
sont pauvres que lues à froid. Le geste, l'accent, le
regard d'un jeune homme, leur donnent d'incalcula-
bles valeurs. Mme de Nucingen trouva Rastignac
charmant. Puis, comme toutes les femmes, ne pou-
vant rien dire à des questions aussi drûment posées
que l'était celle de l'étudiant, elle répondit à autre
chose.

« Oui, ma sœur se fait tort par la manière dont elle
se conduit avec ce pauvre père, qui vraiment a été
pour nous un dieu. Il a fallu que M. de Nucingen
m'ordonnât positivement de ne voir mon père que le
matin, pour que je cédasse sur ce point. Mais j'en ai
longtemps été bien malheureuse. Je pleurais. Ces vio-
lences, venues après les brutalités du mariage, ont été
l'une des raisons qui troublèrent le plus mon ménage.
Je suis certes la femme de Paris la plus heureuse aux
yeux du monde, la plus malheureuse en réalité. Vous
allez me trouver folle de vous parler ainsi. Mais vous
connaissez mon père, et, à ce titre, vous ne pouvez pas
m'être étranger.

— Vous n'aurez jamais rencontré personne, lui dit

Eugène, qui soit animé d'un plus vif désir de vous appartenir. Que cherchez-vous toutes ? le bonheur, reprit-il d'une voix qui allait à l'âme. Eh bien, si, pour une femme, le bonheur est d'être aimée, adorée, d'avoir un ami à qui elle puisse confier ses désirs, ses fantaisies, ses chagrins, ses joies ; se montrer dans la nudité de son âme, avec ses jolis défauts et ses belles qualités, sans craindre d'être trahie ; croyez-moi, ce cœur dévoué, toujours ardent, ne peut se rencontrer que chez un homme jeune, plein d'illusions, qui peut mourir sur un seul de vos signes, qui ne sait rien encore du monde et n'en veut rien savoir, parce que vous devenez le monde pour lui. Moi, voyez-vous, vous allez rire de ma naïveté, j'arrive du fond d'une province, entièrement neuf, n'ayant connu que de belles âmes, et je comptais rester sans amour. Il m'est arrivé de voir ma cousine, qui m'a mis trop près de son cœur ; elle m'a fait deviner les mille trésors de la passion ; je suis, comme Chérubin [184], l'amant de toutes les femmes, en attendant que je puisse me dévouer à quelqu'une d'entre elles. En vous voyant, quand je suis entré, je me suis senti porté vers vous comme par un courant. J'avais déjà tant pensé à vous ! Mais je ne vous avais pas rêvée aussi belle que vous l'êtes en réalité. Mme de Beauséant m'a ordonné de ne pas vous tant regarder. Elle ne sait pas ce qu'il y a d'attrayant à voir vos jolies lèvres rouges, votre teint blanc, vos yeux si doux. Moi aussi, je vous dis des folies, mais laissez-les-moi dire.

Rien ne plaît plus aux femmes que de s'entendre débiter ces douces paroles. La plus sévère dévote les écoute, même quand elle ne doit pas y répondre. Après avoir ainsi commencé, Rastignac défila son chapelet d'une voix coquettement sourde ; et Mme de Nucingen encourageait Eugène par des sourires en regardant de temps en temps de Marsay, qui ne quittait pas la loge de la princesse Galathionne. Rastignac resta près de Mme de Nucingen jusqu'au moment où son mari vint la chercher pour l'emmener.

— Madame, lui dit Eugène, j'aurai le plaisir de

vous aller voir avant le bal de la duchesse de Carigliano.

— *Puisqui matame fous encache*, dit le baron, épais
Alsacien dont la figure ronde annonçait une dangereuse finesse, *fous êtes sir d'êdre pien ressi* [185]. »

« Mes affaires sont en bon train, car elle ne s'est pas
bien effarouchée en m'entendant lui dire : "M'aime-
rez-vous bien ?" Le mors est mis à ma bête, sautons
dessus et gouvernons-la », se dit Eugène en allant
saluer Mme de Beauséant qui se levait et se retirait
avec d'Ajuda. Le pauvre étudiant ne savait pas que la
baronne était distraite, et attendait de de Marsay une
de ces lettres décisives qui déchirent l'âme. Tout heureux de son faux succès, Eugène accompagna la
vicomtesse jusqu'au péristyle, où chacun attend sa
voiture.

« Votre cousin ne se ressemble plus à lui-même, dit
le Portugais en riant à la vicomtesse quand Eugène les
eut quittés. Il va faire sauter la banque. Il est souple
comme une anguille, et je crois qu'il ira loin. Vous
seule avez pu lui trier sur le volet une femme au
moment où il faut la consoler.

— Mais, dit Mme de Beauséant, il faut savoir si elle
aime encore celui qui l'abandonne. »

L'étudiant revint à pied du Théâtre-Italien à la rue
Neuve-Sainte-Geneviève, en faisant les plus doux projets. Il avait bien remarqué l'attention avec laquelle
Mme de Restaud l'avait examiné, soit dans la loge de
la vicomtesse, soit dans celle de Mme de Nucingen, et
il présuma que la porte de la comtesse ne lui serait
plus fermée. Ainsi déjà quatre relations majeures, car
il comptait bien plaire à la maréchale, allaient lui être
acquises au cœur de la haute société parisienne. Sans
trop s'expliquer les moyens, il devinait par avance
que, dans le jeu compliqué des intérêts de ce monde,
il devait s'accrocher à un rouage pour se trouver en
haut de la machine, et il se sentait la force d'en
enrayer la roue. « Si Mme de Nucingen s'intéresse à
moi, je lui apprendrai à gouverner son mari. Ce mari
fait des affaires d'or, il pourra m'aider à ramasser tout

d'un coup une fortune. » Il ne se disait pas cela crûment, il n'était pas encore assez politique pour chiffrer
une situation, l'apprécier et la calculer ; ces idées flot-
taient à l'horizon sous la forme de légers nuages, et,
quoiqu'elles n'eussent pas l'âpreté de celles de Vautrin, si elles avaient été soumises au creuset de la conscience elles n'auraient rien donné de bien pur. Les
hommes arrivent, par une suite de transactions de ce
genre, à cette morale relâchée que professe l'époque
actuelle, où se rencontrent plus rarement que dans
aucun temps ces hommes rectangulaires, ces belles
volontés qui ne se plient jamais au mal, à qui la
moindre déviation de la ligne droite semble être un
crime : magnifiques images de la probité qui nous ont
valu deux chefs-d'œuvre, Alceste de Molière, puis
récemment Jenny Deans et son père, dans l'œuvre de
Walter Scott [186]. Peut-être l'œuvre opposée, la peinture des sinuosités dans lesquelles un homme du
monde, un ambitieux fait rouler sa conscience, en
essayant de côtoyer le mal, afin d'arriver à son but en
gardant les apparences, ne serait-elle ni moins belle, ni
moins dramatique. En atteignant au seuil de sa pension, Rastignac s'était épris de Mme de Nucingen, elle
lui avait paru svelte, fine comme une hirondelle.
L'enivrante douceur de ses yeux, le tissu délicat et
soyeux de sa peau sous laquelle il avait cru voir couler
le sang, le son enchanteur de sa voix, ses blonds cheveux, il se rappelait tout ; et peut-être la marche, en
mettant son sang en mouvement, aidait-elle à cette
fascination. L'étudiant frappa rudement à la porte du
père Goriot.

« Mon voisin, dit-il, j'ai vu Mme Delphine.

— Où ?

— Aux Italiens.

— S'amusait-elle bien ? Entrez donc. » Et le bonhomme, qui s'était levé en chemise, ouvrit sa porte et
se recoucha promptement. « Parlez-moi donc d'elle »,
demanda-t-il.

Eugène, qui se trouvait pour la première fois chez
le père Goriot, ne fut pas maître d'un mouvement de

stupéfaction en voyant le bouge où vivait le père, après avoir admiré la toilette de la fille. La fenêtre était sans rideaux ; le papier de tenture collé sur les murailles s'en détachait en plusieurs endroits par l'effet de l'humidité, et se recroquevillait en laissant apercevoir le plâtre jauni par la fumée. Le bonhomme gisait sur un mauvais lit, n'avait qu'une maigre couverture et un couvre-pied ouaté fait avec les bons morceaux des vieilles robes de Mme Vauquer. Le carreau était humide et plein de poussière. En face de la croisée se voyait une de ces vieilles commodes en bois de rose à ventre renflé, qui ont des mains en cuivre tordu en façon de sarments décorés de feuilles ou de fleurs ; un vieux meuble à tablette de bois sur lequel était un pot à eau dans sa cuvette et tous les ustensiles nécessaires pour se faire la barbe. Dans un coin, les souliers ; à la tête du lit, une table de nuit sans porte ni marbre ; au coin de la cheminée, où il n'y avait pas trace de feu, se trouvait la table carrée, en bois de noyer, dont la barre avait servi au père Goriot à dénaturer son écuelle en vermeil. Un méchant secrétaire sur lequel était le chapeau du bonhomme, un fauteuil foncé de paille et deux chaises complétaient ce mobilier misérable. La flèche du lit, attachée au plancher [187] par une loque, soutenait une mauvaise bande d'étoffes à carreaux rouges et blancs. Le plus pauvre commissionnaire était certes moins mal meublé dans son grenier que ne l'était le père Goriot chez Mme Vauquer. L'aspect de cette chambre donnait froid et serrait le cœur, elle ressemblait au plus triste logement d'une prison. Heureusement Goriot ne vit pas l'expression qui se peignit sur la physionomie d'Eugène quand celui-ci posa sa chandelle sur la table de nuit. Le bonhomme se tourna de son côté en restant couvert jusqu'au menton.

« Eh bien, qui aimez-vous mieux de Mme de Restaud ou de Mme de Nucingen ?

— Je préfère Mme Delphine, répondit l'étudiant, parce qu'elle vous aime mieux. »

A cette parole chaudement dite, le bonhomme sortit son bras du lit et serra la main d'Eugène.

« Merci, merci, répondit le vieillard ému. Que vous a-t-elle donc dit de moi ? »

L'étudiant répéta les paroles de la baronne en les embellissant, et le vieillard l'écouta comme s'il eût entendu la parole de Dieu.

« Chère enfant ! oui, oui, elle m'aime bien. Mais ne la croyez pas dans ce qu'elle vous a dit d'Anastasie. Les deux sœurs se jalousent, voyez-vous ? c'est encore une preuve de leur tendresse. Mme de Restaud m'aime bien aussi. Je le sais. Un père est avec ses enfants comme Dieu est avec nous, il va jusqu'au fond des cœurs, et juge les intentions. Elles sont toutes deux aussi aimantes. Oh ! si j'avais eu de bons gendres, j'aurais été trop heureux. Il n'est sans doute pas de bonheur complet ici-bas. Si j'avais vécu chez elles ; mais rien que d'entendre leurs voix, de les savoir là, de les voir aller, sortir, comme quand je les avais chez moi, ça m'eût fait cabrioler le cœur. Etaient-elles bien mises ?

— Oui, dit Eugène. Mais, monsieur Goriot, comment en ayant des filles aussi richement établies que sont les vôtres, pouvez-vous demeurer dans un taudis pareil ?

— Ma foi, dit-il, d'un air en apparence insouciant, à quoi cela me servirait-il d'être mieux ? Je ne puis guère vous expliquer ces choses-là ; je ne sais pas dire deux paroles de suite comme il faut. Tout est là, ajouta-t-il en se frappant le cœur. Ma vie, à moi, est dans mes deux filles. Si elles s'amusent, si elles sont heureuses, bravement [188] mises, si elles marchent sur des tapis, qu'importe de quel drap je sois vêtu, et comment est l'endroit où je me couche ? Je n'ai point froid si elles ont chaud, je ne m'ennuie jamais si elles rient. Je n'ai de chagrins que les leurs. Quand vous serez père, quand vous vous direz, en oyant gazouiller vos enfants : "C'est sorti de moi !", que vous sentirez ces petites créatures tenir à chaque goutte de votre sang, dont elles ont été la fine fleur, car c'est ça ! vous vous

croirez attaché à leur peau, vous croirez être agité
vous-même par leur marche. Leur voix me répond
partout. Un regard d'elles, quand il est triste, me fige
le sang. Un jour vous saurez que l'on est bien plus
heureux de leur bonheur que du sien propre. Je ne
peux pas vous expliquer ça : c'est des mouvements
intérieurs qui répandent l'aise partout. Enfin, je vis
trois fois. Voulez-vous que je vous dise une drôle de
chose ? Eh bien ! quand j'ai été père, j'ai compris
Dieu. Il est tout entier partout, puisque la création
est sortie de lui. Monsieur, je suis ainsi avec mes
filles. Seulement j'aime mieux mes filles que Dieu
n'aime le monde, parce que le monde n'est pas si
beau que Dieu, et que mes filles sont plus belles que
moi. Elles me tiennent si bien à l'âme, que j'avais
idée que vous les verriez ce soir. Mon Dieu ! un
homme qui rendrait ma petite Delphine aussi heureuse qu'une femme l'est quand elle est bien aimée ;
mais je lui cirerais ses bottes, je lui ferais ses com-
missions. J'ai su par sa femme de chambre que ce
petit M. de Marsay est un mauvais chien. Il m'a pris
des envies de lui tordre le cou. Ne pas aimer un
bijou de femme, une voix de rossignol, et faite
comme un modèle ! Où a-t-elle eu les yeux d'épouser
cette grosse souche d'Alsacien ? Il leur fallait à toutes
deux de jolis jeunes gens bien aimables. Enfin, elles
ont fait à leur fantaisie. »

Le père Goriot était sublime. Jamais Eugène ne
l'avait pu voir illuminé par les feux de sa passion
paternelle. Une chose digne de remarque est la puissance d'infusion que possèdent les sentiments.
Quelque grossière que soit une créature, dès qu'elle
exprime une affection forte et vraie, elle exhale un
fluide particulier qui modifie la physionomie, anime le
geste, colore la voix. Souvent l'être le plus stupide
arrive, sous l'effort de la passion, à la plus haute éloquence dans l'idée, si ce n'est dans le langage, et
semble se mouvoir dans une sphère lumineuse. Il y
avait en ce moment dans la voix, dans le geste de ce
bonhomme, la puissance communicative qui signale le

grand acteur. Mais nos beaux sentiments ne sont-ils pas les poésies de la volonté ?

« Eh bien, vous ne serez peut-être pas fâché d'apprendre, lui dit Eugène, qu'elle va rompre sans doute avec ce de Marsay. Ce beau fils [189] l'a quittée pour s'attacher à la princesse Galathionne. Quant à moi, ce soir, je suis tombé amoureux de Mme Delphine.

— Bah ! dit le père Goriot.

— Oui. Je ne lui ai pas déplu. Nous avons parlé amour pendant une heure, et je dois aller la voir après-demain samedi.

— Oh ! que je vous aimerais, mon cher monsieur, si vous lui plaisiez. Vous êtes bon, vous ne la tourmenteriez point. Si vous la trahissiez, je vous couperais le cou, d'abord. Une femme n'a pas deux amours, voyez-vous ? Mon Dieu ! mais je dis des bêtises, monsieur Eugène. Il fait froid ici pour vous. Mon Dieu ! vous l'avez donc entendue, que vous a-t-elle dit pour moi ?

— Rien, se dit en lui-même Eugène. Elle m'a dit, répondit-il à haute voix, qu'elle vous envoyait un bon baiser de fille.

— Adieu, mon voisin, dormez bien, faites de beaux rêves ; les miens sont tout faits avec ce mot-là. Que Dieu vous protège dans tous vos désirs ! Vous avez été pour moi ce soir comme un bon ange, vous me rapportez l'air de ma fille. »

« Le pauvre homme, se dit Eugène en se couchant, il y a de quoi toucher des cœurs de marbre. Sa fille n'a pas plus pensé à lui qu'au Grand Turc. »

Depuis cette conversation, le père Goriot vit dans son voisin un confident inespéré, un ami. Il s'était établi entre eux les seuls rapports par lesquels ce vieillard pouvait s'attacher à un autre homme. Les passions ne font jamais de faux calculs. Le père Goriot se voyait un peu plus près de sa fille Delphine, il s'en voyait mieux reçu, si Eugène devenait cher à la baronne. D'ailleurs il lui avait confié l'une de ses douleurs. Mme de Nucingen, à laquelle mille fois par jour il souhaitait le bonheur, n'avait pas connu les douceurs de l'amour. Certes, Eugène était, pour se servir de son expression, un des jeunes gens les plus gentils qu'il eût jamais vus, et il semblait pressentir qu'il lui donnerait tous les plaisirs dont elle avait été privée. Le bonhomme se prit donc pour son voisin d'une amitié qui alla croissant, et sans laquelle il eût été sans doute impossible de connaître le dénouement de cette histoire.

Le lendemain matin, au déjeuner, l'affectation avec laquelle le père Goriot regardait Eugène, près duquel il se plaça, les quelques paroles qu'il lui dit, et le changement de sa physionomie, ordinairement semblable à un masque de plâtre, surprirent les pensionnaires. Vautrin, qui revoyait l'étudiant pour la première fois depuis leur conférence, semblait vouloir lire dans son âme. En se souvenant du projet de cet homme, Eugène, qui, avant de s'endormir, avait, pendant la nuit, mesuré le vaste champ qui s'ouvrait à ses regards, pensa nécessairement à la dot de Mlle Taillefer, et ne put s'empêcher de regarder Victorine comme le plus vertueux jeune homme regarde une riche héritière. Par hasard, leurs yeux se rencontrèrent. La pauvre fille ne manqua pas de trouver Eugène charmant dans sa nouvelle tenue. Le coup d'œil qu'ils échangèrent fut assez significatif pour que Rastignac ne doutât pas d'être pour elle l'objet de ces confus désirs qui atteignent toutes les jeunes filles et qu'elles rattachent au premier être séduisant. Une voix lui criait : « Huit cent mille francs ! » Mais tout à coup il se rejeta dans ses souvenirs de la veille, et pensa que sa passion de commande pour Mme de Nucingen était l'antidote de ses mauvaises pensées involontaires.

« L'on donnait hier aux Italiens *Le Barbier de Séville* [190] de Rossini. Je n'avais jamais entendu de si délicieuse musique, dit-il. Mon Dieu ! est-on heureux d'avoir une loge aux Italiens. »

Le père Goriot saisit cette parole au vol comme un chien saisit un mouvement de son maître.

« Vous êtes comme des coqs-en-pâte, dit Mme Vauquer, vous autres hommes, vous faites tout ce qui vous plaît.

— Comment êtes-vous revenu, demanda Vautrin.

— A pied, répondit Eugène.

— Moi, reprit le tentateur, je n'aimerais pas de demi-plaisirs ; je voudrais aller là dans ma voiture, dans ma loge, et revenir bien commodément. Tout ou rien ! voilà ma devise.

— Et qui est bonne, reprit Mme Vauquer.

— Vous irez peut-être voir Mme de Nucingen, dit Eugène à voix basse à Goriot. Elle vous recevra, certes, à bras ouverts ; elle voudra savoir de vous mille petits détails sur moi. J'ai appris qu'elle ferait tout au monde pour être reçue chez ma cousine, Mme la vicomtesse de Beauséant. N'oubliez pas de lui dire que je l'aime trop pour ne pas penser à lui procurer cette satisfaction. »

Rastignac s'en alla promptement à l'Ecole de droit, il voulait rester le moins de temps possible dans cette odieuse maison. Il flâna pendant presque toute la journée, en proie à cette fièvre de tête qu'ont connue les jeunes gens affectés de trop vives espérances. Les raisonnements de Vautrin le faisaient réfléchir à la vie sociale, au moment où il rencontra son ami Bianchon dans le jardin du Luxembourg.

« Où as-tu pris cet air grave ? lui dit l'étudiant en médecine en lui prenant le bras pour se promener devant le palais.

— Je suis tourmenté par de mauvaises idées.

— En quel genre ? Ça se guérit, les idées.

— Comment ?

— En y succombant [191].

— Tu ris sans savoir ce dont il s'agit. As-tu lu Rousseau ?

— Oui.

— Te souviens-tu de ce passage où il demande à son lecteur ce qu'il ferait au cas où il pourrait s'enrichir en tuant à la Chine par sa seule volonté un vieux mandarin, sans bouger de Paris [192].

— Oui.

— Eh bien ?

— Bah ! J'en suis à mon trente-troisième mandarin.

— Ne plaisante pas. Allons, s'il t'était prouvé que la chose est possible et qu'il te suffit d'un signe de tête, le ferais-tu ?

— Est-il bien vieux, le mandarin ? Mais, bah ! jeune ou vieux, paralytique ou bien portant, ma foi... Diantre ! Eh bien, non.

— Tu es un brave garçon, Bianchon. Mais si tu aimais une femme à te mettre pour elle l'âme à l'envers, et qu'il lui fallût de l'argent, beaucoup d'argent pour sa toilette, pour sa voiture, pour toutes ses fantaisies enfin ?

— Mais tu m'ôtes la raison, et tu veux que je raisonne.

— Eh bien, Bianchon, je suis fou, guéris-moi. J'ai deux sœurs qui sont des anges de beauté, de candeur, et je veux qu'elles soient heureuses. Où prendre deux cent mille francs pour leur dot d'ici à cinq ans ? Il est, vois-tu, des circonstances dans la vie où il faut jouer gros jeu et ne pas user son bonheur à gagner des sous.

— Mais tu poses la question qui se trouve à l'entrée de la vie pour tout le monde, et tu veux couper le nœud gordien avec l'épée. Pour agir ainsi, mon cher, il faut être Alexandre [193], sinon l'on va au bagne. Moi, je suis heureux de la petite existence que je me créerai en province, où je succéderai tout bêtement à mon père [194]. Les affections de l'homme se satisfont dans le plus petit cercle aussi pleinement que dans une immense circonférence. Napoléon ne dînait pas deux fois, et ne pouvait pas avoir plus de maîtresses qu'en prend un étudiant en médecine quand il est interne aux Capucins. Notre bonheur, mon cher, tiendra toujours entre la plante de nos pieds et notre occiput ; et, qu'il coûte un million par an ou cent louis, la perception intrinsèque en est la même au-dedans de nous. Je conclus à la vie du Chinois.

— Merci, tu m'as fait du bien, Bianchon ! nous serons toujours amis.

— Dis donc, reprit l'étudiant en médecine, en sortant du cours de Cuvier au Jardin des Plantes [195], je viens d'apercevoir la Michonneau et le Poiret causant sur un banc avec un monsieur que j'ai vu dans les troubles de l'année dernière aux environs de la Chambre des députés [196], et qui m'a fait l'effet d'être un homme de la police déguisé en honnête bourgeois vivant de ses rentes. Etudions ce couple-là : je te dirai pourquoi. Adieu, je vais répondre à mon appel de quatre heures. »

Quand Eugène revint à la pension, il trouva le père Goriot qui l'attendait.

« Tenez, dit le bonhomme, voilà une lettre d'elle. Hein, la jolie écriture ! »

Eugène décacheta la lettre et lut.

« Monsieur, mon père m'a dit que vous aimiez la musique italienne. Je serais heureuse si vous vouliez me faire le plaisir d'accepter une place dans ma loge. Nous aurons samedi la Fodor et Pellegrini [197], je suis sûre alors que vous ne me refuserez pas. M. de Nucingen se joint à moi pour vous prier de venir dîner avec nous sans cérémonie. Si vous acceptez, vous le rendrez bien content de n'avoir pas à s'acquitter de sa corvée conjugale en m'accompagnant. Ne me répondez pas, venez, et agréez mes compliments.

« D. DE N. »

« Montrez-la-moi, dit le bonhomme à Eugène quand il eut lu la lettre. Vous irez, n'est-ce pas ; ajouta-t-il après avoir flairé le papier. Cela sent-il bon ! Ses doigts ont touché ça, pourtant !

— Une femme ne se jette pas ainsi à la tête d'un homme, se disait l'étudiant. Elle veut se servir de moi pour ramener de Marsay. Il n'y a que le dépit qui fasse faire de ces choses-là.

— Eh bien, dit le père Goriot, à quoi pensez-vous donc ? »

Eugène ne connaissait pas le délire de vanité dont certaines femmes étaient saisies en ce moment, et ne savait pas que, pour s'ouvrir une porte dans le faubourg Saint-Germain, la femme d'un banquier était capable de tous les sacrifices. A cette époque, la mode commençait à mettre au-dessus de toutes les femmes celles qui étaient admises dans la société du faubourg Saint-Germain, dites les dames du Petit Château [198], parmi lesquelles Mme de Beauséant, son amie la duchesse de Langeais et la duchesse de Maufrigneuse tenaient le premier rang. Rastignac seul ignorait la fureur dont étaient saisies les femmes de la Chaussée d'Antin pour entrer dans le cercle supérieur où brillaient les constellations de leur sexe. Mais sa défiance le servit bien, elle lui donna de la froideur, et le triste pouvoir de poser des conditions au lieu d'en recevoir.

« Oui, j'irai », répondit-il.

Ainsi la curiosité le menait chez Mme de Nucingen, tandis que, si cette femme l'eût dédaigné, peut-être y aurait-il été conduit par la passion. Néanmoins il n'attendit pas le lendemain et l'heure de partir sans une sorte d'impatience. Pour un jeune homme, il existe dans sa première intrigue autant de charmes peut-être qu'il s'en rencontre dans un premier amour. La certitude de réussir engendre mille félicités que les hommes n'avouent pas, et qui font tout le charme de certaines femmes. Le désir ne naît pas moins de la difficulté que de la facilité des triomphes. Toutes les passions des hommes sont bien certainement excitées ou entretenues par l'une ou l'autre de ces deux causes, qui divisent l'empire amoureux. Peut-être cette division est-elle une conséquence de la grande question des tempéraments, qui domine, quoi qu'on en dise, la société [199]. Si les mélancoliques ont besoin du tonique des coquetteries, peut-être les gens nerveux ou sanguins décampent-ils si la résistance dure trop. En d'autres termes, l'élégie est aussi essentiellement lymphatique que le dithyrambe est bilieux. En faisant sa toilette, Eugène savoura tous ces petits bonheurs dont n'osent parler les jeunes gens, de peur de se faire moquer d'eux, mais qui chatouillent l'amour-propre. Il arrangeait ses cheveux en pensant que le regard d'une jolie femme se coulerait sous leurs boucles noires. Il se permit des singeries enfantines autant qu'en aurait fait une jeune fille en s'habillant pour le bal. Il regarda complaisamment sa taille mince, en déplissant son habit. « Il est certain, se dit-il, qu'on en peut trouver de plus mal tournés ! » Puis il descendit au moment où tous les habitués de la pension étaient à table, et reçut gaiement le hourra de sottises que sa tenue élégante excita. Un trait des mœurs particulières aux pensions bourgeoises est l'ébahissement qu'y cause une toilette soignée. Personne n'y met un habit neuf sans que chacun dise son mot.

« Kt, kt, kt, kt, fit Bianchon en faisant claquer sa langue contre son palais, comme pour exciter un cheval.

— Tournure de duc et pair ! dit Mme Vauquer.

— Monsieur va en conquête ? fit observer Mlle Michonneau.

— Kocquériko ! cria le peintre.

— Mes compliments à madame votre épouse, dit l'employé au Muséum.

— Monsieur a une épouse ? demanda Poiret.

— Une épouse à compartiments, qui va sur l'eau, garantie bon teint, dans les prix de vingt-cinq à quarante, dessins à carreaux du dernier goût, susceptible de se laver, d'un joli porter, moitié fil, moitié coton, moitié laine, guérissant le mal de dents, et autres maladies approuvées par l'Académie royale de Médecine ! excellente d'ailleurs pour les enfants ! meilleure encore contre les maux de tête, les plénitudes et autres maladies de l'œsophage, des yeux et des oreilles, cria Vautrin avec la volubilité comique et l'accentuation d'un opérateur [200]. Mais combien cette merveille, me direz-vous, messieurs ? deux sous ! Non. Rien du tout. C'est un reste des fournitures faites au grand-Mogol, et que tout les souverains de l'Europe, y compris le grrrrrand-duc de Bade, ont voulu voir ! Entrez droit devant vous ! et passez au petit bureau. Allez, la musique ! Brooum, là, là, trinn ! là, là, boum, boum ! Monsieur de la clarinette, tu joues faux, reprit-il d'une voix enrouée, je te donnerai sur les doigts.

— Mon Dieu ! que cet homme-là est agréable, dit Mme Vauquer à Mme Couture, je ne m'ennuierais jamais avec lui. »

Au milieu des rires et des plaisanteries, dont ce discours comiquement débité fut le signal, Eugène put saisir le regard furtif de Mlle Taillefer qui se pencha sur Mme Couture, à l'oreille de laquelle elle dit quelques mots.

« Voilà le cabriolet, dit Sylvie.

— Où dîne-t-il donc ? demanda Bianchon.

— Chez Mme la baronne de Nucingen.

— La fille de M. Goriot », répondit l'étudiant.

A ce nom, les regards se portèrent sur l'ancien vermicellier, qui contemplait Eugène avec une sorte d'envie.

Rastignac arriva rue Saint-Lazare, dans une de ces maisons légères, à colonnes minces, à portiques mesquins, qui constituent le *joli* à Paris, une véritable maison de banquier, pleine de recherches coûteuses, des stucs, des paliers d'escalier en mosaïque de marbre. Il trouva Mme de Nucingen dans un petit salon à peintures italiennes, dont le décor ressemblait à celui des cafés. La baronne était triste. Les efforts qu'elle fit pour cacher son chagrin intéressèrent d'autant plus vivement Eugène qu'il n'y avait rien de joué. Il croyait rendre une femme joyeuse par sa présence, et la trouvait au désespoir. Ce désappointement piqua son amour-propre.

« J'ai bien peu de droits à votre confiance, madame, dit-il après l'avoir lutinée [201] sur sa préoccupation ; mais si je vous gênais, je compte sur votre bonne foi, vous me le diriez franchement.

— Restez, dit-elle, je serais seule si vous vous en alliez. Nucingen dîne en ville, et je ne voudrais pas être seule, j'ai besoin de distraction.

— Mais qu'avez-vous ?

— Vous seriez la dernière personne à qui je le dirais, s'écria-t-elle.

— Je veux le savoir, je dois alors être pour quelque chose dans ce secret.

— Peut-être ! Mais non, reprit-elle, c'est des que-relles de ménage qui doivent être ensevelies au fond du cœur. Ne vous le disais-je pas avant-hier ? je ne suis point heureuse. Les chaînes d'or sont les plus pesantes. »

Quand une femme dit à un jeune homme qu'elle est malheureuse, si ce jeune homme est spirituel, bien mis, s'il a quinze cents francs d'oisiveté dans sa poche, il doit penser ce que se disait Eugène, et devient fat.

« Que pouvez-vous désirer ? répondit-il. Vous êtes belle, jeune, aimée, riche.

— Ne parlons pas de moi, dit-elle en faisant un sinistre mouvement de tête. Nous dînerons ensemble, tête à tête, nous irons entendre la plus délicieuse musique. Suis-je à votre goût ? reprit-elle en se levant et montrant sa robe en cachemire blanc à dessins perses de la plus riche élégance.

— Je voudrais que vous fussiez toute à moi, dit Eugène. Vous êtes charmante.

— Vous auriez une triste propriété, dit-elle en sou-riant avec amertume. Rien ici ne vous annonce le mal-heur, et cependant, malgré ces apparences, je suis au désespoir. Mes chagrins m'ôtent le sommeil, je deviendrai laide.

— Oh ! cela est impossible, dit l'étudiant. Mais je suis curieux de connaître ces peines qu'un amour dévoué n'effacerait pas ?

— Ah ! si je vous les confiais, vous me fuiriez, dit-elle. Vous ne m'aimez encore que par une galanterie qui est de costume [202] chez les hommes ; mais si vous m'aimiez bien, vous tomberiez dans un désespoir affreux. Vous voyez que je dois me taire. De grâce, reprit-elle, parlons d'autre chose. Venez voir mes appartements.

— Non, restons ici », répondit Eugène en s'asseyant sur une causeuse devant le feu près de Mme de Nucingen, dont il prit la main avec assurance.

Elle la laissa prendre et l'appuya même sur celle du jeune homme par un de ces mouvements de force concentrée qui trahissent de fortes émotions.

« Ecoutez, lui dit Rastignac ; si vous avez des chagrins, vous devez me les confier. Je veux vous prouver
que je vous aime pour vous. Ou vous parlerez et me
direz vos peines afin que je puisse les dissiper, fallût-il
tuer six hommes, ou je sortirai pour ne plus revenir.

— Eh bien, s'écria-t-elle saisie par une pensée de
désespoir qui la fit se frapper le front, je vais vous
mettre à l'instant même à l'épreuve. Oui, se dit-elle, il
n'est plus que ce moyen. » Elle sonna.

« La voiture de monsieur est-elle attelée ? dit-elle à
son valet de chambre.

— Oui, madame.

— Je la prends. Vous lui donnerez la mienne et mes
chevaux. Vous ne servirez le dîner qu'à sept heures.

— Allons, venez, dit-elle à Eugène, qui crut rêver
en se trouvant dans le coupé de M. de Nucingen, à
côté de cette femme.

— Au Palais-Royal, dit-elle au cocher, près du
Théâtre-Français. »

En route, elle parut agitée, et refusa de répondre
aux mille interrogations d'Eugène, qui ne savait que
penser de cette résistance muette, compacte, obtuse.

« En un moment elle m'échappe », se disait-il.

Quand la voiture s'arrêta, la baronne regarda l'étudiant d'un air qui imposa silence à ses folles paroles ;
car il s'était emporté.

« Vous m'aimez bien ? dit-elle.

— Oui, répondit-il en cachant l'inquiétude qui le
saisissait.

— Vous ne penserez rien de mal sur moi, quoi que
je puisse vous demander ?

— Non.

— Etes-vous disposé à m'obéir ?

— Aveuglément.

— Etes-vous allé quelquefois au jeu ? dit-elle d'une
voix tremblante.

— Jamais.

— Ah ! je respire. Vous aurez du bonheur. Voici
ma bourse, dit-elle. Prenez donc ! il y a cent francs,
c'est tout ce que possède cette femme si heureuse.

Montez dans une maison de jeu, je ne sais où elles sont, mais je sais qu'il y en a au Palais-Royal. Risquez les cent francs à un jeu qu'on nomme la roulette, et perdez tout, ou rapportez-moi six mille francs. Je vous dirai mes chagrins à votre retour.

— Je veux bien que le diable m'emporte si je comprends quelque chose à ce que je vais faire, mais je vais vous obéir », dit-il avec une joie causée par cette pensée : « Elle se compromet avec moi, elle n'aura rien à me refuser. »

Eugène prend la jolie bourse, court au numéro NEUF, après s'être fait indiquer par un marchand d'habits la plus prochaine maison de jeu. Il y monte, se laisse prendre son chapeau ; mais il entre et demande où est la roulette. A l'étonnement des habitués, le garçon de salle le mène devant une longue table. Eugène, suivi de tous les spectateurs, demande sans vergogne où il faut mettre l'enjeu.

» Si vous placez un louis sur un seul de ces trente-six numéros, et qu'il sorte, vous aurez trente-six louis », lui dit un vieillard respectable à cheveux blancs.

Eugène jette les cent francs sur le chiffre de son âge, vingt et un. Un cri d'étonnement part sans qu'il ait eu le temps de se reconnaître. Il avait gagné sans le savoir.

« Retirez donc votre argent, lui dit le vieux monsieur, l'on ne gagne pas deux fois dans ce système-là. »

Eugène prend un râteau que lui tend le vieux monsieur, il tire à lui les trois mille six cents francs et, toujours sans rien savoir du jeu, les place sur la rouge. La galerie le regarde avec envie, en voyant qu'il continue à jouer. La roue tourne, il gagne encore, et le banquier lui jette encore trois mille six cents francs.

« Vous avez sept mille deux cents francs à vous, lui dit à l'oreille le vieux monsieur. Si vous m'en croyez, vous vous en irez, la rouge a passé huit fois. Si vous êtes charitable, vous reconnaîtrez ce bon avis en soulageant la misère d'un ancien préfet de Napoléon qui se trouve dans le dernier besoin. »

Rastignac étourdi se laisse prendre dix louis par l'homme à cheveux blancs, et descend avec les sept mille francs, ne comprenant encore rien au jeu, mais stupéfié de son bonheur.

« Ah ça ! où me mènerez-vous maintenant » dit-il en montrant les sept mille francs à Mme de Nucingen quand la portière fut refermée.

Delphine le serra par une étreinte folle et l'embrassa vivement, mais sans passion. « Vous m'avez sauvée ! » Des larmes de joie coulèrent en abondance sur ses joues. « Je vais tout vous dire, mon ami. Vous serez mon ami, n'est-ce pas ? Vous me voyez riche, opulente, rien ne me manque ou je parais ne manquer de rien ! Eh bien, sachez que M. de Nucingen ne me laisse pas disposer d'un sou : il paye toute la maison, mes voitures, mes loges ; il m'alloue pour ma toilette une somme insuffisante, il me réduit à une misère secrète par calcul. Je suis trop fière pour l'implorer. Ne serais-je pas la dernière des créatures si j'achetais son argent au prix où il veut me le vendre ! Comment, moi riche de sept cent mille francs, me suis-je laissé dépouiller ? par fierté, par indignation. Nous sommes si jeunes, si naïves, quand nous commençons la vie conjugale ! La parole par laquelle il fallait demander de l'argent à mon mari me déchirait la bouche ; je n'osais jamais, je mangeais l'argent de mes économies et celui que me donnait mon pauvre père ; puis je me suis endettée. Le mariage est pour moi la plus horrible des déceptions, je ne puis vous en parler : qu'il vous suffise de savoir que je me jetterais par la fenêtre s'il fallait vivre avec Nucingen autrement qu'en ayant chacun notre appartement séparé. Quand il a fallu lui déclarer mes dettes de jeune femme, des bijoux, des fantaisies (mon pauvre père nous avait accoutumées à ne nous rien refuser), j'ai souffert le martyre ; mais enfin j'ai trouvé le courage de les dire. N'avais-je pas une fortune à moi ? Nucingen s'est emporté, il m'a dit que je le ruinerais, des horreurs ! J'aurais voulu être à cent pieds sous terre. Comme il avait pris ma dot, il a payé ; mais en stipulant désormais pour mes dépenses personnelles une pension à laquelle je me suis résignée, afin d'avoir la paix. Depuis, j'ai voulu répondre à l'amour-propre de quelqu'un que vous connaissez, dit-elle. Si j'ai été trompée par lui, je serais mal venue à ne pas rendre justice à la noblesse de son caractère. Mais enfin il m'a quittée indignement ! *On* ne devrait jamais abandonner une femme à laquelle on a jeté, dans un jour de détresse, un tas d'or ! *On* doit l'aimer toujours ! Vous, belle âme de vingt et un ans, vous jeune et pur, vous me demanderez comment une femme peut accepter de l'or d'un homme ? Mon Dieu ! n'est-il pas naturel de tout partager avec l'être auquel nous devons notre bonheur ? Quand on s'est tout donné, qui pourrait s'inquiéter d'une parcelle de ce tout ? L'argent ne devient quelque chose qu'au moment où le sentiment n'est plus. N'est-on pas lié pour la vie ? Qui de nous prévoit une séparation en se croyant bien aimée ? Vous nous jurez un amour éternel, comment avoir alors des intérêts distincts ? Vous ne savez pas ce que j'ai souffert aujourd'hui, lorsque Nucingen m'a positivement refusé de me donner six mille francs, lui qui les donne tous les mois à sa maîtresse, une fille de l'Opéra ! Je voulais me tuer. Les idées les plus folles me passaient par la tête. Il y a eu des moments où j'enviais le sort d'une servante, de ma femme de chambre. Aller trouver mon père, folie ! Anastasie et moi nous l'avons égorgé : mon pauvre père se serait vendu s'il pouvait valoir six mille francs. J'aurais été le désespérer en vain. Vous m'avez sauvée de la honte et de la mort, j'étais ivre de douleur. Ah ! monsieur, je vous devais cette explication : j'ai été bien déraisonnablement folle avec vous. Quand vous m'avez quittée, et que je vous ai eu perdu de vue, je voulais m'enfuir à pied... où ? je ne sais. Voilà la vie de la moitié des femmes de Paris : un luxe extérieur, des soucis cruels dans l'âme. Je connais de pauvres créatures encore plus malheureuses que je ne le suis. Il y a pourtant des femmes obligées de faire faire de faux mémoires [203] par leurs fournisseurs. D'autres sont forcées de voler leurs maris : les uns croient que des

cachemires de cent louis se donnent pour cinq cents
francs, les autres qu'un cachemire de cinq cents francs
vaut cent louis. Il se rencontre de pauvres femmes qui
font jeûner leurs enfants, et grappillent pour avoir une
robe. Moi, je suis pure de ces odieuses tromperies.
Voici ma dernière angoisse. Si quelques femmes se
vendent à leurs maris pour les gouverner, moi au
moins je suis libre ! Je pourrais me faire couvrir d'or
par Nucingen, et je préfère pleurer la tête appuyée sur
le cœur d'un homme que je puisse estimer. Ah ! ce
soir M. de Marsay n'aura pas le droit de me regarder
comme une femme qu'il a payée. » Elle se mit le
visage dans ses mains, pour ne pas montrer ses pleurs
à Eugène, qui lui dégagea la figure pour la contempler, elle était sublime ainsi. « Mêler l'argent aux sentiments, n'est-ce pas horrible ? Vous ne pourrez pas
m'aimer », dit-elle.

Ce mélange de bons sentiments, qui rendent les
femmes si grandes, et des fautes que la constitution
actuelle de la société les force à commettre, boulever-
sait Eugène, qui disait des paroles douces et conso-
lantes en admirant cette belle femme, si naïvement
imprudente dans son cri de douleur.

« Vous ne vous armerez pas de ceci contre moi,
dit-elle, promettez-le-moi.

— Ah, madame ! j'en suis incapable », dit-il.

Elle lui prit la main et la mit sur son cœur par un
mouvement plein de reconnaissance et de gentillesse.
« Grâce à vous me voilà redevenue libre et joyeuse. Je
vivais pressée par une main de fer. Je veux maintenant
vivre simplement, ne rien dépenser. Vous me trouverez bien comme je serai, mon ami, n'est-ce pas ?
Gardez ceci, dit-elle en ne prenant que six billets de
banque. En conscience je vous dois mille écus, car je
me suis considérée comme étant de moitié avec
vous. » Eugène se défendit comme une vierge. Mais la
baronne lui ayant dit : « Je vous regarde comme mon
ennemi si vous n'êtes pas mon complice », il prit
l'argent. « Ce sera une mise de fonds en cas de malheur, dit-il.

« — Voilà le mot que je redoutais, s'écria-t-elle en pâlissant. Si vous voulez que je sois quelque chose pour vous, jurez-moi, dit-elle, de ne jamais retourner au jeu. Mon Dieu ! moi, vous corrompre ! j'en mourrais de douleur. »

Ils étaient arrivés. Le contraste de cette misère et de cette opulence étourdissait l'étudiant, dans les oreilles duquel les sinistres paroles de Vautrin vinrent retentir.

« Mettez-vous là, dit la baronne en entrant dans sa chambre et montrant une causeuse auprès du feu, je vais écrire une lettre bien difficile ! Conseillez-moi.

— N'écrivez pas, lui dit Eugène, enveloppez les billets, mettez l'adresse, et envoyez-les par votre femme de chambre.

— Mais vous êtes un amour d'homme, dit-elle. Ah ! voilà, monsieur, ce que c'est que d'avoir été bien élevé ! Ceci est du Beauséant tout pur », dit-elle en souriant.

« Elle est charmante », se dit Eugène qui s'éprenait de plus en plus. Il regarda cette chambre où respirait la voluptueuse élégance d'une riche courtisane.

« Cela vous plaît-il ? dit-elle en sonnant sa femme de chambre.

— Thérèse, portez cela vous-même à M. de Marsay, et remettez-le à lui-même. Si vous ne le trouvez pas, vous me rapporterez la lettre. »

Thérèse ne partit pas sans avoir jeté un malicieux coup d'œil sur Eugène. Le dîner était servi. Rastignac donna le bras à Mme de Nucingen, qui le mena dans une salle à manger délicieuse, où il retrouva le luxe de table qu'il avait admiré chez sa cousine.

« Les jours d'Italiens, dit-elle, vous viendrez dîner avec moi, et vous m'accompagnerez.

— Je m'accoutumerais à cette douce vie si elle devait durer ; mais je suis un pauvre étudiant qui a sa fortune à faire.

— Elle se fera, dit-elle en riant. Vous voyez, tout s'arrange : je ne m'attendais pas à être si heureuse. »

Il est dans la nature des femmes de prouver l'impossible par le possible et de détruire les faits par des pressentiments. Quand Mme de Nucingen et Rastignac entrèrent dans leur loge aux Bouffons, elle eut un air de contentement qui la rendait si belle, que chacun se permit de ces petites calomnies contre lesquelles les femmes sont sans défense, et qui font souvent croire à des désordres inventés à plaisir. Quand on connaît Paris, on ne croit à rien de ce qui s'y dit, et l'on ne dit rien de ce qui s'y fait. Eugène prit la main de la baronne, et tous deux se parlèrent par des pressions plus ou moins vives, en se communiquant les sensations que leur donnait la musique. Pour eux, cette soirée fut enivrante. Ils sortirent ensemble, et Mme de Nucingen voulut reconduire Eugène jusqu'au Pont-Neuf, en lui disputant, pendant toute la route, un des baisers qu'elle lui avait si chaleureusement prodigués au Palais-Royal. Eugène lui reprocha cette inconséquence.

« Tantôt, répondit-elle, c'était de la reconnaissance pour un dévouement inespéré ; maintenant ce serait une promesse.

— Et vous ne voulez m'en faire aucune, ingrate. » Il se fâcha. En faisant un de ces gestes d'impatience qui ravissent un amant, elle lui donna sa main à baiser, qu'il prit avec une mauvaise grâce dont elle fut enchantée.

« A lundi, au bal », dit-elle.

En s'en allant à pied, par un beau clair de lune, Eugène tomba dans de sérieuses réflexions. Il était à la fois heureux et mécontent : heureux d'une aventure dont le dénouement probable lui donnait une des plus jolies et des plus élégantes femmes de Paris, objet de ses désirs ; mécontent de voir ses projets de fortune renversés, et ce fut alors qu'il éprouva la réalité des pensées indécises auxquelles il s'était livré l'avant-veille. L'insuccès nous accuse toujours la puissance de nos prétentions. Plus Eugène jouissait de la vie parisienne, moins il voulait demeurer obscur et pauvre. Il chiffonnait son billet de mille francs dans sa poche, en se faisant mille raisonnements captieux pour se l'approprier. Enfin il arriva rue Neuve-Sainte-

Geneviève, et quand il fut en haut de l'escalier, il y vit de la lumière. Le père Goriot avait laissé sa porte ouverte et sa chandelle allumée, afin que l'étudiant n'oubliât pas de *lui raconter sa fille*, suivant son expression. Eugène ne lui cacha rien.

« Mais, s'écria le père Goriot dans un violent désespoir de jalousie, elles me croient ruiné : j'ai encore treize cents livres de rente ! Mon Dieu ! la pauvre petite, que ne venait-elle ici ! j'aurais vendu mes rentes, nous aurions pris sur le capital, et avec le reste je me serais fait du viager. Pourquoi n'êtes-vous pas venu me confier son embarras, mon brave voisin ? Comment avez-vous eu le cœur d'aller risquer au jeu ses pauvres petits cent francs ? c'est à fendre l'âme. Voilà ce que c'est que des gendres ! Oh ! si je les tenais, je leur serrerais le cou. Mon Dieu ! pleurer, elle a pleuré ?

— La tête sur mon gilet, dit Eugène.

— Oh ! donnez-le-moi, dit le père Goriot. Comment ! il y a eu là des larmes de ma fille, de ma chère Delphine, qui ne pleurait jamais étant petite ! Oh ! je vous en achèterai un autre, ne le portez plus, laissez-le-moi. Elle doit, d'après son contrat, jouir de ses biens. Ah ! je vais aller trouver Derville, un avoué, dès demain. Je vais faire exiger le placement de sa fortune. Je connais les lois, je suis un vieux loup, je vais retrouver mes dents.

— Tenez, père, voici mille francs qu'elle a voulu me donner sur notre gain. Gardez-les-lui, dans le gilet. »

Goriot regarda Eugène, lui tendit la main pour prendre la sienne, sur laquelle il laissa tomber une larme.

« Vous réussirez dans la vie, lui dit le vieillard. Dieu est juste, voyez-vous ? Je me connais en probité, moi, et puis vous assurer qu'il y a bien peu d'hommes qui vous ressemblent. Vous voulez donc être aussi mon cher enfant ? Allez, dormez. Vous pouvez dormir, vous n'êtes pas encore père. Elle a pleuré, j'apprends ça, moi, qui étais là tranquillement à manger comme

un imbécile pendant qu'elle souffrait ; moi, moi qui
vendrais le Père, le Fils et le Saint-Esprit pour leur
éviter une larme à toutes deux ! »

« Par ma foi, se dit Eugène en se couchant, je crois
que je serai honnête homme toute ma vie. Il y a du
plaisir à suivre les inspirations de sa conscience. »

Il n'y a peut-être que ceux qui croient en Dieu qui
font le bien en secret, et Eugène croyait en Dieu. Le
lendemain, à l'heure du bal, Rastignac alla chez
Mme de Beauséant, qui l'emmena pour le présenter à
la duchesse de Carigliano. Il reçut le plus gracieux
accueil de la maréchale, chez laquelle il retrouva
Mme de Nucingen. Delphine s'était parée avec
l'intention de plaire à tous pour mieux plaire à
Eugène, de qui elle attendait impatiemment un coup
d'œil, en croyant cacher son impatience. Pour qui sait
deviner les émotions d'une femme, ce moment est
plein de délices. Qui ne s'est souvent plu à faire
attendre son opinion, à déguiser coquettement son
plaisir, à chercher des aveux dans l'inquiétude que
l'on cause, à jouir des craintes qu'on dissipera par un
sourire ? Pendant cette fête, l'étudiant mesura tout à
coup la portée de sa position, et comprit qu'il avait un
état dans le monde en étant cousin avoué de Mme de
Beauséant. La conquête de Mme la baronne de
Nucingen, qu'on lui donnait déjà, le mettait si bien en
relief, que tous les jeunes gens lui jetaient des regards
d'envie ; en surprenant quelques-uns, il goûta les premiers plaisirs de la fatuité. En passant d'un salon dans
un autre, en traversant les groupes, il entendit vanter
son bonheur. Les femmes lui prédisaient toutes des
succès. Delphine, craignant de le perdre, lui promit de
ne pas lui refuser le soir le baiser qu'elle s'était tant
défendue d'accorder l'avant-veille. A ce bal, Rastignac
reçut plusieurs engagements. Il fut présenté par sa
cousine à quelques femmes qui toutes avaient des prétentions à l'élégance, et dont les maisons passaient
pour être agréables ; il se vit lancé dans le plus grand
et le plus beau monde de Paris. Cette soirée eut donc
pour lui les charmes d'un brillant début, et il devait

s'en souvenir jusque dans ses vieux jours, comme une jeune fille se souvient du bal où elle a eu des triomphes. Le lendemain, quand, en déjeunant, il raconta ses succès au père Goriot devant les pensionnaires, Vautrin se prit à sourire d'une façon diabolique.

« Et vous croyez, s'écria ce féroce logicien, qu'un jeune homme à la mode peut demeurer rue Neuve-Sainte-Geneviève, dans la Maison Vauquer ? pension infiniment respectable sous tous les rapports, certainement, mais qui n'est rien moins que fashionable [204]. Elle est cossue, elle est belle de son abondance, elle est fière d'être le manoir momentané d'un Rastignac ; mais, enfin, elle est rue Neuve-Sainte-Geneviève, et ignore le luxe, parce qu'elle est purement *patriarcalorama*. Mon jeune ami, reprit Vautrin d'un air paternellement railleur, si vous voulez faire figure à Paris, il vous faut trois chevaux et un tilbury pour le matin, un coupé pour le soir, en tout neuf mille francs pour le véhicule. Vous seriez indigne de votre destinée si vous ne dépensiez trois mille francs chez votre tailleur, six cent francs chez le parfumeur, cent écus chez le bottier, cent écus chez le chapelier. Quant à votre blanchisseuse, elle vous coûtera mille francs. Les jeunes gens à la mode ne peuvent se dispenser d'être très forts sur l'article du linge : n'est-ce pas ce qu'on examine le plus souvent en eux ? L'amour et l'église veulent de belles nappes sur leurs autels. Nous sommes à quatorze mille. Je ne vous parle pas de ce que vous perdrez au jeu, en paris, en présents ; il est impossible de ne pas compter pour deux mille francs l'argent de poche. J'ai mené cette vie-là, j'en connais les débours [205]. Ajoutez à ces nécessités premières trois cents louis pour la pâtée, mille francs pour la niche. Allez, mon enfant, nous en avons pour nos petits vingt-cinq mille par an dans les flancs, ou nous tombons dans la crotte, nous nous faisons moquer de nous, et nous sommes destitué de notre avenir, de nos succès, de nos maîtresses ! J'oublie le valet de chambre et le groom ! Est-ce Christophe qui portera vos billets doux ? Les écrirez-vous sur le papier dont

vous vous servez ? Ce serait vous suicider. Croyez-en
un vieillard plein d'expérience ! reprit-il en faisant un
rinforzando [206] dans sa voix de basse. Ou déportez-
vous dans une vertueuse mansarde, et mariez-vous-y
avec le travail, ou prenez une autre voie. »

Et Vautrin cligna de l'œil en guignant Mlle Taillefer
de manière à rappeler et résumer dans ce regard les
raisonnements séducteurs qu'il avait semés au cœur
de l'étudiant pour le corrompre. Plusieurs jours se
passèrent pendant lesquels Rastignac mena la vie la
plus dissipée. Il dînait presque tous les jours avec
Mme de Nucingen, qu'il accompagnait dans le
monde. Il rentrait à trois ou quatre heures du matin,
se levait à midi pour faire sa toilette, allait se promener
au Bois avec Delphine, quand il faisait beau, prodiguant ainsi son temps sans en savoir le prix, et aspi-
rant tous les enseignements, toutes les séductions du
luxe avec l'ardeur dont est saisi l'impatient calice d'un
dattier femelle pour les fécondantes poussières de son
hyménée. Il jouait gros jeu, perdait ou gagnait beaucoup, et finit par s'habituer à la vie exorbitante des
jeunes gens de Paris. Sur ses premiers gains, il avait
renvoyé quinze cents francs à sa mère et à ses sœurs,
en accompagnant sa restitution de jolis présents.
Quoiqu'il eût annoncé vouloir quitter la Maison Vauquer, il y était encore dans les derniers jours du mois
de janvier, et ne savait comment en sortir. Les jeunes
gens sont soumis presque tous à une loi en apparence
inexplicable, mais dont la raison vient de leur jeunesse
même, et de l'espèce de furie avec laquelle ils se ruent
au plaisir. Riches ou pauvres, ils n'ont jamais d'argent
pour les nécessités de la vie, tandis qu'ils en trouvent
toujours pour leurs caprices. Prodigues de tout ce qui
s'obtient à crédit, ils sont avares de tout ce qui se paye
à l'instant même, et semblent se venger de ce qu'ils
n'ont pas, en dissipant tout ce qu'ils peuvent avoir.
Ainsi, pour nettement poser la question, un étudiant
prend bien plus de soin de son chapeau que de son
habit. L'énormité du gain rend le tailleur essentiellement créditeur, tandis que la modicité de la somme

fait du chapelier un des êtres les plus intraitables parmi ceux avec lesquels il est forcé de parlementer. Si le jeune homme assis au balcon d'un théâtre offre à la lorgnette des jolies femmes d'étourdissants gilets, il est douteux qu'il ait des chaussettes ; le bonnetier est encore un des charançons de sa bourse. Rastignac en était là. Toujours vide pour Mme Vauquer, toujours pleine pour les exigences de la vanité, sa bourse avait des revers et des succès lunatiques en désaccord avec les payements les plus naturels. Afin de quitter la pension puante, ignoble où s'humiliaient périodiquement ses prétentions, ne fallait-il pas payer un mois à son hôtesse, et acheter des meubles pour son appartement de dandy ? c'était toujours la chose impossible. Si, pour se procurer l'argent nécessaire à son jeu, Rastignac savait acheter chez son bijoutier des montres et des chaînes d'or chèrement payées sur ses gains, et qu'il portait au Mont-de-Piété, ce sombre et discret ami de la jeunesse, il se trouvait sans invention comme sans audace quand il s'agissait de payer sa nourriture, son logement, ou d'acheter les outils indispensables à l'exploitation de la vie élégante. Une nécessité vulgaire, des dettes contractées pour des besoins satisfaits, ne l'inspiraient plus. Comme la plupart de ceux qui ont connu cette vie de hasard, il attendait au dernier moment pour solder des créances sacrées aux yeux des bourgeois, comme faisait Mirabeau, qui ne payait son pain que quand il se présentait sous la forme dragonnante [207] d'une lettre de change. Vers cette époque, Rastignac avait perdu son argent, et s'était endetté. L'étudiant commençait à comprendre qu'il lui serait impossible de continuer cette existence sans avoir des ressources fixes. Mais, tout en gémissant sous les piquantes atteintes de sa situation précaire, il se sentait incapable de renoncer aux jouissances excessives de cette vie, et voulait la continuer à tout prix. Les hasards sur lesquels il avait compté pour sa fortune devenaient chimériques, et les obstacles réels grandissaient. En s'initiant aux secrets domestiques de M. et Mme de Nucingen, il s'était aperçu que, pour convertir l'amour en instrument de fortune, il fallait avoir bu toute honte, et renoncer aux nobles idées qui sont l'absolution des fautes de la jeunesse. Cette vie extérieurement splendide, mais rongée par tous les *tænias* du remords, et dont les fugitifs plaisirs étaient chèrement expiés par de persistantes angoisses, il l'avait épousée, il s'y roulait en se faisant, comme le Distrait de La Bruyère, un lit dans la fange du fossé ; mais, comme le Distrait, il ne souillait encore que son vêtement [208].

« Nous avons donc tué le mandarin ? lui dit un jour Bianchon en sortant de table.

— Pas encore, répondit-il, mais il râle. »

L'étudiant en médecine prit ce mot pour une plaisanterie, et ce n'en était pas une. Eugène, qui, pour la première fois depuis longtemps, avait dîné à la pension, s'était montré pensif pendant le repas. Au lieu de sortir au dessert, il resta dans la salle à manger assis auprès de Mlle Taillefer, à laquelle il jeta de temps en temps des regards expressifs. Quelques pensionnaires étaient encore attablés et mangeaient des noix, d'autres se promenaient en continuant des discussions commencées. Comme presque tous les soirs, chacun s'en allait à sa fantaisie, suivant le degré d'intérêt qu'il prenait à la conversation, ou selon le plus ou le moins de pesanteur que lui causait sa digestion. En hiver, il était rare que la salle à manger fût entièrement évacuée avant huit heures, moment où les quatre femmes demeuraient seules et se vengeaient du silence que leur sexe leur imposait au milieu de cette réunion masculine. Frappé de la préoccupation à laquelle Eugène était en proie, Vautrin resta dans la salle à manger, quoiqu'il eût paru d'abord empressé de sortir, et se tint constamment de manière à n'être pas vu d'Eugène, qui dut le croire parti. Puis, au lieu d'accompagner ceux des pensionnaires qui s'en allèrent les derniers, il stationna sournoisement dans le salon. Il avait lu dans l'âme de l'étudiant et pressentait un symptôme décisif. Rastignac se trouvait en effet dans une situation perplexe que beaucoup de jeunes

gens ont dû connaître. Aimante ou coquette, Mme de
Nucingen avait fait passer Rastignac par toutes les
angoisses d'une passion véritable, en déployant pour
lui les ressources de la diplomatie féminine en usage à
Paris. Après s'être compromise aux yeux du public
pour fixer près d'elle le cousin de Mme de Beauséant,
elle hésitait à lui donner réellement les droits dont il
paraissait jouir. Depuis un mois elle irritait si bien les
sens d'Eugène, qu'elle avait fini par attaquer le cœur.
Si, dans les premiers moments de sa liaison, l'étudiant
s'était cru le maître, Mme de Nucingen était devenue
la plus forte, à l'aide de ce manège qui mettait en
mouvement chez Eugène tous les sentiments, bons ou
mauvais, des deux ou trois hommes qui sont dans un
jeune homme de Paris. Etait-ce en elle un calcul ?
Non ; les femmes sont toujours vraies, même au
milieu de leurs plus grandes faussetés, parce qu'elles
cèdent à quelque sentiment naturel. Peut-être Delphine, après avoir laissé prendre tout à coup tant
d'empire sur elle par ce jeune homme et lui avoir
montré trop d'affection, obéissait-elle à un sentiment
de dignité, qui la faisait ou revenir sur ses concessions,
ou se plaire à les suspendre. Il est si naturel à une
Parisienne, au moment même où la passion l'entraîne,
d'hésiter dans sa chute, d'éprouver le cœur de celui
auquel elle va livrer son avenir ! Toutes les espérances
de Mme de Nucingen avaient été trahies une première
fois, et sa fidélité pour un jeune égoïste venait d'être
méconnue. Elle pouvait être défiante à bon droit.
Peut-être avait-elle aperçu dans les manières
d'Eugène, que son rapide succès avait rendu fat, une
sorte de mésestime causée par les bizarreries de leur
situation. Elle désirait sans doute paraître imposante à
un homme de cet âge, et se trouver grande devant lui
après avoir été si longtemps petite devant celui par qui
elle était abandonnée. Elle ne voulait pas qu'Eugène la
crût une facile conquête, précisément parce qu'il
savait qu'elle avait appartenu à de Marsay. Enfin,
après avoir subi le dégradant plaisir d'un véritable
monstre, un libertin jeune, elle éprouvait tant de dou-

ceur à se promener dans les régions fleuries de
l'amour, que c'était sans doute un charme pour elle
d'en admirer tous les aspects, d'en écouter longtemps
les frémissements, et de se laisser longtemps caresser
par de chastes brises. Le véritable amour payait pour
le mauvais. Ce contresens sera malheureusement fré-
quent tant que les hommes ne sauront pas combien de
fleurs fauchent dans l'âme d'une jeune femme les premiers coups de la tromperie. Quelles que fussent ses
raisons, Delphine se jouait de Rastignac, et se plaisait
à se jouer de lui, sans doute parce qu'elle se savait
aimée et sûre de faire cesser les chagrins de son
amant, suivant son royal bon plaisir de femme. Par
respect de lui-même, Eugène ne voulait pas que son
premier combat se terminât par une défaite, et persis-
tait dans sa poursuite, comme un chasseur qui veut
absolument tuer une perdrix à sa première fête de
Saint-Hubert [209]. Ses anxiétés, son amour-propre
offensé, ses désespoirs, faux ou véritables, l'atta-
chaient de plus en plus à cette femme. Tout Paris lui
donnait Mme de Nucingen, auprès de laquelle il
n'était pas plus avancé que le premier jour où il l'avait
vue. Ignorant encore que la coquetterie d'une femme
offre quelquefois plus de bénéfices que son amour ne
donne de plaisir, il tombait dans de sottes rages. Si la
saison pendant laquelle une femme se dispute à
l'amour offrait à Rastignac le butin de ses primeurs,
elles lui devenaient aussi coûteuses qu'elles étaient
vertes, aigrelettes et délicieuses à savourer. Parfois, en
se voyant sans un sou, sans avenir, il pensait, malgré la
voix de sa conscience, aux chances de fortune dont
Vautrin lui avait démontré la possibilité dans un
mariage avec Mlle Taillefer. Or il se trouvait alors
dans un moment où sa misère parlait si haut, qu'il
céda presque involontairement aux artifices du terrible
sphinx par les regards duquel il était souvent fasciné.
Au moment où Poiret et Mlle Michonneau remontè-
rent chez eux, Rastignac, se croyant seul entre
Mme Vauquer et Mme Couture, qui se tricotait des
manches de laine en sommeillant auprès du poêle,

regarda Mlle Taillefer d'une manière assez tendre pour lui faire baisser les yeux.

« Auriez-vous des chagrins, monsieur Eugène ? lui dit Victorine après un moment de silence.

— Quel homme n'a pas ses chagrins ! répondit Rastignac. Si nous étions sûrs, nous autres jeunes gens, d'être bien aimés, avec un dévouement qui nous récompensât des sacrifices que nous sommes toujours disposés à faire, nous n'aurions peut-être jamais de chagrins. »

Mlle Taillefer lui jeta, pour toute réponse, un regard qui n'était pas équivoque.

« Vous, mademoiselle, vous vous croyez sûre de votre cœur aujourd'hui ; mais répondriez-vous de ne jamais changer ? »

Un sourire vint errer sur les lèvres de la pauvre fille comme un rayon jailli de son âme, et fit si bien reluire sa figure qu'Eugène fut effrayé d'avoir provoqué une aussi vive explosion de sentiment.

« Quoi ! si demain vous étiez riche et heureuse, si une immense fortune vous tombait des nues, vous aimeriez encore le jeune homme pauvre qui vous aurait plu durant vos jours de détresse ? »

Elle fit un joli signe de tête.

« Un jeune homme bien malheureux ? »

Nouveau signe.

« Quelles bêtises dites-vous donc là ? s'écria Mme Vauquer.

— Laissez-nous, répondit Eugène, nous nous entendons.

— Il y aurait donc alors promesse de mariage entre M. le chevalier Eugène de Rastignac et Mlle Victorine Taillefer ? dit Vautrin de sa grosse voix en se montrant tout à coup à la porte de la salle à manger.

— Ah ! vous m'avez fait peur, dirent à la fois Mme Couture et Mme Vauquer.

— Je pourrais plus mal choisir, répondit en riant Eugène à qui la voix de Vautrin causa la plus cruelle émotion qu'il eût jamais ressentie.

— Pas de mauvaises plaisanteries, messieurs ! dit
Mme Couture. Ma fille, remontons chez nous. »

Mme Vauquer suivit ses deux pensionnaires, afin
d'économiser sa chandelle et son feu en passant la
soirée chez elles. Eugène se trouva seul et face à face
avec Vautrin.

« Je savais bien que vous y arriveriez, lui dit cet
homme en gardant un imperturbable sang-froid.
Mais, écoutez ! j'ai de la délicatesse tout comme un
autre, moi. Ne vous décidez pas dans ce moment,
vous n'êtes pas dans votre assiette ordinaire. Vous
avez des dettes. Je ne veux pas que ce soit la passion,
le désespoir, mais la raison qui vous détermine à venir
à moi. Peut-être vous faut-il quelque millier d'écus.
Tenez, le voulez-vous ? »

Ce démon prit dans sa poche un portefeuille, et en
tira trois billets de banque qu'il fit papilloter aux yeux
de l'étudiant. Eugène était dans la plus cruelle des
situations. Il devait au marquis d'Ajuda et au comte
de Trailles cent louis perdus sur parole. Il ne les avait
pas, et n'osait aller passer la soirée chez Mme de Restaud, où il était attendu. C'était une de ces soirées
sans cérémonie où l'on mange des petits gâteaux, où
l'on boit du thé, mais où l'on peut perdre six mille
francs au whist.

« Monsieur, lui dit Eugène en cachant avec peine un
tremblement convulsif, après ce que vous m'avez
confié, vous devez comprendre qu'il m'est impossible
de vous avoir des obligations.

— Eh bien, vous m'auriez fait de la peine de parler
autrement, reprit le tentateur. Vous êtes un beau
jeune homme, délicat, fier comme un lion et doux
comme une jeune fille. Vous seriez une belle proie
pour le diable. J'aime cette qualité de jeunes gens.
Encore deux ou trois réflexions de haute politique, et
vous verrez le monde comme il est. En y jouant quelques petites scènes de vertu, l'homme supérieur y
satisfait toutes ses fantaisies aux grands applaudissements des niais du parterre. Avant peu de jours vous
serez à nous. Ah ! si vous vouliez devenir mon élève, je

vous ferais arriver à tout. Vous ne formeriez pas un désir qu'il ne fût à l'instant comblé, quoi que vous puissiez souhaiter : honneur, fortune, femmes. On vous réduirait toute la civilisation en ambroisie. Vous seriez notre enfant gâté, notre Benjamin, nous nous exterminerions tous pour vous avec plaisir. Tout ce qui vous ferait obstacle serait aplati. Si vous conservez des scrupules, vous me prenez donc pour un scélérat ? Eh bien, un homme qui avait autant de probité que vous croyez en avoir encore, M. de Turenne, faisait, sans se croire compromis, de petites affaires avec des brigands [210]. Vous ne voulez pas être mon obligé, hein ? Qu'à cela ne tienne, reprit Vautrin en laissant échapper un sourire. Prenez ces chiffons, et mettez-moi là-dessus, dit-il en tirant un timbre, là, en travers : *Accepté pour la somme de trois mille cinq cents francs payable en un an*. Et datez ! L'intérêt est assez fort pour vous ôter tout scrupule ; vous pouvez m'appeler juif, et vous regarder comme quitte de toute reconnaissance. Je vous permets de me mépriser encore aujourd'hui, sûr que plus tard vous m'aimerez. Vous trouverez en moi de ces immenses abîmes, de ces vastes sentiments concentrés que les niais appellent des vices ; mais vous ne me trouverez jamais ni lâche ni ingrat. Enfin, je ne suis ni un pion ni un fou, mais une tour, mon petit.

— Quel homme êtes-vous donc ? s'écria Eugène, vous avez été créé pour me tourmenter.

— Mais non, je suis un bon homme qui veut se crotter pour que vous soyez à l'abri de la boue pour le reste de vos jours. Vous vous demandez pourquoi ce dévouement ? Eh bien, je vous le dirai tout doucement quelque jour, dans le tuyau de l'oreille. Je vous ai d'abord surpris en vous montrant le carillon de l'ordre social et le jeu de la machine ; mais votre premier effroi se passera comme celui du conscrit sur le champ de bataille, et vous vous accoutumerez à l'idée de considérer les hommes comme des soldats décidés à périr pour le service de ceux qui se sacrent rois eux-mêmes. Les temps sont bien changés. Autrefois on disait à un brave [211] : "Voilà cent écus, tue-moi M. un tel", et l'on soupait tranquillement après avoir mis un homme à l'ombre pour un oui, pour un non. Aujourd'hui je vous propose de vous donner une belle fortune contre un signe de tête qui ne vous compromet en rien, et vous hésitez. Le siècle est mou. »

Eugène signa la traite, et l'échangea contre les billets de banque.

« Eh bien, voyons, parlons raison, reprit Vautrin. Je veux partir d'ici à quelques mois pour l'Amérique, aller planter mon tabac. Je vous enverrai les cigares de l'amitié. Si je deviens riche, je vous aiderai. Si je n'ai pas d'enfants (cas probable, je ne suis pas curieux de me replanter ici par bouture), eh bien, je vous léguerai ma fortune. Est-ce être l'ami d'un homme ? Mais je vous aime, moi. J'ai la passion de me dévouer pour un autre. Je l'ai déjà fait. Voyez-vous, mon petit, je vis dans une sphère plus élevée que celles des autres hommes. Je considère les actions comme des moyens, et ne vois que le but. Qu'est-ce qu'un homme pour moi ? Ça ! fit-il en faisant claquer l'ongle de son pouce sous une de ses dents. Un homme est tout ou rien. Il est moins que rien quand il se nomme Poiret : on peut l'écraser comme une punaise, il est plat et il pue. Mais un homme est un dieu quand il vous ressemble : ce n'est plus une machine couverte en peau ; mais un théâtre où s'émeuvent les plus beaux sentiments, et je ne vis que par les sentiments. Un sentiment, n'est-ce pas le monde dans une pensée ? Voyez le père Goriot : ses deux filles sont pour lui tout l'univers, elles sont le fil avec lequel il se dirige dans la création. Eh bien, pour moi qui ai bien creusé la vie, il n'existe qu'un seul sentiment réel, une amitié d'homme à homme. Pierre et Jaffier, voilà ma passion [212]. Je sais *Venise sauvée* par cœur. Avez-vous vu beaucoup de gens assez poilus pour, quand un camarade dit : "Allons enterrer un corps !" y aller sans souffler mot ni l'embêter de morale ? J'ai fait ça, moi. Je ne parlerais pas ainsi à tout le monde. Mais vous, vous êtes un homme supérieur, on peut tout vous dire, vous savez tout comprendre. Vous ne patouillerez [213] pas longtemps dans les marécages où vivent les crapoussins [214] qui nous entourent ici. Eh bien, voilà qui est dit. Vous épouserez. Poussons chacun nos pointes ! La mienne est en fer et ne mollit jamais, hé, hé ! »

Vautrin sortit sans vouloir entendre la réponse négative de l'étudiant, afin de le mettre à son aise. Il semblait connaître le secret de ces petites résistances, de ces combats dont les hommes se parent devant eux-mêmes, et qui leur servent à se justifier leurs actions blâmables.

« Qu'il fasse comme il voudra, je n'épouserai certes pas Mlle Taillefer ! » se dit Eugène.

Après avoir subi le malaise d'une fièvre intérieure que lui causa l'idée d'un pacte fait avec cet homme dont il avait horreur, mais qui grandissait à ses yeux par le cynisme même de ses idées et par l'audace avec laquelle il étreignait la société, Rastignac s'habilla, demanda une voiture, et vint chez Mme de Restaud. Depuis quelques jours, cette femme avait redoublé de soins pour un jeune homme dont chaque pas était un progrès au cœur du grand monde, et dont l'influence paraissait devoir être un jour redoutable. Il paya MM. de Trailles et d'Ajuda, joua au whist une partie de la nuit, et regagna ce qu'il avait perdu. Superstitieux comme la plupart des hommes dont le chemin est à faire et qui sont plus ou moins fatalistes, il voulut voir dans son bonheur une récompense du ciel pour sa persévérance à rester dans le bon chemin. Le lendemain matin, il s'empressa de demander à Vautrin s'il avait encore sa lettre de change. Sur une réponse affirmative, il lui rendit les trois mille francs en manifestant un plaisir assez naturel.

« Tout va bien, lui dit Vautrin.

— Mais je ne suis pas votre complice, dit Eugène.

— Je sais, je sais, répondit Vautrin en l'interrompant. Vous faites encore des enfantillages. Vous vous arrêtez aux bagatelles de la porte [215]. »

Deux jours après, Poiret et Mlle Michonneau se trouvaient assis sur un banc, au soleil, dans une allée solitaire du Jardin des Plantes, et causaient avec le monsieur qui paraissait à bon droit suspect à l'étudiant en médecine.

« Mademoiselle, disait M. Gondureau, je ne vois pas d'où naissent vos scrupules. S. E. Mgr le ministre de la Police générale du royaume...

— Ah ! S. E. Mgr le ministre de la Police générale du royaume... répéta Poiret.

— Oui, Son Excellence s'occupe de cette affaire », dit Gondureau.

A qui ne paraîtra-t-il pas invraisemblable que Poiret, ancien employé, sans doute homme de vertus bourgeoises, quoique dénué d'idées, continuât d'écouter le prétendu rentier de la rue de Buffon, au moment où il prononçait le mot de police en laissant ainsi voir la physionomie d'un agent de la rue de Jérusalem [216] à travers son masque d'honnête homme ? Cependant rien n'était plus naturel. Chacun comprendra mieux l'espèce particulière à laquelle appartenait Poiret, dans la grande famille des niais, après une remarque déjà faite par certains observateurs, mais qui jusqu'à présent n'a pas été publiée. Il est une nation plumigère [217], serrée au budget entre le premier degré de latitude qui comporte les traitements de douze cents francs, espèce de Groenland administratif, et le troisième degré, où commencent les traitements un peu plus chauds de trois à six mille francs, région tempérée, où s'acclimate la gratification, où elle fleurit malgré les difficultés de la culture. Un des traits caractéristiques qui trahit le mieux l'infirme étroitesse de cette gent subalterne, est une sorte de respect involontaire, machinal, instinctif, pour ce grand lama de tout ministère, connu de l'employé par une signature illisible et sous le nom de SON EXCELLENCE MONSEIGNEUR LE MINISTRE, cinq mots qui équivalent à l'*Il Bondo Cani* du *Calife de Bagdad* [218], et qui, aux yeux de ce peuple aplati, représente un pouvoir sacré, sans appel. Comme le pape pour les chrétiens, monseigneur est administrativement infaillible aux yeux de l'employé ; l'éclat qu'il jette se communique à ses actes, à ses paroles, à celles dites en son nom ; il couvre tout de sa broderie, et légalise les actions qu'il ordonne ; son nom d'Excellence, qui atteste la pureté de ses intentions et la sainteté de ses vouloirs, sert de passeport aux idées les moins admissibles. Ce que ces pauvres gens ne feraient pas dans leur intérêt, ils s'empressent de l'accomplir dès que le mot Son Excellence est prononcé. Les bureaux ont leur obéissance passive, comme l'armée a la sienne : système qui étouffe la conscience, annihile un homme, et finit, avec le temps, par l'adapter comme une vis ou un écrou à la machine gouvernementale. Aussi M. Gondureau, qui paraissait se connaître en hommes, distingua-t-il promptement en Poiret un de ces niais bureaucratiques, et fit-il sortir le *Deus ex machina*, le mot talismanique de Son Excellence, au moment où il fallait, en démasquant ses batteries, éblouir le Poiret, qui lui semblait le mâle de la Michonneau, comme la Michonneau lui semblait la femelle du Poiret.

« Du moment où Son Excellence elle-même, S. E. Mgr le ! Ah ! c'est très différent, dit Poiret.

— Vous entendez monsieur, dans le jugement duquel vous paraissez avoir confiance, reprit le faux rentier en s'adressant à Mlle Michonneau. Eh bien, Son Excellence a maintenant la certitude la plus complète que le prétendu Vautrin, logé dans la Maison Vauquer, est un forçat évadé du bagne de Toulon, où il est connu sous le nom de *Trompe-la-Mort*.

— Ah ! Trompe-la-Mort ! dit Poiret, il est bien heureux, s'il a mérité ce nom-là.

— Mais oui, reprit l'agent. Ce sobriquet est dû au bonheur qu'il a eu de ne jamais perdre la vie dans les entreprises extrêmement audacieuses qu'il a exécutées. Cet homme est dangereux, voyez-vous ! Il a des qualités qui le rendent extraordinaire. Sa condamnation est même une chose qui lui a fait dans sa partie un honneur infini...

— C'est donc un homme d'honneur, demanda Poiret.

— A sa manière. Il a consenti à prendre sur son

compte le crime d'un autre, un faux commis par un
très beau jeune homme qu'il aimait beaucoup, un
jeune Italien assez joueur, entré depuis au service militaire, où il s'est d'ailleurs parfaitement comporté.

— Mais si S. E. le ministre de la Police est sûr que
M. Vautrin soit Trompe-la-Mort, pourquoi donc
aurait-il besoin de moi ? dit Mlle Michonneau.

— Ah ! oui, dit Poiret, si en effet le ministre,
comme vous nous avez fait l'honneur de nous le dire,
a une certitude quelconque...

— Certitude n'est pas le mot ; seulement on se
doute. Vous allez comprendre la question. Jacques
Collin, surnommé Trompe-la-Mort, a toute la
confiance des trois bagnes qui l'ont choisi pour être
leur agent et leur banquier. Il gagne beaucoup à
s'occuper de ce genre d'affaires, qui nécessairement
veut un homme de marque.

— Ah ! ah ! comprenez-vous le calembour, mademoiselle ? dit Poiret, Monsieur l'appelle un homme de
marque, parce qu'il a été marqué.

— Le faux Vautrin, dit l'agent en continuant, reçoit
les capitaux de messieurs les forçats, les place, les leur
conserve, et les tient à la disposition de ceux qui s'éva-
dent, ou de leurs familles, quand ils en disposent par
testament, ou de leurs maîtresses, quand ils tirent sur
lui pour elles.

— De leurs maîtresses ! Vous voulez dire de leurs
femmes, fit observer Poiret.

— Non, monsieur. Le forçat n'a généralement que
des épouses illégitimes, que nous nommons des
concubines.

— Ils vivent donc tous en état de concubinage ?

— Conséquemment.

— Eh bien, dit Poiret, voilà des horreurs que
Monseigneur ne devrait pas tolérer. Puisque vous
avez l'honneur de voir Son Excellence, c'est à vous,
qui me paraissez avoir des idées philanthropiques, à
l'éclairer sur la conduite immorale de ces gens, qui
donnent un très mauvais exemple au reste de la
société.

— Mais, monsieur, le gouvernement ne les met pas là pour offrir le modèle de toutes les vertus.

— C'est juste. Cependant, monsieur, permettez...

— Mais, laissez donc dire monsieur, mon cher mignon, dit Mlle Michonneau.

— Vous comprenez, mademoiselle, reprit Gondureau. Le gouvernement peut avoir un grand intérêt à mettre la main sur une caisse illicite, que l'on dit monter à un total assez majeur. Trompe-la-Mort encaisse des valeurs considérables en recélant non seulement les sommes possédées par quelques-uns de ses camarades, mais encore celles qui proviennent de la Société des Dix mille...

— Dix mille voleurs ! s'écria Poiret effrayé.

— Non, la Société des Dix mille est une association de hauts voleurs, de gens qui travaillent en grand, et ne se mêlent pas d'une affaire où il n'y a pas dix mille francs à gagner. Cette société se compose de tout ce qu'il y a de plus distingué parmi ceux de nos hommes qui vont droit en cour d'assises. Ils connaissent le code, et ne risquent jamais de se faire appliquer la peine de mort quand ils sont pincés. Collin est leur homme de confiance, leur conseil. A l'aide de ses immenses ressources, cet homme a su se créer une police à lui, des relations fort étendues qu'il enveloppe d'un mystère impénétrable. Quoique depuis un an nous l'ayons entouré d'espions, nous n'avons pas encore pu voir dans son jeu. Sa caisse et ses talents servent donc constamment à solder le vice, à faire les fonds au crime, et entretiennent sur pied une armée de mauvais sujets qui sont dans un perpétuel état de guerre avec la société. Saisir Trompe-la-Mort et s'emparer de sa banque, ce sera couper le mal dans sa racine. Aussi cette expédition est-elle devenue une affaire d'Etat et de haute politique, susceptible d'honorer ceux qui coopéreront à sa réussite. Vous-même, monsieur, pourriez être de nouveau employé dans l'administration, devenir secrétaire d'un commissaire de police, fonctions qui ne vous empêcheraient point de toucher votre pension de retraite.

— Mais pourquoi, dit Mlle Michonneau, Trompe-la-Mort ne s'en va-t-il pas avec la caisse ?

— Oh ! fit l'agent, partout où il irait, il serait suivi d'un homme chargé de le tuer, s'il volait le bagne. Puis une caisse ne s'enlève pas aussi facilement qu'on enlève une demoiselle de bonne maison. D'ailleurs, Collin est un gaillard incapable de faire un trait semblable, il se croirait déshonoré.

— Monsieur, dit Poiret, vous avez raison, il serait tout à fait déshonoré.

— Tout cela ne nous dit pas pourquoi vous ne venez pas tout bonnement vous emparer de lui, demanda Mlle Michonneau.

— Eh bien, mademoiselle, je réponds... Mais, lui dit-il à l'oreille, empêchez votre monsieur de m'interrompre, ou nous n'en aurons jamais fini. Il doit avoir beaucoup de fortune pour se faire écouter, ce vieux-là. Trompe-la-Mort, en venant ici, a chaussé la peau d'un honnête homme, il s'est fait bon bourgeois de Paris, il s'est logé dans une pension sans apparence ; il est fin, allez ! on ne le prendra jamais sans vert [219]. Donc M. Vautrin est un homme considéré, qui fait des affaires considérables. »

« Naturellement », se dit Poiret à lui-même.

« Le ministre, si l'on se trompait en arrêtant un vrai Vautrin, ne veut pas se mettre à dos le commerce de Paris, ni l'opinion publique. M. le préfet de police branle dans le manche, il a des ennemis. S'il y avait erreur, ceux qui veulent sa place profiteraient des clabaudages et des criailleries libérales pour le faire sauter. Il s'agit ici de procéder comme dans l'affaire de Coignard, le faux comte de Sainte-Hélène [220] ; si ç'avait été un vrai comte de Sainte-Hélène, nous n'étions pas propres. Aussi faut-il vérifier !

— Oui, mais vous avez besoin d'une jolie femme, dit vivement Mlle Michonneau.

— Trompe-la-Mort ne se laisserait pas aborder par une femme, dit l'agent. Apprenez un secret : il n'aime pas les femmes.

— Mais je ne vois pas alors à quoi je suis bonne

pour une semblable vérification, une supposition que
je consentirais à la faire pour deux mille francs.

— Rien de plus facile, dit l'inconnu. Je vous remet-
trai un flacon contenant une dose de liqueur préparée
pour donner un coup de sang qui n'a pas le moindre
danger et simule une apoplexie. Cette drogue peut se
mêler également au vin et au café. Sur-le-champ vous
transportez votre homme sur un lit, et vous le désha-
billez afin de savoir s'il ne se meurt pas. Au moment
où vous serez seule, vous lui donnerez une claque sur
l'épaule, paf ! et vous verrez reparaître les lettres.

— Mais c'est rien du tout ça, dit Poiret.

— Eh bien, consentez-vous ? dit Gondureau à la
vieille fille.

— Mais, mon cher monsieur, dit Mlle Michonneau, au cas où il n'y aurait point de lettres, aurais-je
les deux mille francs ?

— Non.

— Quelle sera donc l'indemnité ?

— Cinq cents francs.

— Faire une chose pareille pour si peu. Le mal est
le même dans la conscience, et j'ai ma conscience à
calmer, monsieur.

— Je vous affirme, dit Poiret, que mademoiselle a
beaucoup de conscience, outre que c'est une très
aimable personne et bien entendue.

— Eh bien, reprit Mlle Michonneau, donnez-moi
trois mille francs si c'est Trompe-la-Mort, et rien si
c'est un bourgeois.

— Ça va, dit Gondureau, mais à condition que
l'affaire sera faite demain.

— Pas encore, mon cher monsieur, j'ai besoin de
consulter mon confesseur.

— Finaude ! dit l'agent en se levant. A demain
alors. Et si vous étiez pressée de me parler, venez
petite rue Sainte-Anne, au bout de la cour de la Sain-
te-Chapelle. Il n'y a qu'une porte sous la voûte.
Demandez M. Gondureau. »

Bianchon, qui revenait du cours de Cuvier, eut
l'oreille frappée du mot assez original de Trompe-la-

Mort, et entendit le « ça va » du célèbre chef de la police de sûreté [221].

« Pourquoi n'en finissez-vous pas, ce serait trois cents francs de rente viagère, dit Poiret à Mlle Michonneau.

— Pourquoi ? dit-elle. Mais il faut y réfléchir. Si M. Vautrin était ce Trompe-la-Mort, peut-être y aurait-il plus d'avantage à s'arranger avec lui. Cependant lui demander de l'argent, ce serait le prévenir, et il serait homme à décamper *gratis*. Ce serait un *puff* [222] abominable.

— Quand il serait prévenu, reprit Poiret, ce monsieur ne nous a-t-il pas dit qu'il était surveillé ? Mais vous, vous perdriez tout.

— D'ailleurs, pensa Mlle Michonneau, je ne l'aime point, cet homme ! Il ne sait me dire que des choses désagréables.

— Mais, reprit Poiret, vous feriez mieux. Ainsi que l'a dit ce monsieur, qui me paraît fort bien, outre qu'il est très proprement couvert, c'est un acte d'obéissance aux lois que de débarrasser la société d'un criminel, quelque vertueux qu'il puisse être. Qui a bu boira. S'il lui prenait fantaisie de nous assassiner tous ? Mais, que diable ! nous serions coupables de ces assassinats, sans compter que nous en serions les premières victimes [223]. »

La préoccupation de Mlle Michonneau ne lui permettait pas d'écouter les phrases tombant une à une de la bouche de Poiret, comme les gouttes d'eau qui suintent à travers le robinet d'une fontaine mal fermée. Quand une fois ce vieillard avait commencé la série de ses phrases, et que Mlle Michonneau ne l'arrêtait pas, il parlait toujours, à l'instar d'une mécanique montée. Après avoir entamé un premier sujet, il était conduit par ses parenthèses à en traiter de tout opposés, sans avoir rien conclu. En arrivant à la maison Vauquer, il s'était faufilé dans une suite de passages et de citations transitoires qui l'avaient amené à raconter sa déposition dans l'affaire du sieur Ragoulleau et de la dame Morin [224], où il avait comparu en qualité de témoin à décharge. En entrant, sa compagne ne manqua pas d'apercevoir Eugène de Rastignac engagé avec Mlle Taillefer dans une intime causerie dont l'intérêt était si palpitant que le couple ne fit aucune attention au passage des deux vieux pensionnaires quand ils traversèrent la salle à manger.

« Ça devait finir par là, dit Mlle Michonneau à Poiret. Ils se faisaient des yeux à s'arracher l'âme depuis huit jours.

— Oui, répondit-il. Aussi fut-elle condamnée.

— Qui ?

— Mme Morin.

— Je vous parle de Mlle Victorine, dit la Michonneau en entrant, sans y faire attention, dans la chambre de Poiret, et vous me répondez par Mme Morin. Qu'est-ce que c'est que cette femme-là ?

— De quoi serait donc coupable Mlle Victorine ? demanda Poiret.

— Elle est coupable d'aimer M. Eugène de Rastignac, et va de l'avant sans savoir où ça la mènera, pauvre innocente [225] !

Eugène avait été, pendant la matinée, réduit au désespoir par Mme de Nucingen. Dans son for intérieur, il s'était abandonné complètement à Vautrin, sans vouloir sonder ni les motifs de l'amitié que lui portait cet homme extraordinaire, ni l'avenir d'une semblable union. Il fallait un miracle pour le tirer de l'abîme où il avait déjà mis le pied depuis une heure, en échangeant avec Mlle Taillefer les plus douces promesses. Victorine croyait entendre la voix d'un ange, les cieux s'ouvraient pour elle, la maison Vauquer se parait des teintes fantastiques que les décorateurs donnent aux palais de théâtre : elle aimait, elle était aimée, elle le croyait du moins ! Et quelle femme ne l'aurait cru comme elle en voyant Rastignac, en l'écoutant durant cette heure dérobée à tous les argus [226] de la maison ? En se débattant contre sa conscience, en sachant qu'il faisait mal et voulant faire mal, en se disant qu'il rachèterait ce péché véniel par le bonheur d'une femme, il s'était embelli de son désespoir, et resplendissait de tous les feux de l'enfer qu'il avait au cœur. Heureusement pour lui, le miracle eut lieu : Vautrin entra joyeusement, et lut dans l'âme des deux jeunes gens qu'il avait mariés par les combinaisons de son infernal génie, mais dont il troubla soudain la joie en chantant de sa grosse voix railleuse :

> *Ma Fanchette est charmante*
> *Dans sa simplicité* [227] ...

Victorine se sauva en emportant autant de bonheur qu'elle avait eu jusqu'alors de malheur dans sa vie. Pauvre fille ! un serrement de mains, sa joue effleurée par les cheveux de Rastignac, une parole dite si près de son oreille qu'elle avait senti la chaleur des lèvres de l'étudiant, la pression de sa taille par un bras tremblant, un baiser pris sur son cou, furent les accordailles de sa passion, que le voisinage de la grosse Sylvie, menaçant d'entrer dans cette radieuse salle à manger, rendirent plus ardentes, plus vives, plus engageantes que les plus beaux témoignages de dévouement racontés dans les plus célèbres histoires d'amour. Ces *menus suffrages*, suivant une jolie expression de nos ancêtres, paraissaient être des crimes à une pieuse jeune fille confessée tous les quinze jours ! En cette heure, elle avait prodigué plus de trésors d'âme que plus tard, riche et heureuse, elle n'en aurait donné en se livrant tout entière.

« L'affaire est faite, dit Vautrin à Eugène. Nos deux dandies se sont piochés [228]. Tout s'est passé convenablement. Affaire d'opinion. Notre pigeon a insulté mon faucon. A demain, dans la redoute de Clignancourt. A huit heures et demie, Mlle Taillefer héritera de l'amour et de la fortune de son père, pendant qu'elle sera là tranquillement à tremper ses mouillettes de pain beurré dans son café. N'est-ce pas drôle à se dire ? Ce petit Taillefer est très fort à l'épée, il est confiant comme un brelan carré [229] ; mais il sera saigné par un coup que j'ai inventé, une manière de

relever l'épée et de vous piquer le front. Je vous mon-
trerai cette botte-là, car elle est furieusement utile. »

Rastignac écoutait d'un air stupide, et ne pouvait
rien répondre. En ce moment le père Goriot, Bianchon et quelques autres pensionnaires arrivèrent.

« Voilà comme je vous voulais, lui dit Vautrin. Vous
savez ce que vous faites. Bien, mon petit aiglon ! vous
gouvernerez les hommes ; vous êtes fort, carré, poilu ;
vous avez mon estime. »

Il voulut lui prendre la main. Rastignac retira vivement la sienne, et tomba sur une chaise en pâlissant ;
il croyait voir une mare de sang devant lui.

« Ah ! nous avons encore quelques petits langes
tachés de vertu, dit Vautrin à voix basse. Papa
d'Oliban a trois millions, je sais sa fortune. La dot
vous rendra blanc comme une robe de mariée, et à vos
propres yeux. »

Rastignac n'hésita plus. Il résolut d'aller prévenir
pendant la soirée MM. Taillefer père et fils. En ce
moment, Vautrin l'ayant quitté, le père Goriot lui dit
à l'oreille : « Vous êtes triste, mon enfant ! je vais vous
égayer, moi. Venez ! » Et le vieux vermicellier allumait
son rat-de-cave à une des lampes. Eugène le suivit
tout ému de curiosité.

« Entrons chez vous, dit le bonhomme, qui avait
demandé la clef de l'étudiant à Sylvie. Vous avez cru
ce matin qu'elle ne vous aimait pas, hein ! reprit-il.
Elle vous a renvoyé de force, et vous vous en êtes allé
fâché, désespéré ; Nigaudinos [230] ! elle m'attendait.
Comprenez-vous ? Nous devions aller achever
d'arranger un bijou d'appartement dans lequel vous
irez demeurer d'ici à trois jours. Ne me vendez pas.
Elle veut vous faire une surprise ; mais je ne tiens pas
à vous cacher plus longtemps le secret. Vous serez rue
d'Artois [231], à deux pas de la rue Saint-Lazare. Vous y
serez comme un prince. Nous vous avons eu des meubles comme pour une épousée. Nous avons fait bien
des choses depuis un mois, en ne vous en disant rien.
Mon avoué s'est mis en campagne, ma fille aura ses
trente-six mille francs par an, l'intérêt de sa dot, et je

vais faire exiger le placement de ses huit cent mille francs en bons biens au soleil. »

Eugène était muet et se promenait, les bras croisés, de long en long, dans sa pauvre chambre en désordre. Le père Goriot saisit un moment où l'étudiant lui tournait le dos, et mit sur la cheminée une boîte en maroquin rouge, sur laquelle étaient imprimées en or les armes de Rastignac.

« Mon cher enfant, disait le pauvre bonhomme, je me suis mis dans tout cela jusqu'au cou. Mais, voyez-vous, il y avait à moi bien de l'égoïsme, je suis intéressé dans votre changement de quartier. Vous ne me refuserez pas, hein ! si je vous demande quelque chose ?

— Que voulez-vous ?

— Au-dessus de votre appartement, au cinquième, il y a une chambre qui en dépend, j'y demeurerai, pas vrai ? Je me fais vieux, je suis trop loin de mes filles. Je ne vous gênerai pas. Seulement je serai là. Vous me parlerez d'elle tous les soirs. Ça ne vous contrariera pas, dites ? Quand vous rentrerez, que je serai dans mon lit, je vous entendrai, je me dirai : "Il vient de voir ma petite Delphine. Il l'a menée au bal, elle est heureuse par lui." Si j'étais malade, ça me mettrait du baume dans le cœur de vous écouter revenir, vous remuer, aller. Il y aura tant de ma fille en vous ! Je n'aurai qu'un pas à faire pour être aux Champs-Elysées, où elles passent tous les jours, je les verrai toujours, tandis que quelquefois j'arrive trop tard. Et puis elle viendra chez vous peut-être ! Je l'entendrai, je la verrai dans sa douillette du matin, trottant, allant gentiment comme une petite chatte. Elle est redevenue, depuis un mois, ce qu'elle était, jeune fille, gaie, pimpante. Son âme est en convalescence, elle vous doit le bonheur. Oh ! je ferais pour vous l'impossible. Elle me disait tout à l'heure en revenant : "Papa, je suis bien heureuse !" Quand elles me disent cérémonieusement : *Mon père*, elles me glacent ; mais quand elles m'appellent *papa*, il me semble encore les voir petites, elles me rendent tous mes souvenirs. Je suis mieux leur père. Je crois qu'elles ne sont encore à

personne ! (Le bonhomme s'essuya les yeux, il pleurait.) Il y a longtemps que je n'avais entendu cette
phrase, longtemps qu'elle ne m'avait donné le bras.
Oh ! oui, voilà bien dix ans que je n'ai marché côte à
côte avec une de mes filles. Est-ce bon de se frotter à sa
robe, de se mettre à son pas, de partager sa chaleur !
Enfin, j'ai mené Delphine, ce matin, partout. J'entrais
avec elle dans les boutiques. Et je l'ai reconduite chez
elle. Oh ! gardez-moi près de vous. Quelquefois vous
aurez besoin de quelqu'un pour vous rendre service, je
serai là. Oh ! si cette grosse souche d'Alsacien mourait,
si sa goutte avait l'esprit de remonter dans l'estomac,
ma pauvre fille serait-elle heureuse ! Vous seriez mon
gendre, vous seriez ostensiblement son mari. Bah ! elle
est si malheureuse de ne rien connaître aux plaisirs de ce
monde, que je l'absous de tout. Le bon Dieu doit être
du côté des pères qui aiment bien. Elle vous aime trop !
dit-il en hochant la tête après une pause. En allant, elle
causait de vous avec moi : "N'est-ce pas, mon père, il est
bien ! il a bon cœur ! Parle-t-il de moi ?" Bah ! elle m'en
a dit, depuis la rue d'Artois jusqu'au passage des Panoramas, des volumes ! Elle m'a enfin versé son cœur dans
le mien. Pendant toute cette bonne matinée, je n'étais
plus vieux, je ne pesais pas une once. Je lui ai dit que
vous m'aviez remis le billet de mille francs. Oh ! la
chérie, elle en a été émue aux larmes. Qu'avez-vous
donc là sur votre cheminée ? » dit enfin le père Goriot
qui se mourait d'impatience en voyant Rastignac immobile.

Eugène tout abasourdi regardait son voisin d'un air
hébété. Ce duel, annoncé par Vautrin pour le lendemain, contrastait si violemment avec la réalisation de
ses plus chères espérances, qu'il éprouvait toutes les
sensations du cauchemar. Il se tourna vers la cheminée, y aperçut la petite boîte carrée, l'ouvrit, et
trouva dedans un papier qui couvrait une montre de
Bréguet [232]. Sur ce papier étaient écrit ces mots : « Je
veux que vous pensiez à moi à toute heure, *parce que...*

                                        DELPHINE. »

Ce dernier mot faisait sans doute allusion à quelque scène qui avait eu lieu entre eux, Eugène en fut attendri. Ses armes étaient intérieurement émaillées dans l'or de la boîte. Ce bijou si longtemps envié, la chaîne, la clef, la façon, les dessins répondaient à tous ses vœux. Le père Goriot était radieux. Il avait sans doute promis à sa fille de lui rapporter les moindres effets de la surprise que causerait son présent à Eugène, car il était en tiers dans ces jeunes émotions et ne paraissait pas le moins heureux. Il aimait déjà Rastignac et pour sa fille et pour lui-même.

« Vous irez la voir ce soir, elle vous attend. La grosse souche d'Alsacien soupe chez sa danseuse. Ah ! ah ! il a été bien sot quand mon avoué lui a dit son fait. Ne prétend-il pas aimer ma fille à l'adoration ? qu'il y touche et je le tue. L'idée de savoir ma Delphine à... (il soupira) me ferait commettre un crime ; mais ce ne serait pas un homicide, c'est une tête de veau sur un corps de porc. Vous me prendrez avec vous, n'est-ce pas ?

— Oui, mon bon père Goriot, vous savez bien que je vous aime...

— Je le vois, vous n'avez pas honte de moi, vous ! Laissez-moi vous embrasser. (Et il serra l'étudiant dans ses bras.) Vous la rendrez bien heureuse, promettez-le-moi ! Vous irez ce soir, n'est-ce pas ?

— Oh, oui ! Je dois sortir pour des affaires qu'il est impossible de remettre.

— Puis-je vous être bon à quelque chose ?

— Ma foi, oui ! Pendant que j'irai chez Mme de Nucingen, allez chez M. Taillefer le père, lui dire de me donner une heure dans la soirée pour lui parler d'une affaire de la dernière importance.

— Serait-ce donc vrai, jeune homme, dit le père Goriot en changeant de visage ; feriez-vous la cour à sa fille, comme le disent ces imbéciles d'en bas ? Tonnerre de Dieu ! vous ne savez pas ce que c'est qu'une tape à la Goriot. Et si vous nous trompiez, ce serait l'affaire d'un coup de poing. Oh ! ce n'est pas possible.

— Je vous jure que je n'aime qu'une femme au monde, dit l'étudiant, je ne le sais que depuis un moment.

— Ah, quel bonheur ! fit le père Goriot.

— Mais, reprit l'étudiant, le fils de Taillefer se bat demain, et j'ai entendu dire qu'il serait tué.

— Qu'est-ce que cela vous fait ? dit Goriot.

— Mais il faut lui dire d'empêcher son fils de se rendre... » s'écria Eugène.

En ce moment, il fut interrompu par la voix de Vautrin, qui se fit entendre sur le pas de sa porte, où il chantait :

> *O Richard, ô mon roi !*
> *L'univers t'abandonne...* [233]

Broum ! broum ! broum ! broum ! broum !

> *J'ai longtemps parcouru le monde,*
> *Et l'on m'a vu...*

Tra la, la, la, la...

« Messieurs, cria Christophe, la soupe vous attend, et tout le monde est à table.

— Tiens, dit Vautrin, viens prendre une bouteille de mon vin de Bordeaux.

— La trouvez-vous jolie, la montre ? dit le père Goriot. Elle a bon goût, hein ! »

Vautrin, le père Goriot et Rastignac descendirent ensemble et se trouvèrent, par suite de leur retard, placés à côté les uns des autres à table. Eugène marqua la plus grande froideur à Vautrin pendant le dîner, quoique jamais cet homme, si aimable aux yeux de Mme Vauquer, n'eût déployé autant d'esprit. Il fut pétillant de saillies, et sut mettre en train tous les convives. Cette assurance, ce sang-froid consternaient Eugène.

« Sur quelle herbe avez-vous donc marché aujourd'hui ? lui dit Mme Vauquer. Vous êtes gai comme un pinson.

— Je suis toujours gai quand j'ai fait de bonnes affaires.

— Des affaires ? dit Eugène.

— Eh bien, oui. J'ai livré une partie de marchandises qui me vaudra de bons droits de commission. Mlle Michonneau, dit-il en s'apercevant que la vieille fille l'examinait, ai-je dans la figure un trait qui vous déplaise, que vous me faites l'*œil américain* ? Faut le dire ! je le changerai pour vous être agréable.

— Poiret, nous ne nous fâcherons pas pour ça, hein ? dit-il en guignant le vieil employé.

— Sac à papier ! vous devriez poser pour un Hercule-Farceur, dit le jeune peintre à Vautrin.

— Ma foi, ça va ! si Mlle Michonneau veut poser en Vénus du Père-Lachaise, répondit Vautrin.

— Et Poiret ? dit Bianchon.

— Oh ! Poiret posera en Poiret. Ce sera le dieu des jardins ! s'écria Vautrin. Il dérive de poire...

— Molle ! reprit Bianchon. Vous seriez alors entre la poire et le fromage.

— Tout ça, c'est des bêtises, dit Mme Vauquer, et vous feriez mieux de nous donner de votre vin de Bordeaux dont j'aperçois une bouteille qui montre son nez ! Ça nous entretiendra en joie, outre que c'est bon à l'*estomaque*.

— Messieurs, dit Vautrin, Mme la présidente nous rappelle à l'ordre. Mme Couture et Mlle Victorine ne se formaliseront pas de vos discours badins ; mais respectez l'innocence du père Goriot. Je vous propose une petite bouteillorama de vin de Bordeaux, que le nom de Laffitte rend doublement illustre, soit dit sans allusion politique [234]. Allons, Chinois ! dit-il en regardant Christophe qui ne bougea pas. Ici, Christophe ! Comment, tu n'entends pas ton nom ? Chinois, amène les liquides !

— Voilà, monsieur », dit Christophe en lui présentant la bouteille.

Après avoir rempli le verre d'Eugène et celui du père Goriot, il s'en versa lentement quelques gouttes qu'il dégusta, pendant que ses deux voisins buvaient, et tout à coup il fit une grimace.

« Diable ! diable ! il sent le bouchon. Prends cela pour toi, Christophe, et va nous en chercher ; à droite, tu sais ? Nous sommes seize, descends huit bouteilles.

— Puisque vous vous fendez, dit le peintre, je paye un cent de marrons.

— Oh ! oh !

— Booououh !

— Prrrr ! »

Chacun poussa des exclamations qui partirent comme les fusées d'une girandole.

« Allons, maman Vauquer, deux de champagne, lui cria Vautrin.

— Quien, c'est cela ! Pourquoi pas demander la maison ? Deux de champagne ! mais ça coûte douze francs ! Je ne les gagne pas, non ! Mais si M. Eugène veut les payer, j'offre du cassis.

— V'là son cassis qui purge comme de la manne [235], dit l'étudiant en médecine à voix basse.

— Veux-tu te taire, Bianchon, s'écria Rastignac, je ne peux pas entendre parler de manne sans que le cœur... Oui, va pour le vin de Champagne, je le paye, ajouta l'étudiant.

— Sylvie, dit Mme Vauquer, donnez les biscuits et les petits gâteaux.

— Vos petits gâteaux sont trop grands, dit Vautrin, ils ont de la barbe. Mais quant aux biscuits, aboulez. »

En un moment le vin de Bordeaux circula, les convives s'animèrent, la gaieté redoubla. Ce fut des rires féroces, au milieu desquels éclatèrent quelques imitations des diverses voix d'animaux. L'employé au Muséum s'étant avisé de reproduire un cri de Paris qui avait de l'analogie avec le miaulement du chat amoureux, aussitôt huit voix beuglèrent simultanément les phrases suivantes : « À repasser les couteaux ! — Mo-ron pour les p'tits oiseaulx ! — Voilà le plaisir, mesdames, voilà le plaisir [236] ! — À raccommoder la faïence ! — À la barque, à la barque [237] ! — Battez vos femmes, vos habits ! — Vieux habits, vieux galons, vieux chapeaux à vendre ! — À la cerise, à la douce ! » La palme fut à Bianchon pour l'accent nasillard avec lequel il cria : « Marchand de parapluies ! » En quelques instants ce fut un tapage à casser la tête, une conversation pleine de coq-à-l'âne, un véritable opéra que Vautrin conduisait comme un chef d'orchestre, en surveillant Eugène et le père Goriot, qui semblaient ivres déjà. Le dos appuyé sur leur chaise, tous deux contemplaient ce désordre inaccoutumé d'un air grave, en buvant peu ; tous deux étaient préoccupés de ce qu'ils avaient à faire pendant la soirée, et néanmoins ils se sentaient incapables de se lever. Vautrin, qui suivait les changements de leur physionomie en leur lançant des regards de côté, saisit le moment où leurs yeux vacillèrent et parurent vouloir se fermer, pour se pencher à l'oreille de Rastignac et lui dire : « Mon petit gars, nous ne sommes pas assez rusé pour lutter avec notre papa Vautrin, et il vous aime trop pour vous laisser faire des sottises. Quand j'ai résolu quelque chose, le bon Dieu seul est assez fort pour me barrer le passage. Ah ! nous voulions aller prévenir le père Taillefer, commettre des fautes d'écolier ! Le four est chaud, la farine est pétrie, le pain est sur la pelle ; demain nous en ferons sauter les miettes par-dessus notre tête en y mordant ; et nous empêcherions d'enfourner ?... non, non, tout cuira ! Si nous avons quelques petits remords, la digestion les emportera. Pendant que nous dormirons notre petit somme, le colonel comte Franchessini vous ouvrira la succession de Michel Taillefer avec la pointe de son épée. En héritant de son frère, Victorine aura quinze petits mille francs de rente. J'ai déjà pris des renseignements, et sais que la succession de la mère monte à plus de trois cent mille... »

Eugène entendait ces paroles sans pouvoir y répondre : il sentait sa langue collée à son palais, et se trouvait en proie à une somnolence invincible ; il ne voyait déjà plus la table et les figures des convives qu'à travers un brouillard lumineux. Bientôt le bruit s'apaisa, les pensionnaires s'en allèrent un à un. Puis, quand il ne resta plus que Mme Vauquer, Mme Couture, Mlle Victorine, Vautrin et le père Goriot, Rastignac aperçut, comme s'il eût rêvé, Mme Vauquer occupée à prendre les bouteilles pour en vider les restes de manière à en faire des bouteilles pleines.

« Ah ! sont-ils fous, sont-ils jeunes ! » disait la veuve.

Ce fut la dernière phrase que put comprendre Eugène.

« Il n'y a que M. Vautrin pour faire de ces farces-là, dit Sylvie. Allons, voilà Christophe qui ronfle comme une toupie.

— Adieu, maman, dit Vautrin. Je vais au boulevard admirer M. Marty dans *Le Mont sauvage*, une grande pièce tirée du *Solitaire* [238]. Si vous voulez, je vous y mène ainsi que ces dames.

— Je vous remercie, dit Mme Couture.

— Comment, ma voisine ! s'écria Mme Vauquer, vous refusez de voir une pièce prise dans *Le Solitaire*, un ouvrage fait par Atala de Chateaubriand [239], et que nous aimions tant à lire, qui est si joli que nous pleurions comme des Madeleines d'Élodie [240] sous les *tyeuilles* cet été dernier, enfin un ouvrage moral qui peut être susceptible d'instruire votre demoiselle ?

— Il nous est défendu d'aller à la comédie, répondit Victorine.

— Allons, les voilà partis, ceux-là », dit Vautrin en remuant d'une manière comique la tête du père Goriot et celle d'Eugène.

En plaçant la tête de l'étudiant sur la chaise, pour qu'il pût dormir commodément, il le baisa chaleureusement au front, en chantant :

Dormez, mes chères amours !
Pour vous je veillerai toujours [241].

« J'ai peur qu'il ne soit malade, dit Victorine.

— Restez à le soigner alors, reprit Vautrin. C'est, lui souffla-t-il à l'oreille, votre devoir de femme soumise. Il vous adore, ce jeune homme, et vous serez sa petite femme, je vous le prédis. Enfin, dit-il à haute voix, *ils furent considérés dans tout le pays, vécurent heureux, et eurent beaucoup d'enfants*. Voilà comment finis-

sent tous les romans d'amour. Allons, maman, dit-il
en se tournant vers Mme Vauquer, qu'il étreignit,
mettez le chapeau, la belle robe à fleurs, l'écharpe de
la comtesse. Je vais vous aller chercher un fiacre, soi-
même. » Et il partit en chantant :

> *Soleil, soleil, divin soleil,*
> *Toi qui fait mûrir les citrouilles* [242]...

« Mon Dieu ! dites donc, madame Couture, cet
homme-là me ferait vivre heureuse sur les toits.
Allons, dit-elle en se tournant vers le vermicellier,
voilà le père Goriot parti. Ce vieux cancre-là [243] n'a
jamais eu l'idée de me mener *nune* part, lui. Mais il va
tomber par terre, mon Dieu ! C'est-y indécent à un
homme d'âge de perdre la raison ! Vous me direz
qu'on ne perd point ce qu'on n'a pas. Sylvie, mon-
tez-le donc chez lui. »

Sylvie prit le bonhomme par-dessous le bras, le fit
marcher, et le jeta tout habillé comme un paquet au
travers de son lit.

« Pauvre jeune homme, disait Mme Couture en
écartant les cheveux d'Eugène qui lui tombaient dans
les yeux, il est comme une jeune fille, il ne sait pas ce
que c'est qu'un excès.

— Ah ! je peux bien dire que depuis trente et un
ans que je tiens ma pension, dit Mme Vauquer, il
m'est passé bien des jeunes gens par les mains,
comme on dit ; mais je n'en ai jamais vu d'aussi gentil,
d'aussi distingué que M. Eugène. Est-il beau quand il
dort ! Prenez-lui donc la tête sur votre épaule,
madame Couture. Bah ! il tombe sur celle de
Mlle Victorine : il y a un dieu pour les enfants. Encore
un peu, il se fendait la tête sur la pomme de la chaise.
À eux deux, ils feraient un bien joli couple.

— Ma voisine, taisez-vous donc, s'écria Mme Couture, vous dites des choses...

— Bah ! fit Mme Vauquer, il n'entend pas. Allons,
Sylvie, viens m'habiller. Je vais mettre mon grand
corset.

— Ah bien ! votre grand corset, après avoir dîné, madame, dit Sylvie. Non, cherchez quelqu'un pour vous serrer, ce ne sera pas moi qui serai votre assassin. Vous commettriez là une imprudence à vous coûter la vie.

— Ça m'est égal, il faut faire honneur à M. Vautrin.

— Vous aimez donc bien vos héritiers ?

— Allons, Sylvie, pas de raisons, dit la veuve en s'en allant.

— À son âge », dit la cuisinière en montrant sa maîtresse à Victorine.

Mme Couture et sa pupille, sur l'épaule de laquelle dormait Eugène, restèrent seules dans la salle à manger. Les ronflements de Christophe retentissaient dans la maison silencieuse, et faisaient ressortir le paisible sommeil d'Eugène, qui dormait aussi gracieusement qu'un enfant. Heureuse de pouvoir se permettre un de ces actes de charité par lesquels s'épanchent tous les sentiments de la femme, et qui lui faisait sans crime sentir le cœur du jeune homme battant sur le sien, Victorine avait dans la physionomie quelque chose de maternellement protecteur qui la rendait fière. À travers les mille pensées qui s'élevaient dans son cœur, perçait un tumultueux mouvement de volupté qu'excitait l'échange d'une jeune et pure chaleur.

« Pauvre chère fille ! » dit Mme Couture en lui pressant la main.

La vieille dame admirait cette candide et souffrante figure, sur laquelle était descendue l'auréole du bonheur. Victorine ressemblait à l'une de ces naïves peintures du Moyen Âge dans lesquelles tous les accessoires sont négligés par l'artiste, qui a réservé la magie d'un pinceau calme et fier pour la figure jaune de ton, mais où le ciel semble se refléter avec ses teintes d'or.

« Il n'a pourtant pas bu plus de deux verres, maman, dit Victorine en passant ses doigts dans la chevelure d'Eugène.

— Mais si c'était un débauché, ma fille, il aurait

porté le vin comme tous ces autres. Son ivresse fait son éloge. »

Le bruit d'une voiture retentit dans la rue.

« Maman, dit la jeune fille, voici M. Vautrin. Prenez donc M. Eugène. Je ne voudrais pas être vue ainsi par cet homme, il a des expressions qui salissent l'âme, et des regards qui gênent une femme comme si on lui enlevait sa robe.

— Non, dit Mme Couture, tu te trompes ! M. Vautrin est un brave homme, un peu dans le genre de défunt M. Couture, brusque, mais bon, un bourru bienfaisant. »

En ce moment Vautrin entra tout doucement, et regarda le tableau formé par ces deux enfants que la lueur de la lampe semblait caresser.

« Eh bien, dit-il en se croisant les bras, voilà de ces scènes qui auraient inspiré de belles pages à ce bon Bernardin de Saint-Pierre, l'auteur de *Paul et Virginie*. La jeunesse est bien belle, Mme Couture. Pauvre enfant, dors, dit-il en contemplant Eugène, le bien vient quelquefois en dormant. Madame, reprit-il en s'adressant à la veuve, ce qui m'attache à ce jeune homme, ce qui m'émeut, c'est de savoir la beauté de son âme en harmonie avec celle de sa figure. Voyez, n'est-ce pas un chérubin posé sur l'épaule d'un ange ? il est digne d'être aimé, celui-là ! Si j'étais femme, je voudrais mourir (non, pas si bête !) vivre pour lui. En les admirant ainsi, madame, dit-il à voix basse et se penchant à l'oreille de la veuve, je ne puis m'empêcher de penser que Dieu les a créés pour être l'un à l'autre. La Providence a des voies bien cachées, elle sonde les reins et les cœurs, s'écria-t-il à haute voix. En vous voyant unis, mes enfants, unis par une même pureté, par tous les sentiments humains, je me dis qu'il est impossible que vous soyez jamais séparés dans l'avenir. Dieu est juste. Mais, dit-il à la jeune fille, il me semble avoir vu chez vous des lignes de prospérité. Donnez-moi votre main, mademoiselle Victorine ? je me connais en chiromancie, j'ai dit souvent la bonne aventure. Allons, n'ayez pas peur. Oh !

qu'aperçois-je ? Foi d'honnête homme, vous serez avant peu l'une des plus riches héritières de Paris. Vous comblerez de bonheur celui qui vous aime. Votre père vous appelle auprès de lui. Vous vous mariez avec un homme titré, jeune, beau, qui vous adore.

En ce moment, les pas lourds de la coquette veuve qui descendait interrompirent les prophéties de Vautrin.

« Voilà mamman Vauquerre belle comme un astrrre, ficelée comme une carotte. N'étouffons-nous pas un petit brin ? lui dit-il en mettant sa main sur le haut du busc ; les avant-cœurs sont bien pressés, maman. Si nous pleurons, il y aura explosion ; mais je ramasserai les débris avec un soin d'antiquaire.

— Il connaît le langage de la galanterie française, celui-là ! dit la veuve en se penchant à l'oreille de Mme Couture.

— Adieu, enfants, reprit Vautrin en se tournant vers Eugène et Victorine. Je vous bénis, leur dit-il en leur imposant ses mains au-dessus de leurs têtes. Croyez-moi, mademoiselle, c'est quelque chose que les vœux d'un honnête homme, ils doivent porter bonheur, Dieu les écoute.

— Adieu, ma chère amie, dit Mme Vauquer à sa pensionnaire. Croyez-vous, ajouta-t-elle à voix basse, que M. Vautrin ait des intentions relatives à ma personne ?

— Heu ! heu !

— Ah ! ma chère mère, dit Victorine en soupirant et en regardant ses mains, quand les deux femmes furent seules, si ce bon M. Vautrin disait vrai !

— Mais il ne faut qu'une chose pour cela, répondit la vieille dame, seulement que ton monstre de frère tombe de cheval.

— Ah ! maman.

— Mon Dieu, peut-être est-ce un péché que de souhaiter du mal à son ennemi, reprit la veuve. Eh bien, j'en ferai pénitence. En vérité, je porterai de bon cœur des fleurs sur sa tombe. Mauvais cœur ! il n'a

pas le courage de parler pour sa mère, dont il garde à
ton détriment l'héritage par des micmacs. Ma cousine
avait une belle fortune. Pour ton malheur, il n'a
jamais été question de son apport dans le contrat.

— Mon bonheur me serait souvent pénible à porter
s'il coûtait la vie à quelqu'un, dit Victorine. Et s'il
fallait, pour être heureuse, que mon frère disparût,
j'aimerais mieux toujours être ici.

— Mon Dieu, comme dit ce bon M. Vautrin, qui,
tu le vois, est plein de religion, reprit Mme Couture,
j'ai eu du plaisir à savoir qu'il n'est pas incrédule
comme les autres, qui parlent de Dieu avec moins de
respect que n'en a le diable. Eh bien, qui peut savoir
par quelles voies il plaît à la Providence de nous
conduire ? »

Aidées par Sylvie, les deux femmes finirent par
transporter Eugène dans sa chambre, le couchèrent
sur son lit, et la cuisinière lui défit ses habits pour le
mettre à l'aise. Avant de partir, quand sa protectrice
eut le dos tourné, Victorine mit un baiser sur le front
d'Eugène avec tout le bonheur que devait lui causer ce
criminel larcin. Elle regarda sa chambre, ramassa pour
ainsi dire dans une seule pensée les mille félicités de
cette journée, en fit un tableau qu'elle contempla
longtemps, et s'endormit la plus heureuse créature de
Paris. Le festoiement à la faveur duquel Vautrin avait
fait boire à Eugène et au père Goriot du vin narco-
tisé [244] décida la perte de cet homme. Bianchon, à
moitié gris, oublia de questionner Mlle Michonneau
sur Trompe-la-Mort. S'il avait prononcé ce nom, il
aurait certes éveillé la prudence de Vautrin, ou, pour
lui rendre son vrai nom, de Jacques Collin, l'une des
célébrités du bagne. Puis le sobriquet de Vénus du
Père-Lachaise décida Mlle Michonneau à livrer le
forçat au moment où, confiante en la générosité de
Collin, elle calculait s'il ne valait pas mieux le prévenir
et le faire évader pendant la nuit. Elle venait de sortir,
accompagnée de Poiret, pour aller trouver le fameux
chef de la police de sûreté, petite rue Sainte-Anne,
croyant encore avoir affaire à un employé supérieur

nommé Gondureau. Le directeur de la police judiciaire la reçut avec grâce. Puis, après une conversation où tout fut précisé, Mlle Michonneau demanda la potion à l'aide de laquelle elle devait opérer la vérification de la marque. Au geste de contentement que fit le grand homme de la petite rue Sainte-Anne, en cherchant une fiole dans un tiroir de son bureau, Mlle Michonneau devina qu'il y avait dans cette capture quelque chose de plus important que l'arrestation d'un simple forçat. À force de se creuser la cervelle, elle soupçonna que la police espérait, d'après quelques révélations faites par les traîtres du bagne, arriver à temps pour mettre la main sur des valeurs considérables. Quand elle eut exprimé ses conjectures à ce renard, il se mit à sourire, et voulut détourner les soupçons de la vieille fille.

« Vous vous trompez, répondit-il. Collin est la *sorbonne* la plus dangereuse qui jamais se soit trouvée du côté des voleurs. Voilà tout. Les coquins le savent bien ; il est leur drapeau, leur soutien, leur Bonaparte enfin ; ils l'aiment tous. Ce drôle ne nous laissera jamais sa *tronche* en place de Grève. »

Mlle Michonneau ne comprenant pas, Gondureau lui expliqua les deux mots d'argot dont il s'était servi. *Sorbonne* et *tronche* sont deux énergiques expressions du langage des voleurs, qui, les premiers, ont senti la nécessité de considérer la tête humaine sous deux aspects. La *sorbonne* est la tête de l'homme vivant, son conseil, sa pensée. La *tronche* est un mot de mépris destiné à exprimer combien la tête devient peu de chose quand elle est coupée.

« Collin nous joue, reprit-il. Quand nous rencontrons de ces hommes en façon de barres d'acier trempées à l'anglaise, nous avons la ressource de les tuer si, pendant leur arrestation, ils s'avisent de faire la moindre résistance. Nous comptons sur quelques voies de fait pour tuer Collin demain matin. On évite ainsi le procès, les frais de garde, la nourriture, et ça débarrasse la société. Les procédures, les assignations aux témoins, leurs indemnités, l'exécution, tout ce qui doit légalement nous défaire de ces garnements-là coûte au-delà des mille écus que vous aurez. Il y a économie de temps. En donnant un bon coup de baïonnette dans la panse de Trompe-la-Mort, nous empêcherons une centaine de crimes, et nous éviterons la corruption de cinquante mauvais sujets qui se tiendront bien sagement aux environs de la correctionnelle. Voilà de la police bien faite. Selon les vrais philanthropes, se conduire ainsi, c'est prévenir les crimes.

— Mais c'est servir son pays, dit Poiret.

— Eh bien, répliqua le chef, vous dites des choses sensées ce soir, vous. Oui, certes, nous servons le pays. Aussi le monde est-il bien injuste à notre égard. Nous rendons à la société de bien grands services ignorés. Enfin, il est d'un homme supérieur de se mettre au-dessus des préjugés, et d'un chrétien d'adopter les malheurs que le bien entraîne après soi quand il n'est pas fait selon les idées reçues. Paris est Paris, voyez-vous ? Ce mot explique ma vie. J'ai l'honneur de vous saluer, mademoiselle. Je serai avec mes gens au Jardin du Roi demain. Envoyez Christophe rue de Buffon, chez M. Gondureau, dans la maison où j'étais. Monsieur, je suis votre serviteur. S'il vous était jamais volé quelque chose, usez de moi pour vous le faire retrouver, je suis à votre service.

— Eh bien, dit Poiret à Mlle Michonneau, il se rencontre des imbéciles que ce mot de police met sens dessus dessous. Ce monsieur est très aimable, et ce qu'il vous demande est simple comme bonjour. »

Le lendemain devait prendre place parmi les jours les plus extraordinaires de l'histoire de la maison Vauquer. Jusqu'alors l'événement le plus saillant de cette vie paisible avait été l'apparition météorique de la fausse comtesse de l'Ambermesnil. Mais tout allait pâlir devant les péripéties de cette grande journée, de laquelle il serait éternellement question dans les conversations de Mme Vauquer. D'abord Goriot et Eugène de Rastignac dormirent jusqu'à onze heures. Mme Vauquer, rentrée à minuit de la Gaîté [245], resta

jusqu'à dix heures et demie au lit. Le long sommeil de
Christophe, qui avait achevé le vin offert par Vautrin,
causa des retards dans le service de la maison. Poiret
et Mlle Michonneau ne se plaignirent pas de ce que le
déjeuner se reculait. Quant à Victorine et à
Mme Couture, elles dormirent la grasse matinée. Vautrin sortit avant huit heures, et revint au moment
même où le déjeuner fut servi. Personne ne réclama
donc, lorsque, vers onze heures un quart, Sylvie et
Christophe allèrent frapper à toutes les portes, en
disant que le déjeuner attendait. Pendant que Sylvie et
le domestique s'absentèrent, Mlle Michonneau, descendant la première, versa la liqueur dans le gobelet
d'argent appartenant à Vautrin, et dans lequel la
crème pour son café chauffait au bain-marie, parmi
tous les autres. La vieille fille avait compté sur cette
particularité de la pension pour faire son coup. Ce ne
fut pas sans quelques difficultés que les sept pensionnaires se trouvèrent réunis. Au moment où Eugène,
qui se détirait les bras, descendait le dernier de tous,
un commissionnaire lui remit une lettre de Mme de
Nucingen. Cette lettre était ainsi conçue :

« Je n'ai ni fausse vanité ni colère avec vous, mon
ami. Je vous ai attendu jusqu'à deux heures après
minuit. Attendre un être que l'on aime ! Qui a connu
ce supplice ne l'impose à personne. Je vois bien que
vous aimez pour la première fois. Qu'est-il donc
arrivé ? L'inquiétude m'a prise. Si je n'avais craint de
livrer les secrets de mon cœur, je serais allée savoir ce
qui vous advenait d'heureux ou de malheureux. Mais
sortir à cette heure, soit à pied, soit en voiture,
n'était-ce pas se perdre ? J'ai senti le malheur d'être
femme. Rassurez-moi, expliquez-moi pourquoi vous
n'êtes pas venu, après ce que vous a dit mon père. Je
me fâcherai, mais je vous pardonnerai. Etes-vous
malade ? pourquoi se loger si loin ? Un mot, de grâce.
A bientôt, n'est-ce pas ? Un mot me suffira si vous
êtes occupé. Dites : J'accours, ou je souffre. Mais si
vous étiez mal portant, mon père serait venu me le
dire ! Qu'est-il donc arrivé ?... »

« Oui, qu'est-il arrivé ? s'écria Eugène qui se précipita dans la salle à manger en froissant la lettre sans
l'achever. Quelle heure est-il ?

— Onze heures et demie », dit Vautrin en sucrant
son café.

Le forçat évadé jeta sur Eugène le regard froidement fascinateur que certains hommes éminemment
magnétiques ont le don de lancer, et qui, dit-on,
calme les fous furieux dans les maisons d'aliénés.
Eugène trembla de tous ses membres. Le bruit d'un
fiacre se fit entendre dans la rue, et un domestique à la
livrée de M. Taillefer, et que reconnut sur-le-champ
Mme Couture, entra précipitamment d'un air effaré.

« Mademoiselle, s'écria-t-il, monsieur votre père
vous demande. Un grand malheur est arrivé. M. Frédéric s'est battu en duel, il a reçu un coup d'épée dans
le front, les médecins désespèrent de le sauver ; vous
aurez à peine le temps de lui dire adieu, il n'a plus sa
connaissance.

— Pauvre jeune homme ! s'écria Vautrin. Comment se querelle-t-on quand on a trente bonnes mille
livres de rente ? Décidément la jeunesse ne sait pas se
conduire.

— Monsieur ! lui cria Eugène.

— Eh bien, quoi, grand enfant ? dit Vautrin en
achevant de boire son café tranquillement, opération
que Mlle Michonneau suivait de l'œil avec trop
d'attention pour s'émouvoir de l'événement extraordinaire qui stupéfiait tout le monde. N'y a-t-il pas des
duels tous les matins à Paris ?

— Je vais avec vous, Victorine », disait Mme Couture.

Et ces deux femmes s'envolèrent sans châle ni chapeau. Avant de s'en aller, Victorine, les yeux en
pleurs, jeta sur Eugène un regard qui lui disait : « Je ne
croyais pas que notre bonheur dût me causer des larmes ! »

« Bah ! vous êtes donc prophète, M. Vautrin ? dit
Mme Vauquer.

— Je suis tout, dit Jacques Collin.

— C'est-y singulier ! reprit Mme Vauquer en enfi-
lant une suite de phrases insignifiantes sur cet événement. La mort nous prend sans nous consulter. Les
jeunes gens s'en vont souvent avant les vieux. Nous
sommes heureuses, nous autres femmes, de n'être pas
sujettes au duel ; mais nous avons d'autres maladies
que n'ont pas les hommes. Nous faisons les enfants, et
le mal de mère dure longtemps ! Quel quine [246] pour
Victorine ! Son père est forcé de l'adopter.

— Voilà ! dit Vautrin en regardant Eugène, hier elle
était sans un sou, ce matin elle est riche de plusieurs
millions.

— Dites donc, monsieur Eugène, s'écria
Mme Vauquer, vous avez mis la main au bon
endroit. »

À cette interpellation, le père Goriot regarda l'étudiant et lui vit à la main la lettre chiffonnée.

« Vous ne l'avez pas achevée ! qu'est-ce que cela
veut dire ? seriez-vous comme les autres ? lui demanda-t-il.

— Madame, je n'épouserai jamais Mlle Victorine »,
dit Eugène en s'adressant à Mme Vauquer avec un
sentiment d'horreur et de dégoût qui surprit les assistants.

Le père Goriot saisit la main de l'étudiant et la lui
serra. Il aurait voulu la baiser.

« Oh, oh ! fit Vautrin. Les Italiens ont un bon mot :
col tempo [247].

— J'attends la réponse, dit à Rastignac le commissionnaire de Mme de Nucingen.

— Dites que j'irai. »

L'homme s'en alla. Eugène était dans un violent
état d'irritation qui ne lui permettait pas d'être prudent. « Que faire ? disait-il à haute voix, en se parlant
à lui-même. Point de preuves ! »

Vautrin se mit à sourire. En ce moment la potion
absorbée par l'estomac commençait à opérer. Néanmoins le forçat était si robuste qu'il se leva, regarda
Rastignac, lui dit d'une voix creuse : « Jeune homme,
le bien nous vient en dormant. »

Et il tomba roide mort.

« Il y a donc une justice divine, dit Eugène.

— Eh bien, qu'est-ce qui lui prend donc, à ce pauvre cher M. Vautrin ?

— Une apoplexie, cria Mlle Michonneau.

— Sylvie, allons, ma fille, va chercher le médecin, dit la veuve. Ah ! monsieur Rastignac, courez donc vite chez M. Bianchon ; Sylvie peut ne pas rencontrer notre médecin, M. Grimpel. »

Rastignac, heureux d'avoir un prétexte de quitter cette épouvantable caverne, s'enfuit en courant.

« Christophe, allons, trotte chez l'apothicaire demander quelque chose contre l'apoplexie. »

Christophe sortit.

« Mais, père Goriot, aidez-nous donc à le transporter là-haut, chez lui. »

Vautrin fut saisi, manœuvré à travers l'escalier et mis sur son lit.

« Je ne vous suis bon à rien, je vais voir ma fille, dit M. Goriot.

— Vieil égoïste ! s'écria Mme Vauquer, va, je te souhaite de mourir comme un chien.

— Allez donc voir si vous avez de l'éther », dit à Mme Vauquer Mlle Michonneau qui, aidée par Poiret, avait défait les habits de Vautrin.

Mme Vauquer descendit chez elle et laissa Mlle Michonneau maîtresse du champ de bataille.

« Allons, ôtez-lui donc sa chemise et retournez-le vite ! Soyez donc bon à quelque chose en m'évitant de voir des nudités, dit-elle à Poiret. Vous restez là comme Baba [248]. »

Vautrin retourné, Mlle Michonneau appliqua sur l'épaule du malade une forte claque, et les deux fatales lettres reparurent en blanc au milieu de la place rouge [249].

« Tiens, vous avez bien lestement gagné votre gratification de trois mille francs », s'écria Poiret en tenant Vautrin debout, pendant que Mlle Michonneau lui remettait sa chemise. « Ouf ! il est lourd, reprit-il en le couchant.

— Taisez-vous. S'il y avait une caisse ? dit vivement la vieille fille dont les yeux semblaient percer les murs, tant elle examinait avec avidité les moindres meubles de la chambre. Si l'on pouvait ouvrir ce secrétaire, sous un prétexte quelconque ? reprit-elle.

— Ce serait peut-être mal, répondit Poiret.

— Non. L'argent volé, ayant été celui de tout le monde, n'est plus à personne. Mais le temps nous manque, répondit-elle. J'entends la Vauquer.

— Voilà de l'éther, dit Mme Vauquer. Par exemple, c'est aujourd'hui la journée aux aventures. Dieu ! cet homme-là ne peut pas être malade, il est blanc comme un poulet.

— Comme un poulet ? répéta Poiret.

— Son cœur bat régulièrement, dit la veuve en lui posant la main sur le cœur.

— Régulièrement ? dit Poiret étonné.

— Il est très bien.

— Vous trouvez ? demanda Poiret.

— Dame ! il a l'air de dormir. Sylvie est allée chercher un médecin. Dites donc, mademoiselle Michonneau, il renifle à l'éther. Bah ! c'est un *se-passe* (un spasme). Son pouls est bon. Il est fort comme un Turc. Voyez donc, mademoiselle, quelle palatine [250] il a sur l'estomac ; il vivra cent ans, cet homme-là ! Sa perruque tient bien tout de même. Tiens, elle est collée, il a de faux cheveux, rapport à ce qu'il est rouge. On dit qu'ils sont tout bons ou tout mauvais, les rouges ! Il serait donc bon, lui ?

— Bon à pendre, dit Poiret.

— Vous voulez dire au cou d'une jolie femme, s'écria vivement Mlle Michonneau. Allez-vous-en donc, monsieur Poiret. Ça nous regarde, nous autres, de vous soigner quand vous êtes malades. D'ailleurs, pour ce à quoi vous êtes bon, vous pouvez bien vous promener, ajouta-t-elle. Mme Vauquer et moi, nous garderons bien ce cher M. Vautrin. »

Poiret s'en alla doucement et sans murmurer, comme un chien à qui son maître donne un coup de pied. Rastignac était sorti pour marcher, pour prendre

l'air, il étouffait. Ce crime commis à heure fixe, il avait
voulu l'empêcher la veille. Qu'était-il arrivé ? Que
devait-il faire ? Il tremblait d'en être le complice. Le
sang-froid de Vautrin l'épouvantait encore.

« Si cependant Vautrin mourait sans parler ? » se
disait Rastignac.

Il allait à travers les allées du Luxembourg, comme
s'il eût été traqué par une meute de chiens, et il lui
semblait en entendre les aboiements.

« Eh bien, lui cria Bianchon, as-tu-lu *Le Pilote* ? »

Le Pilote était une feuille radicale dirigée par
M. Tissot [251], et qui donnait pour la province, quelques heures après les journaux du matin, une édition
où se trouvaient les nouvelles du jour, qui alors
avaient, dans les départements, vingt-quatre heures
d'avance sur les autres feuilles.

« Il s'y trouve une fameuse histoire, dit l'interne de
l'hôpital Cochin. Le fils Taillefer s'est battu en duel
avec le comte Franchessini, de la vieille garde, qui lui
a mis deux pouces de fer dans le front. Voilà la petite
Victorine un des plus riches partis de Paris. Hein ! si
l'on avait su cela ? Quel trente-et-quarante [252] que la
mort ! Est-il vrai que Victorine te regardait d'un bon
œil, toi ?

— Tais-toi, Bianchon, je ne l'épouserai jamais.
J'aime une délicieuse femme, j'en suis aimé, je...

— Tu dis cela comme si tu te battais les flancs pour
ne pas être infidèle. Montre-moi donc une femme qui
vaille le sacrifice de la fortune du sieur Taillefer.

— Tous les démons sont donc après moi ? s'écria
Rastignac.

— Après qui donc en as-tu ? es-tu fou ? Donne-moi
donc la main, dit Bianchon, que je te tâte le pouls. Tu
as la fièvre.

— Va donc chez la mère Vauquer, lui dit Eugène,
ce scélérat de Vautrin vient de tomber comme mort.

— Ah ! dit Bianchon, qui laissa Rastignac seul, tu
me confirmes des soupçons que je veux aller vérifier. »
La longue promenade de l'étudiant en droit fut solen-
nelle. Il fit en quelque sorte le tour de sa conscience.

S'il flotta, s'il s'examina, s'il hésita, du moins sa probité sortit de cette âpre et terrible discussion éprouvée
comme une barre de fer qui résiste à tous les essais. Il
se souvint des confidences que le père Goriot lui avait
faites la veille, il se rappela l'appartement choisi pour
lui près de Delphine, rue d'Artois ; il reprit sa lettre, la
relut, la baisa. « Un tel amour est mon ancre de salut,
se dit-il. Ce pauvre vieillard a bien souffert par le
cœur. Il ne dit rien de ses chagrins, mais qui ne les
devinerait pas ! Eh bien, j'aurai soin de lui comme
d'un père, je lui donnerai mille jouissances. Si elle
m'aime, elle viendra souvent chez moi passer la
journée près de lui. Cette grande comtesse de Restaud
est une infâme, elle ferait un portier de son père.
Chère Delphine ! elle est meilleure pour le bonhomme, elle est digne d'être aimée. Ah ! ce soir je
serai donc heureux ! » Il tira la montre, l'admira.
« Tout m'a réussi ! Quand on s'aime bien pour toujours, l'on peut s'aider, je puis recevoir cela. D'ailleurs
je parviendrai, certes, et pourrai tout rendre au cen-
tuple. Il n'y a dans cette liaison ni crime, ni rien qui
puisse faire froncer le sourcil à la vertu la plus sévère.
Combien d'honnêtes gens contractent des unions
semblables ! Nous ne trompons personne ; et ce qui
nous avilit, c'est le mensonge. Mentir, n'est-ce pas
abdiquer ? Elle s'est depuis longtemps séparée de son
mari. D'ailleurs, je lui dirai, moi, à cet Alsacien, de me
céder une femme qu'il lui est impossible de rendre
heureuse. »

Le combat de Rastignac dura longtemps. Quoique
la victoire dût rester aux vertus de la jeunesse, il fut
néanmoins ramené par une invincible curiosité sur les
quatre heures et demie, à la nuit tombante, vers la
Maison Vauquer, qu'il se jurait à lui-même de quitter
pour toujours. Il voulait savoir si Vautrin était mort.
Après avoir eu l'idée de lui administrer un vomitif,
Bianchon avait fait porter à son hôpital les matières
rendues par Vautrin, afin de les analyser chimique-
ment. En voyant l'insistance que mit Mlle Michonneau à vouloir les faire jeter, ses doutes se fortifièrent.

Vautrin fut d'ailleurs trop promptement rétabli pour
que Bianchon ne soupçonnât pas quelque complot
contre le joyeux boute-en-train de la pension. A
l'heure où rentra Rastignac, Vautrin se trouvait donc
debout près du poêle dans la salle à manger. Attirés
plus tôt que de coutume par la nouvelle du duel de
Taillefer le fils, les pensionnaires, curieux de connaître
les détails de l'affaire et l'influence qu'elle avait eue
sur la destinée de Victorine, étaient réunis, moins le
père Goriot, et devisaient de cette aventure. Quand
Eugène entra, ses yeux rencontrèrent ceux de l'imperturbable Vautrin, dont le regard pénétra si avant dans
son cœur et y remua si fortement quelques cordes
mauvaises, qu'il en frissonna.

« Eh bien, cher enfant, lui dit le forçat évadé, la
Camuse [253] aura longtemps tort avec moi. J'ai, selon
ces dames, soutenu victorieusement un coup de sang
qui aurait dû tuer un bœuf.

— Ah ! vous pouvez bien dire un taureau, s'écria la
veuve Vauquer.

— Seriez-vous donc fâché de me voir en vie ? dit
Vautrin à l'oreille de Rastignac dont il crut deviner les
pensées. Ce serait d'un homme diantrement fort !

— Ah, ma foi ! dit Bianchon, Mlle Michonneau
parlait avant-hier d'un monsieur surnommé *Trompe-
la-Mort* ; ce nom-là vous irait bien. »

Ce mot produisit sur Vautrin l'effet de la foudre : il
pâlit et chancela, son regard magnétique tomba
comme un rayon de soleil sur Mlle Michonneau, à
laquelle ce jet de volonté cassa les jarrets. La vieille
fille se laissa couler sur une chaise. Poiret s'avança
vivement entre elle et Vautrin, comprenant qu'elle
était en danger, tant la figure du forçat devint féroce-
ment significative en déposant le masque bénin sous
lequel se cachait sa vraie nature. Sans rien comprendre encore à ce drame, tous les pensionnaires restèrent ébahis. En ce moment, l'on entendit le pas de
plusieurs hommes, et le bruit de quelques fusils que
des soldats firent sonner sur le pavé de la rue. Au
moment où Collin cherchait machinalement une issue

en regardant les fenêtres et les murs, quatre hommes se montrèrent à la porte du salon. Le premier était le chef de la police de sûreté, les trois autres étaient des officiers de paix.

« Au nom de la Loi et du Roi », dit un des officiers dont le discours fut couvert par un murmure d'étonnement.

Bientôt le silence régna dans la salle à manger, les pensionnaires se séparèrent pour livrer passage à trois de ces hommes, qui tous avaient la main dans leur poche de côté et y tenaient un pistolet armé. Deux gendarmes qui suivaient les agents occupèrent la porte du salon, et deux autres se montrèrent à celle qui sortait par l'escalier. Le pas et les fusils de plusieurs soldats retentirent sur le pavé caillouteux qui longeait la façade. Tout espoir de fuite fut donc interdit à Trompe-la-Mort, sur qui tous les regards s'arrêtèrent irrésistiblement. Le chef alla droit à lui, commença par lui donner sur la tête une tape si violemment appliquée qu'il fit sauter la perruque et rendit à la tête de Collin toute son horreur. Accompagnées de cheveux rouge-brique et courts qui leur donnaient un épouvantable caractère de force mêlée de ruse, cette tête et cette face, en harmonie avec le buste, furent intelligemment illuminées comme si les feux de l'enfer les eussent éclairés. Chacun comprit tout Vautrin, son passé, son présent, son avenir, ses doctrines implacables, la religion de son bon plaisir, la royauté que lui donnaient le cynisme de ses pensées, de ses actes, et la force d'une organisation faite à tout. Le sang lui monta au visage, et ses yeux brillèrent comme ceux d'un chat sauvage. Il bondit sur lui-même par un mouvement empreint d'une si féroce énergie, il rugit si bien qu'il arracha des cris de terreur à tous les pensionnaires. A ce geste de lion, et s'appuyant de la clameur générale, les agents tirèrent leurs pistolets. Collin comprit son danger en voyant briller le chien de chaque arme, et donna tout à coup la preuve de la plus haute puissance humaine. Horrible et majestueux spectacle ! sa physionomie présenta un phénomène

qui ne peut être comparé qu'à celui de la chaudière
pleine de cette vapeur fumeuse qui soulèverait des
montagnes, et que dissout en un clin d'œil une goutte
d'eau froide. La goutte d'eau qui froidit sa rage fut
une réflexion rapide comme un éclair. Il se mit à sourire et regarda sa perruque.

« Tu n'es pas dans tes jours de politesse, dit-il au
chef de la police de sûreté. Et il tendit ses mains aux
gendarmes en les appelant par un signe de tête. Messieurs les gendarmes, mettez-moi les menottes ou les
poucettes. Je prends à témoin les personnes présentes
que je ne résiste pas. » Un murmure admiratif, arraché
par la promptitude avec laquelle la lave et le feu sortirent et rentrèrent dans ce volcan humain, retentit
dans la salle. « Ça te la coupe, monsieur l'enfon-
ceur [254], reprit le forçat en regardant le célèbre directeur de la police judiciaire.

— Allons, qu'on se déshabille, lui dit l'homme de
la petite rue Sainte-Anne d'un air plein de mépris.

— Pourquoi ? dit Collin, il y a des dames. Je ne nie
rien, et je me rends. »

Il fit une pause, et regarda l'assemblée comme un
orateur qui va dire des choses surprenantes.

« Ecrivez, papa Lachapelle, dit-il en s'adressant à un
petit vieillard en cheveux blancs qui s'était assis au
bout de la table après avoir tiré d'un portefeuille le
procès-verbal de l'arrestation. Je reconnais être Jacques Collin, dit Trompe-la-Mort, condamné à vingt
ans de fers ; et je viens de prouver que je n'ai pas volé
mon surnom. Si j'avais seulement levé la main, dit-il
aux pensionnaires, ces trois mouchards-là répandaient
tout mon *raisiné* sur le *trimar* domestique [255] de
maman Vauquer. Ces drôles se mêlent de combiner
des guets-apens ! »

Mme Vauquer se trouva mal en entendant ces
mots. « Mon Dieu ! c'est à en faire une maladie ; moi
qui étais hier à la Gaîté avec lui, dit-elle à Sylvie.

— De la philosophie, maman, reprit Collin. Est-ce
un malheur d'être allée dans ma loge hier, à la Gaîté ?
s'écria-t-il. Etes-vous meilleure que nous ? Nous

avons moins d'infamie sur l'épaule que vous n'en avez dans le cœur, membres flasques d'une société gangrenée : le meilleur d'entre vous ne me résisterait pas. » Ses yeux s'arrêtèrent sur Rastignac, auquel il adressa un sourire gracieux qui contrastait singulièrement avec la rude expression de sa figure. « Notre petit marché va toujours, mon ange, en cas d'acceptation, toutefois ! Vous savez ? » Il chanta :

> *Ma Fanchette est charmante*
> *Dans sa simplicité.*

« Ne soyez pas embarrassé, reprit-il, je sais faire mes recouvrements. L'on me craint trop pour me *flouer*, moi ! »

Le bagne avec ses mœurs et son langage, avec ses brusques transitions du plaisant à l'horrible, son épouvantable grandeur, sa familiarité, sa bassesse, fut tout à coup représenté dans cette interpellation et par cet homme, qui ne fut plus un homme, mais le type de toute une nation dégénérée, d'un peuple sauvage et logique, brutal et souple. En un moment Collin devint un poème infernal où se peignirent tous les sentiments humains, moins un seul, celui du repentir. Son regard était celui de l'archange déchu qui veut toujours la guerre. Rastignac baissa les yeux en acceptant ce cousinage criminel comme une expiation de ses mauvaises pensées.

« Qui m'a trahi ? » dit Collin en promenant son terrible regard sur l'assemblée. Et l'arrêtant sur Mlle Michonneau : « C'est toi, lui dit-il, vieille cagnotte [256], tu m'as donné un faux coup de sang, curieuse ! En disant deux mots, je pourrais te faire scier le cou dans huit jours. Je te pardonne, je suis chrétien. D'ailleurs ce n'est pas toi qui m'as vendu. Mais qui ? Ah ! ah ! vous fouillez là-haut, s'écria-t-il en entendant les officiers de la police judiciaire qui ouvraient ses armoires et s'emparaient de ses effets. Dénichés les oiseaux, envolés d'hier. Et vous ne saurez rien. Mes livres de commerce sont là, dit-il en se frap-

pant le front. Je sais qui m'a vendu maintenant. Ce ne
peut être que ce gredin de Fil-de-Soie. Pas vrai, père
l'empoigneur ? dit-il au chef de police. Ça s'accorde
trop bien avec le séjour de nos billets de banque là-
haut. Plus rien, mes petits mouchards. Quant à Fil-
de-Soie, il sera *terré* [257] sous quinze jours, lors même
que vous le feriez garder par toute votre gendarmerie.
Que lui avez-vous donné, à cette Michonnette ? dit-il
aux gens de la police, quelque millier d'écus ? Je valais
mieux que ça, Ninon cariée, Pompadour en loques,
Vénus du Père-Lachaise. Si tu m'avais prévenu, tu
aurais eu six mille francs. Ah ! tu ne t'en doutais pas,
vieille vendeuse de chair, sans quoi j'aurais eu la préférence. Oui, je les aurais donnés pour éviter un
voyage qui me contrarie et qui me fait perdre de
l'argent, disait-il pendant qu'on lui mettait les
menottes. Ces gens-là vont se faire un plaisir de me
traîner un temps infini pour m'*otolondrer* [258]. S'ils
m'envoyaient tout de suite au bagne, je serais bientôt
rendu à mes occupations, malgré nos petits badauds
du quai des Orfèvres. Là-bas, ils vont tous se mettre
l'âme à l'envers pour faire évader leur général, ce bon
Trompe-la-Mort ! Y a-t-il un de vous qui soit, comme
moi, riche de plus de dix mille frères prêts à tout faire
pour vous ? demanda-t-il avec fierté. Il y a du bon là,
dit-il en se frappant le cœur ; je n'ai jamais trahi personne ! Tiens, cagnotte, vois-les, dit-il en s'adressant à
la vieille fille. Ils me regardent avec terreur, mais toi tu
leur soulèves le cœur de dégoût. Ramasse ton lot. » Il
fit une pause en contemplant les pensionnaires. « Etes-
vous bêtes, vous autres ! n'avez-vous jamais vu de forçat ? Un forçat de la trempe de Collin, ici présent, est
un homme moins lâche que les autres, et qui proteste
contre les profondes déceptions du contrat social,
comme dit Jean-Jacques, dont je me glorifie d'être
l'élève. Enfin, je suis seul contre le gouvernement avec
son tas de tribunaux, de gendarmes, de budgets, et je
les roule.

— Diantre ! dit le peintre, il est fameusement beau
à dessiner.

— Dis-moi, menin [259] de Mgr le bourreau, gouverneur de la *Veuve* (nom plein de terrible poésie que les forçats donnent à la guillotine), ajouta-t-il en se tournant vers le chef de la police de sûreté, sois bon enfant, dis-moi si c'est Fil-de-Soie qui m'a vendu ! Je ne voudrais pas qu'il payât pour un autre, ce ne serait pas juste. »

En ce moment les agents qui avaient tout ouvert et tout inventorié chez lui rentrèrent et parlèrent à voix basse au chef de l'expédition. Le procès-verbal était fini.

« Messieurs, dit Collin en s'adressant aux pensionnaires, ils vont m'emmener. Vous avez été tous très aimables pour moi pendant mon séjour ici, j'en aurai de la reconnaissance. Recevez mes adieux. Vous me permettrez de vous envoyer des figues de Provence [260]. » Il fit quelques pas, et se retourna pour regarder Rastignac. « Adieu, Eugène, dit-il d'une voix douce et triste qui contrastait singulièrement avec le ton brusque de ses discours. Si tu étais gêné, je t'ai laissé un ami dévoué. » Malgré ses menottes, il put se mettre en garde, fit un appel de maître d'armes, cria : « Une, deux ! » et se fendit. « En cas de malheur, adresse-toi là. Homme et argent, tu peux disposer de tout. »

Ce singulier personnage mit assez de bouffonnerie dans ces dernières paroles pour qu'elles ne pussent être comprises que de Rastignac et de lui. Quand la maison fut évacuée par les gendarmes, par les soldats et par les agents de la police, Sylvie, qui frottait de vinaigre les tempes de sa maîtresse, regarda les pensionnaires étonnés.

« Eh bien, dit-elle, c'était un bon homme tout de même. »

Cette phrase rompit le charme que produisaient sur chacun l'affluence et la diversité des sentiments excités par cette scène. En ce moment, les pensionnaires, après s'être examinés entre eux, virent tous à la fois Mlle Michonneau grêle, sèche et froide autant qu'une momie, tapie près du poêle, les yeux baissés,

comme si elle eût craint que l'ombre de son abat-jour
ne fût pas assez forte pour cacher l'expression de ses
regards. Cette figure, qui leur était antipathique
depuis si longtemps, fut tout à coup expliquée. Un
murmure, qui, par sa parfaite unité de son, trahissait un dégoût unanime, retentit sourdement.
Mlle Michonneau l'entendit et resta. Bianchon, le
premier, se pencha vers son voisin.

« Je décampe si cette fille doit continuer à dîner avec
nous », dit-il à demi-voix.

En un clin-d'œil chacun, moins Poiret, approuva la
proposition de l'étudiant en médecine, qui, fort de
l'adhésion générale, s'avança vers le vieux pensionnaire.

« Vous qui êtes lié particulièrement avec
Mlle Michonneau, lui dit-il, parlez-lui, faites-lui comprendre qu'elle doit s'en aller à l'instant même.

— A l'instant même ? » répéta Poiret étonné.

Puis il vint auprès de la vieille, et lui dit quelques
mots à l'oreille.

« Mais mon terme est payé, je suis ici pour mon
argent comme tout le monde, dit-elle en lançant un
regard de vipère sur les pensionnaires.

— Qu'à cela ne tienne, nous nous cotiserons pour
vous le rendre, dit Rastignac.

— Monsieur soutient Collin, répondit-elle en jetant
sur l'étudiant un regard venimeux et interrogateur, il
n'est pas difficile de savoir pourquoi. »

A ce mot, Eugène bondit comme pour se ruer sur la
vieille fille et l'étrangler. Ce regard, dont il comprit les
perfidies, venait de jeter une horrible lumière dans son
âme.

« Laissez-la donc », s'écrièrent les pensionnaires.

Rastignac se croisa les bras et resta muet.

« Finissons-en avec Mlle Judas, dit le peintre en
s'adressant à Mme Vauquer. Madame, si vous ne
mettez pas à la porte la Michonneau, nous quittons
tous votre baraque, et nous dirons partout qu'il ne s'y
trouve que des espions et des forçats. Dans le cas
contraire, nous nous tairons tous sur cet événement,

qui, au bout du compte, pourrait arriver dans les meilleures sociétés, jusqu'à ce qu'on marque les galériens au front, et qu'on leur défende de se déguiser en bourgeois de Paris et de se faire aussi bêtement farceurs qu'ils le sont tous. »

A ce discours, Mme Vauquer retrouva miraculeusement la santé, se redressa, se croisa les bras, ouvrit ses yeux clairs et sans apparence de larmes.

« Mais, mon cher monsieur, vous voulez donc la ruine de ma maison ? Voilà M. Vautrin... Oh ! mon Dieu, se dit-elle en s'interrompant elle-même, je ne puis pas m'empêcher de l'appeler par son nom d'honnête homme ! Voilà, reprit-elle, un appartement vide, et vous voulez que j'en aie deux de plus à louer dans une saison où tout le monde est casé.

— Messieurs, prenons nos chapeaux, et allons dîner place Sorbonne, chez Flicoteaux [261] », dit Bianchon.

Mme Vauquer calcula d'un seul coup d'œil le parti le plus avantageux, et roula jusqu'à Mlle Michonneau.

« Allons, ma chère petite belle, vous ne voulez pas la mort de mon établissement, hein ? Vous voyez à quelle extrémité me réduisent ces messieurs ; remontez dans votre chambre pour ce soir.

— Du tout, du tout, crièrent les pensionnaires, nous voulons qu'elle sorte à l'instant.

— Mais elle n'a pas dîné, cette pauvre demoiselle, dit Poiret d'un ton piteux.

— Elle ira dîner où elle voudra, crièrent plusieurs voix.

— A la porte, la moucharde !

— A la porte, les mouchards !

— Messieurs, s'écria Poiret, qui s'éleva tout à coup à la hauteur du courage que l'amour prête aux béliers, respectez une personne du sexe.

— Les mouchards ne sont d'aucun sexe, dit le peintre.

— Fameux sexorama !

— A la portorama !

— Messieurs, ceci est indécent. Quand on renvoie les gens, on doit y mettre des formes. Nous avons payé, nous restons, dit Poiret en se couvrant de sa casquette et se plaçant sur une chaise à côté de Mlle Michonneau, que prêchait Mme Vauquer.

— Méchant, lui dit le peintre d'un air comique, petit méchant, va !

— Allons, si vous ne vous en allez pas, nous nous en allons, nous autres », dit Bianchon.

Et les pensionnaires firent en masse un mouvement vers le salon.

« Mademoiselle, que voulez-vous donc ? s'écria Mme Vauquer, je suis ruinée. Vous ne pouvez pas rester, ils vont en venir à des actes de violence. »

Mlle Michonneau se leva.

« Elle s'en ira ! — Elle ne s'en ira pas ! — Elle s'en ira ! — Elle ne s'en ira pas ! » Ces mots dits alternativement, et l'hostilité des propos qui commençaient à se tenir sur elle, contraignirent Mlle Michonneau à partir, après quelques stipulations faites à voix basse avec l'hôtesse.

« Je vais chez Mme Buneaud, dit-elle d'un air menaçant.

— Allez où vous voudrez, mademoiselle, dit Mme Vauquer, qui vit une cruelle injure dans le choix qu'elle faisait d'une maison avec laquelle elle rivalisait, et qui lui était conséquemment odieuse. Allez chez la Buneaud, vous aurez du vin à faire danser les chèvres, et des plats achetés chez les regrattiers [262]. »

Les pensionnaires se mirent sur deux files dans le plus grand silence. Poiret regarda si tendrement Mlle Michonneau, il se montra si naïvement indécis, sans savoir s'il devait la suivre ou rester, que les pensionnaires, heureux du départ de Mlle Michonneau, se mirent à rire en se regardant.

— Xi, xi, xi, Poiret, lui cria le peintre. Allons, houpe là, haoup ! »

L'employé au Muséum se mit à chanter comiquement ce début d'une romance connue :

Partant pour la Syrie,
Le jeune et beau Dunois [263]...

« Allez donc, vous en mourez d'envie, *trahit sua quemque voluptas*, dit Bianchon.

— Chacun suit sa particulière, traduction libre de Virgile », dit le répétiteur [264].

Mlle Michonneau ayant fait le geste de prendre le bras de Poiret en le regardant, il ne put résister à cet appel, et vint donner son appui à la vieille. Des applaudissements éclatèrent, et il y eut une explosion de rires. « Bravo, Poiret ! — Ce vieux Poiret ! — Apollon-Poiret. — Mars-Poiret. — Courageux Poiret [265] ! »

En ce moment, un commissionnaire entra, remit une lettre à Mme Vauquer qui se laissa couler sur sa chaise, après l'avoir lue.

« Mais il n'y a plus qu'à brûler ma maison, le tonnerre y tombe. Le fils Taillefer est mort à trois heures. Je suis bien punie d'avoir souhaité du bien à ces dames au détriment de ce pauvre jeune homme. Mme Couture et Victorine me redemandent leurs effets, et vont demeurer chez son père. M. Taillefer permet à sa fille de garder la veuve Couture comme demoiselle de compagnie. Quatre appartements vacants, cinq pensionnaires de moins ! » Elle s'assit et parut près de pleurer. « Le malheur est entré chez moi », s'écria-t-elle.

Le roulement d'une voiture qui s'arrêtait retentit tout à coup dans la rue.

« Encore quelque chape-chute [266] », dit Sylvie.

Goriot montra soudain une physionomie brillante et colorée de bonheur, qui pouvait faire croire à sa régénération.

« Goriot en fiacre, dirent les pensionnaires, la fin du monde arrive. »

Le bonhomme alla droit à Eugène, qui restait pensif dans un coin, et le prit par le bras : « Venez, lui dit-il d'un air joyeux.

— Vous ne savez donc pas ce qui se passe ? lui dit Eugène. Vautrin était un forçat que l'on vient d'arrêter, et le fils Taillefer est mort.

— Eh bien, qu'est-ce que ça nous fait ? répondit le

père Goriot. Je dîne avec ma fille, chez vous, enten-
dez-vous ? Elle vous attend, venez ! »

Il tira si violemment Rastignac par le bras, qu'il le
fit marcher de force, et parut l'enlever comme si c'eût
été sa maîtresse.

« Dînons », cria le peintre.

En ce moment chacun prit sa chaise et s'attabla.

« Par exemple, dit la grosse Sylvie, tout est malheur
aujourd'hui, mon haricot de mouton s'est attaché.
Bah ! Vous le mangerez brûlé, tant pire ! »

Mme Vauquer n'eut pas le courage de dire un mot
en ne voyant que dix personnes au lieu de dix-huit
autour de sa table ; mais chacun tenta de la consoler
et de l'égayer. Si d'abord les externes s'entretinrent de
Vautrin et des événements de la journée, ils obéirent
bientôt à l'allure serpentine de leur conversation, et se
mirent à parler des duels, du bagne, de la justice, des
lois à refaire, des prisons. Puis ils se trouvèrent à mille
lieues de Jacques Collin, de Victorine et de son frère.
Quoiqu'ils ne fussent que dix, ils crièrent comme
vingt, et semblaient être plus nombreux qu'à l'ordinaire ; ce fut toute la différence qu'il y eut entre ce
dîner et celui de la veille. L'insouciance habituelle de
ce monde égoïste qui, le lendemain, devait avoir dans
les événements quotidiens de Paris une autre proie à
dévorer, reprit le dessus, et Mme Vauquer elle-même
se laissa calmer par l'espérance, qui emprunta la voix
de la grosse Sylvie.

Cette journée devait être jusqu'au soir une fantas-
magorie pour Eugène, qui, malgré la force de son
caractère et la bonté de sa tête, ne savait comment
classer ses idées, quand il se trouva dans le fiacre à
côté du père Goriot dont les discours trahissaient une
joie inaccoutumée, et retentissaient à son oreille, après
tant d'émotions, comme les paroles que nous entendons en rêve.

« C'est fini de ce matin. Nous dînons tous les trois
ensemble, ensemble ! comprenez-vous ? Voici quatre
ans que je n'ai dîné avec ma Delphine, ma petite Delphine. Je vais l'avoir à moi pendant toute une soirée.

Nous sommes chez vous depuis ce matin. J'ai travaillé comme un manœuvre, habit bas. J'aidais à porter les meubles. Ah ! ah ! vous ne savez pas comme elle est gentille à table, elle s'occupera de moi : "Tenez, papa, mangez donc de cela, c'est bon." Et alors je ne peux pas manger. Oh ! y a-t-il longtemps que je n'ai été tranquille avec elle comme nous allons l'être !

— Mais, lui dit Eugène, aujourd'hui le monde est donc renversé ?

— Renversé ? dit le père Goriot. Mais à aucune époque le monde n'a si bien été. Je ne vois que des figures gaies dans les rues, des gens qui se donnent des poignées de main, et qui s'embrassent ; des gens heureux comme s'ils allaient tous dîner chez leurs filles, y *gobichonner* [267] un bon petit dîner qu'elle a commandé devant moi au chef du café des Anglais [268]. Mais, bah ! près d'elle le chicotin [269] serait doux comme miel.

— Je crois revenir à la vie, dit Eugène.

— Mais marchez donc, cocher, cria le père Goriot en ouvrant la glace de devant. Allez donc plus vite, je vous donnerai cent sous pour boire si vous me menez en dix minutes là où vous savez. » En entendant cette promesse, le cocher traversa Paris avec la rapidité de l'éclair.

« Il ne va pas, ce cocher, disait le père Goriot.

— Mais où me conduisez-vous donc, lui demanda Rastignac.

— Chez vous », dit le père Goriot.

La voiture s'arrêta rue d'Artois. Le bonhomme descendit le premier et jeta dix francs au cocher, avec la prodigalité d'un homme veuf qui, dans le paroxysme de son plaisir, ne prend garde à rien.

« Allons, montons », dit-il à Rastignac en lui faisant traverser une cour et le conduisant à la porte d'un appartement situé au troisième étage, sur le derrière d'une maison neuve et de belle apparence. Le père Goriot n'eut pas besoin de sonner. Thérèse, la femme de chambre de Mme de Nucingen, leur ouvrit la porte. Eugène se vit dans un délicieux appartement de garçon, composé d'une antichambre, d'un petit salon, d'une chambre à coucher et d'un cabinet ayant vue sur un jardin. Dans le petit salon, dont l'ameublement et le décor pouvaient soutenir la comparaison avec ce qu'il y avait de plus joli, de plus gracieux, il aperçut, à la lumière des bougies, Delphine, qui se leva d'une causeuse, au coin du feu, mit son écran sur la cheminée, et lui dit avec une intonation de voix chargée de tendresse : « Il a donc fallu vous aller chercher, monsieur qui ne comprenez rien. »

Thérèse sortit. L'étudiant prit Delphine dans ses bras, la serra vivement et pleura de joie. Ce dernier contraste entre ce qu'il voyait et ce qu'il venait de voir, dans un jour où tant d'irritations avaient fatigué son cœur et sa tête, détermina chez Rastignac un accès de sensibilité nerveuse.

« Je savais bien, moi, qu'il t'aimait, dit tout bas le père Goriot à sa fille pendant qu'Eugène abattu gisait sur la causeuse sans pouvoir prononcer une parole ni se rendre compte encore de la manière dont ce dernier coup de baguette avait été frappé.

— Mais venez donc voir, lui dit Mme de Nucingen en le prenant par la main et l'emmenant dans une chambre dont les tapis, les meubles et les moindres détails lui rappelèrent, en de plus petites proportions, celle de Delphine.

— Il y manque un lit, dit Rastignac.

— Oui, monsieur », dit-elle en rougissant et lui serrant la main.

Eugène la regarda, et comprit, jeune encore, tout ce qu'il y avait de pudeur vraie dans un cœur de femme aimante.

« Vous êtes une de ces créatures que l'on doit adorer toujours, lui dit-il à l'oreille. Oui, j'ose vous le dire, puisque nous nous comprenons si bien : plus vif et sincère est l'amour, plus il doit être voilé, mystérieux. Ne donnons notre secret à personne.

— Oh ! je ne serai pas quelqu'un, moi, dit le père Goriot en grognant.

— Vous savez bien que vous êtes *nous*, vous...

— Ah ! voilà ce que je voulais. Vous ne ferez pas attention à moi, n'est-ce pas ? J'irai, je viendrai comme un bon esprit qui est partout, et qu'on sait être là sans le voir. Eh bien, Delphinette, Ninette, Dedel ! n'ai-je pas eu raison de te dire : "Il y a un joli appartement rue d'Artois, meublons-le pour lui !" Tu ne voulais pas. Ah ! c'est moi qui suis l'auteur de ta joie, comme je suis l'auteur de tes jours. Les pères doivent toujours donner pour être heureux. Donner toujours, c'est ce qui fait qu'on est père.

— Comment ? dit Eugène.

— Oui, elle ne voulait pas, elle avait peur qu'on ne dît des bêtises, comme si le monde valait le bonheur ! Mais toutes les femmes rêvent de faire ce qu'elle fait... »

Le père Goriot parlait tout seul, Mme de Nucingen avait emmené Rastignac dans le cabinet où le bruit d'un baiser retentit, quelque légèrement qu'il fût pris. Cette pièce était en rapport avec l'élégance de l'appartement, dans lequel d'ailleurs rien ne manquait.

« A-t-on bien deviné vos vœux ? dit-elle en revenant dans le salon pour se mettre à table.

— Oui, dit-il, trop bien. Hélas ! ce luxe si complet, ces beaux rêves réalisés, toutes les poésies d'une vie jeune, élégante, je les sens trop pour ne pas les mériter ; mais je ne puis les accepter de vous, et je suis trop pauvre encore pour...

— Ah ! ah ! vous me résistez déjà », dit-elle d'un petit air d'autorité railleuse en faisant une de ces jolies moues que font les femmes quand elles veulent se moquer de quelque scrupule pour le mieux dissiper.

Eugène s'était trop solennellement interrogé pendant cette journée, et l'arrestation de Vautrin, en lui montrant la profondeur de l'abîme dans lequel il avait failli rouler, venait de trop bien corroborer ses sentiments nobles et sa délicatesse pour qu'il cédât à cette caressante réfutation de ses idées généreuses. Une profonde tristesse s'empara de lui.

« Comment ! dit Mme de Nucingen, vous refuseriez ? Savez-vous ce que signifie un refus semblable ?

Vous doutez de l'avenir, vous n'osez pas vous lier à moi. Vous avez donc peur de trahir mon affection ? Si vous m'aimez, si je... vous aime, pourquoi reculez-vous devant d'aussi minces obligations ? Si vous connaissiez le plaisir que j'ai eu à m'occuper de tout ce ménage de garçon, vous n'hésiteriez pas, et vous me demanderiez pardon. J'avais de l'argent à vous, je l'ai bien employé, voilà tout. Vous croyez être grand, et vous êtes petit. Vous demandez bien plus... (Ah ! dit-elle en saisissant un regard de passion chez Eugène) et vous faites des façons pour des niaiseries. Si vous ne m'aimez point, oh ! oui, n'acceptez pas. Mon sort est dans un mot. Parlez ! Mais, mon père, dites-lui donc quelques bonnes raisons, ajouta-t-elle en se tournant vers son père après une pause. Croit-il que je ne sois pas moins chatouilleuse que lui sur notre honneur ? »

Le père Goriot avait le sourire fixe d'un thériaki [270] en voyant, en écoutant cette jolie querelle.

« Enfant ! vous êtes à l'entrée de la vie, reprit-elle en saisissant la main d'Eugène, vous trouvez une barrière insurmontable pour beaucoup de gens, une main de femme vous l'ouvre, et vous reculez ! Mais vous réussirez, vous ferez une brillante fortune, le succès est écrit sur votre beau front. Ne pourrez-vous pas alors me rendre ce que je vous prête aujourd'hui ? Autrefois les dames ne donnaient-elles pas à leurs chevaliers des armures, des épées, des casques, des cottes de mailles, des chevaux, afin qu'ils pussent aller combattre en leur nom dans les tournois ? Eh bien, Eugène, les choses que je vous offre sont les armes de l'époque, des outils nécessaires à qui veut être quelque chose. Il est joli, le grenier où vous êtes, s'il ressemble à la chambre de papa. Voyons, nous ne dînerons donc pas ? Voulez-vous m'attrister ? Répondez donc ? dit-elle en lui secouant la main. Mon Dieu, papa, déci-de-le donc, ou je sors et ne le revois jamais.

— Je vais vous décider, dit le père Goriot en sortant de son extase. Mon cher monsieur Eugène, vous allez emprunter de l'argent à des juifs, n'est-ce pas ?

— Il le faut bien, dit-il.

— Bon, je vous tiens, reprit le bonhomme en tirant un mauvais portefeuille en cuir tout usé. Je me suis fait juif, j'ai payé toutes les factures, les voici. Vous ne devez pas un centime pour tout ce qui se trouve ici. Ça ne fait pas une grosse somme, tout au plus cinq mille francs. Je vous les prête, moi ! Vous ne me refuserez pas, je ne suis pas une femme. Vous m'en ferez une reconnaissance sur un chiffon de papier, et vous me les rendrez plus tard. »

Quelques pleurs roulèrent à la fois dans les yeux d'Eugène et de Delphine, qui se regardèrent avec surprise. Rastignac tendit la main au bonhomme et la lui serra.

« Eh bien, quoi ! n'êtes-vous pas mes enfants ? dit Goriot.

— Mais, mon pauvre père, dit Mme de Nucingen, comment avez-vous donc fait ?

— Ah ! nous y voilà, répondit-il. Quand je t'ai eu décidée à le mettre près de toi, que je t'ai vue achetant des choses comme pour une mariée, je me suis dit : "Elle va se trouver dans l'embarras !" L'avoué prétend que le procès à intenter à ton mari, pour lui faire rendre ta fortune, durera plus de six mois. Bon. J'ai vendu mes treize cent cinquante livres de rente perpétuelle ; je me suis fait, avec quinze mille francs, douze cents francs de rente viagères bien hypothéquées, et j'ai payé vos marchands avec le reste du capital, mes enfants. Moi, j'ai là-haut une chambre de cinquante écus par an, je peux vivre comme un prince avec quarante sous par jour, et j'aurai encore du reste. Je n'use rien, il ne me faut presque pas d'habits. Voilà quinze jours que je ris dans ma barbe en me disant : "Vont-ils être heureux !" Eh bien, n'êtes-vous pas heureux ?

— Oh ! papa, papa ! » dit Mme de Nucingen en sautant sur son père qui la reçut sur ses genoux. Elle le couvrit de baisers, lui caressa les joues avec ses cheveux blonds, et versa des pleurs sur ce vieux visage épanoui, brillant. « Cher père, vous êtes un père ! Non, il n'existe pas deux pères comme vous sous le ciel. Eugène vous aimait bien déjà, que sera-ce maintenant !

— Mais, mes enfants, dit le père Goriot qui depuis dix ans n'avait pas senti le cœur de sa fille battre sur le sien, mais, Delphinette, tu veux donc me faire mourir de joie ! Mon pauvre cœur se brise. Allez, monsieur Eugène, nous sommes déjà quittes ! » Et le vieillard serrait sa fille par une étreinte si sauvage, si délirante qu'elle dit : « Ah ! tu me fais mal. — Je t'ai fait mal ! » dit-il en pâlissant. Il la regarda d'un air surhumain de douleur. Pour bien peindre la physionomie de ce Christ de la Paternité, il faudrait aller chercher des comparaisons dans les images que les princes de la palette ont inventées pour peindre la passion soufferte au bénéfice des mondes par le Sauveur des hommes. Le père Goriot baisa bien doucement la ceinture que ses doigts avaient trop pressée. « Non, non, je ne t'ai pas fait mal, reprit-il en la questionnant par un sourire ; c'est toi qui m'as fait mal avec ton cri. Ça coûte plus cher, dit-il à l'oreille de sa fille en la lui baisant avec précaution, mais faut l'attraper, sans quoi il se fâcherait. »

Eugène était pétrifié par l'inépuisable dévouement de cet homme, et le contemplait en exprimant cette naïve admiration qui, au jeune âge, est de la foi.

« Je serai digne de tout cela, s'écria-t-il.

— O mon Eugène, c'est beau ce que vous venez de dire là. » Et Mme de Nucingen baisa l'étudiant au front.

« Il a refusé pour toi Mlle Taillefer et ses millions, dit le père Goriot. Oui, elle vous aimait, la petite ; et, son frère mort, la voilà riche comme Crésus.

— Oh ! pourquoi le dire ? s'écria Rastignac.

— Eugène, lui dit Delphine à l'oreille, maintenant j'ai un regret pour ce soir. Ah ! je vous aimerai bien, moi ! et toujours.

— Voilà la plus belle journée que j'aie eue depuis vos mariages, s'écria le père Goriot. Le bon Dieu peut me faire souffrir tant qu'il lui plaira, pourvu que ce ne soit pas par vous, je me dirai : "En février de cette

année, j'ai été pendant un moment plus heureux que
les hommes ne peuvent l'être pendant toute leur vie."
Regarde-moi, Fifine ! dit-il à sa fille. Elle est bien
belle, n'est-ce pas ? Dites-moi donc, avez-vous rencontré beaucoup de femmes qui aient ses jolies couleurs et sa petite fossette ? Non, pas vrai ? Eh bien,
c'est moi qui ai fait cet amour de femme. Désormais,
en se trouvant heureuse par vous, elle deviendra mille
fois mieux. Je puis aller en enfer, mon voisin, dit-il, s'il
vous faut ma part de paradis, je vous la donne. Mangeons, mangeons, reprit-il en ne sachant plus ce qu'il
disait, tout est à nous.

— Ce pauvre père !

— Si tu savais, mon enfant, dit-il en se levant et
allant à elle, lui prenant la tête et la baisant au milieu
de ses nattes de cheveux, combien tu peux me rendre
heureux à bon marché ! viens me voir quelquefois, je
serai là-haut, tu n'auras qu'un pas à faire. Promets-le-
moi, dis !

— Oui, cher père.

— Dis encore.

— Oui, mon bon père.

— Tais-toi, je te le ferais dire cent fois si je m'écou-
tais. Dînons. »

La soirée tout entière fut employée en enfantillages,
et le père Goriot ne se montra pas le moins fou des
trois. Il se couchait aux pieds de sa fille pour les baiser ; il la regardait longtemps dans les yeux ; il frottait
sa tête contre sa robe ; enfin il faisait des folies comme
en aurait fait l'amant le plus jeune et le plus tendre.

« Voyez-vous ? dit Delphine à Eugène, quand mon
père est avec nous, il faut être tout à lui. Ce sera
pourtant bien gênant quelquefois. »

Eugène, qui s'était senti déjà plusieurs fois des
mouvements de jalousie, ne pouvait pas blâmer ce
mot, qui renfermait le principe de toutes les ingrati-
tudes.

« Et quand l'appartement sera-t-il fini ? dit Eugène
en regardant autour de la chambre. Il faudra donc
nous quitter ce soir ?

— Oui, mais demain vous viendrez dîner avec moi, dit-elle d'un air fin. Demain est un jour d'Italiens.

— J'irai au parterre, moi », dit le père Goriot.

Il était minuit. La voiture de Mme de Nucingen attendait. Le père Goriot et l'étudiant retournèrent à la Maison Vauquer en s'entretenant de Delphine avec un croissant enthousiasme qui produisit un curieux combat d'expression entre ces deux violentes passions. Eugène ne pouvait pas se dissimuler que l'amour du père, qu'aucun intérêt personnel n'entachait, écrasait le sien par sa persistance et par son étendue. L'idole était toujours pure et belle pour le père, et son adoration s'accroissait de tout le passé comme de l'avenir. Ils trouvèrent Mme Vauquer seule au coin de son poêle, entre Sylvie et Christophe. La vieille hôtesse était là comme Marius sur les ruines de Carthage [271]. Elle attendait les deux seuls pensionnaires qui lui restassent, en se désolant avec Sylvie. Quoique lord Byron ait prêté d'assez belles lamentations au Tasse [272], elles sont bien loin de la profonde vérité de celles qui échappaient à Mme Vauquer.

« Il n'y aura donc que trois tasses de café à faire demain matin, Sylvie. Hein ! ma maison déserte, n'est-ce pas à fendre le cœur ? Qu'est-ce que la vie sans mes pensionnaires ? Rien du tout. Voilà ma maison démeublée de ses hommes. La vie est dans les meubles. Qu'ai-je fait au ciel pour m'être attiré tous ces désastres ? Nos provisions de haricots et de pommes de terre sont faites pour vingt personnes. La police chez moi ! Nous allons donc ne manger que des pommes de terre ! Je renverrai donc Christophe ! »

Le Savoyard, qui dormait, se réveilla soudain et dit : « Madame ?

— Pauvre garçon ! c'est comme un dogue, dit Sylvie.

— Une saison morte, chacun s'est casé. D'où me tombera-t-il des pensionnaires ? J'en perdrai la tête. Et cette sibylle [273] de Michonneau qui m'enlève Poiret ! Qu'est-ce qu'elle lui faisait donc pour s'être attaché cet homme-là, qui la suit comme un toutou ?

— Ah ! dame ! fit Sylvie en hochant la tête, ces vieilles filles, ça connaît les rubriques [274].

— Ce pauvre M. Vautrin dont ils ont fait un forçat, reprit la veuve, eh bien, Sylvie, c'est plus fort que moi, je ne le crois pas encore. Un homme gai comme ça, qui prenait du gloria pour quinze francs par mois, et qui payait rubis sur l'ongle !

— Et qui était généreux ! dit Christophe.

— Il y a erreur, dit Sylvie.

— Mais, non, il a avoué lui-même, reprit Mme Vauquer. Et dire que toutes ces choses-là sont arrivées chez moi, dans un quartier où il ne passe pas un chat ! Foi d'honnête femme, je rêve. Car, vois-tu, nous avons vu Louis XVI avoir son accident, nous avons vu tomber l'Empereur, nous l'avons vu revenir et retomber, tout cela c'était dans l'ordre des choses possibles ; tandis qu'il n'y a point de chances contre des pensions bourgeoises : on peut se passer de roi, mais il faut toujours qu'on mange ; et quand une honnête femme, née de Conflans, donne à dîner avec toutes bonnes choses, mais à moins que la fin du monde n'arrive... Mais, c'est ça, c'est la fin du monde.

— Et penser que Mlle Michonneau, qui vous fait tout ce tort, va recevoir, à ce qu'on dit, mille écus de rente [275], s'écria Sylvie.

— Ne m'en parle pas, ce n'est qu'une scélérate ! dit Mme Vauquer. Et elle va chez la Buneaud, par-dessus le marché ! Mais elle est capable de tout, elle a dû faire des horreurs, elle a tué, volé dans son temps. Elle devait aller au bagne à la place de ce pauvre cher homme... »

En ce moment Eugène et le père Goriot sonnèrent.

« Ah ! voilà mes deux fidèles », dit la veuve en soupirant.

Les deux fidèles, qui n'avaient qu'un fort léger souvenir des désastres de la pension bourgeoise, annoncèrent sans cérémonie à leur hôtesse qu'ils allaient demeurer à la chaussée d'Antin.

« Ah, Sylvie ! dit la veuve, voilà mon dernier atout. Vous m'avez donné le coup de la mort, messieurs ! ça

m'a frappée dans l'estomac. J'ai une barre là. Voilà
une journée qui me met dix ans de plus sur la tête. Je
deviendrai folle, ma parole d'honneur ! Que faire des
haricots ? Ah ! bien, si je suis seule ici, tu t'en iras
demain, Christophe. Adieu, messieurs, bonne nuit.

— Qu'a-t-elle donc ? demanda Eugène à Sylvie.

— Dame ! voilà tout le monde parti par suite des
affaires. Ça lui a troublé la tête. Allons, je l'entends
qui pleure. Ça lui fera du bien de *chigner*[276]. Voilà la
première fois qu'elle se vide les yeux depuis que je suis
à son service. »

Le lendemain, Mme Vauquer s'était, suivant son
expression, *raisonnée*. Si elle parut affligée comme une
femme qui avait perdu tous ses pensionnaires, et dont
la vie était bouleversée, elle avait toute sa tête, et
montra ce qu'était la vraie douleur, une douleur profonde, la douleur causée par l'intérêt froissé, par les
habitudes rompues. Certes, le regard qu'un amant
jette sur les lieux habités par sa maîtresse, en les quit-
tant, n'est pas plus triste que ne le fut celui de
Mme Vauquer sur sa table vide. Eugène la consola en
lui disant que Bianchon, dont l'internat finissait dans
quelques jours, viendrait sans doute le remplacer ; que
l'employé du Muséum avait souvent manifesté le désir
d'avoir l'appartement de Mme Couture, et que dans
peu de jours elle aurait remonté son personnel.

« Dieu vous entende, mon cher monsieur ! mais le
malheur est ici. Avant dix jours, la mort y viendra,
vous verrez, lui dit-elle en jetant un regard lugubre sur
la salle à manger. Qui prendra-t-elle ?

— Il fait bon déménager, dit tout bas Eugène au
père Goriot.

— Madame, dit Sylvie en accourant effarée, voici
trois jours que je n'ai vu Mistigris.

— Ah ! bien, si mon chat est mort, s'il nous a
quittés, je... »

La pauvre veuve n'acheva pas, elle joignit les mains
et se renversa sur le dos de son fauteuil accablée par
ce terrible pronostic.

Vers midi, heure à laquelle les facteurs arrivaient

dans le quartier du Panthéon, Eugène reçut une lettre élégamment enveloppée, cachetée aux armes de Beauséant. Elle contenait une invitation adressée à M. et à Mme de Nucingen pour le grand bal annoncé depuis un mois, et qui devait avoir lieu chez la vicomtesse. A cette invitation était joint un petit mot pour Eugène :

« J'ai pensé, monsieur, que vous vous chargeriez avec plaisir d'être l'interprète de mes sentiments auprès de Mme de Nucingen ; je vous envoie l'invitation que vous m'avez demandée, et serai charmée de faire la connaissance de la sœur de Mme de Restaud. Amenez-moi donc cette jolie personne, et faites en sorte qu'elle ne prenne pas toute votre affection, vous m'en devez beaucoup en retour de celle que je vous porte.

« Vicomtesse DE BEAUSÉANT. »

« Mais, se dit Eugène en relisant ce billet, Mme de Beauséant me dit assez clairement qu'elle ne veut pas du baron de Nucingen. » Il alla promptement chez Delphine, heureux d'avoir à lui procurer une joie dont il recevrait sans doute le prix. Mme de Nucingen était au bain. Rastignac attendit dans le boudoir, en butte aux impatiences naturelles à un jeune homme ardent et pressé de prendre possession d'une maîtresse, l'objet de deux ans de désirs. C'est des émotions qui ne se rencontrent pas deux fois dans la vie des jeunes gens. La première femme réellement femme à laquelle s'attache un homme, c'est-à-dire celle qui se présente à lui dans la splendeur des accompagnements que veut la société parisienne, celle-là n'a jamais de rivale. L'amour à Paris ne ressemble en rien aux autres amours. Ni les hommes ni les femmes n'y sont dupes des montres [277] pavoisées de lieux communs que chacun étale par décence sur ses affections soi-disant désintéressées. En ce pays, une femme ne doit pas satisfaire seulement le cœur et les sens, elle sait parfaitement qu'elle a de plus grandes obligations à remplir envers les mille vanités dont se compose la vie. Là surtout l'amour est essentiellement vantard, effronté,

gaspilleur, charlatan et fastueux. Si toutes les femmes
de la cour de Louis XIV ont envié à Mlle de La Vallière l'entraînement de passion qui fit oublier à ce
grand prince que ses manchettes coûtaient chacune
mille écus quand il les déchira pour faciliter au duc de
Vermandois son entrée sur la scène du monde [278], que
peut-on demander au reste de l'humanité ? Soyez
jeunes, riches et titrés, soyez mieux encore si vous
pouvez ; plus vous apporterez de grains d'encens à
brûler devant l'idole, plus elle vous sera favorable, si
toutefois vous avez une idole. L'amour est une religion, et son culte doit coûter plus cher que celui de
toutes les autres religions ; il passe promptement, et
passe en gamin qui tient à marquer son passage par
des dévastations. Le luxe du sentiment est la poésie
des greniers ; sans cette richesse, qu'y deviendrait
l'amour ? S'il est des exceptions à ces lois draco-
niennes du code parisien, elles se rencontrent dans la
solitude, chez les âmes qui ne se sont point laissé
entraîner par les doctrines sociales, qui vivent près de
quelque source aux eaux claires, fugitives mais incessantes ; qui, fidèles à leurs ombrages verts, heureuses
d'écouter le langage de l'infini, écrit pour elles en
toute chose et qu'elles retrouvent en elles-mêmes,
attendent patiemment leurs ailes en plaignant ceux de
la terre. Mais Rastignac, semblable à la plupart des
jeunes gens qui, par avance, ont goûté les grandeurs,
voulait se présenter tout armé dans la lice du monde ;
il en avait épousé la fièvre, et se sentait peut-être la
force de le dominer, mais sans connaître ni les moyens
ni le but de cette ambition. A défaut d'un amour pur
et sacré, qui remplit la vie, cette soif du pouvoir peut
devenir une belle chose ; il suffit de dépouiller tout
intérêt personnel et de se proposer la grandeur d'un
pays pour objet. Mais l'étudiant n'était pas encore
arrivé au point d'où l'homme peut contempler le
cours de la vie et la juger. Jusqu'alors il n'avait même
pas complètement secoué le charme des fraîches et
suaves idées qui enveloppent comme d'un feuillage la
jeunesse des enfants élevés en province. Il avait conti-

nuellement hésité à franchir le Rubicon parisien.
Malgré ses ardentes curiosités, il avait toujours
conservé quelques arrière-pensées de la vie heureuse
que mène le vrai gentilhomme dans son château.
Néanmoins ses derniers scrupules avaient disparu la
veille, quand il s'était vu dans son appartement. En
jouissant des avantages matériels de la fortune,
comme il jouissait depuis longtemps des avantages
moraux que donne la naissance, il avait dépouillé sa
peau d'homme de province, et s'était doucement
établi dans une position d'où il découvrait un bel
avenir. Aussi, en attendant Delphine, mollement assis
dans ce joli boudoir qui devenait un peu le sien, se
voyait-il si loin du Rastignac venu l'année dernière à
Paris, qu'en le lorgnant par un effet d'optique morale,
il se demandait s'il se ressemblait en ce moment à
lui-même.

   « Madame est dans sa chambre », vint lui dire Thérèse qui le fit tressaillir.

   Il trouva Delphine étendue sur sa causeuse, au coin
du feu, fraîche, reposée. A la voir ainsi étalée sur des
flots de mousseline, il était impossible de ne pas la
comparer à ces belles plantes de l'Inde dont le fruit
vient dans la fleur.

   « Eh bien, vous voilà, dit-elle avec émotion.

   — Devinez ce que je vous apporte », dit Eugène en
s'asseyant près d'elle et lui prenant le bras pour lui
baiser la main.

   Mme de Nucingen fit un mouvement de joie en
lisant l'invitation. Elle tourna sur Eugène ses yeux
mouillés, et lui jeta ses bras au cou pour l'attirer à elle
dans un délire de satisfaction vaniteuse.

   « Et c'est vous (toi, lui dit-elle à l'oreille ; mais Thérèse est dans mon cabinet de toilette, soyons pru-
dents !), vous à qui je dois ce bonheur ? Oui, j'ose
appeler cela un bonheur. Obtenu par vous, n'est-ce
pas plus qu'un triomphe d'amour-propre ? Personne
ne m'a voulu présenter dans ce monde. Vous me trouverez peut-être en ce moment petite, frivole, légère
comme une Parisienne ; mais pensez, mon ami, que je

suis prête à tout vous sacrifier, et que, si je souhaite plus ardemment que jamais d'aller dans le faubourg Saint-Germain, c'est que vous y êtes.

— Ne pensez-vous pas, dit Eugène, que Mme de Beauséant a l'air de nous dire qu'elle ne compte pas voir le baron de Nucingen à son bal ?

— Mais oui, dit la baronne en rendant la lettre à Eugène. Ces femmes-là ont le génie de l'impertinence. Mais n'importe, j'irai. Ma sœur doit s'y trouver, je sais qu'elle prépare une toilette délicieuse. Eugène, reprit-elle à voix basse, elle y va pour dissiper d'affreux soupçons. Vous ne savez pas les bruits qui courent sur elle ? Nucingen est venu me dire ce matin qu'on en parlait hier au Cercle sans se gêner. A quoi tient, mon Dieu ! l'honneur des femmes et des familles ! Je me suis sentie attaquée, blessée dans ma pauvre sœur. Selon certaines personnes, M. de Trailles aurait souscrit des lettres de change montant à cent mille francs, presque toutes échues, et pour lesquelles il allait être poursuivi. Dans cette extrémité, ma sœur aurait vendu ses diamants à un juif, ces beaux diamants que vous avez pu lui voir, et qui viennent de Mme de Restaud la mère [279]. Enfin, depuis deux jours, il n'est question que de cela. Je conçois alors qu'Anastasie se fasse faire une robe lamée, et veuille attirer sur elle tous les regards chez Mme de Beauséant, en y paraissant dans tout son éclat et avec ses diamants. Mais je ne veux pas être au-dessous d'elle. Elle a toujours cherché à m'écraser, elle n'a jamais été bonne pour moi, qui lui rendais tant de services, qui avais toujours de l'argent pour elle quand elle n'en avait pas. Mais laissons le monde, aujourd'hui je veux être tout heureuse. »

Rastignac était encore à une heure du matin chez Mme de Nucingen, qui, en lui prodiguant l'adieu des amants, cet adieu plein des joies à venir, lui dit avec une expression de mélancolie : « Je suis si peureuse, si superstitieuse, donnez à mes pressentiments le nom qu'il vous plaira, que je tremble de payer mon bonheur par quelque affreuse catastrophe.

— Enfant, dit Eugène.

— Ah ! c'est moi qui suis l'enfant ce soir », dit-elle en riant.

Eugène revint à la maison Vauquer avec la certitude de la quitter le lendemain, il s'abandonna donc pendant la route à ces jolis rêves que font tous les jeunes gens quand ils ont encore sur les lèvres le goût du bonheur.

« Eh bien ? lui dit le père Goriot quand Rastignac passa devant sa porte.

— Eh bien, répondit Eugène, je vous dirai tout demain.

— Tout, n'est-ce pas ? cria le bonhomme. Couchez-vous. Nous allons commencer demain notre vie heureuse. »

Le lendemain, Goriot et Rastignac n'attendaient plus que le bon vouloir d'un commissionnaire pour partir de la pension bourgeoise, quand vers midi le bruit d'un équipage qui s'arrêtait précisément à la porte de la Maison Vauquer retentit dans la rue Neuve-Sainte-Geneviève. Mme de Nucingen descendit de sa voiture, demanda si son père était encore à la pension. Sur la réponse affirmative de Sylvie, elle monta lestement l'escalier. Eugène se trouvait chez lui sans que son voisin le sût. Il avait, en déjeunant, prié le père Goriot d'emporter ses effets, en lui disant qu'ils se retrouveraient à quatre heures rue d'Artois. Mais, pendant que le bonhomme avait été chercher des porteurs, Eugène, ayant promptement répondu à l'appel de l'école, était revenu sans que personne l'eût aperçu, pour compter avec Mme Vauquer, ne voulant pas laisser cette charge à Goriot, qui, dans son fanatisme, aurait sans doute payé pour lui. L'hôtesse était sortie. Eugène remonta chez lui pour voir s'il n'y oubliait rien, et s'applaudit d'avoir eu cette pensée en voyant dans le tiroir de sa table l'acceptation en blanc, souscrite à Vautrin, qu'il avait insouciamment jetée là le jour où il l'avait acquittée. N'ayant pas de feu, il allait la déchirer en petits morceaux quand, en reconnaissant la voix de Delphine, il ne voulut faire aucun bruit, et s'arrêta pour l'entendre, en pensant qu'elle ne devait avoir aucun secret pour lui. Puis, dès les premiers mots, il trouva la conversation entre le père et la fille trop intéressante pour ne pas l'écouter.

« Ah ! mon père, dit-elle, plaise au ciel que vous ayez eu l'idée de demander compte de ma fortune assez à temps pour que je ne sois pas ruinée ! Puis-je parler ?

— Oui, la maison est vide, dit le père Goriot d'une voix altérée.

— Qu'avez-vous donc, mon père ? reprit Mme de Nucingen.

— Tu viens, répondit le vieillard, de me donner un coup de hache sur la tête. Dieu te pardonne, mon enfant ! Tu ne sais pas combien je t'aime ; si tu l'avais su, tu ne m'aurais pas dit brusquement de semblables choses, surtout si rien n'est désespéré. Qu'est-il donc arrivé de si pressant pour que tu sois venue me chercher ici quand dans quelques instants nous allions être rue d'Artois ?

— Eh ! mon père, est-on maître de son premier mouvement dans une catastrophe ? Je suis folle ! Votre avoué nous a fait découvrir un peu plus tôt le malheur qui sans doute éclatera plus tard. Votre vieille expérience commerciale va nous devenir nécessaire, et je suis accourue vous chercher comme on s'accroche à une branche quand on se noie. Lorsque M. Derville a vu Nucingen lui opposer mille chicanes, il l'a menacé d'un procès en lui disant que l'autorisation du président du tribunal serait promptement obtenue. Nucingen est venu ce matin chez moi pour me demander si je voulais sa ruine et la mienne. Je lui ai répondu que je ne me connaissais à rien de tout cela, que j'avais une fortune, que je devais être en possession de ma fortune, et que tout ce qui avait rapport à ce démêlé regardait mon avoué, que j'étais de la dernière ignorance et dans l'impossibilité de rien entendre à ce sujet. N'était-ce pas ce que vous m'aviez recommandé de dire ?

— Bien, répondit le père Goriot.

— Eh bien, reprit Delphine, il m'a mise au fait de

ses affaires. Il a jeté tous ses capitaux et les miens dans des entreprises à peine commencées, et pour lesquelles il a fallu mettre de grandes sommes en dehors. Si je le forçais à me représenter ma dot, il serait obligé de déposer son bilan ; tandis que, si je veux attendre un an, il s'engage sur l'honneur à me rendre une fortune double ou triple de la mienne en plaçant mes capitaux dans des opérations territoriales à la fin desquelles je serai maîtresse de tous les biens. Mon cher père, il était sincère, il m'a effrayée. Il m'a demandé pardon de sa conduite, il m'a rendu ma liberté, m'a permis de me conduire à ma guise, à la condition de le laisser entièrement maître de gérer les affaires sous mon nom. Il m'a promis, pour me prouver sa bonne foi, d'appeler M. Derville toutes les fois que je le voudrais pour juger si les actes en vertu desquels il m'instituerait propriétaire seraient convenablement rédigés. Enfin il s'est remis entre mes mains pieds et poings liés. Il demande encore pendant deux ans la conduite de la maison, et m'a suppliée de ne rien dépenser pour moi de plus qu'il ne m'accorde. Il m'a prouvé que tout ce qu'il pouvait faire était de conserver les apparences, qu'il avait renvoyé sa danseuse, et qu'il allait être contraint à la plus stricte mais la plus sourde économie, afin d'atteindre au terme de ses spéculations sans altérer son crédit. Je l'ai malmené, j'ai tout mis en doute afin de le pousser à bout et d'en apprendre davantage : il m'a montré ses livres, enfin il a pleuré. Je n'ai jamais vu d'homme en pareil état. Il avait perdu la tête, il parlait de se tuer, il délirait. Il m'a fait pitié.

— Et tu crois à ces sornettes, s'écria le père Goriot. C'est un comédien ! J'ai rencontré des Allemands en affaires : ces gens-là sont presque tous de bonne foi, pleins de candeur ; mais quand, sous leur air de franchise et de bonhomie, ils se mettent à être malins et charlatans, ils le sont alors plus que les autres. Ton mari t'abuse. Il se sent serré de près, il fait le mort, il veut rester plus maître sous ton nom qu'il ne l'est sous le sien. Il va profiter de cette circonstance pour se mettre à l'abri des chances de son commerce. Il est aussi fin que perfide ; c'est un mauvais gars. Non, non, je ne m'en irai pas au Père-Lachaise en laissant mes filles dénuées de tout. Je me connais encore un peu aux affaires. Il a, dit-il, engagé ses fonds dans les entreprises, eh bien, ses intérêts sont représentés par des valeurs, par des reconnaissances, par des traités ! qu'il les montre, et liquide avec toi. Nous choisirons les meilleures spéculations, nous en courrons les chances, et nous aurons les titres recognitifs en notre nom de *Delphine Goriot, épouse séparée quant aux biens du baron de Nucingen.* Mais nous prend-il pour des imbéciles, celui-là ? Croit-il que je puisse supporter pendant deux jours l'idée de te laisser sans fortune, sans pain ? Je ne la supporterais pas un jour, pas une nuit, pas deux heures ! Si cette idée était vraie, je n'y survivrais pas. Eh ! quoi, j'aurai travaillé pendant quarante ans de ma vie, j'aurai porté des sacs sur mon dos, j'aurai sué des averses, je me serai privé pendant toute ma vie pour vous, mes anges, qui me rendiez tout travail, tout fardeau léger ; et aujourd'hui ma fortune, ma vie s'en iraient en fumée ! Ceci me ferait mourir enragé. Par tout ce qu'il y a de plus sacré sur terre et au ciel, nous allons tirer ça au clair, vérifier les livres, la caisse, les entreprises ! Je ne dors pas, je ne me couche pas, je ne mange pas, qu'il ne me soit prouvé que ta fortune est là tout entière. Dieu merci, tu es séparée de biens ; tu auras Mᵉ Derville pour avoué, un honnête homme heureusement. Jour de Dieu ! tu garderas ton bon petit million, tes cinquante mille livres de rente, jusqu'à la fin de tes jours, ou je fais un tapage dans Paris, ah ! ah ! Mais je m'adresserais aux chambres si les tribunaux nous victimaient [280]. Te savoir tranquille et heureuse du côté de l'argent, mais cette pensée allégeait tous mes maux et calmait mes chagrins. L'argent, c'est la vie. Monnaie fait tout. Que nous chante-t-il donc, cette grosse souche d'Alsacien ? Delphine, ne fais pas une concession d'un quart de liard à cette grosse bête, qui t'a mise à la chaîne et t'a rendue malheureuse. S'il a besoin de toi, nous le tricoterons [281] ferme, et nous le ferons marcher droit. Mon Dieu, j'ai la tête en feu, j'ai dans le crâne quelque chose qui me brûle. Ma Delphine sur la paille ! Oh ! ma Fifine, toi ! Sapristi ! où sont mes gants ? Allons ! partons, je veux aller tout voir, les livres, les affaires, la caisse, la correspondance, à l'instant. Je ne serai calme que quand il me sera prouvé que ta fortune ne court plus de risques, et que je la verrai de mes yeux.

— Mon cher père ! allez-y prudemment. Si vous mettiez la moindre velléité de vengeance en cette affaire, et si vous montriez des intentions trop hostiles, je serais perdue. Il vous connaît, il a trouvé tout naturel que, sous votre inspiration, je m'inquiétasse de ma fortune ; mais, je vous le jure, il la tient en ses mains, et a voulu la tenir. Il est homme à s'enfuir avec tous les capitaux, et à nous laisser là, le scélérat ! Il sait bien que je ne déshonorerai pas moi-même le nom que je porte en le poursuivant. Il est à la fois fort et faible. J'ai bien tout examiné. Si nous le poussons à bout, je suis ruinée.

— Mais c'est donc un fripon ?

— Eh bien, oui, mon père, dit-elle en se jetant sur une chaise en pleurant. Je ne voulais pas vous l'avouer pour vous épargner le chagrin de m'avoir mariée à un homme de cette espèce-là ! Mœurs secrètes et conscience, l'âme et le corps, tout en lui s'accorde ! c'est effroyable : je le hais et le méprise. Oui, je ne puis plus estimer ce vil Nucingen après tout ce qu'il m'a dit. Un homme capable de se jeter dans les combinaisons commerciales dont il m'a parlé n'a pas la moindre délicatesse, et mes craintes viennent de ce que j'ai lu parfaitement dans son âme. Il m'a nettement proposé, lui, mon mari, la liberté, vous savez ce que cela signi-fie ? si je voulais être, en cas de malheur, un instru-ment entre ses mains, enfin si je voulais lui servir de prête-nom.

— Mais les lois sont là ! Mais il y a une place de Grève pour les gendres de cette espèce-là, s'écria le père Goriot ; mais je le guillotinerais moi-même s'il n'y avait pas de bourreau.

— Non, mon père, il n'y a pas de lois contre lui. Ecoutez en deux mots son langage, dégagé des circonlocutions dont il l'enveloppait : "Ou tout est perdu, vous n'avez pas un liard, vous êtes ruinée ; car je ne saurais choisir pour complice une autre personne que vous ; ou vous me laisserez conduire à bien mes entreprises." Est-ce clair ? Il tient encore à moi. Ma probité de femme le rassure ; il sait que je lui laisserai sa fortune, et me contenterai de la mienne. C'est une association improbe et voleuse à laquelle je dois consentir sous peine d'être ruinée. Il m'achète ma conscience et la paye en me laissant être à mon aise la femme d'Eugène. "Je te permets de commettre des fautes, laisse-moi faire des crimes en ruinant de pauvres gens !" Ce langage est-il encore assez clair ? Savez-vous ce qu'il nomme faire des opérations ? Il achète des terrains nus sous son nom, puis il y fait bâtir des maisons par des hommes de paille. Ces hommes concluent les marchés pour les bâtisses avec tous les entrepreneurs, qu'ils payent en effets à longs termes, et consentent, moyennant une légère somme, à donner quittance à mon mari, qui est alors possesseur des maisons, tandis que ces hommes s'acquittent avec les entrepreneurs dupés en faisant faillite. Le nom de la maison de Nucingen a servi à éblouir les pauvres constructeurs. J'ai compris cela. J'ai compris aussi que, pour prouver, en cas de besoin, le payement de sommes énormes, Nucingen a envoyé des valeurs considérables à Amsterdam, à Londres, à Naples, à Vienne. Comment les saisirions-nous ? »

Eugène entendit le son lourd des genoux du père Goriot, qui tomba sans doute sur le carreau de sa chambre.

« Mon Dieu, que t'ai-je fait ? Ma fille livrée à ce misérable, il exigera tout d'elle s'il le veut. Pardon, ma fille ! cria le vieillard.

— Oui, si je suis dans un abîme, il y a peut-être de votre faute, dit Delphine. Nous avons si peu de raison quand nous nous marions ! Connaissons-nous le monde, les affaires, les hommes, les mœurs ? Les pères devraient penser pour nous. Cher père, je ne vous reproche rien, pardonnez-moi ce mot. En ceci la faute est toute à moi. Non, ne pleurez point, papa, dit-elle en baisant le front de son père.

— Ne pleure pas non plus, ma petite Delphine. Donne tes yeux, que je les essuie en les baisant. Va ! je vais retrouver ma caboche, et débrouiller l'écheveau d'affaires que ton mari a mêlé.

— Non, laissez-moi faire ; je saurai le manœuvrer. Il m'aime, eh bien, je me servirai de mon empire sur lui pour l'amener à me placer promptement quelques capitaux en propriétés. Peut-être lui ferai-je racheter sous mon nom Nucingen, en Alsace, il y tient. Seulement venez demain pour examiner ses livres, ses affaires. M. Derville ne sait rien de ce qui est commercial. Non, ne venez pas demain. Je ne veux pas me tourner le sang. Le bal de Mme de Beauséant a lieu après-demain, je veux me soigner pour y être belle, reposée, et faire honneur à mon cher Eugène ! Allons donc voir sa chambre. »

En ce moment une voiture s'arrêta dans la rue Neuve-Sainte-Geneviève, et l'on entendit dans l'escalier la voix de Mme de Restaud, qui disait à Sylvie : « Mon père y est-il ? » Cette circonstance sauva heureusement Eugène, qui méditait déjà de se jeter sur son lit et de feindre d'y dormir.

« Ah ! mon père, vous a-t-on parlé d'Anastasie ? dit Delphine en reconnaissant la voix de sa sœur. Il paraîtrait qu'il lui arrive aussi de singulières choses dans son ménage.

— Quoi donc ! dit le père Goriot : ce serait donc ma fin. Ma pauvre tête ne tiendra pas à un double malheur.

— Bonjour, mon père, dit la comtesse en entrant. Ah ! te voilà, Delphine. »

Mme de Restaud parut embarrassée de rencontrer sa sœur.

« Bonjour, Nasie, dit la baronne. Trouves-tu donc

ma présence extraordinaire ? Je vois mon père tous les
jours, moi.

— Depuis quand ?

— Si tu y venais, tu le saurais.

— Ne me taquine pas, Delphine, dit la comtesse
d'une voix lamentable. Je suis bien malheureuse, je
suis perdue, mon pauvre père ! oh ! bien perdue cette
fois !

— Qu'as-tu, Nasie ? cria le père Goriot. Dis-nous
tout, mon enfant. Elle pâlit. Delphine, allons,
secours-la donc, sois bonne pour elle, je t'aimerai
encore mieux, si je peux, toi !

— Ma pauvre Nasie, dit Mme de Nucingen en
asseyant sa sœur, parle. Tu vois en nous les deux
seules personnes qui t'aimeront toujours assez pour te
pardonner tout. Vois-tu, les affections de famille sont
les plus sûres. » Elle lui fit respirer des sels, et la comtesse revint à elle.

« J'en mourrai, dit le père Goriot. Voyons, reprit-il
en remuant son feu de mottes, approchez-vous toutes
les deux. J'ai froid. Qu'as-tu, Nasie ? dis vite, tu me
tues...

— Eh bien, dit la pauvre femme, mon mari sait
tout. Figurez-vous, mon père, il y a quelque temps,
vous souvenez-vous de cette lettre de change de
Maxime ? Eh bien, ce n'était pas la première. J'en
avais déjà payé beaucoup. Vers le commencement de
janvier, M. de Trailles me paraissait bien chagrin. Il
ne me disait rien ; mais il est si facile de lire dans le
cœur des gens qu'on aime, un rien suffit : puis il y a
des pressentiments. Enfin il était plus aimant, plus
tendre que je ne l'avais jamais vu, j'étais toujours plus
heureuse. Pauvre Maxime ! dans sa pensée, il me faisait ses adieux, m'a-t-il dit ; il voulait se brûler la cervelle. Enfin je l'ai tant tourmenté, tant supplié, je suis
restée deux heures à ses genoux. Il m'a dit qu'il devait
cent mille francs ! Oh ! papa, cent mille francs ! Je suis
devenue folle. Vous ne les aviez pas, j'avais tout
dévoré.

— Non, dit le père Goriot, je n'aurais pas pu les

faire, à moins d'aller les voler. Mais j'y aurais été, Nasie ! J'irai. »

A ce mot lugubrement jeté, comme un son du râle d'un mourant, et qui accusait l'agonie du sentiment paternel réduit à l'impuissance, les deux sœurs firent une pause. Quel égoïsme serait resté froid à ce cri de désespoir qui, semblable à une pierre lancée dans un gouffre, en révélait la profondeur ?

« Je les ai trouvés en disposant de ce qui ne m'appartenait pas, mon père », dit la comtesse en fondant en larmes.

Delphine fut émue et pleura en mettant la tête sur le cou de sa sœur.

« Tout est donc vrai », lui dit-elle.

Anastasie baissa la tête, Mme de Nucigen la saisit à plein corps, la baisa tendrement, et l'appuyant sur son cœur : « Ici, tu seras toujours aimée sans être jugée, lui dit-elle.

— Mes anges, dit Goriot d'une voix faible, pourquoi votre union est-elle due au malheur ?

— Pour sauver la vie de Maxime, enfin pour sauver tout mon bonheur, reprit la comtesse encouragée par ces témoignages d'une tendresse chaude et palpitante, j'ai porté chez cet usurier que vous connaissez, un homme fabriqué par l'enfer, que rien ne peut attendrir, ce M. Gobseck, les diamants de famille auxquels tient tant M. de Restaud, les siens, les miens, tout, je les ai vendus. Vendus ! comprenez-vous ? il a été sauvé ! Mais, moi, je suis morte. Restaud a tout su.

— Par qui ? comment ? Que je le tue ! cria le père Goriot.

— Hier, il m'a fait appeler dans sa chambre. J'y suis allée... "Anastasie, m'a-t-il dit d'une voix... (oh ! sa voix a suffi, j'ai tout deviné), où sont vos diamants ? — Chez moi. — Non, m'a-t-il dit en me regardant, ils sont là, sur ma commode." Et il m'a montré l'écrin qu'il avait couvert de son mouchoir. "Vous savez d'où ils viennent ?" m'a-t-il dit. Je suis tombée à ses genoux... j'ai pleuré, je lui ai demandé de quelle mort il voulait me voir mourir.

— Tu as dit cela ! s'écria le père Goriot. Par le sacré nom de Dieu, celui qui vous fera mal à l'une ou à l'autre, tant que je serai vivant, peut être sûr que je le brûlerai à petit feu ! Oui, je le déchiquetterai comme... »

Le père Goriot se tut, les mots expiraient dans sa gorge.

« Enfin, ma chère, il m'a demandé quelque chose de plus difficile à faire que de mourir. Le ciel préserve toute femme d'entendre ce que j'ai entendu !

— J'assassinerai cet homme, dit le père Goriot tranquillement. Mais il n'a qu'une vie, et il m'en doit deux. Enfin, quoi ? reprit-il en regardant Anastasie.

— Eh bien, dit la comtesse en continuant après une pause, il m'a regardée : "Anastasie, m'a-t-il dit, j'ensevelis tout dans le silence, nous resterons ensemble, nous avons des enfants. Je ne tuerai pas M. de Trailles, je pourrais le manquer, et pour m'en défaire autrement je pourrais me heurter contre la justice humaine. Le tuer dans vos bras, ce serait déshonorer *les* enfants. Mais pour ne voir périr ni vos enfants, ni leur père, ni moi, je vous impose deux conditions. Répondez : Ai-je un enfant à moi ?" J'ai dit oui. "Lequel ?" a-t-il demandé. — Ernest, notre aîné [282]. "Bien, a-t-il dit. Maintenant, jurez-moi de m'obéir désormais sur un seul point." J'ai juré. "Vous signerez la vente de vos biens quand je vous le demanderai."

— Ne signe pas, cria le père Goriot. Ne signe jamais cela. Ah ! ah ! M. de Restaud, vous ne savez pas ce que c'est que de rendre une femme heureuse, elle va chercher le bonheur là où il est, et vous la punissez de votre niaise impuissance ?... Je suis là, moi, halte là ! il me trouvera dans sa route. Nasie, sois en repos. Ah, il tient à son héritier ! bon, bon. Je lui empoignerai son fils, qui, sacré tonnerre, est mon petit-fils. Je puis bien le voir, ce marmot ? Je le mets dans mon village, j'en aurai soin, sois bien tranquille. Je le ferai capituler, ce monstre-là, en lui disant : "A nous deux ! Si tu veux avoir ton fils, rends à ma fille son bien, et laisse-la se conduire à sa guise."

— Mon père !

— Oui, ton père ! Ah ! je suis un vrai père. Que ce drôle de grand seigneur ne maltraite pas mes filles. Tonnerre ! je ne sais pas ce que j'ai dans les veines. J'y ai le sang d'un tigre, je voudrais dévorer ces deux hommes. O mes enfants ! voilà donc votre vie ? Mais c'est ma mort. Que deviendrez-vous donc quand je ne serai plus là ? Les pères devraient vivre autant que leurs enfants. Mon Dieu, comme ton monde est mal arrangé ! Et tu as un fils cependant, à ce qu'on nous dit. Tu devrais nous empêcher de souffrir dans nos enfants. Mes chers anges, quoi ! ce n'est qu'à vos douleurs que je dois votre présence. Vous ne me faites connaître que vos larmes. Eh bien, oui, vous m'aimez, je le vois. Venez, venez vous plaindre ici ! mon cœur est grand, il peut tout recevoir. Oui, vous aurez beau le percer, les lambeaux feront encore des cœurs de père. Je voudrais prendre vos peines, souffrir pour vous. Ah ! quand vous étiez petites, vous étiez bien heureuses...

— Nous n'avons eu que ce temps-là de bon, dit Delphine. Où sont les moments où nous dégringolions du haut des sacs dans le grand grenier ?

— Mon père ! ce n'est pas tout, dit Anastasie à l'oreille de Goriot qui fit un bond. Les diamants n'ont pas été vendus cent mille francs. Maxime est poursuivi. Nous n'avons plus que douze mille francs à payer. Il m'a promis d'être sage, de ne plus jouer. Il ne me reste plus au monde que son amour, et je l'ai payé trop cher pour ne pas mourir s'il m'échappait. Je lui ai sacrifié fortune, honneur, repos, enfants. Oh ! faites qu'au moins Maxime soit libre, honoré, qu'il puisse demeurer dans le monde où il saura se faire une position. Maintenant il ne me doit pas que le bonheur, nous avons des enfants qui seraient sans fortune. Tout sera perdu s'il est mis à Sainte-Pélagie [283].

— Je ne les ai pas, Nasie. Plus, plus rien, plus rien ! C'est la fin du monde. Oh ! le monde va crouler, c'est sûr. Allez-vous-en, sauvez-vous avant ! Ah ! j'ai encore mes boucles d'argent, six couverts, les premiers que

j'aie eus dans ma vie. Enfin, je n'ai plus que douze
cents francs de rente viagère...

— Qu'avez-vous donc fait de vos rentes perpétuelles ?

— Je les ai vendues en me réservant ce petit bout
de revenu pour mes besoins. Il me fallait douze mille
francs pour arranger un appartement à Fifine.

— Chez toi, Delphine ? dit Mme de Restaud à sa
sœur.

— Oh ! qu'est-ce que cela fait ! reprit le père
Goriot, les douze mille francs sont employés.

— Je devine, dit la comtesse. Pour M. de Rastignac. Ah ! ma pauvre Delphine, arrête-toi. Vois où
j'en suis.

— Ma chère, M. de Rastignac est un jeune homme
incapable de ruiner sa maîtresse.

— Merci, Delphine. Dans la crise où je me trouve,
j'attendais mieux de toi ; mais tu ne m'as jamais
aimée.

— Si, elle t'aime, Nasie, cria le père Goriot, elle me
le disait tout à l'heure. Nous parlions de toi, elle me
soutenait que tu étais belle et qu'elle n'était que jolie,
elle !

— Elle ! répéta la comtesse, elle est d'un beau
froid.

— Quand cela serait, dit Delphine en rougissant,
comment t'es-tu comportée envers moi ? Tu m'as
reniée, tu m'as fait fermer les portes de toutes les maisons où je souhaitais aller, enfin tu n'as jamais
manqué la moindre occasion de me causer de la
peine. Et moi, suis-je venue, comme toi, soutirer à ce
pauvre père, mille francs à mille francs, sa fortune, et
le réduire dans l'état où il est ? Voilà ton ouvrage, ma
sœur. Moi, j'ai vu mon père tant que j'ai pu, je ne l'ai
pas mis à la porte, et ne suis pas venue lui lécher les
mains quand j'avais besoin de lui. Je ne savais seulement pas qu'il eût employé ces douze mille francs
pour moi. J'ai de l'ordre, moi ! tu le sais. D'ailleurs,
quand papa m'a fait des cadeaux, je ne les ai jamais
quêtés.

— Tu étais plus heureuse que moi : M. de Marsay
était riche, tu en sais quelque chose. Tu as toujours
été vilaine comme l'or. Adieu, je n'ai ni sœur, ni...

— Tais-toi, Nasie ! cria le père Goriot.

— Il n'y a qu'une sœur comme toi qui puisse
répéter ce que le monde ne croit plus, tu es un
monstre, lui dit Delphine.

— Mes enfants, mes enfants, taisez-vous, ou je me
tue devant vous.

— Va, Nasie, je te pardonne, dit Mme de Nucingen en continuant, tu es malheureuse. Mais je suis
meilleure que tu ne l'es. Me dire cela au moment où
je me sentais capable de tout pour te secourir, même
d'entrer dans la chambre de mon mari, ce que je ne
ferais ni pour moi ni pour... Ceci est digne de tout ce
que tu as commis de mal contre moi depuis neuf ans.

— Mes enfants, mes enfants, embrassez-vous ! dit
le père. Vous êtes deux anges.

— Non, laissez-moi, cria la comtesse que Goriot
avait prise par le bras et qui secoua l'embrassement de
son père. Elle a moins de pitié pour moi que n'en
aurait mon mari. Ne dirait-on pas qu'elle est l'image
de toutes les vertus !

— J'aime encore mieux passer pour devoir de
l'argent à M. de Marsay que d'avouer que M. de
Trailles me coûte plus de deux cent mille francs,
répondit Mme de Nucingen.

— Delphine ! cria la comtesse en faisant un pas
vers elle.

— Je te dis la vérité quand tu me calomnies,
répliqua froidement la baronne.

— Delphine ! tu es une... »

Le père Goriot s'élança, retint la comtesse et
l'empêcha de parler en lui couvrant la bouche avec sa
main.

« Mon Dieu ! mon père, à quoi donc avez-vous
touché ce matin ? lui dit Anastasie.

— Eh bien, oui, j'ai tort, dit le pauvre père en
s'essuyant les mains à son pantalon. Mais je ne savais
pas que vous viendriez, je déménage. »

Il était heureux de s'être attiré un reproche qui détournait sur lui la colère de sa fille.

« Ah ! reprit-il en s'asseyant, vous m'avez fendu le cœur. Je me meurs, mes enfants ! Le crâne me cuit intérieurement comme s'il avait du feu. Soyez donc gentilles, aimez-vous bien ! Vous me feriez mourir. Delphine, Nasie, allons, vous aviez raison, vous aviez tort toutes les deux. Voyons, Dedel, reprit-il en tournant sur la baronne des yeux pleins de larmes, il lui faut douze mille francs, cherchons-les. Ne vous regardez pas comme ça. » Il se mit à genoux devant Delphine. « Demande-lui pardon pour me faire plaisir, lui dit-il à l'oreille, elle est la plus malheureuse, voyons ?

— Ma pauvre Nasie, dit Delphine épouvantée de la sauvage et folle expression que la douleur imprimait sur le visage de son père, j'ai eu tort, embrasse-moi...

— Ah ! vous me mettez du baume sur le cœur, cria le père Goriot. Mais où trouver douze mille francs ? Si je me proposais comme remplaçant [284] ?

— Ah ! mon père ! dirent les deux filles en l'entourant, non, non.

— Dieu vous récompensera de cette pensée, notre vie n'y suffirait point ! n'est-ce pas, Nasie ? reprit Delphine.

— Et puis, pauvre père, ce serait une goutte d'eau, fit observer la comtesse.

— Mais on ne peut donc rien faire de son sang ? cria le vieillard désespéré. Je me voue à celui qui te sauvera, Nasie ! je tuerai un homme pour lui. Je ferai comme Vautrin, j'irai au bagne ! je... » Il s'arrêta comme s'il eût été foudroyé. « Plus rien ! dit-il en s'arrachant les cheveux. Si je savais où aller pour voler, mais il est encore difficile de trouver un vol à faire. Et puis il faudrait du monde et du temps pour prendre la Banque. Allons, je dois mourir, je n'ai plus qu'à mourir. Oui, je ne suis plus bon à rien, je ne suis plus père ! non. Elle me demande, elle a besoin ! et moi, misérable, je n'ai rien. Ah ! tu t'es fait des rentes viagères, vieux scélérat, et tu avais des filles ! Mais tu

ne les aimes donc pas ? Crève, crève comme un chien
que tu es ! Oui, je suis au-dessous d'un chien, un chien
ne se conduirait pas ainsi ! Oh ! ma tête ! elle bout !

— Mais, papa, crièrent les deux jeunes femmes qui
l'entouraient pour l'empêcher de se frapper la tête
contre les murs, soyez donc raisonnable. »

Il sanglotait. Eugène, épouvanté, prit la lettre de
change souscrite à Vautrin, et dont le timbre compor-
tait une plus forte somme ; il en corrigea le chiffre, en
fit une lettre de change régulière de douze mille francs
à l'ordre de Goriot et entra.

« Voici tout votre argent, madame, dit-il en présentant le papier. Je dormais, votre conversation m'a
réveillé, j'ai pu savoir ainsi ce que je devais à
M. Goriot. En voici le titre que vous pouvez négocier,
je l'acquitterai fidèlement. »

La comtesse, immobile, tenait le papier.

« Delphine, dit-elle pâle et tremblante de colère, de
fureur, de rage, je te pardonnais tout, Dieu m'en est
témoin, mais ceci ! Comment, monsieur était là, tu le
savais ! tu as eu la petitesse de te venger en me laissant
lui livrer mes secrets, ma vie, celle de mes enfants, ma
honte, mon honneur ! Va, tu ne m'es plus de rien, je
te hais, je te ferai tout le mal possible, je... » La colère
lui coupa la parole, et son gosier se sécha.

« Mais, c'est mon fils, notre enfant, ton frère, ton
sauveur, criait le père Goriot. Embrasse-le donc,
Nasie ! Tiens, moi je l'embrasse, reprit-il en serrant
Eugène avec une sorte de fureur. Oh ! mon enfant ! je
serai plus qu'un père pour toi, je veux être une famille.
Je voudrais être Dieu, je te jetterais l'univers aux
pieds. Mais, baise-le donc, Nasie ? ce n'est pas un
homme, mais un ange, un véritable ange.

— Laissez-la, mon père, elle est folle en ce
moment, dit Delphine.

— Folle ! folle ! Et toi, qu'es-tu ? demanda Mme de
Restaud.

— Mes enfants, je meurs si vous continuez », cria le
vieillard en tombant sur son lit comme frappé par une
balle. « Elles me tuent ! » se dit-il.

La comtesse regarda Eugène, qui restait immobile, abasourdi par la violence de cette scène : « Monsieur », lui dit-elle en l'interrogeant du geste, de la voix et du regard, sans faire attention à son père dont le gilet fut rapidement défait par Delphine.

« Madame, je payerai et je me tairai, répondit-il sans attendre la question.

— Tu as tué notre père, Nasie ! dit Delphine en montrant le vieillard évanoui à sa sœur, qui se sauva.

— Je lui pardonne bien, dit le bonhomme en ouvrant les yeux, sa situation est épouvantable et tournerait une meilleure tête. Console Nasie, sois douce pour elle, promets-le à ton pauvre père, qui se meurt, demanda-t-il à Delphine en lui pressant la main.

— Mais qu'avez-vous ? dit-elle tout effrayée.

— Rien, rien, répondit le père, ça se passera. J'ai quelque chose qui me presse le front, une migraine. Pauvre Nasie, quel avenir ! »

En ce moment la comtesse rentra, se jeta aux genoux de son père : « Pardon ! cria-t-elle.

— Allons, dit le père Goriot, tu me fais encore plus de mal maintenant.

— Monsieur, dit la comtesse à Rastignac, les yeux baignés de larmes, la douleur m'a rendue injuste. Vous serez un frère pour moi ? reprit-elle en lui tendant la main.

— Nasie, lui dit Delphine en la serrant, ma petite Nasie, oublions tout.

— Non, dit-elle, je m'en souviendrai, moi !

— Les anges, s'écria le père Goriot, vous m'enlevez le rideau que j'avais sur les yeux, votre voix me ranime. Embrassez-vous donc encore. Eh bien, Nasie, cette lettre de change te sauvera-t-elle ?

— Je l'espère. Dites donc, papa, voulez-vous y mettre votre signature ?

— Tiens, suis-je bête, moi, d'oublier ça ! Mais je me suis trouvé mal, Nasie, ne m'en veux pas. Envoie-moi dire que tu es hors de peine. Non, j'irai. Mais non, je n'irai pas, je ne puis plus voir ton mari, je le tuerais net.

Quant à dénaturer tes biens, je serai là. Va vite, mon enfant, et fais que Maxime devienne sage. »

Eugène était stupéfait.

« Cette pauvre Anastasie a toujours été violente, dit Mme de Nucingen, mais elle a bon cœur.

— Elle est revenue pour l'endos, dit Eugène à l'oreille de Delphine.

— Vous croyez ?

— Je voudrais ne pas le croire. Méfiez-vous d'elle, répondit-il en levant les yeux comme pour confier à Dieu des pensées qu'il n'osait exprimer.

— Oui, elle a toujours été un peu comédienne, et mon pauvre père se laisse prendre à ses mines.

— Comment allez-vous, mon bon père Goriot ? demanda Rastignac au vieillard.

— J'ai envie de dormir », répondit-il.

Eugène aida Goriot à se coucher. Puis, quand le bonhomme se fut endormi en tenant la main de Delphine, sa fille se retira.

« Ce soir aux Italiens, dit-elle à Eugène, et tu me diras comment il va. Demain, vous déménagerez, monsieur. Voyons votre chambre. Oh ! quelle horreur ! dit-elle en y entrant. Mais vous étiez plus mal que n'est mon père. Eugène, tu t'es bien conduit. Je vous aimerais davantage si c'était possible ; mais, mon enfant, si vous voulez faire fortune, il ne faut pas jeter comme ça des douze mille francs par les fenêtres. Le comte de Trailles est joueur. Ma sœur ne veut pas voir ça. Il aurait été chercher ses douze mille francs là où il sait perdre ou gagner des monts d'or. »

Un gémissement les fit revenir chez Goriot, qu'ils trouvèrent en apparence endormi ; mais quand les deux amants approchèrent, ils entendirent ces mots : « Elles ne sont pas heureuses ! » Qu'il dormît ou qu'il veillât, l'accent de cette phrase frappa si vivement le cœur de sa fille, qu'elle s'approcha du grabat sur lequel gisait son père, et le baisa au front. Il ouvrit les yeux en disant : « C'est Delphine !

— Eh bien, comment vas-tu ? demanda-t-elle.

— Bien, dit-il. Ne sois pas inquiète, je vais sortir. Allez, allez, mes enfants, soyez heureux. »

Eugène accompagna Delphine jusque chez elle ; mais, inquiet de l'état dans lequel il avait laissé Goriot, il refusa de dîner avec elle, et revint à la Maison Vauquer. Il trouva le père Goriot debout et prêt à s'attabler. Bianchon s'était mis de manière à bien examiner la figure du vermicellier. Quand il lui vit prendre son pain et le sentir pour juger de la farine avec laquelle il était fait, l'étudiant, ayant observé dans ce mouvement une absence totale de ce que l'on pourrait nommer la conscience de l'acte, fit un geste sinistre.

« Viens donc près de moi, monsieur l'interne à Cochin », dit Eugène.

Bianchon s'y transporta d'autant plus volontiers qu'il allait être près du vieux pensionnaire.

« Qu'a-t-il ? demanda Rastignac.

— A moins que je ne me trompe, il est flambé ! Il a dû se passer quelque chose d'extraordinaire en lui, il me semble être sous le poids d'une apoplexie séreuse imminente. Quoique le bas de la figure soit assez calme, les traits supérieurs du visage se tirent vers le front malgré lui, vois ! Puis les yeux sont dans l'état particulier qui dénote l'invasion du sérum dans le cerveau. Ne dirait-on pas qu'ils sont pleins d'une poussière fine ? Demain matin j'en saurai davantage.

— Y aurait-il quelque remède ?

— Aucun. Peut-être pourra-t-on retarder sa mort si l'on trouve les moyens de déterminer une réaction vers les extrémités, vers les jambes ; mais si demain soir les symptômes ne cessent pas, le pauvre bonhomme est perdu. Sais-tu par quel événement la maladie a été causée ? il a dû recevoir un coup violent sous lequel son moral aura succombé.

— Oui, dit Rastignac en se rappelant que les deux filles avaient battu sans relâche sur le cœur de leur père.

— Au moins, se disait Eugène, Delphine aime son père, elle ! »

Le soir, aux Italiens, Rastignac prit quelques précautions afin de ne pas trop alarmer Mme de Nucingen.

« N'ayez pas d'inquiétude, répondit-elle aux premiers mots que lui dit Eugène, mon père est fort. Seulement, ce matin, nous l'avons un peu secoué. Nos fortunes sont en question, songez-vous à l'étendue de ce malheur ? Je ne vivrais pas si votre affection ne me rendait pas insensible à ce que j'aurais regardé naguère comme des angoisses mortelles. Il n'est plus aujourd'hui qu'une seule crainte, un seul malheur pour moi, c'est de perdre l'amour qui m'a fait sentir le plaisir de vivre. En dehors de ce sentiment tout m'est indifférent, je n'aime plus rien au monde. Vous êtes tout pour moi. Si je sens le bonheur d'être riche, c'est pour mieux vous plaire. Je suis, à ma honte, plus amante que je ne suis fille. Pourquoi ? je ne sais. Toute ma vie est en vous. Mon père m'a donné un cœur, mais vous l'avez fait battre. Le monde entier peut me blâmer, que m'importe ! si vous, qui n'avez pas le droit de m'en vouloir, m'acquittez des crimes auxquels me condamne un sentiment irrésistible ? Me croyez-vous une fille dénaturée ? oh, non, il est impossible de ne pas aimer un père aussi bon que l'est le nôtre. Pouvais-je empêcher qu'il ne vît enfin les suites naturelles de nos déplorables mariages ? Pourquoi ne les a-t-il pas empêchés ? N'était-ce pas à lui de réfléchir pour nous ? Aujourd'hui, je le sais, il souffre autant que nous ; mais que pouvions-nous y faire ? Le consoler ! nous ne le consolerions de rien. Notre résignation lui faisait plus de douleur que nos reproches et nos plaintes ne lui causeraient de mal. Il est des situations dans la vie où tout est amertume. »

Eugène resta muet, saisi de tendresse par l'expression naïve d'un sentiment vrai. Si les Parisiennes sont souvent fausses, ivres de vanité, personnelles, coquettes, froides, il est sûr que quand elles aiment réellement, elles sacrifient plus de sentiments que les autres femmes à leurs passions ; elles se grandissent de toutes leurs petitesses, et deviennent sublimes. Puis

Eugène était frappé de l'esprit profond et judicieux que la femme déploie pour juger les sentiments les plus naturels, quand une affection privilégiée l'en sépare et la met à distance. Mme de Nucingen se choqua du silence que gardait Eugène.

« A quoi pensez-vous donc ? lui demanda-t-elle.

— J'écoute encore ce que vous m'avez dit. J'ai cru jusqu'ici vous aimer plus que vous ne m'aimiez. »

Elle sourit et s'arma contre le plaisir qu'elle éprouva, pour laisser la conversation dans les bornes imposées par les convenances. Elle n'avait jamais entendu les expressions vibrantes d'un amour jeune et sincère. Quelques mots de plus, elle ne se serait plus contenue.

« Eugène, dit-elle en changeant de conversation, vous ne savez donc pas ce qui se passe ? Tout Paris sera demain chez Mme de Beauséant. Les Rochefide et le marquis d'Ajuda se sont entendus pour ne rien ébruiter ; mais le roi signe demain le contrat de mariage, et votre pauvre cousine ne sait rien encore. Elle ne pourra pas se dispenser de recevoir, et le marquis ne sera pas à son bal. On ne s'entretient que de cette aventure.

— Et le monde se rit d'une infamie, et il y trempe ! Vous ne savez donc pas que Mme de Beauséant en mourra ?

— Non, dit Delphine en souriant, vous ne connaissez pas ces sortes de femmes-là. Mais tout Paris viendra chez elle, et j'y serai ! Je vous dois ce bonheur-là pourtant.

— Mais, dit Rastignac, n'est-ce pas un de ces bruits absurdes comme on en fait tant courir à Paris ?

— Nous saurons la vérité demain. »

Eugène ne rentra pas à la Maison Vauquer. Il ne put se résoudre à ne pas jouir de son nouvel appartement. Si, la veille, il avait été forcé de quitter Delphine, à une heure après minuit, ce fut Delphine qui le quitta vers deux heures pour retourner chez elle. Il dormit le lendemain assez tard, attendit vers midi Mme de Nucingen, qui vint déjeuner avec lui. Les jeunes gens sont si avides de ces jolis bonheurs, qu'il avait presque oublié le père Goriot. Ce fut une longue fête pour lui que de s'habituer à chacune de ces élégantes choses qui lui appartenaient. Mme de Nucingen était là, donnant à tout un nouveau prix. Cependant, vers quatre heures, les deux amants pensèrent au père Goriot en songeant au bonheur qu'il se promettait à venir demeurer dans cette maison. Eugène fit observer qu'il était nécessaire d'y transporter promptement le bonhomme, s'il devait être malade, et quitta Delphine pour courir à la Maison Vauquer. Ni le père Goriot ni Bianchon n'étaient à table.

« Eh bien, lui dit le peintre, le père Goriot est éclopé. Bianchon est là-haut près de lui. Le bonhomme a vu l'une de ses filles, la comtesse de Restaurama. Puis il a voulu sortir et sa maladie a empiré. La société va être privée d'un de ses beaux ornements. »

Rastignac s'élança vers l'escalier.

« Hé ! monsieur Eugène !

— Monsieur Eugène ! madame vous appelle, cria Sylvie.

— Monsieur, lui dit la veuve, M. Goriot et vous, vous deviez sortir le quinze de février. Voici trois jours que le quinze est passé, nous sommes au dix-huit ; il faudra me payer un mois pour vous et pour lui, mais, si vous voulez garantir le père Goriot, votre parole me suffira.

— Pourquoi ? n'avez-vous pas confiance ?

— Confiance ! si le bonhomme n'avait plus sa tête et mourait, ses filles ne me donneraient pas un liard, et toute sa défroque ne vaut pas dix francs. Il a emporté ce matin ses derniers couverts, je ne sais pourquoi. Il s'était mis en jeune homme. Dieu me pardonne, je crois qu'il avait du rouge, il m'a paru rajeuni.

— Je réponds de tout », dit Eugène en frissonnant d'horreur et appréhendant une catastrophe.

Il monta chez le père Goriot. Le vieillard gisait sur son lit, et Bianchon était auprès de lui.

« Bonjour, père », lui dit Eugène.

Le bonhomme lui sourit doucement, et répondit en tournant vers lui des yeux vitreux : « Comment va-t-elle ?

— Bien. Et vous ?

— Pas mal.

— Ne le fatigue pas, dit Bianchon en entraînant Eugène dans un coin de la chambre.

— Eh bien ? lui dit Rastignac.

— Il ne peut être sauvé que par un miracle. La congestion séreuse a eu lieu, il a les sinapismes ; heureusement il les sent, ils agissent.

— Peut-on le transporter ?

— Impossible. Il faut le laisser là, lui éviter tout mouvement physique et toute émotion...

— Mon bon Bianchon, dit Eugène, nous le soignerons à nous deux.

— J'ai déjà fait venir le médecin en chef de mon hôpital.

— Eh bien ?

— Il prononcera demain soir. Il m'a promis de venir après sa journée. Malheureusement ce fichu bonhomme a commis ce matin une imprudence sur laquelle il ne veut pas s'expliquer. Il est entêté comme une mule. Quand je lui parle, il fait semblant de ne pas entendre, et dort pour ne pas me répondre ; ou bien, s'il a les yeux ouverts, il se met à geindre. Il est sorti vers le matin, il a été à pied dans Paris, on ne sait où. Il a emporté tout ce qu'il possédait de vaillant, il a été faire quelque sacré trafic pour lequel il a outrepassé ses forces ! Une de ses filles est venue.

— La comtesse ? dit Eugène. Une grande brune, l'œil vif et bien coupé, joli pied, taille souple ?

— Oui.

— Laisse-moi seul un moment avec lui, dit Rastignac. Je vais le confesser, il me dira tout, à moi.

— Je vais aller dîner pendant ce temps-là. Seulement tâche de ne pas trop l'agiter ; nous avons encore quelque espoir.

— Sois tranquille.

— Elles s'amuseront bien demain, dit le père

Goriot à Eugène quand ils furent seuls. Elles vont à un grand bal.

— Qu'avez-vous donc fait ce matin, papa, pour être si souffrant ce soir qu'il vous faille rester au lit ?

— Rien.

— Anastasie est venue ? demanda Rastignac.

— Oui, répondit le père Goriot.

— Eh bien, ne me cachez rien. Que vous a-t-elle encore demandé ?

— Ah ! reprit-il en rassemblant ses forces pour parler, elle était bien malheureuse, allez, mon enfant ! Nasie n'a pas un sou depuis l'affaire des diamants. Elle avait commandé, pour ce bal, une robe lamée qui doit lui aller comme un bijou. Sa couturière, une infâme, n'a pas voulu lui faire crédit, et sa femme de chambre a payé mille francs en acompte sur la toilette. Pauvre Nasie, en être venue là ! Ça m'a déchiré le cœur. Mais la femme de chambre, voyant ce Restaud retirer toute sa confiance à Nasie, a eu peur de perdre son argent, et s'entend avec la couturière pour ne livrer la robe que si les mille francs sont rendus. Le bal est demain, la robe est prête, Nasie est au désespoir. Elle a voulu m'emprunter mes couverts pour les engager. Son mari veut qu'elle aille à ce bal pour montrer à tout Paris les diamants qu'on prétend vendus par elle. Peut-elle dire à ce monstre : "Je dois mille francs, payez-les" ? Non. J'ai compris ça, moi. Sa sœur Delphine ira là dans une toilette superbe. Anastasie ne doit pas être au-dessous de sa cadette. Et puis elle est si noyée de larmes, ma pauvre fille ! J'ai été si humilié de n'avoir pas eu douze mille francs hier, que j'aurais donné le reste de ma misérable vie pour racheter ce tort-là. Voyez-vous ? j'avais eu la force de tout supporter, mais mon dernier manque d'argent m'a crevé le cœur. Oh ! oh ! je n'en ai fait ni une ni deux, je me suis rafistolé, requinqué ; j'ai vendu pour six cents francs de couverts et de boucles, puis j'ai engagé, pour un an, mon titre de rente viagère contre quatre cents francs une fois payés, au papa Gobseck. Bah ! je mangerai du pain ! ça me suffisait

quand j'étais jeune, ça peut encore aller. Au moins
elle aura une belle soirée, ma Nasie. Elle sera pimpante. J'ai le billet de mille francs là sous mon chevet.
Ça me réchauffe d'avoir là sous la tête ce qui va faire
plaisir à la pauvre Nasie. Elle pourra mettre sa mauvaise Victoire à la porte. A-t-on vu des domestiques ne
pas avoir confiance dans leurs maîtres ! Demain je
serai bien, Nasie vient à dix heures. Je ne veux pas
qu'elles me croient malade, elles n'iraient point au
bal, elles me soigneraient. Nasie m'embrassera demain
comme son enfant, ses caresses me guériront. Enfin,
n'aurais-je pas dépensé mille francs chez l'apothicaire ? J'aime mieux les donner à mon Guérit-tout, à
ma Nasie. Je la consolerai dans sa misère, au moins.
Ça m'acquitte du tort de m'être fait du viager. Elle est
au fond de l'abîme, et moi je ne suis plus assez fort
pour l'en tirer. Oh ! je vais me remettre au commerce.
J'irai à Odessa pour y acheter du grain. Les blés valent
là trois fois moins que les nôtres ne coûtent. Si l'introduction des céréales est défendue en nature, les braves
gens qui font les lois n'ont pas songé à prohiber les
fabrications dont les blés sont le principe. Hé, hé !...
j'ai trouvé cela, moi, ce matin ! Il y a de beaux coups
à faire dans les amidons.

— Il est fou, se dit Eugène en regardant le vieillard.
Allons, restez en repos, ne parlez pas... »

Eugène descendit pour dîner quand Bianchon
remonta. Puis tous deux passèrent la nuit à garder le
malade à tour de rôle, en s'occupant, l'un à lire ses
livres de médecine, l'autre à écrire à sa mère et à ses
sœurs. Le lendemain, les symptômes qui se déclarèrent chez le malade furent, suivant Bianchon, d'un
favorable augure ; mais ils exigèrent des soins conti-
nuels dont les deux étudiants étaient seuls capables, et
dans le récit desquels il est impossible de compro-
mettre la pudibonde phraséologie de l'époque. Les
sangsues mises sur le corps appauvri du bonhomme
furent accompagnées de cataplasmes, de bains de
pied, de manœuvres médicales pour lesquelles il fallait
d'ailleurs la force et le dévouement des deux jeunes

gens. Mme de Restaud ne vint pas ; elle envoya chercher sa somme par un commissionnaire.

« Je croyais qu'elle serait venue elle-même. Mais ce
n'est pas un mal, elle se serait inquiétée », dit le père
en paraissant heureux de cette circonstance.

A sept heures du soir, Thérèse vint apporter une
lettre de Delphine.

« Que faites-vous donc, mon ami ? A peine aimée,
serais-je déjà négligée ? Vous m'avez montré, dans
ces confidences versées de cœur à cœur, une trop
belle âme pour n'être pas de ceux qui restent toujours fidèles en voyant combien les sentiments ont de
nuances. Comme vous l'avez dit en écoutant la prière
de *Mosé*[285] : "Pour les uns c'est une même note,
pour les autres c'est l'infini de la musique !" Songez
que je vous attends ce soir pour aller au bal de
Mme de Beauséant. Décidément le contrat de
M. d'Ajuda a été signé ce matin à la cour, et la
pauvre vicomtesse ne l'a su qu'à deux heures. Tout
Paris va se porter chez elle, comme le peuple
encombre la Grève quand il doit y avoir une exécution. N'est-ce pas horrible d'aller voir si cette
femme cachera sa douleur, si elle saura bien mourir ?
Je n'irais certes pas, mon ami, si j'avais été déjà chez
elle ; mais elle ne recevra plus sans doute, et tous les
efforts que j'ai faits seraient superflus. Ma situation
est bien différente de celle des autres. D'ailleurs, j'y
vais pour vous aussi. Je vous attends. Si vous n'étiez
pas près de moi dans deux heures, je ne sais si je
vous pardonnerais cette félonie. »

Rastignac prit une plume et répondit ainsi :

« J'attends un médecin pour savoir si votre père doit
vivre encore. Il est mourant. J'irai vous porter l'arrêt,
et j'ai peur que ce soit un arrêt de mort. Vous verrez si
vous pouvez aller au bal. Mille tendresses. »

Le médecin vint à huit heures et demie, et, sans
donner un avis favorable, il ne pensa pas que la mort
dût être imminente. Il annonça des mieux et des
rechutes alternatives d'où dépendraient la vie et la
raison du bonhomme.

« Il vaudrait mieux qu'il mourût promptement », fut le dernier mot du docteur.

Eugène confia le père Goriot aux soins de Bianchon, et partit pour aller porter à Mme de Nucingen les tristes nouvelles qui, dans son esprit encore imbu des devoirs de famille, devaient suspendre toute joie.

« Dites-lui qu'elle s'amuse tout de même », lui cria le père Goriot qui paraissait assoupi mais qui se dressa sur son séant au moment où Rastignac sortit.

Le jeune homme se présenta navré de douleur à Delphine, et la trouva coiffée, chaussée, n'ayant plus que sa robe de bal à mettre. Mais, semblables aux coups de pinceau par lesquels les peintres achèvent leurs tableaux, les derniers apprêts voulaient plus de temps que n'en demandait le fond même de la toile.

« Eh quoi, vous n'êtes pas habillé ? dit-elle.

— Mais, madame, votre père...

— Encore mon père, s'écria-t-elle en l'interrompant. Mais vous ne m'apprendrez pas ce que je dois à mon père. Je connais mon père depuis longtemps. Pas un mot, Eugène. Je ne vous écouterai que quand vous aurez fait votre toilette. Thérèse a tout préparé chez vous ; ma voiture est prête, prenez-la ; revenez. Nous causerons de mon père en allant au bal. Il faut partir de bonne heure, si nous sommes pris dans la file des voitures, nous serons bien heureux de faire notre entrée à onze heures.

— Madame !

— Allez ! pas un mot, dit-elle courant dans son boudoir pour y prendre un collier.

— Mais, allez donc, monsieur Eugène, vous fâcherez madame », dit Thérèse en poussant le jeune homme épouvanté de cet élégant parricide[286].

Il alla s'habiller en faisant les plus tristes, les plus décourageantes réflexions. Il voyait le monde comme un océan de boue dans lequel un homme se plongeait jusqu'au cou, s'il y trempait le pied. « Il ne s'y commet que des crimes mesquins ! se dit-il. Vautrin est plus grand. » Il avait vu les trois grandes expressions de la société : l'Obéissance, la Lutte et la Révolte ; la

Famille, le Monde et Vautrin. Et il n'osait prendre parti. L'Obéissance était ennuyeuse, la Révolte impossible, et la Lutte incertaine. Sa pensée le reporta au sein de sa famille. Il se souvint des pures émotions de cette vie calme, il se rappela les jours passés au milieu des êtres dont il était chéri. En se conformant aux lois naturelles du foyer domestique, ces chères créatures y trouvaient un bonheur plein, continu, sans angoisses. Malgré ses bonnes pensées, il ne se sentit pas le courage de venir confesser la foi des âmes pures à Delphine, en lui ordonnant la Vertu au nom de l'Amour. Déjà son éducation commencée avait porté ses fruits. Il aimait égoïstement déjà. Son tact lui avait permis de reconnaître la nature du cœur de Delphine. Il pressentait qu'elle était capable de marcher sur le corps de son père pour aller au bal, et il n'avait ni la force de jouer le rôle d'un raisonneur, ni le courage de lui déplaire, ni la vertu de la quitter. « Elle ne me pardonnerait jamais d'avoir eu raison contre elle dans cette circonstance », se dit-il. Puis il commenta les paroles des médecins, il se plut à penser que le père Goriot n'était pas aussi dangereusement malade qu'il le croyait ; enfin, il entassa des raisonnements assassins pour justifier Delphine. Elle ne connaissait pas l'état dans lequel était son père. Le bonhomme lui-même la renverrait au bal, si elle l'allait voir. Souvent la loi sociale, implacable dans sa formule, condamne là où le crime apparent est excusé par les innombrables modifications qu'introduisent au sein des familles la différence des caractères, la diversité des intérêts et des situations. Eugène voulait se tromper lui-même, il était prêt à faire à sa maîtresse le sacrifice de sa conscience. Depuis deux jours, tout était changé dans sa vie. La femme y avait jeté ses désordres, elle avait fait pâlir la famille, elle avait tout confisqué à son profit. Rastignac et Delphine s'étaient rencontrés dans les conditions voulues pour éprouver l'un par l'autre les plus vives jouissances. Leur passion bien préparée avait grandi par ce qui tue les passions, par la jouissance. En possédant cette femme, Eugène s'aperçut que jusqu'alors il ne l'avait que désirée, il ne l'aima qu'au lendemain du bonheur : l'amour n'est peut-être que la reconnaissance du plaisir. Infâme ou sublime, il adorait cette femme pour les voluptés qu'il lui avait apportées en dot, et pour toutes celles qu'il en avait reçues ; de même que Delphine aimait Rastignac autant que Tantale aurait aimé l'ange qui serait venu satisfaire sa faim, ou étancher la soif de son gosier desséché.

« Eh bien, comment va mon père ? lui dit Mme de Nucingen quand il fut de retour et en costume de bal.

— Extrêmement mal, répondit-il, si vous voulez me donner une preuve de votre affection, nous courrons le voir.

— Eh bien, oui, dit-elle, mais après le bal. Mon bon Eugène, sois gentil, ne me fais pas de morale, viens. »

Ils partirent. Eugène resta silencieux pendant une partie du chemin.

« Qu'avez-vous donc ? dit-elle.

— J'entends le râle de votre père », répondit-il avec l'accent de la fâcherie. Et il se mit à raconter avec la chaleureuse éloquence du jeune âge la féroce action à laquelle Mme de Restaud avait été poussée par la vanité, la crise mortelle que le dernier dévouement du père avait déterminée, et ce que coûterait la robe lamée d'Anastasie. Delphine pleurait.

« Je vais être laide », pensa-t-elle. Ses larmes se séchèrent. « J'irai garder mon père, je ne quitterai pas son chevet, reprit-elle.

— Ah ! te voilà comme je te voulais », s'écria Rastignac.

Les lanternes de cinq cents voitures éclairaient les abords de l'hôtel de Beauséant. De chaque côté de la porte illuminée piaffait un gendarme. Le grand monde affluait si abondamment, et chacun mettait tant d'empressement à voir cette grande femme au moment de sa chute, que les appartements, situés au rez-de-chaussée de l'hôtel, étaient déjà pleins quand Mme de Nucingen et Rastignac s'y présentèrent.

Depuis le moment où toute la cour se rua chez la Grande Mademoiselle à qui Louis XIV arrachait son amant [287], nul désastre de cœur ne fut plus éclatant que ne l'était celui de Mme de Beauséant. En cette circonstance, la dernière fille de la quasi royale maison de Bourgogne se montra supérieure à son mal, et domina jusqu'à son dernier moment le monde dont elle n'avait accepté les vanités que pour les faire servir au triomphe de sa passion. Les plus belles femmes de Paris animaient les salons de leurs toilettes et de leurs sourires. Les hommes les plus distingués de la cour, les ambassadeurs, les ministres, les gens illustrés en tout genre, chamarrés de croix, de plaques, de cordons multicolores, se pressaient autour de la vicomtesse. L'orchestre faisait résonner les motifs de sa musique sous les lambris dorés de ce palais, désert pour sa reine. Mme de Beauséant se tenait debout devant son premier salon pour recevoir ses prétendus amis. Vêtue de blanc, sans aucun ornement dans ses cheveux simplement nattés, elle semblait calme, et n'affichait ni douleur, ni fierté, ni fausse joie. Personne ne pouvait lire dans son âme. Vous eussiez dit d'une Niobé de marbre [288]. Son sourire à ses intimes amis fut parfois railleur ; mais elle parut à tous semblable à elle-même, et se montra si bien ce qu'elle était quand le bonheur la parait de ses rayons, que les plus insensibles l'admirèrent, comme les jeunes Romaines applaudissaient le gladiateur qui savait sourire en expirant. Le monde semblait s'être paré pour faire ses adieux à l'une de ses souveraines.

« Je tremblais que vous ne vinssiez pas, dit-elle à Rastignac.

— Madame, répondit-il d'une voix émue en prenant ce mot pour un reproche, je suis venu pour rester le dernier.

— Bien, dit-elle en lui prenant la main. Vous êtes peut-être ici le seul auquel je puisse me fier. Mon ami, aimez une femme que vous puissiez aimer toujours. N'en abandonnez aucune. »

Elle prit le bras de Rastignac et le mena sur un canapé, dans le salon où l'on jouait.

« Allez, lui dit-elle, chez le marquis. Jacques, mon valet de chambre, vous y conduira et vous remettra une lettre pour lui. Je lui demande ma correspondance. Il vous la remettra tout entière, j'aime à le croire. Si vous avez mes lettres, montez dans ma chambre. On me préviendra. »

Elle se leva pour aller au-devant de la duchesse de Langeais, sa meilleure amie, qui venait aussi. Rastignac partit, fit demander le marquis d'Ajuda à l'hôtel de Rochefide, où il devait passer la soirée, et où il le trouva. Le marquis l'emmena chez lui, remit une boîte à l'étudiant, et lui dit : « Elles y sont toutes. » Il parut vouloir parler à Eugène, soit pour le questionner sur les événements du bal et sur la vicomtesse, soit pour lui avouer que déjà peut-être il était au désespoir de son mariage, comme il le fut plus tard [289] ; mais un éclair d'orgueil brilla dans ses yeux, et il eut le déplorable courage de garder le secret sur ses plus nobles sentiments. « Ne lui dites rien de moi, mon cher Eugène. » Il pressa la main de Rastignac par un mouvement affectueusement triste, et lui fit signe de partir. Eugène revint à l'hôtel de Beauséant, et fut introduit dans la chambre de la vicomtesse, où il vit les apprêts d'un départ. Il s'assit auprès du feu, regarda la cassette en cèdre, et tomba dans une profonde mélancolie. Pour lui, Mme de Beauséant avait les proportions des déesses de l'Iliade.

« Ah ! mon ami », dit la vicomtesse en entrant et appuyant sa main sur l'épaule de Rastignac.

Il aperçut sa cousine en pleurs, les yeux levés, une main tremblante, l'autre levée. Elle prit tout à coup la boîte, la plaça dans le feu et la vit brûler.

« Ils dansent ! ils sont venus tous bien exactement, tandis que la mort viendra tard. Chut ! mon ami, dit-elle en mettant un doigt sur la bouche de Rastignac prêt à parler. Je ne verrai plus jamais ni Paris ni le monde. A cinq heures du matin, je vais partir pour aller m'ensevelir au fond de la Normandie. Depuis trois heures après midi, j'ai été obligée de faire mes préparatifs, signer des actes, voir à des affaires ; je ne pouvais envoyer personne chez... » Elle s'arrêta. « Il était sûr qu'on le trouverait chez... » Elle s'arrêta encore accablée de douleur. En ces moments tout est souffrance, et certains mots sont impossibles à prononcer. « Enfin, reprit-elle, je comptais sur vous ce soir pour ce dernier service. Je voudrais vous donner un gage de mon amitié. Je penserai souvent à vous, qui m'avez paru bon et noble, jeune et candide au milieu de ce monde où ces qualités sont si rares. Je souhaite que vous songiez quelquefois à moi. Tenez, dit-elle en jetant les yeux autour d'elle, voici le coffret où je mettais mes gants. Toutes les fois que j'en ai pris avant d'aller au bal ou au spectacle, je me sentais belle, parce que j'étais heureuse, et je n'y touchais que pour y laisser quelque pensée gracieuse : il y a beaucoup de moi là-dedans, il y a toute une Mme de Beauséant qui n'est plus, acceptez-le, j'aurai soin qu'on le porte chez vous, rue d'Artois. Mme de Nucingen est fort bien ce soir, aimez-la bien. Si nous ne nous voyons plus, mon ami, soyez sûr que je ferai des vœux pour vous, qui avez été bon pour moi. Descendons, je ne veux pas leur laisser croire que je pleure. J'ai l'éternité devant moi, j'y serai seule, et personne ne m'y demandera compte de mes larmes. Encore un regard à cette chambre. » Elle s'arrêta. Puis, après s'être un moment caché les yeux avec sa main, elle se les essuya, les baigna d'eau fraîche, et prit le bras de l'étudiant. « Marchons ! » dit-elle.

Rastignac n'avait pas encore senti d'émotion aussi violente que le fut le contact de cette douleur si noblement contenue. En rentrant dans le bal, Eugène en fit le tour avec Mme de Beauséant, dernière et délicate attention de cette gracieuse femme.

Bientôt il aperçut les deux sœurs, Mme de Restaud et Mme de Nucingen. La comtesse était magnifique avec tous ses diamants étalés, qui, pour elle, étaient brûlants sans doute, elle les portait pour la dernière fois. Quelque puissants que fussent son orgueil et son

amour, elle ne soutenait pas bien les regards de son
mari. Ce spectacle n'était pas de nature à rendre les
pensées de Rastignac moins tristes. S'il avait revu
Vautrin dans le colonel italien [290], il revit alors, sous
les diamants des deux sœurs, le grabat sur lequel gisait
le père Goriot. Son attitude mélancolique ayant
trompé la vicomtesse, elle lui retira son bras.

« Allez ! je ne veux pas vous coûter un plaisir »,
dit-elle.

Eugène fut bientôt réclamé par Delphine, heureuse
de l'effet qu'elle produisait, et jalouse de mettre aux
pieds de l'étudiant les hommages qu'elle recueillait
dans ce monde, où elle espérait être adoptée.

« Comment trouvez-vous Nasie ? lui dit-elle.

— Elle a, dit Rastignac, escompté jusqu'à la mort
de son père. »

Vers quatre heures du matin, la foule des salons
commençait à s'éclaircir. Bientôt la musique ne se fit
plus entendre. La duchesse de Langeais et Rastignac
se trouvèrent seuls dans le grand salon. La vicomtesse,
croyant n'y rencontrer que l'étudiant, y vint après
avoir dit adieu à M. de Beauséant, qui s'alla coucher
en lui répétant : « Vous avez tort, ma chère, d'aller
vous enfermer à votre âge ! Restez donc avec nous. »

En voyant la duchesse, Mme de Beauséant ne put
retenir une exclamation.

« Je vous ai devinée, Clara, dit Mme de Langeais.
Vous partez pour ne plus revenir ; mais vous ne par-
tirez pas sans m'avoir entendue et sans que nous nous
soyons comprises. » Elle prit son amie par le bras,
l'emmena dans le salon voisin, et là, la regardant avec
des larmes dans les yeux, elle la serra dans ses bras et
la baisa sur les joues. « Je ne veux pas vous quitter
froidement, ma chère, ce serait un remords trop lourd.
Vous pouvez compter sur moi comme sur vous-même.
Vous avez été grande ce soir, je me suis sentie digne
de vous, et veux vous le prouver. J'ai eu des torts
envers vous, je n'ai pas toujours été bien, pardonnez-
moi, ma chère : je désavoue tout ce qui a pu vous
blesser, je voudrais reprendre mes paroles. Une même

douleur a réuni nos âmes, et je ne sais qui de nous sera la plus malheureuse. M. de Montriveau n'était pas ici ce soir, comprenez-vous ? Qui vous a vue pendant ce bal, Clara, ne vous oubliera jamais. Moi, je tente un dernier effort. Si j'échoue, j'irai dans un couvent [291] ! Où allez-vous, vous ?

— En Normandie, à Courcelles, aimer, prier, jusqu'au jour où Dieu me retirera de ce monde.

— Venez, monsieur de Rastignac », dit la vicomtesse d'une voix émue, en pensant que ce jeune homme attendait. L'étudiant plia le genou, prit la main de sa cousine et la baisa. « Antoinette, adieu ! reprit Mme de Beauséant, soyez heureuse. Quant à vous, vous l'êtes, vous êtes jeune, vous pouvez croire à quelque chose, dit-elle à l'étudiant. A mon départ de ce monde, j'aurai eu, comme quelques mourants privilégiés, de religieuses, de sincères émotions autour de moi ! »

Rastignac s'en alla vers cinq heures, après avoir vu Mme de Beauséant dans sa berline de voyage, après avoir reçu son dernier adieu mouillé de larmes qui prouvaient que les personnes les plus élevées ne sont pas mises hors de la loi du cœur et ne vivent pas sans chagrins, comme quelques courtisans du peuple voudraient le lui faire croire. Eugène revint à pied vers la maison Vauquer, par un temps humide et froid. Son éducation s'achevait.

« Nous ne sauverons pas le pauvre père Goriot, lui dit Bianchon quand Rastignac entra chez son voisin.

— Mon ami, lui dit Eugène après avoir regardé le vieillard endormi, va, poursuis la destinée modeste à laquelle tu bornes tes désirs. Moi, je suis en enfer, et il faut que j'y reste [292]. Quelque mal que l'on te dise du monde, crois-le ! il n'y a pas de Juvénal qui puisse en peindre l'horreur couverte d'or et de pierreries. »

Le lendemain, Rastignac fut éveillé sur les deux heures après midi par Bianchon, qui, forcé de sortir, le pria de garder le père Goriot, dont l'état avait fort empiré pendant la matinée.

« Le bonhomme n'a pas deux jours, n'a peut-être

pas six heures à vivre, dit l'élève en médecine, et cependant nous ne pouvons pas cesser de combattre le mal. Il va falloir lui donner des soins coûteux. Nous serons bien ses garde-malade ; mais je n'ai pas le sou, moi. J'ai retourné ses poches, fouillé ses armoires : zéro au quotient. Je l'ai questionné dans un moment où il avait sa tête, il m'a dit ne pas avoir un liard à lui. Qu'as-tu, toi ?

— Il me reste vingt francs, répondit Rastignac ; mais j'irai les jouer, je gagnerai.

— Si tu perds ?

— Je demanderai de l'argent à ses gendres et à ses filles.

— Et s'ils ne t'en donnent pas ? reprit Bianchon. Le plus pressé dans ce moment n'est pas de trouver de l'argent, il faut envelopper le bonhomme d'un sinapisme bouillant depuis les pieds jusqu'à la moitié des cuisses. S'il crie, il y aura de la ressource. Tu sais comment cela s'arrange. D'ailleurs, Christophe t'aidera. Moi, je passerai chez l'apothicaire répondre de tous les médicaments que nous y prendrons. Il est malheureux que le pauvre homme n'ait pas été transportable à notre hospice, il y aurait été mieux. Allons, viens que je t'installe, et ne le quitte pas que je ne sois revenu. »

Les deux jeunes gens entrèrent dans la chambre où gisait le vieillard. Eugène fut effrayé du changement de cette face convulsée, blanche et profondément débile.

« Eh bien, papa ? » lui dit-il en se penchant sur le grabat.

Goriot leva sur Eugène des yeux ternes et le regarda fort attentivement sans le reconnaître. L'étudiant ne soutint pas ce spectacle, des larmes humectèrent ses yeux.

« Bianchon, ne faudrait-il pas des rideaux aux fenêtres ?

— Non. Les circonstances atmosphériques ne l'affectent plus. Ce serait trop heureux s'il avait chaud ou froid. Néanmoins il nous faut du feu pour faire les tisanes et préparer bien des choses. Je t'enverrai des falourdes [293] qui nous serviront jusqu'à ce que nous ayons du bois. Hier et cette nuit, j'ai brûlé le tien et toutes les mottes du pauvre homme. Il faisait humide, l'eau dégouttait des murs. A peine ai-je pu sécher la chambre. Christophe l'a balayée, c'est vraiment une écurie. J'y ai brûlé du genièvre, ça puait trop.

— Mon Dieu ! dit Rastignac, mais ses filles !

— Tiens, s'il demande à boire, tu lui donneras de ceci, dit l'interne en montrant à Rastignac un grand pot blanc. Si tu l'entends se plaindre et que le ventre soit chaud et dur, tu te feras aider par Christophe pour lui administrer... tu sais. S'il avait, par hasard, une grande exaltation, s'il parlait beaucoup, s'il avait enfin un petit brin de démence, laisse-le aller. Ce ne sera pas un mauvais signe. Mais envoie Christophe à l'hospice Cochin. Notre médecin, mon camarade ou moi, nous viendrions lui appliquer des moxas [294]. Nous avons fait ce matin, pendant que tu dormais, une grande consultation avec un élève du docteur Gall, avec un médecin en chef de l'Hôtel-Dieu et le nôtre [295]. Ces messieurs ont cru reconnaître de curieux symptômes, et nous allons suivre les progrès de la maladie, afin de nous éclairer sur plusieurs points scientifiques assez importants. Un de ces messieurs prétend que la pression du sérum, si elle portait plus sur un organe que sur un autre, pourrait développer des faits particuliers. Ecoute-le donc bien, au cas où il parlerait, afin de constater à quel genre d'idées appartiendraient ses discours : si c'est des effets de mémoire, de pénétration, de jugement ; s'il s'occupe de matérialités, ou de sentiments ; s'il calcule, s'il revient sur le passé ; enfin sois en état de nous faire un rapport exact. Il est possible que l'invasion ait lieu en bloc, il mourra imbécile comme il l'est en ce moment. Tout est bien bizarre dans ces sortes de maladies ! Si la bombe crevait par ici, dit Bianchon en montrant l'occiput du malade, il y a des exemples de phénomènes singuliers : le cerveau recouvre quelques-unes de ses facultés, et la mort est plus lente à se déclarer. Les sérosités peuvent se détourner du cerveau, prendre des routes dont on ne connaît le cours que par l'autopsie. Il y a aux Incurables un vieillard hébété chez qui l'épanchement a suivi la colonne vertébrale ; il souffre horriblement, mais il vit [296].

— Se sont-elles bien amusées ? dit le père Goriot, qui reconnut Eugène.

— Oh ! il ne pense qu'à ses filles, dit Bianchon. Il m'a dit plus de cent fois cette nuit : "Elles dansent ! Elle a sa robe." Il les appelait par leurs noms. Il me faisait pleurer, diable m'emporte ! avec ses intonations : "Delphine ! ma petite Delphine ! Nasie !" Ma parole d'honneur, dit l'élève en médecine, c'était à fondre en larmes.

— Delphine, dit le vieillard, elle est là, n'est-ce pas ? Je le savais bien. » Et ses yeux recouvrèrent une activité folle pour regarder les murs et la porte.

« Je descends dire à Sylvie de préparer les sinapismes, cria Bianchon, le moment est favorable. »

Rastignac resta seul près du vieillard, assis au pied du lit, les yeux fixés sur cette tête effrayante et douloureuse à voir.

« Mme de Beauséant s'enfuit, celui-ci se meurt, dit-il. Les belles âmes ne peuvent pas rester longtemps en ce monde. Comment les grands sentiments s'allieraient-ils, en effet, à une société mesquine, petite, superficielle ? »

Les images de la fête à laquelle il avait assisté se représentèrent à son souvenir et contrastèrent avec le spectacle de ce lit de mort. Bianchon reparut soudain.

« Dis donc, Eugène, je viens de voir notre médecin en chef, et je suis revenu toujours courant. S'il se manifeste des symptômes de raison, s'il parle, couche-le sur un long sinapisme, de manière à l'envelopper de moutarde depuis la nuque jusqu'à la chute des reins, et fais-nous appeler.

— Cher Bianchon, dit Eugène.

— Oh ! il s'agit d'un fait scientifique, reprit l'élève en médecine avec toute l'ardeur d'un néophyte.

— Allons, dit Eugène, je serai donc le seul à soigner ce pauvre vieillard par affection.

— Si tu m'avais vu ce matin, tu ne dirais pas cela, reprit Bianchon sans s'offenser du propos. Les médecins qui ont exercé ne voient que la maladie ; moi, je vois encore le malade, mon cher garçon. »

Il s'en alla, laissant Eugène seul avec le vieillard, et dans l'appréhension d'une crise qui ne tarda pas à se déclarer.

« Ah ! c'est vous, mon cher enfant, dit le père Goriot en reconnaissant Eugène.

— Allez-vous mieux ? demanda l'étudiant en lui prenant la main.

— Oui, j'avais la tête serrée comme dans un étau, mais elle se dégage. Avez-vous vu mes filles ? Elles vont venir bientôt, elles accourront aussitôt qu'elles me sauront malade, elles m'ont tant soigné rue de la Jussienne ! Mon Dieu ! je voudrais que ma chambre fût propre pour les recevoir. Il y a un jeune homme qui m'a brûlé toutes mes mottes.

— J'entends Christophe, lui dit Eugène, il vous monte du bois que ce jeune homme vous envoie.

— Bon ! mais comment payer le bois ? je n'ai pas un sou, mon enfant. J'ai tout donné, tout. Je suis à la charité. La robe lamée était-elle belle au moins ? (Ah ! je souffre !) Merci, Christophe. Dieu vous récompensera, mon garçon ; moi, je n'ai plus rien.

— Je te payerai bien, toi et Sylvie, dit Eugène à l'oreille du garçon.

— Mes filles vous ont dit qu'elles allaient venir, n'est-ce pas, Christophe ? Vas-y encore, je te donnerai cent sous. Dis-leur que je ne me sens pas bien, que je voudrais les embrasser, les voir encore une fois avant de mourir. Dis-leur cela, mais sans trop les effrayer. »

Christophe partit sur un signe de Rastignac.

« Elles vont venir, reprit le vieillard. Je les connais. Cette bonne Delphine, si je meurs, quel chagrin je lui causerai ! Nasie aussi. Je ne voudrais pas mourir, pour ne pas les faire pleurer. Mourir, mon bon Eugène, c'est ne plus les voir. Là où l'on s'en va, je m'ennuierai bien.

Pour un père, l'enfer, c'est d'être sans enfants, et j'ai déjà fait mon apprentissage depuis qu'elles sont mariées. Mon paradis était rue de la Jussienne. Dites donc, si je vais en paradis, je pourrai revenir sur terre en esprit autour d'elles. J'ai entendu dire de ces choses-là. Sont-elles vraies ? Je crois les voir en ce moment telles qu'elles étaient rue de la Jussienne. Elles descendaient le matin. "Bonjour, papa", disaient-elles. Je les prenais sur mes genoux, je leur faisais mille agaceries, des niches. Elles me caressaient gentiment. Nous déjeunions tous les matins ensemble, nous dînions, enfin j'étais père, je jouissais de mes enfants. Quand elles étaient rue de la Jussienne, elles ne raisonnaient pas, elles ne savaient rien du monde, elles m'aimaient bien. Mon Dieu ! pourquoi ne sont-elles pas toujours restées petites ? (Oh ! je souffre, la tête me tire.) Ah ! ah ! pardon, mes enfants ! je souffre horriblement, et il faut que ce soit de la vraie douleur, vous m'avez rendu bien dur au mal. Mon Dieu ! si j'avais seulement leurs mains dans les miennes, je ne sentirais point mon mal. Croyez-vous qu'elles viennent ? Christophe est si bête ! J'aurais dû y aller moi-même. Il va les voir, lui. Mais vous avez été hier au bal. Dites-moi donc comment elles étaient ? Elles ne savaient rien de ma maladie, n'est-ce pas ? Elles n'auraient pas dansé, pauvres petites ! Oh ! je ne veux plus être malade. Elles ont encore trop besoin de moi. Leurs fortunes sont compromises. Et à quels maris sont-elles livrées ! Guérissez-moi, guérissez-moi ! (Oh ! que je souffre ! Ah ! ah ! ah !) Voyez-vous, il faut me guérir, parce qu'il leur faut de l'argent, et je sais où aller en gagner. J'irai faire de l'amidon en aiguilles à Odessa. Je suis un malin, je gagnerai des millions. (Oh ! je souffre trop !) »

Goriot garda le silence pendant un moment, en paraissant faire tous ses efforts pour rassembler ses forces afin de supporter la douleur.

« Si elles étaient là, je ne me plaindrais pas, dit-il. Pourquoi donc me plaindre ? »

Un léger assoupissement survint et dura longtemps. Christophe revint. Rastignac, qui croyait le père

Goriot endormi, laissa le garçon lui rendre compte à haute voix de sa mission.

« Monsieur, dit-il, je suis d'abord allé chez Mme la comtesse, à laquelle il m'a été impossible de parler, elle était dans de grandes affaires avec son mari. Comme j'insistais, M. de Restaud est venu lui-même, et m'a dit comme ça : "M. Goriot se meurt, eh bien, c'est ce qu'il a de mieux à faire. J'ai besoin de Mme de Restaud pour terminer des affaires importantes, elle ira quand tout sera fini." Il avait l'air en colère, ce monsieur-là. J'allais sortir, lorsque madame est entrée dans l'antichambre par une porte que je ne voyais pas, et m'a dit : "Christophe, dis à mon père que je suis en discussion avec mon mari, je ne puis pas le quitter ; il s'agit de la vie ou de la mort de mes enfants ; mais aussitôt que tout sera fini, j'irai." Quant à Mme la baronne, autre histoire ! je ne l'ai point vue, et je n'ai pu lui parler. "Ah ! me dit la femme de chambre, madame est rentrée du bal à cinq heures un quart, elle dort ; si je l'éveille avant midi, elle me grondera. Je lui dirai que son père va plus mal quand elle me sonnera. Pour une mauvaise nouvelle, il est toujours temps de la lui dire." J'ai eu beau prier ! Ah ouin ! J'ai demandé à parler à M. le baron, il était sorti.

— Aucune de ses filles ne viendrait, s'écria Rastignac. Je vais écrire à toutes deux.

— Aucune, répondit le vieillard en se dressant sur son séant. Elles ont des affaires, elles dorment, elles ne viendront pas. Je le savais. Il faut mourir pour savoir ce que c'est que des enfants. Ah ! mon ami, ne vous mariez pas, n'ayez pas d'enfants ! Vous leur donnez la vie, ils vous donnent la mort. Vous les faites entrer dans le monde, ils vous en chassent. Non, elles ne viendront pas ! Je sais cela depuis dix ans. Je me le disais quelquefois, mais je n'osais pas y croire. »

Une larme roula dans chacun de ses yeux, sur la bordure rouge, sans en tomber.

« Ah ! si j'étais riche, si j'avais gardé ma fortune, si je ne la leur avais pas donnée, elles seraient là, elles me lécheraient les joues de leurs baisers ! je demeure-

rais dans un hôtel, j'aurais de belles chambres, des
domestiques, du feu à moi ; et elles seraient tout en
larmes, avec leurs maris, leurs enfants. J'aurais tout
cela. Mais rien. L'argent donne tout, même des filles.
Oh ! mon argent, où est-il ? Si j'avais des trésors à
laisser, elles me panseraient, elles me soigneraient ; je
les entendrais, je les verrais. Ah ! mon cher enfant,
mon seul enfant, j'aime mieux mon abandon et ma
misère ! Au moins quand un malheureux est aimé, il
est bien sûr qu'on l'aime. Non, je voudrais être riche,
je les verrais. Ma foi, qui sait ? Elles ont toutes les
deux des cœurs de roche. J'avais trop d'amour pour
elles pour qu'elles en eussent pour moi. Un père doit
être toujours riche, il doit tenir ses enfants en bride
comme des chevaux sournois. Et j'étais à genoux
devant elles. Les misérables ! elles couronnent digne-
ment leur conduite envers moi depuis dix ans. Si vous
saviez comme elles étaient aux petits soins pour moi
dans les premiers temps de leur mariage ! (Oh ! je
souffre un cruel martyre !) Je venais de leur donner à
chacune près de huit cent mille francs, elles ne pouvaient pas, ni leurs maris non plus, être rudes avec
moi. L'on me recevait : "Mon bon père, par-ci ; mon
cher père, par-là." Mon couvert était toujours mis
chez elles. Enfin je dînais avec leurs maris, qui me
traitaient avec considération. J'avais l'air d'avoir
encore quelque chose. Pourquoi ça ? Je n'avais rien dit
de mes affaires. Un homme qui donne huit cent mille
francs à ses filles était un homme à soigner. Et l'on
était aux petits soins, mais c'était pour mon argent. Le
monde n'est pas beau. J'ai vu cela, moi ! L'on me
menait en voiture au spectacle, et je restais comme je
voulais aux soirées. Enfin elles se disaient mes filles, et
elles m'avouaient pour leur père. J'ai encore ma
finesse, allez, et rien ne m'est échappé. Tout a été à
son adresse et m'a percé le cœur. Je voyais bien que
c'était des frimes ; mais le mal était sans remède. Je
n'étais pas chez elles aussi à l'aise qu'à la table d'en
bas. Je ne savais rien dire. Aussi quand quelques-uns
de ces gens du monde demandaient à l'oreille de mes

gendres : "Qui est-ce que ce monsieur-là ? — C'est le
père aux écus, il est riche. — Ah, diable !" disait-on, et
l'on me regardait avec le respect dû aux écus. Mais si
je les gênais quelquefois un peu, je rachetais bien mes
défauts ! D'ailleurs, qui donc est parfait ? (Ma tête est
une plaie !) Je souffre en ce moment ce qu'il faut souffrir pour mourir, mon cher monsieur Eugène, eh bien,
ce n'est rien en comparaison de la douleur que m'a
causée le premier regard par lequel Anastasie m'a fait
comprendre que je venais de dire une bêtise qui
l'humiliait ; son regard m'a ouvert toutes les veines.
J'aurais voulu tout savoir, mais ce que j'ai bien su,
c'est que j'étais de trop sur terre. Le lendemain je suis
allé chez Delphine pour me consoler, et voilà que j'y
fais une bêtise qui me l'a mise en colère. J'en suis
devenu comme fou. J'ai été huit jours ne sachant plus
ce que je devais faire. Je n'ai pas osé les aller voir, de
peur de leurs reproches. Et me voilà à la porte de mes
filles. O mon Dieu ! puisque tu connais les misères, les
souffrances que j'ai endurées ; puisque tu as compté
les coups de poignard que j'ai reçus, dans ce temps
qui m'a vieilli, changé, tué, blanchi, pourquoi me
fais-tu donc souffrir aujourd'hui ? J'ai bien expié le
péché de les trop aimer. Elles se sont bien vengées de
mon affection, elles m'ont tenaillé comme des bourreaux. Eh bien, les pères sont si bêtes ! je les aimais
tant que j'y suis retourné comme un joueur au jeu.
Mes filles, c'était mon vice à moi ; elles étaient mes
maîtresses, enfin tout ! Elles avaient toutes les deux
besoin de quelque chose, de parures ; les femmes de
chambre me le disaient, et je les donnais pour être
bien reçu ! Mais elles m'ont fait tout de même quelques petites leçons sur ma manière d'être dans le
monde. Oh ! elles n'ont pas attendu le lendemain.
Elles commençaient à rougir de moi. Voilà ce que
c'est que de bien élever ses enfants. A mon âge je ne
pouvais pourtant pas aller à l'école. (Je souffre horriblement, mon Dieu ! les médecins ! les médecins ! Si
l'on m'ouvrait la tête, je souffrirais moins.) Mes filles,
mes filles, Anastasie, Delphine ! je veux les voir.

Envoyez-les chercher par la gendarmerie, de force ! la justice est pour moi, tout est pour moi, la nature, le code civil. Je proteste. La patrie périra si les pères sont foulés aux pieds. Cela est clair. La société, le monde roulent sur la paternité, tout croule si les enfants n'aiment pas leurs pères. Oh ! les voir, les entendre, n'importe ce qu'elles me diront, pourvu que j'entende leur voix, ça calmera mes douleurs, Delphine surtout. Mais dites-leur, quand elles seront là, de ne pas me regarder froidement comme elles font. Ah ! mon bon ami, monsieur Eugène, vous ne savez pas ce que c'est que de trouver l'or du regard changé tout à coup en plomb gris [297]. Depuis le jour où leurs yeux n'ont plus rayonné sur moi, j'ai toujours été en hiver ici ; je n'ai plus eu que des chagrins à dévorer, et je les ai dévorés ! J'ai vécu pour être humilié, insulté. Je les aime tant, que j'avalais tous les affronts pas lesquels elles me vendaient une pauvre petite jouissance honteuse. Un père se cacher pour voir ses filles ! Je leur ai donné ma vie, elles ne me donneront pas une heure aujourd'hui ! J'ai soif, j'ai faim, le cœur me brûle, elles ne viendront pas rafraîchir mon agonie, car je meurs, je le sens. Mais elles ne savent donc pas ce que c'est que de marcher sur le cadavre de son père ! Il y a un Dieu dans les cieux, il nous venge malgré nous, nous autres pères. Oh ! elles viendront ! Venez, mes chéries, venez encore me baiser, un dernier baiser, le viatique de votre père, qui priera Dieu pour vous, qui lui dira que vous avez été de bonnes filles, qui plaidera pour vous ! Après tout, vous êtes innocentes. Elles sont innocentes, mon ami ! Dites-le bien à tout le monde, qu'on ne les inquiète pas à mon sujet. Tout est de ma faute, je les ai habituées à me fouler aux pieds. J'aimais cela, moi. Ça ne regarde personne, ni la justice humaine, ni la justice divine. Dieu serait injuste s'il les condamnait à cause de moi. Je n'ai pas su me conduire, j'ai fait la bêtise d'abdiquer mes droits. Je me serais avili pour elles ! Que voulez-vous ! le plus beau naturel, les meilleures âmes auraient succombé à la corruption de cette facilité paternelle. Je suis un

misérable, je suis justement puni. Moi seul ai causé les
désordres de mes filles, je les ai gâtées. Elles veulent
aujourd'hui le plaisir, comme elles voulaient autrefois
du bonbon. Je leur ai toujours permis de satisfaire leurs
fantaisies de jeunes filles. A quinze ans, elles avaient
voiture ! Rien ne leur a résisté. Moi seul suis coupable,
mais coupable par amour. Leur voix m'ouvrait le cœur.
Je les entends, elles viennent. Oh ! oui, elles viendront.
La loi veut qu'on vienne voir mourir son père, la loi est
pour moi. Puis ça ne coûtera qu'une course. Je la
payerai. Ecrivez-leur que j'ai des millions à leur laisser !
Parole d'honneur. J'irai faire des pâtes d'Italie à Odessa.
Je connais la manière. Il y a, dans mon projet, des
millions à gagner. Personne n'y a pensé. Ça ne se gâtera
point dans le transport comme le blé ou comme la
farine. Eh, eh, l'amidon ? il y aura là des millions ! Vous
ne mentirez pas, dites-leur des millions et quand même
elles viendraient par avarice, j'aime mieux être trompé,
je les verrai. Je veux mes filles ! je les ai faites ! elles sont
à moi ! dit-il en se dressant sur son séant, en montrant à
Eugène une tête dont les cheveux blancs étaient épars et
qui menaçait par tout ce qui pouvait exprimer la
menace.

— Allons, lui dit Eugène, recouchez-vous, mon
bon père Goriot, je vais leur écrire. Aussitôt que Bianchon sera de retour, j'irai si elles ne viennent pas.

— Si elles ne viennent pas ? répéta le vieillard en
sanglotant. Mais je serai mort, mort dans un accès de
rage, de rage ! La rage me gagne ! En ce moment, je
vois ma vie entière. Je suis dupe ! elles ne m'aiment
pas, elles ne m'ont jamais aimé ! cela est clair. Si elles
ne sont pas venues, elles ne viendront pas. Plus elles
auront tardé, moins elles se décideront à me faire cette
joie. Je les connais. Elles n'ont jamais su rien deviner
de mes chagrins, de mes douleurs, de mes besoins,
elles ne devineront pas plus ma mort ; elles ne sont
seulement pas dans le secret de ma tendresse. Oui, je
le vois, pour elles, l'habitude de m'ouvrir les entrailles
a ôté du prix à tout ce que je faisais. Elles auraient
demandé à me crever les yeux, je leur aurais dit :

"Crevez-les !" Je suis trop bête. Elles croient que tous
les pères sont comme le leur. Il faut toujours se faire
valoir. Leurs enfants me vengeront [298]. Mais c'est dans
leur intérêt de venir ici. Prévenez-les donc qu'elles
compromettent leur agonie. Elles commettent tous les
crimes en un seul. Mais allez donc, dites-leur donc
que, ne pas venir, c'est un parricide ! Elles en ont
assez commis sans ajouter celui-là. Criez donc comme
moi : "Hé, Nasie ! hé, Delphine ! venez à votre père
qui a été si bon pour vous et qui souffre !" Rien, personne. Mourrai-je donc comme un chien ? Voilà ma
récompense, l'abandon. Ce sont des infâmes, des scé-
lérates ; je les abomine, je les maudis ; je me relèverai,
la nuit, de mon cercueil pour les remaudire, car, enfin,
mes amis, ai-je tort ? elles se conduisent bien mal !
hein ? Qu'est-ce que je dis ? Ne m'avez-vous pas averti
que Delphine est là ? C'est la meilleure des deux.
Vous êtes mon fils, Eugène, vous ! aimez-la, soyez un
père pour elle. L'autre est bien malheureuse. Et leurs
fortunes ! Ah, mon Dieu ! J'expire, je souffre un peu
trop ! Coupez-moi la tête, laissez-moi seulement le
cœur.

— Christophe, allez chercher Bianchon, s'écria Eugène
épouvanté du caractère que prenaient les plaintes et les
cris du vieillard, et ramenez-moi un cabriolet.

— Je vais aller chercher vos filles, mon bon père
Goriot, je vous les ramènerai.

— De force, de force ! Demandez la garde, la
ligne [299], tout ! tout, dit-il en jetant à Eugène un dernier regard où brilla la raison. Dites au gouvernement,
au procureur du roi, qu'on me les amène, je le veux !

— Mais vous les avez maudites.

— Qui est-ce qui a dit cela ? répondit le vieillard
stupéfait. Vous savez bien que je les aime, je les
adore [300] ! Je suis guéri si je les vois.... Allez, mon bon
voisin, mon cher enfant, allez, vous êtes bon, vous ; je
voudrais vous remercier, mais je n'ai rien à vous
donner que les bénédictions d'un mourant. Ah ! je
voudrais au moins voir Delphine pour lui dire de
m'acquitter envers vous. Si l'autre ne peut pas, ame-

nez-moi celle-là. Dites-lui que vous ne l'aimerez plus
si elle ne veut pas venir. Elle vous aime tant qu'elle
viendra. A boire, les entrailles me brûlent ! Mettez-moi quelque chose sur la tête. La main de mes
filles, ça me sauverait, je le sens... Mon Dieu ! qui
refera leurs fortunes si je m'en vais ? Je veux aller à
Odessa pour elles, à Odessa, y faire des pâtes.

— Buvez ceci, dit Eugène en soulevant le moribond
et le prenant dans son bras gauche tandis que de
l'autre il tenait une tasse pleine de tisane.

— Vous devez aimer votre père et votre mère, vous !
dit le vieillard en serrant de ses mains défaillantes la
main d'Eugène. Comprenez-vous que je vais mourir
sans les voir, mes filles ? Avoir soif toujours, et ne jamais
boire, voilà comment j'ai vécu depuis dix ans... Mes
deux gendres ont tué mes filles. Oui, je n'ai plus eu de
filles après qu'elles ont été mariées. Pères, dites aux
chambres de faire une loi sur le mariage ! Enfin, ne
mariez pas vos filles si vous les aimez. Le gendre est un
scélérat qui gâte tout chez une fille, il souille tout. Plus
de mariages ! C'est ce qui nous enlève nos filles, et nous
ne les avons plus quand nous mourons. Faites une loi
sur la mort des pères. C'est épouvantable, ceci ! Vengeance ! Ce sont mes gendres qui les empêchent de
venir. Tuez-les ! A mort le Restaud, à mort l'Alsacien,
ils sont mes assassins ! La mort ou mes filles ! Ah ! c'est
fini, je meurs sans elles ! Elles ! Nasie, Fifine, allons,
venez donc ! Votre papa sort...

— Mon bon père Goriot, calmez-vous, voyons,
restez tranquille, ne vous agitez pas, ne pensez pas.

— Ne pas les voir, voilà l'agonie !

— Vous allez les voir.

— Vrai ! cria le vieillard égaré. Oh ! les voir ! je vais
les voir, entendre leur voix. Je mourrai heureux. Eh
bien ! oui, je ne demande plus à vivre, je n'y tenais
plus, mes peines allaient croissant. Mais les voir, toucher leurs robes, ah ! rien que leurs robes, c'est bien
peu ; mais que je sente quelque chose d'elles ! Faites-moi prendre les cheveux... veux... »

Il tomba la tête sur l'oreiller comme s'il recevait un

coup de massue. Ses mains s'agitèrent sur la couverture comme pour prendre les cheveux de ses filles.

« Je les bénis, dit-il en faisant un effort, bénis. »

Il s'affaissa tout à coup. En ce moment Bianchon entra. « J'ai rencontré Christophe, dit-il, il va t'amener une voiture. » Puis il regarda le malade, lui souleva de force les paupières, et les deux étudiants lui virent un œil sans chaleur et terne. « Il n'en reviendra pas, dit Bianchon, je ne crois pas. » Il prit le pouls, le tâta, mit la mains sur le cœur du bonhomme.

« La machine va toujours ; mais, dans sa position, c'est un malheur, il vaudrait mieux qu'il mourût !

— Ma foi, oui, dit Rastignac.

— Qu'as-tu donc ? tu es pâle comme la mort.

— Mon ami, je viens d'entendre des cris et des plaintes. Il y a un Dieu ! Oh ! oui ! il y a un Dieu, et il nous a fait un monde meilleur, ou notre terre est un non-sens. Si ce n'avait pas été si tragique, je fondrais en larmes, mais j'ai le cœur et l'estomac horriblement serrés.

— Dis donc, il va falloir bien des choses ; où prendre de l'argent ? »

Rastignac tira sa montre.

« Tiens, mets-la vite en gage. Je ne veux pas m'arrêter en route, car j'ai peur de perdre une minute, et j'attends Christophe. Je n'ai pas un liard, il faudra payer mon cocher au retour. »

Rastignac se précipita dans l'escalier, et partit pour aller rue du Helder chez Mme de Restaud. Pendant le chemin, son imagination, frappée de l'horrible spectacle dont il avait été témoin, échauffa son indignation. Quand il arriva dans l'antichambre et qu'il demanda Mme de Restaud, on lui répondit qu'elle n'était pas visible.

« Mais, dit-il au valet de chambre, je viens de la part de son père qui se meurt.

— Monsieur, nous avons de M. le comte les ordres les plus sévères...

— Si M. de Restaud y est, dites-lui dans quelle circonstance se trouve son beau-père et prévenez-le qu'il faut que je lui parle à l'instant même. »

Eugène attendit pendant longtemps.

« Il se meurt peut-être en ce moment », pensait-il.

Le valet de chambre l'introduisit dans le premier salon, où M. de Restaud reçut l'étudiant debout, sans le faire asseoir, devant une cheminée où il n'y avait pas de feu.

« Monsieur le comte, lui dit Rastignac, monsieur votre beau-père expire en ce moment dans un bouge infâme, sans un liard pour avoir du bois ; il est exactement à la mort et demande à voir sa fille...

— Monsieur, lui répondit avec froideur le comte de Restaud, vous avez pu vous apercevoir que j'ai fort peu de tendresse pour M. Goriot. Il a compromis son caractère avec Mme de Restaud, il a fait le malheur de ma vie, je vois en lui l'ennemi de mon repos. Qu'il meure, qu'il vive, tout m'est parfaitement indifférent. Voilà quels sont mes sentiments à son égard. Le monde pourra me blâmer, je méprise l'opinion. J'ai maintenant des choses plus importantes à accomplir qu'à m'occuper de ce que penseront de moi des sots ou des indifférents. Quant à Mme de Restaud, elle est hors d'état de sortir. D'ailleurs, je ne veux pas qu'elle quitte sa maison. Dites à son père qu'aussitôt qu'elle aura rempli ses devoirs envers moi, envers mon enfant, elle ira le voir. Si elle aime son père, elle peut être libre dans quelques instants...

— Monsieur le comte, il ne m'appartient pas de juger de votre conduite, vous êtes le maître de votre femme ; mais je puis compter sur votre loyauté ? eh bien ! promettez-moi seulement de lui dire que son père n'a pas un jour à vivre, et l'a déjà maudite en ne la voyant pas à son chevet !

— Dites-le-lui vous-même », répondit M. de Restaud frappé des sentiments d'indignation que trahissait l'accent d'Eugène.

Rastignac entra, conduit par le comte, dans le salon où se tenait habituellement la comtesse : il la trouva noyée de larmes, et plongée dans une bergère comme une femme qui voulait mourir. Elle lui fit pitié. Avant de regarder Rastignac, elle jeta sur son mari de crain-

tifs regards qui annonçaient une prostration complète
de ses forces écrasées par une tyrannie morale et physique. Le comte hocha la tête, elle se crut encouragée
à parler.

« Monsieur, j'ai tout entendu. Dites à mon père que
s'il connaissait la situation dans laquelle je suis, il me
pardonnerait. Je ne comptais pas sur ce supplice, il est
au-dessus de mes forces, monsieur, mais je résisterai
jusqu'au bout, dit-elle à son mari. Je suis mère. Dites
à mon père que je suis irréprochable envers lui,
malgré les apparences », cria-t-elle avec désespoir à
l'étudiant.

Eugène salua les deux époux, en devinant l'horrible
crise dans laquelle était la femme, et se retira stupéfait. Le ton de M. de Restaud lui avait démontré l'inutilité de sa démarche, et il comprit qu'Anastasie n'était
plus libre. Il courut chez Mme de Nucingen, et la
trouva dans son lit.

« Je suis souffrante, mon pauvre ami, lui dit-elle. J'ai
pris froid en sortant du bal, j'ai peur d'avoir une
fluxion de poitrine, j'attends le médecin...

— Eussiez-vous la mort sur les lèvres, lui dit
Eugène en l'interrompant, il faut vous traîner auprès
de votre père. Il vous appelle ! si vous pouviez
entendre le plus léger de ses cris, vous ne vous senti-
riez point malade.

— Eugène, mon père n'est peut-être pas aussi
malade que vous le dites ; mais je serais au désespoir
d'avoir le moindre tort à vos yeux, et je me conduirai
comme vous le voudrez. Lui, je le sais, il mourrait de
chagrin si ma maladie devenait mortelle par suite de
cette sortie. Eh bien, j'irai dès que mon médecin sera
venu. Ah ! pourquoi n'avez-vous plus votre montre ? »
dit-elle en ne voyant plus la chaîne. Eugène rougit.
« Eugène ! Eugène, si vous l'aviez déjà vendue, perdue... oh ! cela serait bien mal. »

L'étudiant se pencha sur le lit de Delphine, et lui
dit à l'oreille :

« Vous voulez le savoir ? eh bien, sachez-le ! Votre
père n'a pas de quoi s'acheter le linceul dans lequel on

le mettra ce soir. Votre montre est en gage, je n'avais plus rien. »

Delphine sauta tout à coup hors de son lit, courut à son secrétaire, y prit sa bourse, la tendit à Rastignac. Elle sonna et s'écria : « J'y vais, j'y vais, Eugène. Laissez-moi m'habiller ; mais je serais un monstre ! Allez, j'arriverai avant vous ! Thérèse, cria-t-elle à sa femme de chambre, dites à M. de Nucingen de monter me parler à l'instant même. »

Eugène, heureux de pouvoir annoncer au moribond la présence d'une de ses filles, arriva presque joyeux rue Neuve-Sainte-Geneviève. Il fouilla dans la bourse pour pouvoir payer immédiatement son cocher. La bourse de cette jeune femme, si riche, si élégante, contenait soixante-dix francs. Parvenu en haut de l'escalier, il trouva le père Goriot maintenu par Bianchon, et opéré par le chirurgien de l'hôpital, sous les yeux du médecin. On lui brûlait le dos avec des moxas, dernier remède de la science, remède inutile.

« Les sentez-vous ? » demandait le médecin.

Le père Goriot, ayant entrevu l'étudiant, répondit : « Elles viennent, n'est-ce pas ?

— Il peut s'en tirer, dit le chirurgien, il parle.

— Oui, répondit Eugène, Delphine me suit.

— Allons ! dit Bianchon, il parlait de ses filles, après lesquelles il crie comme un homme sur le pal crie, dit-on, après l'eau...

— Cessez, dit le médecin au chirurgien, il n'y a plus rien à faire, on ne le sauvera pas. »

Bianchon et le chirurgien replacèrent le mourant à plat sur son grabat infect.

« Il faudrait cependant le changer de linge, dit le médecin. Quoiqu'il n'y ait aucun espoir, il faut respecter en lui la nature humaine. Je reviendrai, Bianchon, dit-il à l'étudiant. S'il se plaignait encore, mettez-lui de l'opium sur le diaphragme. »

Le chirurgien et le médecin sortirent.

« Allons, Eugène, du courage, mon fils ! dit Bianchon à Rastignac quand ils furent seuls, il s'agit de lui mettre une chemise blanche et de changer son lit. Va dire à Sylvie de monter des draps et de venir nous aider. »

Eugène descendit, et trouva Mme Vauquer occupée à mettre le couvert avec Sylvie. Aux premiers mots que lui dit Rastignac, la veuve vint à lui, en prenant l'air aigrement doucereux d'une marchande soupçonneuse qui ne voudrait ni perdre son argent, ni fâcher le consommateur.

« Mon cher monsieur Eugène, répondit-elle, vous savez tout comme moi que le père Goriot n'a plus le sou. Donner des draps à un homme en train de tortiller de l'œil, c'est les perdre, d'autant qu'il faudra bien en sacrifier un pour le linceul. Ainsi, vous me devez déjà cent quarante-quatre francs, mettez quarante francs de draps, et quelques autres petites choses, la chandelle que Sylvie vous donnera, tout cela fait au moins deux cents francs, qu'une pauvre veuve comme moi n'est pas en état de perdre. Dame ! soyez juste, monsieur Eugène, j'ai bien assez perdu depuis cinq jours que le guignon s'est logé chez moi. J'aurais donné dix écus pour que ce bonhomme-là fût parti ces jours-ci, comme vous le disiez. Ça frappe mes pensionnaires. Pour un rien, je le ferais porter à l'hôpital. Enfin, mettez-vous à ma place. Mon établissement avant tout, c'est ma vie, à moi. »

Eugène remonta rapidement chez le père Goriot.

« Bianchon, l'argent de la montre ?

— Il est là sur la table, il en reste trois cent soixante et quelques francs. J'ai payé sur ce qu'on m'a donné tout ce que nous devions. La reconnaissance du Mont-de-Piété est sous l'argent.

— Tenez, madame, dit Rastignac après avoir dégringolé l'escalier avec horreur, soldez nos comptes. M. Goriot n'a pas longtemps à rester chez vous, et moi...

— Oui, il en sortira les pieds en avant, pauvre bonhomme, dit-elle en comptant deux cents francs, d'un air moitié gai, moitié mélancolique.

— Finissons, dit Rastignac.

— Sylvie, donnez les draps, et allez aider ces messieurs, là-haut.

— Vous n'oublierez pas Sylvie, dit Mme Vauquer à l'oreille d'Eugène, voilà deux nuits qu'elle veille. »

Dès qu'Eugène eut le dos tourné, la vieille courut à sa cuisinière : « Prends les draps retournés [301], numéro sept. Par Dieu, c'est toujours assez bon pour un mort », lui dit-elle à l'oreille.

Eugène, qui avait déjà monté quelques marches de l'escalier, n'entendit pas les paroles de la vieille hôtesse.

« Allons, lui dit Bianchon, passons-lui sa chemise. Tiens-le droit. »

Eugène se mit à la tête du lit, et soutint le moribond auquel Bianchon enleva sa chemise, et le bonhomme fit un geste comme pour garder quelque chose sur sa poitrine, et poussa des cris plaintifs et inarticulés, à la manière des animaux qui ont une grande douleur à exprimer.

« Oh ! oh ! dit Bianchon, il veut une petite chaîne de cheveux et un médaillon que nous lui avons ôtés tout à l'heure pour lui poser ses moxas. Pauvre homme ! il faut la lui remettre. Elle est sur la cheminée. »

Eugène alla prendre une chaîne tressée avec des cheveux blond-cendré, sans doute ceux de Mme Goriot. Il lut d'un côté du médaillon : Anastasie ; et de l'autre : Delphine. Image de son cœur qui reposait toujours sur son cœur. Les boucles contenues étaient d'une telle finesse qu'elles devaient avoir été prises pendant la première enfance des deux filles. Lorsque le médaillon toucha sa poitrine, le vieillard fit un *han* prolongé qui annonçait une satisfaction effrayante à voir. C'était un des derniers retentissements de sa sensibilité, qui semblait se retirer au centre inconnu d'où partent et où s'adressent nos sympathies. Son visage convulsé prit une expression de joie maladive. Les deux étudiants, frappés de ce terrible éclat d'une force de sentiment qui survivait à la pensée, laissèrent tomber chacun des larmes chaudes sur le moribond qui jeta un cri de plaisir aigu.

« Nasie ! Fifine ! dit-il.

— Il vit encore, dit Bianchon.

— A quoi ça lui sert-il ? dit Sylvie.

— A souffrir », répondit Rastignac.

Après avoir fait à son camarade un signe pour lui dire de l'imiter, Bianchon s'agenouilla pour passer ses bras sous les jarrets du malade, pendant que Rastignac en faisait autant de l'autre côté du lit afin de passer les mains sous le dos. Sylvie était là, prête à retirer les draps quand le moribond serait soulevé, afin de les remplacer par ceux qu'elle apportait. Trompé sans doute par les larmes, Goriot usa ses dernières forces pour étendre les mains, rencontra de chaque côté de son lit les têtes des étudiants, les saisit violemment par les cheveux, et l'on entendit faiblement : « Ah ! mes anges ! » Deux mots, deux murmures accentués par l'âme qui s'envola sur cette parole.

« Pauvre cher homme », dit Sylvie attendrie de cette exclamation où se peignit un sentiment suprême que le plus horrible, le plus involontaire des mensonges exaltait une dernière fois.

Le dernier soupir de ce père devait être un soupir de joie. Ce soupir fut l'expression de toute sa vie, il se trompait encore. Le père Goriot fut pieusement replacé sur son grabat. A compter de ce moment, sa physionomie garda la douloureuse empreinte du combat qui se livrait entre la mort et la vie dans une machine qui n'avait plus cette espèce de conscience cérébrale d'où résulte le sentiment du plaisir et de la douleur pour l'être humain. Ce n'était plus qu'une question de temps pour la destruction.

« Il va rester ainsi quelques heures, et mourra sans que l'on s'en aperçoive, il ne râlera même pas. Le cerveau doit être complètement envahi. »

En ce moment on entendit dans l'escalier un pas de jeune femme haletante.

« Elle arrive trop tard », dit Rastignac.

Ce n'était pas Delphine, mais Thérèse, sa femme de chambre.

« Monsieur Eugène, dit-elle, il s'est élevé une scène

violente entre monsieur et madame, à propos de l'argent que cette pauvre madame demandait pour son père. Elle s'est évanouie, le médecin est venu, il a fallu la saigner, elle criait : "Mon père se meurt, je veux voir papa !" Enfin, des cris à fendre l'âme.

— Assez, Thérèse. Elle viendrait que maintenant ce serait superflu, M. Goriot n'a plus de connaissance.

— Pauvre cher monsieur, est-il mal comme ça ! dit Thérèse.

— Vous n'avez plus besoin de moi, faut que j'aille à mon dîner, il est quatre heures et demie », dit Sylvie qui faillit se heurter sur le haut de l'escalier avec Mme de Restaud.

Ce fut une apparition grave et terrible que celle de la comtesse. Elle regarda le lit de mort, mal éclairé par une seule chandelle, et versa des pleurs en apercevant le masque de son père où palpitaient encore les derniers tressaillements de la vie. Bianchon se retira par discrétion.

« Je ne me suis pas échappée assez tôt », dit la comtesse à Rastignac.

L'étudiant fit un signe de tête affirmatif plein de tristesse. Mme de Restaud prit la main de son père, la baisa.

« Pardonnez-moi, mon père ! Vous disiez que ma voix vous rappellerait de la tombe ; eh bien, revenez un moment à la vie pour bénir votre fille repentante. Entendez-moi. Ceci est affreux ! votre bénédiction est la seule que je puisse recevoir ici-bas désormais. Tout le monde me hait, vous seul m'aimez. Mes enfants eux-mêmes me haïront. Emmenez-moi avec vous, je vous aimerai, je vous soignerai. Il n'entend plus, je suis folle. » Elle tomba sur ses genoux, et contempla ce débris avec une expression de délire. « Rien ne manque à mon malheur, dit-elle en regardant Eugène. M. de Trailles est parti, laissant ici des dettes énormes, et j'ai su qu'il me trompait. Mon mari ne me pardonnera jamais, et je l'ai laissé le maître de ma fortune. J'ai perdu toutes mes illusions. Hélas ! pour qui ai-je trahi le seul cœur (elle montra son père) où j'étais adorée ! Je l'ai méconnu, je l'ai repoussé, je lui ai fait mille maux, infâme que je suis !

— Il le savait », dit Rastignac.

En ce moment le père Goriot ouvrit les yeux, mais par l'effet d'une convulsion. Le geste qui révélait l'espoir de la comtesse ne fut pas moins horrible à voir que l'œil du mourant.

« M'entendrait-il ? cria la comtesse. Non », se dit-elle en s'asseyant auprès du lit.

Mme de Restaud ayant manifesté le désir de garder son père, Eugène descendit pour prendre un peu de nourriture. Les pensionnaires étaient déjà réunis.

« Eh bien, lui dit le peintre, il paraît que nous allons avoir un petit mortorama là-haut ?

— Charles, lui dit Eugène, il me semble que vous devriez plaisanter sur quelque sujet moins lugubre.

— Nous ne pourrons donc plus rire ici ? reprit le peintre. Qu'est-ce que cela fait, puisque Bianchon dit que le bonhomme n'a plus sa connaissance ?

— Eh bien, reprit l'employé au Muséum, il sera mort comme il a vécu.

— Mon père est mort », cria la comtesse.

A ce cri terrible, Sylvie, Rastignac et Bianchon montèrent, et trouvèrent Mme de Restaud évanouie. Après l'avoir fait revenir à elle, ils la transportèrent dans le fiacre qui l'attendait. Eugène la confia aux soins de Thérèse, lui ordonnant de la conduire chez Mme de Nucingen.

« Oh ! il est bien mort, dit Bianchon en descendant.

— Allons, messieurs, à table, dit Mme Vauquer, la soupe va se refroidir. »

Les deux étudiants se mirent à côté l'un de l'autre.

« Que faut-il faire maintenant ? dit Eugène à Bianchon.

— Mais je lui ai fermé les yeux, et je l'ai convenablement disposé. Quand le médecin de la mairie aura constaté le décès que nous irons déclarer, on le coudra dans un linceul, et on l'enterrera. Que veux-tu qu'il devienne ?

— Il ne flairera plus son pain comme ça, dit un pensionnaire en imitant la grimace du bonhomme.

— Sacrebleu, messieurs, dit le répétiteur, laissez donc le père Goriot, et ne nous en faites plus manger, car on l'a mis à toute sauce depuis une heure. Un des privilèges de la bonne ville de Paris, c'est qu'on peut y naître, y vivre, y mourir sans que personne fasse attention à vous. Profitons donc des avantages de la civilisation. Il y a soixante morts aujourd'hui, voulez-vous vous apitoyer sur les hécatombes parisiennes ? Que le père Goriot soit crevé, tant mieux pour lui ! Si vous l'adorez, allez le garder, et laissez-nous manger tranquillement, nous autres.

— Oh ! oui, dit la veuve, tant mieux pour lui qu'il soit mort ! Il paraît que le pauvre homme avait bien du désagrément, sa vie durant. »

Ce fut la seule oraison funèbre d'un être qui, pour Eugène, représentait la Paternité. Les quinze pensionnaires se mirent à causer comme à l'ordinaire. Lorsque Eugène et Bianchon eurent mangé, le bruit des fourchettes et des cuillers, les rires de la conversation, les diverses expressions de ces figures gloutonnes et indifférentes, leur insouciance, tout les glaça d'horreur. Ils sortirent pour aller chercher un prêtre qui veillât et priât pendant la nuit près du mort. Il leur fallut mesurer les derniers devoirs à rendre au bonhomme sur le peu d'argent dont ils pourraient disposer. Vers neuf heures du soir, le corps fut placé sur un fond sanglé, entre deux chandelles, dans cette chambre nue, et un prêtre vint s'asseoir auprès de lui. Avant de se coucher, Rastignac, ayant demandé des renseignements à l'ecclésiastique sur le prix du service à faire et sur celui des convois, écrivit un mot au baron de Nucingen et au comte de Restaud en les priant d'envoyer leurs gens d'affaires afin de pourvoir à tous les frais de l'enterrement. Il leur dépêcha Christophe, puis il se coucha et s'endormit accablé de fatigue. Le lendemain matin Bianchon et Rastignac furent obligés d'aller déclarer eux-mêmes le décès, qui vers midi fut constaté. Deux heures après aucun des deux gendres n'avait envoyé d'argent, personne ne s'était présenté en leur nom, et Rastignac avait été forcé déjà de payer les frais du prêtre. Sylvie ayant demandé dix francs pour ensevelir le bonhomme et le coudre dans un linceul, Eugène et Bianchon calculèrent que si les parents du mort ne voulaient se mêler de rien, ils auraient à peine de quoi pourvoir aux frais. L'étudiant en médecine se chargea donc de mettre lui-même le cadavre dans une bière de pauvre qu'il fit apporter de son hôpital, où il l'eut à meilleur marché.

« Fais une farce à ces drôles-là, dit-il à Eugène. Va acheter un terrain, pour cinq ans, au Père-Lachaise, et commande un service de troisième classe à l'église et aux Pompes funèbres. Si les gendres et les filles se refusent à te rembourser, tu feras graver sur la tombe : "Ci-gît M. Goriot, père de la comtesse de Restaud et de la baronne de Nucingen, enterré aux frais de deux étudiants". »

Eugène ne suivit le conseil de son ami qu'après avoir été infructueusement chez M. et Mme de Nucingen et chez M. et Mme de Restaud. Il n'alla pas plus loin que la porte. Chacun des concierges avait des ordres sévères.

« Monsieur et madame, dirent-ils, ne reçoivent personne ; leur père est mort, et ils sont plongés dans la plus vive douleur. »

Eugène avait assez l'expérience du monde parisien pour savoir qu'il ne devait pas insister. Son cœur se serra étrangement quand il se vit dans l'impossibilité de parvenir jusqu'à Delphine.

« Vendez une parure, lui écrivit-il chez le concierge, et que votre père soit décemment conduit à sa dernière demeure. »

Il cacheta ce mot, et pria le concierge du baron de le remettre à Thérèse pour sa maîtresse ; mais le concierge le remit au baron de Nucingen qui le jeta dans le feu. Après avoir fait toutes ses dispositions, Eugène revint vers trois heures à la pension bourgeoise, et ne put retenir une larme quand il aperçut à cette porte bâtarde la bière à peine couverte d'un drap noir, posée sur deux chaises dans cette rue déserte. Un mauvais goupillon, auquel personne n'avait encore

touché, trempait dans un plat de cuivre argenté plein
d'eau bénite. La porte n'était pas même tendue de
noir. C'était la mort des pauvres, qui n'a ni faste, ni
suivants, ni amis, ni parents. Bianchon, obligé d'être à
son hôpital, avait écrit un mot à Rastignac pour lui
rendre compte de ce qu'il avait fait avec l'église.
L'interne lui mandait qu'une messe était hors de prix,
qu'il fallait se contenter du service moins coûteux des
vêpres, et qu'il avait envoyé Christophe avec un mot
aux Pompes funèbres. Au moment où Eugène achevait de lire le griffonnage de Bianchon, il vit entre les
mains de Mme Vauquer le médaillon à cercle d'or où
étaient les cheveux des deux filles.

« Comment avez-vous osé prendre ça ? lui dit-il.

— Pardi ! fallait-il l'enterrer avec ? répondit Sylvie,
c'est en or.

— Certes ! reprit Eugène avec indignation, qu'il
emporte au moins avec lui la seule chose qui puisse
représenter ses deux filles. »

Quand le corbillard vint, Eugène fit remonter la
bière, la décloua, et plaça religieusement sur la poitrine du bonhomme une image qui se rapportait à un
temps où Delphine et Anastasie étaient jeunes,
vierges et pures, et *ne raisonnaient pas*, comme il
l'avait dit dans ses cris d'agonisant. Rastignac et
Christophe accompagnèrent seuls, avec deux croque-
morts, le char qui menait le pauvre homme à Saint-
Étienne-du-Mont, église peu distante de la rue Neuve-Sainte-Geneviève. Arrivé là, le corps fut présenté
à une petite chapelle basse et sombre, autour de
laquelle l'étudiant chercha vainement les deux filles
du père Goriot ou leurs maris. Il fut seul avec Christophe, qui se croyait obligé de rendre les derniers
devoirs à un homme qui lui avait fait gagner quelques bons pourboires. En attendant les deux prêtres,
l'enfant de chœur et le bedeau, Rastignac serra la
main de Christophe, sans pouvoir prononcer une
parole.

« Oui, monsieur Eugène, dit Christophe, c'était un
brave et honnête homme, qui n'a jamais dit une

parole plus haut que l'autre, qui ne nuisait à personne et n'a jamais fait de mal. »

Les deux prêtres, l'enfant de chœur et le bedeau vinrent et donnèrent tout ce qu'on peut avoir pour soixante-dix francs dans une époque où la religion n'est pas assez riche pour prier gratis. Les gens du clergé chantèrent un psaume, le *Libera*, le *De profundis*. Le service dura vingt minutes. Il n'y avait qu'une seule voiture de deuil pour un prêtre et un enfant de chœur, qui consentirent à recevoir avec eux Eugène et Christophe.

« Il n'y a point de suite, dit le prêtre, nous pourrons aller vite, afin de ne pas nous attarder, il est cinq heures et demie. »

Cependant, au moment où le corps fut placé dans le corbillard, deux voitures armoriées, mais vides, celle du comte de Restaud et celle du baron de Nucingen, se présentèrent et suivirent le convoi jusqu'au Père-Lachaise. A six heures, le corps du père Goriot fut descendu dans sa fosse, autour de laquelle étaient les gens de ses filles, qui disparurent avec le clergé aussitôt que fut dite la courte prière due au bonhomme pour l'argent de l'étudiant. Quand les deux fossoyeurs eurent jeté quelques pelletées de terre sur la bière pour la cacher, ils se relevèrent, et l'un d'eux, s'adressant à Rastignac, lui demanda leur pourboire. Eugène fouilla dans sa poche et n'y trouva rien, il fut forcé d'emprunter vingt sous à Christophe. Ce fait, si léger en lui-même, détermina chez Rastignac un accès d'horrible tristesse. Le jour tombait, un humide crépuscule agaçait les nerfs, il regarda la tombe et y ensevelit sa dernière larme de jeune homme, cette larme arrachée par les saintes émotions d'un cœur pur, une de ces larmes qui, de la terre où elles tombent, rejaillissent jusque dans les cieux. Il se croisa les bras, contempla les nuages, et le voyant ainsi, Christophe le quitta.

Rastignac, resté seul, fit quelques pas vers le haut du cimetière et vit Paris tortueusement couché le long des deux rives de la Seine, où commençaient à briller les lumières. Ses yeux s'attachèrent presque avidement entre la colonne de la place Vendôme et le dôme des Invalides, là où vivait ce beau monde dans lequel il avait voulu pénétrer. Il lança sur cette ruche bourdonnante un regard qui semblait par avance en pomper le miel, et dit ces mots grandioses : « A nous deux maintenant ! »

Et pour premier acte du défi qu'il portait à la Société, Rastignac alla dîner chez Mme de Nucingen [302].

Saché, septembre 1834 [303].

NOTES

1. Celle de *La Peau de chagrin*, qui n'existe que dans la première édition d'août 1831 (chez Gosselin et Canel).

2. En effet : elle disparut dans l'édition Charpentier de 1839.

3. Dans un article de *La Revue des Deux Mondes* consacré à *La Recherche de l'absolu* (15 novembre 1834), Sainte-Beuve avait perfidement écrit de Balzac : « Il est un peu comme ces généraux qui n'emportent la moindre position qu'en prodiguant le sang des troupes (c'est l'encre seulement qu'il prodigue) et qu'en perdant énormément de monde. » Le coup, apparemment, avait porté...

4. Nous dirions : humaines.

5. Cf. la Méditation XXVII de *Physiologie du mariage* (1829).

6. Le baron de Montyon, philanthrope décédé en 1820, avait fondé un prix de vertu décerné par l'Institut.

7. Jusqu'à l'édition Furne lady Brandon assiste avec son amant, le colonel Franchessini, au dernier bal de Mme de Beauséant. Elle disparaît ensuite.

8. Finalement *Gobseck*.

9. Intitulé en définitive *La Duchesse de Langeais*.

10. Rappelons que c'est avec *Le Père Goriot* que Balzac inaugure son principe des « personnages reparaissants », dont il avait eu l'idée en 1833.

11. Dans *Les Marana* (1832). Négligée par son mari, elle se consacre à la maternité.

12. Mystique « quiétiste », auteur des *Torrents spirituels*, amie de Fénelon (1648-1717).

13. Citation de la lettre LXIV de l'*Oberman* (orthographe exacte) de Senancour (1804).

14. Vingt et une en fait.

15. Première esquisse de l'héroïne de *La Vieille Fille* (1836).

16. Finalement orthographié *Merret*.

17. Qui disparaîtra.

18. Esquisse de quelques pages (1835), où l'on aurait vu un « Louis Lambert femelle », une jeune religieuse qui perd la foi par excès de mysticisme.

19. Paru dans *La Chronique de Paris* en juin 1836, ce fragment d'un ensemble prévu sous le titre *Le Phédon d'aujourd'hui* fut incorporé l'année suivante aux *Martyrs ignorés*.

20. Balzac pense peut-être à une autre « censure impériale » dont son roman a été la victime : « L'Empereur de Russie a défendu *Goriot* à cause du personnage de Vautrin probablement » (lettre à Mme Hanska, 11 mars 1835, Laffont, « Bouquins », 1990, t. I, p. 236).

21. Casaque jaune, de même forme que l'habit des religieux de l'ordre de Saint-Benoît, que l'Inquisition espagnole faisait revêtir à ceux qu'elle avait condamnés.

22. Ces noms de tribus indiennes de l'Amérique du Nord attestent de l'influence de Fenimore Cooper (*Le Dernier des Mohicans*, 1826 ; *La Prairie*, 1828). Dans le roman, Balzac évoquera les « savanes » de Paris, où s'agitent des peuplades sauvages « qui vivent du produit que donnent les différentes chasses sociales ».

23. Dans la préface aux *Études de mœurs au XIXᵉ siècle*, t. I, avril 1835, rédigée sous l'inspiration directe de Balzac.

24. Dans un fragment conservé au fonds Lovenjoul, Balzac énumère toutes les paternités qu'il a décrites : « Il y a la paternité jalouse et terrible de Bartholomeo di Piombo, la paternité faible et indulgente du comte de Fontaine, la paternité partagée du comte de Granville, la paternité tout aristocratique du duc de Chaulieu, l'imposante paternité du baron de Guénic, la paternité douce, conseilleuse et bourgeoise de M. Mignon, la paternité dure de Grandet, la paternité nominale de M. de la Baudraye, la paternité noble et abusée du marquis d'Esgrignon, la paternité muette de M. de Mortsauf, la paternité d'instinct, de passion et à l'état de vice du père Goriot, la paternité partiale du vieux juge Blondet, la paternité bourgeoise de César Birotteau. » Et le romancier de conclure « qu'il n'y a pas une nuance de ce sentiment, depuis le sublime jusqu'à l'horrible, qui n'ait été saisie, qui n'ait été représentée ».

25. La *Revue de Paris*, en novembre 1835. Publication interrompue à la suite d'un différend avec la direction, longuement exposé par Balzac dans la Préface du roman.

26. Cette dédicace n'apparaît que dans l'édition Furne. Dans l'Avant-propos de *La Comédie humaine* (1842), Balzac rend hommage au grand naturaliste (1772-1844), pour avoir, contre Cuvier, défendu *l'unité de composition* dans les espèces de la nature ; il se propose quant à lui de l'appliquer aux « Espèces Sociales ». En 1839, pour l'édition Charpentier, il avait eu l'intention de dédier *Le Père Goriot* à George Sand.

27. A prononcer *Vauqué* comme à Tours, où ce nom était porté par une famille bien connue des Balzac.

28. Aujourd'hui rue Tournefort. Au vu des précisions fournies un peu plus loin, la pension Vauquer se situerait au nᵒ 24 de cette rue. Mais il semble que la pension qui a pu servir de modèle à Balzac se trouvait en fait rue de la Clef.

29. Balzac avait d'abord situé *Le Père Goriot* en 1824. Finalement, il le remontera dans le temps de cinq ans, pour rendre plus vraisemblable le Rastignac « arrivé » rencontré par le héros de *La*

Peau de chagrin, dont l'action est censée se dérouler au lendemain de la Révolution de 1830.

30. Balzac écrit en pleine floraison du drame romantique : pour ne citer que Victor Hugo, il donne *Hernani* en 1830, *Marion de Lorme* en 1831, *Le Roi s'amuse* en 1832, *Lucrèce Borgia* et *Marie Tudor* en 1833...

31. A l'intérieur des murs (de la ville) et dehors.

32. Dans l'édition originale, Balzac avait sous-titré *Le Père Goriot* « histoire parisienne » ; mais en 1845, dans le « Catalogue général des ouvrages que contiendra *La Comédie humaine* », il le déplaça des *Scènes de la vie parisienne* dans les *Scènes de la vie privée*.

33. Cette ville de l'Hindoustan abrite un célèbre sanctuaire où l'idole de Vichnou était chaque année promenée sur un char. Les fidèles se précipitaient sous ses roues pour se faire écraser par elle et accéder à une caste supérieure dans leur réincarnation.

34. « Tout est vrai. » Philarète Chasles, ami de Balzac, avait placé ces mots attribués à Shakespeare en épigraphe à un article de la *Revue de Paris* consacré à *Henry VIII* et publié en août 1831. Dans la première édition du *Père Goriot*, Balzac les place lui-même en exergue au roman.

35. En 1834, Balzac habitait rue Cassini, tout près des Catacombes. Il y avait situé son roman de jeunesse *Le Centenaire* (1822).

36. A l'hôpital des Vénériens (ou des Capucins), faubourg Saint-Jacques.

37. Inscription composée par Voltaire (revenu triomphalement de Ferney en février 1778) pour les jardins du président de Maisons, et qu'on retrouve à Cirey et à Sceaux.

38. Clin d'œil à Mme Hanska, qui prononçait ainsi.

39. Marbre flamand, gris et blanc.

40. Plateau et tasses à café ou à thé.

41. De Fénelon (1699). On a pu interpréter *Le Père Goriot* comme une réécriture parodique de ce classique roman d'éducation : cf. Jean-Jacques Hamm, *Stendhal, Balzac et Fénelon, L'Année balzacienne* 1977 ; et la préface de Françoise Van Rossum-Guyon (*Le Père Goriot roman moderne*) à l'édition du Livre de poche, 1983.

42. Un hospice pour les hommes existait au Faubourg Saint-Martin ; un autre pour les femmes, rue de Sèvres.

43. Une pendule.

44. Ce savant de Genève avait inventé à la fin du XVIIIe siècle la lampe à double courant d'air, cheminée de verre et réservoir d'huile, perfectionnée ensuite par le pharmacien Quinquet.

45. Plume.

46. « Se dit des vêtements qui font de mauvais plis » (Littré).

47. Chargé de la garde des forçats.

48. Georges Cadoudal, chef des Vendéens, et Pichegru, ancien général de la Révolution, complotèrent en 1803 contre Bonaparte. On les dénonça. Cadoudal fut exécuté, Pichegru retrouvé étranglé dans sa cellule.

49. Chargé d'ordonnancer les dépenses de l'armée.

50. Nom attesté. C'était entre autres celui d'un acteur de l'Ambigu-Comique qui joua le rôle de Robert Macaire dans *L'Auberge des Adrets*, le célèbre mélodrame créé par Frédérick

Lemaître en 1823 (pour qui Balzac rédigea en 1840 l'adaptation théâtrale *Vautrin*).

51. Le manuscrit montre que Balzac avait d'abord songé à l'appeler *Verolleau*, ce qui en dit assez sur la vertu de la demoiselle.

52. Balzac a pris ce nom dans la réalité. Un de ses voisins, pâtissier, le portait ; il était de L'Isle-Adam, où le jeune Balzac fit de nombreux séjours, et où l'existence d'un second Goriot, marchand farinier, est attestée aussi.

53. Où habitait Zulma Carraud, chère amie de Balzac. Ce sera aussi la ville natale de Lucien de Rubempré (*Illusions perdues*).

54. Nom attesté dans la réalité : un Mgr Chapt de Rastignac fut archevêque de Tours au XVIIIᵉ siècle. Au début du manuscrit, Balzac écrit Eugène de *Massiac*. Lors d'un bal donné par sa cousine, Mme de Beauséant, il rencontre Rastignac, jeune dandy gascon (et non charentais), créé dès 1831 dans *La Peau de chagrin*. C'est dans un stade ultérieur que Balzac aura l'idée de remplacer Massiac par Rastignac, dont *Le Père Goriot* nous donnera donc les débuts, par l'une des fameuses « suites rétrospectives » grâce auxquelles le système des personnages reparaissants assure l'unité de *La Comédie humaine*.

55. L'hospice de la Maternité.

56. Visière pour se garantir d'une lumière trop vive.

57. Laiton (latin *aurichalcum*).

58. Femme qui achète et revend toutes sortes d'objets de toilette.

59. Balzac mêle la traduction d'une expression d'Horace (*Odes*, I, 3), où Japet, le père de Prométhée, est par extension considéré comme celui de tous les hommes, et le Japhet biblique, troisième fils de Noé, père de la race blanche.

60. Comprenons : des Italiens, lieu de mondanité élégante.

61. Cf. La Fontaine, *Le Singe et le chat* (*Fables*, IX, 16). Raton le naïf tire les marrons du feu pour le rusé Bertrand.

62. Jean-Charles Gateau a brillamment analysé le portrait de Poiret dans *Abécédaire critique*, Genève, Droz, 1987 (p. 229-240). La métaphore du plongeur dans l'océan trouble de la vie se trouvait déjà par exemple dans le *Lorenzaccio* de Musset (III, 3).

63. Maladie du sang, dite familièrement des « pâles couleurs », fort à la mode à l'époque romantique. L'héroïne d'un roman de jeunesse de Balzac, *Wann-Chlore* (1825) en est atteinte.

64. Jean-Frédéric Taillefer s'était enrichi par un assassinat dont il laissa accuser un camarade, qui sera fusillé (cf. *L'Auberge rouge*). Il devient fournisseur aux armées, puis banquier, chasse sa femme et déshérite sa fille.

65. Café ou thé sucré, mêlé d'eau-de-vie.

66. Energique poète latin, auteur de *Satires* où il stigmatise les vices de Rome (Iᵉʳ-IIᵉ siècle ap. J.-C.).

67. Littré donne encore ce mot pour masculin.

68. Mot régional, encore employé en Touraine, désignant la tête de Turc, le souffre-douleur (celui qui pâtit).

69. Bleu clair.

70. Dans *César Birotteau* (1837), Balzac y reviendra : selon lui, le bourgeois de Paris « soutient que l'on doit dire *ormoire*, parce que les femmes serraient dans ces meubles leur *or* et leurs robes,

autrefois presque toujours en *moire*, et que l'on a dit par corruption armoire ».

71. Ancien poids de huit onces.

72. Angle de l'œil le plus rapproché du nez, où se forment les larmes.

73. Ce qualificatif a été malicieusement rajouté par Balzac. En fait, le mollet proéminent de Goriot promet à Mme Vauquer, si elle l'épouse, des satisfactions d'ordre plus physique : c'est toujours, dans *La Comédie humaine*, l'indice de la virilité (influence de la physiognomonie de Lavater).

74. C'est-à-dire coiffés en arrière, imitant des ailes de part et d'autre de la tête.

75. Excellent tabac de la Martinique, fleurant la rose et la violette.

76. Ou quartier.

77. Qui seront décrites en détail dans *Un grand homme de province à Paris* (1839), deuxième partie d'*Illusions perdues*.

78. Restaurant, qui serait aujourd'hui rue de Valois, dont l'enseigne exhibait un bœuf orné de châles et chapeauté.

79. « Ce jeune homme a des allures, il a quelque commerce secret de galanterie. Cette locution a vieilli » (Littré).

80. On pense à l'abbé Birotteau, persécuté par l'abbé Troubert et Mlle Gamard (*Le Curé de Tours*, 1832).

81. Au sens propre, c'est spéculer au jour le jour sur la différence entre le cours d'ouverture et le cours de clôture ; d'où : boursicoter mesquinement.

82. C'est-à-dire jouait toujours le même numéro, en augmentant sans cesse la mise.

83. Etoffe légère de laine.

84. « Un *casquetopode* », écrivait le manuscrit. Il s'agit de parodier les dénominations scientifiques. Dans *Le Roi Lear*, le Fou dit au roi (I, 5) : « Je sais pourquoi l'escargot a une maison. — *Lear* : Pourquoi ? — *Le Fou* : Eh bien ! pour y mettre sa tête, au lieu de l'abandonner à ses filles et de laisser ses cornes sans abri. »

85. Ce physicien, mort en 1757, a inventé le thermomètre portant son nom.

86. Au sens propre, la première couche du bois. Balzac emploie le mot au sens d'écorce.

87. Les éléments d'identification biographique ne manquent pas : Rastignac est né la même année que Balzac (1799), comme lui il est l'aîné de deux sœurs aimées, il commence les mêmes études et s'affronte à Paris de la même façon.

88. Salle de bal pour étudiants, dans l'ancien théâtre de la Cité, rue de la Barillerie (actuel boulevard du Palais).

89. De tan et de tourbe.

90. Mot anglais désignant une réception nombreuse, où l'on se bouscule.

91. Mac-Pherson publia en 1760 un recueil de poèmes attribués à Ossian, barde écossais du IIIᵉ siècle, qui embrumèrent durablement l'imaginaire romantique. Il semble que Balzac antidate quelque peu : c'est après 1830 surtout que les femmes descendirent de leurs nuages pour rivaliser avec les cavales du *turf* élégant.

92. Le Théâtre-Italien.

93. Platonique (cf. *La Duchesse de Langeais*).

94. Intensément.

95. Charpentier à Nazareth.

96. Frédéric-Auguste Ier (1670-1733). Voltaire, dans son *Histoire de Charles XII* (l'un des premiers livres que Balzac ait possédés : il l'avait reçu en prix à l'âge de dix ans), documente par des anecdotes cette force légendaire.

97. Faits avec des lisières, c'est-à-dire avec ce qui forme le bord d'une étoffe.

98. Pour *enclauder*, c'est-à-dire duper. *Claude*, au XVIIIe siècle, désignait souvent un imbécile ou un naïf.

99. Moins le quart.

100. Saint-Etienne du Mont.

101. Décampé.

102. Dans son purisme, Mme Vauquer corrige une erreur par une autre. Pour signifier le petit matin, on dit *potron-minet* ou *potron-jacquet*. *Jacquet* désigne l'écureuil ; on se perd en conjectures sur l'origine de *potron* (renvoyant au *postérieur* montré par l'écureuil et le chat s'enfuyant au lever du jour après leur maraude nocturne ?). La désinence féminine semble régionale (Ouest et Midi).

103. Câlin.

104. Rondo tiré de *Joconde ou les coureurs d'aventure*, opéra-comique de Nicolas Isouard, dit Nicolo (1814).

105. « Morceau de cuir dont les cordonniers se couvrent une partie de la main pour leur travail... On dit, en parlant d'un savetier : il est de la manique... » (Littré). C'est-à-dire : il est compétent dans sa partie, c'est un orfèvre en la matière.

106. Certainement son visiteur nocturne, à qui il a remis de l'or emprunté au trésor secret du bagne.

107. Aujourd'hui rue Cujas.

108. Vieux beau.

109. Allusion à *La Femme innocente, malheureuse et persécutée ou l'époux crédule et barbare*, parodie de mélodrame par Balisson de Rougemont (1811).

110. Il répète mécaniquement ce qu'on vient de dire.

111. En connaisseuse, elle n'ignore pas le sens professionnel que donnent les prostituées à cette expression : clients agrémentés de bizarreries érotiques.

112. Protester une lettre de change, c'est déclarer que celui qui devait payer, et ne l'a pas fait, sera responsable de tous frais et préjudices.

113. Le Diorama perfectionnait le Panorama grâce à des effets d'éclairage plus sophistiqués et mouvants. Il fut inauguré en 1822 (trois ans donc après le moment supposé où se déroule *Le Père Goriot*), près de l'actuelle place de la République, et Balzac en fut enchanté (« une merveille du siècle », écrit-il à sa sœur Laure le 20 août 1822).

114. Jusqu'aux talons (latin de cuisine).

115. Médecin allemand, mort en 1828, inventeur de la phrénologie, qui étudiait le caractère d'après la conformation du crâne (protubérances ou dépressions).

116. Malherbe, *Consolation à M. du Périer.*

117. Ou *aîtres* : les lieux.

118. Revêche.

119. Que la Convention avait supprimée en 1793.

120. Un mariage morganatique est contracté entre une personne royale ou princière et une autre d'un rang inférieur. La première donnait à la seconde la main gauche. D'où ici : couple illégitime.

121. C'est la situation classique du *Chandelier* de Musset (1835).

122. Près de Ruffec.

123. Extrait déformé du *Mariage secret* de Cimarosa (1792), qui venait d'être repris pendant la saison 1819-1820.

124. Fil d'or ou d'argent tortillé, qu'on emploie dans les broderies.

125. *Géorgiques* (III, 250-251).

126. On attendrait : *contribua.*

127. C'est ici que Balzac remplace brusquement *Massiac* par *Rastignac* dans le manuscrit.

128. L'Elysée était alors la résidence de la duchesse de Berry (amie de Mme de Langeais). Rendant cruauté pour cruauté, Mme de Beauséant rappelle que ce n'est pas pour rencontrer Mme de Langeais que Montriveau se trouvait à l'Elysée, mais simplement dans le cadre de ses obligations de membre de la Garde Royale.

129. *De la même farine.*

130. Il n'aura pas à s'en féliciter.

131. Balzac songe à l'histoire de Jean Conaxa, riche marchand d'Anvers, écrite par un Jésuite anonyme au XVIIIᵉ siècle ; elle avait inspiré une comédie à succès, *Les Deux Gendres*, d'Etienne, créée sous l'Empire (un journal accusa Balzac de l'avoir plagiée). Cf. les documents cités par Pierre Barbéris, *Le Père Goriot*, p. 53-59.

132. Dont les *Méditations* sont à la veille de faire sensation (1820).

133. C'est une ennemie de la Révolution qui parle. Le Comité de Salut public lutta au contraire énergiquement contre les accapareurs.

134. Le préféré des enfants de Jacob.

135. Le dernier argument du monde (transposition de la formule gravée sur les canons de Louis XIV : *ultima ratio regum*, le dernier argument des rois).

136. Balzac reprend le titre de la nouvelle où, en 1832, il a raconté les aventures de Mme de Beauséant après sa rupture avec le marquis d'Ajuda-Pinto (en particulier ses amours avec Gaston de Nueil).

137. Deux courbes (et non deux droites) sont asymptotes lorsque indéfiniment prolongées elles s'approchent continuellement sans pouvoir se rejoindre.

138. Aujourd'hui Bourse du Commerce.

139. Rebuts de graines, donnés aux volailles.

140. Balzac avait d'abord écrit *Caliban* (incarnant la force brute dans *La Tempête* de Shakespeare). D'Oliban est le protagoniste d'une comédie de Choudart-Desforges, *Le Sourd ou l'Auberge pleine* (1790) ; c'est un père qui, par sa sottise, manque de faire le malheur

de sa fille. Balzac avait songé à reprendre ce personnage pour un roman.

141. Résisté à l'envie de.

142. Terme technique (diminuer le volume d'une pièce de bois, par exemple), ou d'équitation (le cavalier se porte en arrière pour rendre plus légère l'allure de sa monture).

143. Terme familier dont on se sert pour qualifier la malice d'une jeune fille.

144. Balzac imite ici le style des lettres que lui envoyait sa sœur Laurence, ou de celles qu'il écrivait à son autre sœur Laure (voir le spécimen donné par P. Barbéris, *Le Père Goriot*, p. 23-24).

145. Ou *laises* : largeurs entre deux lisières.

146. Confiture faite avec du jus de raisin, auquel on ajoute poires ou autres fruits.

147. Parce que ses tiges creuses servent à fabriquer des sarbacanes.

148. Cf. Corneille, *Cinna* (IV, 1290) : « On parle d'eaux, de Tibre, et l'on se tait du reste. »

149. Calembour sur la formule classique : « Un frère est un ami donné par la nature ». Dans *Lucien Leuwen* de Stendhal, M. Leuwen père dira : « Un fils est un créancier donné par la nature. »

150. C'est-à-dire : vous avez reçu de l'argent, par allusion aux galions espagnols qui rapportaient les richesses d'Amérique.

151. Balzac a souvent théorisé (en particulier dans *Louis Lambert*) cette physique de la pensée, qui est surtout pour lui une énergétique et une balistique du désir et de la volonté.

152. Né à La Bastide-sur-Lot, il périt en 1815 en essayant de reconquérir son royaume de Naples.

153. Comme Bernadotte (né à Pau), maréchal de France, qui était monté sur le trône de Suède en 1818.

154. Dignes de Diogène, c'est-à-dire cyniques.

155. Ils ne paraîtront en français qu'en 1822.

156. Nous dirions aujourd'hui : *pile ou face*.

157. Où l'on repêchait les noyés de la Seine.

158. Jeu de mots (?) sur la petite terre des Rastignac.

159. *Travaux forcés*.

160. Attendre longtemps.

161. Ce député libéral se heurtera violemment au premier ministre Villèle en 1823 ; son expulsion *manu militari* de la Chambre eut beaucoup de retentissement. Balzac fait allusion aux trucages électoraux attestés sous la Restauration.

162. C'est-à-dire qu'elles ne seront toujours pas mariées à vingt-cinq ans.

163. Il y en avait vingt-neuf (un dans chacune des Cours royales, un à la Cour de cassation, et un à la Cour des comptes).

164. La bricole est une partie du harnais, attachée au poitrail. D'où : tenues entravées.

165. Les esclaves de l'antique Sparte.

166. Membre du Comité de Salut public après la chute de Robespierre, Aubry releva Bonaparte de son commandement à l'armée d'Italie.

167. Le manuscrit indique ici : *à Naples*.

168. *Par conséquent*, en latin : annonce de la conclusion dans la rhétorique traditionnelle.

169. Le meilleur jeu au piquet.

170. Restaurant du boulevard du Temple, près de l'Ambigu-Comique, où l'on jouait le mélodrame.

171. Comme le fera Rodolphe dans *Madame Bovary*.

172. Chasser à la liquidation : liquider des actions en réalisant des bénéfices. Pêcher des consciences : acheter des électeurs. Vendre ses abonnés : céder le journal dont on est propriétaire.

173. Le colonel Franchessini. Par amour, Vautrin a pris sur lui le faux dont il s'était rendu coupable, ce qui l'a expédié au bagne de Toulon (c'est l'exact inverse de ce qu'a fait Taillefer).

174. Dans *La Maison Nucingen*, Rastignac, qui a bien retenu la leçon de Vautrin, répétera littéralement la formule.

175. Balzac méprisait La Fayette, qu'il traitait de « débris ».

176. Il s'agit de Talleyrand.

177. Des paroles jaunes sont des paroles trompeuses, masquées (comme les gants jaunes masquent les mains).

178. Une pince-monseigneur.

179. On a retrouvé là un écho de *Lorenzaccio*, publié dans la *Revue de Paris* en août 1834, quelques mois avant *Le Père Goriot*. De même, p. 149 : « Il remettrait Jésus-Christ en croix si je le lui disais » peut provenir de la pièce de Musset (III, 1).

180. Douce comme le miel.

181. A Sparte, les jeunes garçons étaient soumis à des épreuves initiatiques ; ainsi ils devaient réaliser des « coups de main » sans se laisser surprendre (la « cryptie »).

182. Premier maître d'hôtel du roi.

183. Chateaubriand a exprimé maintes fois cette idée ; nous n'avons pas retrouvé la formulation exacte citée ici.

184. Dans *Le Mariage de Figaro*, de Beaumarchais.

185. Balzac se moque de l'accent du baron James de Rothschild, l'un des « pilotis » du personnage.

186. *La Prison d'Edimbourg* (1818).

187. Nous dirions aujourd'hui : au plafond.

188. Sens classique : avec élégance.

189. Homme à la mode.

190. La dernière nouveauté, créée le 26 octobre 1819.

191. C'est également l'un des axiomes favoris d'Oscar Wilde (*Le Portrait de Dorian Gray*).

192. Balzac semble avoir confondu avec un passage du *Génie du christianisme* de Chateaubriand (I, VI, 2). Cette idée impressionnera beaucoup Dostoïevski. Déjà dans *Annette et le criminel* (1824), Horace de Saint-Aubin, alias Balzac, avait mis des propos semblables dans la bouche de l'abbé de Montivers : « Toi, là-bas, si par un regard tu pouvais tuer, à la Nouvelle-Hollande, un homme sur le point de périr, et cela sans que la terre le sût ; et que ce demi-crime, dis-tu dans ton cœur, te fît obtenir une fortune brillante ; ne serais-tu pas dans *ton* hôtel, dans *ton* carrosse ? tu dirais : Mes chevaux, ma terre et mon crédit ! tu n'hésiterais pas à répéter : Un homme d'honneur comme moi ! »

193. Un laboureur phrygien devint roi pour avoir accompli un

oracle promettant la royauté à qui entrerait le premier dans le temple de Jupiter à Gordium. Son fils Midas consacra au dieu le char qui l'avait aidé à remporter cette victoire. Le nœud qui rattachait le joug au timon était si artistement formé qu'on ne pouvait en découvrir les deux extrémités. Cependant un ancien oracle promettait l'empire de l'Asie à celui qui parviendrait à le dénouer. Après plusieurs tentatives infructueuses, Alexandre trancha le nœud mystérieux avec son épée.

194. Bianchon, fils d'un médecin de Sancerre (d'où venait Emile Regnault, ami de Balzac, de George Sand et de Sandeau, lui aussi étudiant en médecine, et qui a pour une bonne part inspiré le personnage), fera en fait une brillante carrière à Paris : médecin de l'Hôtel-Dieu, professeur à la Faculté de médecine, membre de l'Académie des sciences.

195. Le célèbre naturaliste, créateur de l'anatomie comparée et de la paléontologie, était professeur au Muséum depuis 1802.

196. En octobre 1818, au moment du renouvellement d'un cinquième de la Chambre, qui avait vu la victoire des libéraux, suivie de l'arrivée au pouvoir de Decazes.

197. Joséphine Fodor, épouse Mainvielle, et la basse Felice Pellegrini, deux des stars du Théâtre-Italien.

198. Cercle d'un ultracisme prononcé, formant cour autour de Monsieur, frère du roi (futur Charles X).

199. La théorie des quatre tempéraments (bilieux, lymphatique, nerveux, sanguin) était couramment admise à l'époque.

200. Camelot, charlatan.

201. Balzac avait d'abord écrit *taquinée*.

202. Habituelle, ordinaire.

203. Factures.

204. A la mode (en anglais, pour plus d'élégance).

205. Cf. Racine, *Bajazet* (IV, 7) : « Nourri dans le sérail, j'en connais les détours. »

206. Indication musicale : en renforçant le son.

207. Tourmentante (ou effrayante comme un dragon ?).

208. Balzac cite plusieurs fois ce trait, qui n'a pas été retrouvé chez La Bruyère.

209. Patron des chasseurs.

210. Rose Fortassier cite dans son édition une anecdote que Balzac a pu connaître : Turenne, capturé par des brigands, leur promet cent louis d'or. Ils le relâchent et osent le lendemain venir réclamer : Turenne s'exécute.

211. Au sens italien de *bravo* : mercenaire, tueur à gages.

212. Personnages de la tragédie de Thomas Otway, *Venise sauvée* (1685) liés d'une amitié exaltée. Vautrin, alias Carlos Herrera, resservira pour le « ferrer » cette référence littéraire à Lucien de Rubempré (*Illusions perdues*).

213. Pataugerez.

214. Avortons.

215. C'est-à-dire aux choses insignifiantes.

216. Près du Quai des Orfèvres, c'était le siège de la Préfecture de police.

217. « Porte-plume. » Parodie de nomenclature scientifique, bien en situation dans le jardin du Muséum.

218. Opéra-comique de Boieldieu (1800). Le calife prend le nom d'*Il Bondo Cani* pour parcourir incognito la nuit les rues de sa capitale.

219. Au dépourvu.

220. Pierre Coignard, forçat évadé, était devenu lieutenant-colonel sous l'identité usurpée du comte de Sainte-Hélène. Il fut reconnu par un ancien camarade de bagne et arrêté par Vidocq en 1818.

221. Balzac avait d'abord écrit *Vidocq*, qu'il a par ailleurs, dans une lettre à Hippolyte Castille, reconnu comme modèle de Vautrin. Vidocq était un ancien forçat, devenu sous la Restauration chef de la Police de sûreté. Balzac dîna avec lui, en compagnie d'A. Dumas et du bourreau Sanson, en 1834, chez le philanthrope Benjamin Appert, militant d'une réforme du régime pénitentiaire (il apparaît dans *Le Rouge et le noir*). C'est de ses conversations avec Appert et de sa rencontre avec Vidocq (dont il avait lu les *Mémoires*) que Balzac tire l'essentiel de son information sur les bagnes. P.-G. Castex a montré dans son édition (pp. XXIV-XXXI) que Vidocq, dans *Le Père Goriot*, a davantage inspiré Gondureau (qui reparaîtra dans *Splendeurs et misères des courtisanes* sous le nom de Bibi-Lupin), que Vautrin.

222. Ce terme anglais, signifiant « bouffée de vent » a été employé souvent à cette époque (par exemple par Stendhal) pour signifier « réclame ». Ici, Mlle Michonneau, qui veut avoir l'air moderne, semble lui donner le sens de « scandale », « catastrophe ».

223. Avec cette niaiserie sublime, Poiret s'égale aux types « prud'hommesques » créés par Henry Monnier.

224. Allusion à une affaire retentissante survenue en 1812 : Victoire Tarin, veuve Morin, avait été condamnée à vingt ans de travaux forcés pour tentative d'assassinat sur la personne du sieur Ragoulleau.

225. Dans l'édition Charpentier, Balzac supprima ici deux phrases : « Toutes les blondes sont comme ça. La moindre frime les met aux genoux d'un homme », à la suite de la protestation d'une blonde russe et d'une blonde française !

226. Espions. D'après la fable grecque, le prince Argus avait cent yeux, dont cinquante restaient toujours ouverts.

227. Air des *Deux Jaloux*, vaudeville de Jean-Baptiste Vial (1813).

228. Querellés.

229. Excellente combinaison de quatre cartes.

230. Grand nigaud.

231. Aujourd'hui rue Laffitte.

232. Célèbre horloger suisse.

233. Célèbre air chanté par le ménestrel Blondel sous les fenêtres de son maître emprisonné dans *Richard Cœur de Lion*, opéra-comique de Grétry et Sedaine (1784). Il était devenu un signe de ralliement des royalistes sous la Révolution.

234. Plaisanterie sur le nom d'un illustre vignoble du Bordelais (le château-lafite) et celui d'un banquier libéral qui joua un rôle important lors de la Révolution de 1830.

235. « Suc concret qui nous vient de Marseille, de la Sicile et de la Calabre, où on la récolte sur une espèce de frêne (*fraxinus ornus*) appelé vulgairement frêne à la manne. La manne est purgative » (Littré).

236. Cri du marchand d'oublies (petits gâteaux).

237. Cri du marchand d'huîtres.

238. *Le Mont sauvage*, mélodrame de Pixérécourt, tiré du *Solitaire*, roman de « l'inversif » vicomte d'Arlincourt (comme disait Stendhal en se moquant de son style), qui ne sera publié qu'en 1821. Marty était l'un des acteurs les plus mélodramatiques du mélodrame.

239. Mme Vauquer, qui veut faire étalage de culture, mélange tout et prend burlesquement pour un écrivain l'héroïne du roman de Chateaubriand (1801).

240. Comprendre : nous pleurions d'Elodie (l'héroïne du *Solitaire*) comme des Madeleines.

241. Refrain d'une romance d'Amédée de Beauplan, insérée dans *Le Somnambule*, vaudeville de Scribe et Delavigne (1819).

242. Il s'agirait d'une « scie » d'atelier en vogue sous la Restauration.

243. Avare.

244. Le manuscrit porte : « préparé à l'opium ».

245. Théâtre du boulevard du Temple, spécialisé dans le mélodrame.

246. Coup heureux au jeu de tric-trac, au loto ou à la loterie.

247. Avec le temps.

248. Personnage de farce populaire.

249. Dans ses *Mémoires*, Vidocq raconte avoir été lui-même victime de la même manœuvre.

250. Fourrure que les femmes portaient au cou et sur les épaules (mise à la mode par la princesse Palatine).

251. Professeur au Collège de France, il avait été révoqué par la Restauration. De 1821 à 1827, il fit paraître ce journal d'opposition libérale. Des amis de Balzac y collaboraient.

252. Jeu de cartes au rythme très rapide, où la chance tourne d'un instant à l'autre.

253. Ou la Camarde : la mort.

254. Celui qui « enfonce » les gens, les envoie en prison.

255. Tout mon sang sur le sol.

256. Féminin de *cagne*, ou *cogne* (policier).

257. Enterré. En fait, Fil-de-Soie réapparaîtra en 1830 (*Splendeurs et misères des courtisanes*).

258. Ennuyer.

259. En Espagne, gentilhomme attaché au service d'une personne de la famille royale (en France, au service du Dauphin).

260. Il pense être ramené au bagne de Toulon. On le conduira en fait à Rochefort.

261. Célèbre restaurant d'étudiants, que Balzac avait fréquenté à ses débuts (cf. *Illusions perdues*, GF n° 518, p. 219).

262. Qui vendent des restes.

263. Romance « troubadour » de la fin du XVIIIe siècle, paroles du comte de Laborde, musique de la reine Hortense. Elle était devenue un signe de reconnaissance des bonapartistes.

264. *Bucoliques*, II, 65. En fait : chacun suit son propre plaisir.
265. La Michonneau et Poiret se marieront (cf. *Les Petits Bourgeois*).
266. Archaïque. Littéralement : bonne aubaine due à la négligence ou au malheur d'autrui. Ici : catastrophe.
267. Savourer (gober ?).
268. L'élégant Café Anglais, boulevard des Italiens.
269. Suc amer, extrait de l'aloès, de la coloquinte.
270. Fumeur d'opium (de *thériaque*, médicament opiacé dont on attribue l'invention à Mithridate).
271. « Va dire à ton maître que tu as vu Caïus Marius errant et proscrit, assis sur les ruines de Carthage », dit l'exilé au licteur venu lui signifier qu'il doit quitter l'Afrique (88 av. J.-C.). « Et ces deux grands débris se consolaient entre eux » (abbé Delille).
272. Dans son poème *Les Lamentations du Tasse*.
273. Vieille ayant des prétentions à l'esprit.
274. Les finesses, les adresses.
275. Balzac avait écrit : « mille écus, des rentes », mais ne corrigea pas, pour souligner la naïveté de Sylvie, qui croit à cette somme astronomique.
276. Pleurer.
277. Vitrines.
278. En s'agrippant au cou de Louis XIV au moment de donner le jour à son premier enfant, Mlle de La Vallière avait déchiré une dentelle de mille louis, raconte Bussy-Rabutin (*Histoire amoureuse des Gaules*).
279. Balzac a raconté cette scène en 1830 dans *Les Dangers de l'inconduite* (*Gobseck*). Cf. GF n° 429, p. 101.
280. Se prononçaient contre nous.
281. Ferons marcher à la trique.
282. Gobseck réussira à protéger son héritage, ce qui lui permettra d'épouser Camille de Grandlieu (*Gobseck*).
283. Prison pour dettes, rue de la Clef, au quartier Latin.
284. Pour effectuer contre rétribution le service militaire à la place d'un autre. Idée grotesque évidemment, vu l'âge de Goriot.
285. *Moïse en Egypte*, opéra de Rossini (1810) ; la fameuse prière (longuement commentée par Balzac dans *Massimila Doni*) fut ajoutée en 1819. L'œuvre ne sera créée à Paris qu'en 1822.
286. Dans la Préface à la première édition du *Cabinet des Antiques*, Balzac écrira : « L'auteur [...] est souvent obligé d'atténuer la crudité de la nature. Quelques lecteurs ont traité *Le Père Goriot* comme une calomnie envers les enfants ; mais l'événement qui a servi de modèle offrait des circonstances affreuses, et comme il ne s'en présente pas chez les Cannibales ; le pauvre père a crié pendant vingt heures d'agonie pour avoir à boire, sans que personne arrivât à son secours, et ses deux filles étaient, l'une au bal, l'autre au spectacle, quoiqu'elles n'ignorassent pas l'état de leur père » (GF, p. 201). On ignore quel est ce « modèle ».
287. Après avoir consenti au mariage de sa cousine avec le duc de Lauzun, Louis XIV se ravisa trois jours plus tard et le fit enfermer (1670).
288. S'étant vantée de ses quatorze enfants, elle se moqua de

Latone, qui n'en avait que deux, Apollon et Diane. Pour venger leur mère, ceux-ci firent périr tous les enfants de Niobé qui, stupéfiée par la douleur, fut changée en rocher.

289. Devenu veuf de Berthe de Rochefide, il épousera Joséphine de Grandlieu (cf. *Béatrix*).

290. Ces mots s'expliquent par un passage supprimé à partir du « Furne corrigé ». Il était intercalé entre « cette gracieuse femme » et « Bientôt il aperçut ». Le voici : « En entrant dans la galerie où l'on dansait, Rastignac fut surpris de rencontrer un de ces couples que la réunion de toutes les beautés humaines rend sublimes à voir. Jamais il n'avait eu l'occasion d'admirer de telles perfections. Pour tout exprimer en un mot, l'homme était un Antinoüs vivant, et ses manières ne détruisaient pas le charme qu'on éprouvait à le regarder. La femme était une fée ; elle enchantait le regard, elle fascinait l'âme, irritait les sens les plus froids. La toilette s'harmoniait chez l'un et chez l'autre avec la beauté. Tout le monde les contemplait avec plaisir et enviait le bonheur qui éclatait dans l'accord de leurs yeux et leurs mouvements. / — Mon Dieu, qui est cette femme ? dit Rastignac. / — Oh ! la plus incontestablement belle, répondit la vicomtesse. C'est lady Brandon ; elle est aussi célèbre par son bonheur que par sa beauté. Elle a tout sacrifié à ce jeune homme. Ils ont, dit-on, des enfants, mais le malheur plane toujours sur eux. On dit que lord Brandon a juré de tirer une effroyable vengeance de sa femme et de cet amant. Ils sont heureux, mais ils tremblent sans cesse. / — Et lui ? / — Comment ! Vous ne connaissez pas le colonel Franchessini ? / — Celui qui s'est battu... / — Il y a trois jours, oui. Il avait été provoqué par le fils d'un banquier : il ne voulait que le blesser, mais il l'a tué. / — Oh ! — Qu'avez-vous donc ? vous frissonnez, dit la vicomtesse. / — Je n'ai rien, répondit Rastignac. / Une sueur froide lui coulait dans le dos. Vautrin lui apparaissait avec sa figure de bronze. Le héros du bagne donnant la main au héros du bal changeait pour lui l'aspect de la société. »

291. Ce qu'elle fera en Espagne. Montriveau la retrouvera et essaiera de l'enlever, mais trop tard : il la découvrira morte (cf. *La Duchesse de Langeais*).

292. C'est exactement ce que diront aussi Lousteau et Lucien de Rubempré dans *Illusions perdues*.

293. Gros fagots de bûches liées ensemble.

294. Cotons brûlants appliqués sur la peau pour la cautériser.

295. Balzac avait d'abord nommé Magendie et Flourens, deux célèbres physiologistes.

296. Balzac s'est sérieusement documenté sur les aspects médicaux pour évoquer l'agonie de son personnage, auprès d'amis médecins et dans des ouvrages spécialisés.

297. Cf. Racine, *Athalie* (III, 7) : « Comment en un plomb vil l'or pur s'est-il changé ? »

298. En fait, la fille de Delphine de Nucingen, Augusta, épousera Rastignac, l'ancien amant de sa mère (cf. *Le Député d'Arcis*)...

299. Des troupes destinées à former un corps de bataille.

300 Pour l'édition Furne, Balzac renonce à des onomatopées

supposées réalistes : « je les aime (heuâh ! heun ! hâaan !) je les ado...(hâan !) re ! (heuâh) ».

301. Draps déjà usagés, qu'on a fait refaire en mettant l'envers à l'endroit.

302. Le manuscrit s'achève sur « A nous deux, maintenant ! » et « il revint à pied rue d'Artois ». Dans *La Revue de Paris* : « A nous deux, maintenant ! Puis il revint à pied rue d'Artois et alla dîner chez madame de Nucingen ». P. Barbéris a commenté ces variantes significatives jusqu'au texte définitif (*Le Père Goriot*, pp. 286-287). — La liaison de Rastignac avec Delphine durera treize ans. Eugène fera son chemin, à la fois dans la mondanité et dans la politique : on le verra ministre de l'Intérieur (*Les Comédiens sans le savoir*).

303. Ces indications marquent en fait le début de la rédaction, non son achèvement, qui eut lieu à Paris le 26 janvier 1835.

ANTHOLOGIE CRITIQUE

Alors, dans le *Père Goriot*, le drame de l'argent prend pour la première fois toute son ampleur. La présence du *condottiere* donne un sens à la symphonie. Ce qui manquait à *Eugénie Grandet*, à *La Recherche de l'Absolu*, c'était un dramatique global, une explication qui pût s'appliquer à toute une société. Mais l'assaut continu et implacable de la vanité et, au-dessus, le vrai roi de la faune parisienne, le gentilhomme de fortune, battant monnaie avec les passions, avec l'amour, avec la vanité, avec l'honneur, c'est tout à coup l'éclatement du drame de Paris, l'entrée de Paris dans *La Comédie humaine* : et désormais chaque roman ne sera plus qu'un cas particulier dans cette histoire des carrières et des patrimoines. Le thème de l'énorme symphonie est maintenant trouvé : avoir une place, un rang, est la loi de la jungle. Le Paris de *La Comédie humaine* est le théâtre où se font et se défont les fortunes et chaque « Scène de la Vie parisienne » n'est qu'un épisode de cette immense anthologie. Le commentaire de l'idée de puissance mis en place en 1831 dans *La Peau de Chagrin* vient de recevoir sa forme définitive. *La Peau de Chagrin* était le livre de 1830, la méditation sur le pouvoir et le destin. La réflexion sur la puissance n'y trouvait pas d'autres limites que les facultés de l'homme. La société n'y paraissait qu'avec les ombres chinoises ; la science, la vie, la mort y livraient la bataille silencieuse des allégories. C'était le livre d'une

société en désordre, dont les cadres étaient bouleversés,
les hiérarchies chancelantes ; c'étaient toutes les pensées que peut proposer le pouvoir en un temps où le
pouvoir paraissait proche à chacun, où la tourmente
dynastique pouvait offrir aux habiles le destin de Thiers,
et peut-être celui de Cromwell. Les problèmes qui se
posent à Rastignac sont ceux que présente à l'ambition
une société apaisée, hiérarchisée, satisfaite ; ce ne sont
plus les vastes champs du danger et de l'espoir ouverts
par la révolution, mais les enceintes que l'« ordre » et les
préjugés multiplient autour de la citadelle des nantis ; la
prospérité est venue, la rente a monté, la bourgeoisie est
au pouvoir et le problème du succès n'est plus qu'un
problème tactique dont l'or est l'objet et l'intrigue le
moyen. Raphaël voulait vivre ; Rastignac veut doter ses
sœurs. Raphaël a un talisman comme le héros des *Mille
et Une Nuits* ; Rastignac a une maîtresse et bientôt il fera
fortune dans les faillites de Nucingen. Balzac a choisi
l'optique, mis au point l'appareil avec lequel il veut explorer
son temps : Raphaël était toute la jeunesse, Rastignac
est un jeune homme de 1835. Aussi Raphaël est-il en
marge de *La Comédie humaine*, tandis que Rastignac en
est le centre. *La Peau de Chagrin* était la première des
œuvres devant lesquelles s'ouvrent les horizons de la
pensée ; *Le Père Goriot* est la première peinture d'une
société.

M. Bardèche, Balzac romancier,
Plon, 1940 (pp. 511-512).

Ainsi, comparé à l'œuvre antérieure de Balzac, *Le
Père Goriot* est une sorte de résumé, comparé à son
œuvre future, il est une sorte d'annonciation. Tous les
personnages auxquels jusqu'ici il avait essayé de
donner un destin, tous les thèmes romanesques qu'il
avait essayé précédemment de traiter se donnent rendez-vous dans cette œuvre, mais sous une forme différente. La présence de Paris, c'est-à-dire la réalité de

la vie autour d'eux, le problème central de *La Comédie humaine,* c'est-à-dire le problème du succès ont donné à ces personnages une physionomie un peu différente. Ces figures connues, ces premières esquisses ont désormais quelque chose de plus doré, de plus plein. Les personnages un peu sommaires des années précédentes ont trouvé leur équilibre, leur maturité. La méditation sur le succès donne une signification à chacune de ces vies. Les lignes du tableau autrefois éparpillées sont maintenant cohérentes. Le ressort du drame balzacien ou plutôt le ressort de l'invention balzacienne vient de se manifester pour la première fois dans toute sa clarté. La société s'explique par le désir du succès, sous ses deux symboles, la vanité et l'or. Un monde traversé d'intrigues commence à se dessiner, mais ce n'est plus simplement un univers de crimes et de drames. Tout cela a un sens. Les paroles de Vautrin sont la pensée dramatique de *La Comédie humaine.* Maintenant une loi unique met quelque clarté dans ces crimes cachés dont le prédicateur d'*Argow* donnait la liste. Le conflit des énergies humaines les apparente tous. L'histoire de la société est celle du triomphe des forts et de l'élimination des faibles. Une société est pour chaque génération l'ensemble des gens qui sont arrivés et la foule de ceux qui montent. Rastignac au Père-Lachaise est le spectateur de cette lutte. Mais cet assaut des énergies vers le pouvoir, les vanités, la richesse, a des instants dramatiques, ce sont ceux de sa rencontre avec une énergie égale : celle des passions, des idées devenues un homme. La rencontre de la marée sociale avec une de ces passions à contre-courant, c'est toujours le drame de *La Comédie humaine.*

Ibid. (pp. 517-518).

On voit maintenant ce qui fait l'importance et le caractère exceptionnel du *Père Goriot.*

D'abord apparaît au premier plan la puissance dramatique du point de vue synthétique sous lequel Balzac aperçoit les rivalités sociales. D'un côté, le jeu des ambitions, des appétits, les cinq cercles de l'enfer parisien, de l'autre la jeunesse qui les juge, la passion qui cherche à les éluder. La décomposition de la société bourgeoise est le fond du tableau. *Le Père Goriot*, c'est *Le Rouge et le Noir* vu par un historien. Et cette définition de la société du XIXᵉ siècle devient une des assises fondamentales de *La Comédie humaine*. Sur le Paris du *Père Goriot* est construit tout le système dramatique de la vaste antithèse balzacienne entre les purs et les pharisiens, entre les « inadaptés » par passion ou par noblesse naturelle et les serviteurs de Baal. *La Comédie humaine*, en tant que drame, est née. Comme le poème de Dante, c'est aussi un pamphlet.

En ce qui concerne les personnages, l'année 1835 est une date importante. En les faisant réapparaître, Balzac leur confère une vie nouvelle indépendante de ses œuvres. Il « porte un monde dans sa tête » et lui donne brusquement la liberté. Désormais, chacune de ses œuvres ne sera plus seulement un roman, mais un fragment de l'histoire d'une génération imaginaire. A la réalité créée de chacun de ses romans se superpose une réalité incréée mais présente qui en multiplie les résonances, celles de *La Comédie humaine*.

Dans le classement des œuvres, les courants principaux se confondent. Les drames de la vie privée rejoignent les études de femmes. Il n'y a pas de passion pure isolée du monde et de ses calculs, il n'y a pas de calcul du monde qui ne soit éclairé un instant par la présence d'une passion touchante. Et, de même, les grands passionnés ne vivent pas tous dans une province lointaine, dans quelque Douai ou quelque Saumur qui les protège d'un silence complice. La vie est près d'eux et se mêle à leur vie. Leur passion individuelle trouve un adversaire digne d'elle dans la passion collective pour l'or, la vanité, le plaisir. Paris est la seule ville qui puisse user une grande passion. Ainsi s'ouvrent devant Balzac des perspectives dramatiques infinies puisées dans les combinaisons des quatre figures du ballet composé par chaque génération, la femme, le corsaire, le passionné, le politique.

Enfin, les deux grands axes de son œuvre se sont rejoints : les *Etudes philosophiques* qui aboutissent au symbole et les *Etudes de Mœurs* qui partent de l'observation. Tout personnage devient l'incarnation d'une idée, toute situation devient confrontation symbolique. Dès lors, les scènes se répondent et les personnages ont partout des oppositions ou des reflets. Chaque roman est chargé de signification, mais cette signification simple ou complexe est toujours insérée dans le drame. Un jeu d'interférences ou de contrastes s'établit entre les personnages ou entre les péripéties de chaque roman. La technique fondamentale de 1834 continue à servir de base ; mais, dans la mesure où elle peut y être associée, on retrouve aussi dans les grands romans de Balzac la composition symphonique de *La Peau de Chagrin*.

En somme, tout ce que Balzac avait dispersé jusqu'ici dans différentes séries d'œuvres est réuni pour la première fois en une seule et désormais tout se renforce et s'éclaire. C'est pourquoi *Le Père Goriot* n'est pas seulement le plus grand succès de Balzac, c'est une date capitale dans l'histoire de son œuvre. Pour la première fois, Balzac est maître de tous les moyens de son art et de sa pensée. Pour la première fois, il découvre l'étendue et les possibilités de son œuvre. Si l'on nomme chef-d'œuvre pour chaque écrivain ces livres privilégiés qui contiennent tout ce que l'auteur peut donner de fort, d'original et de complet, qui rendent, pur et plein, le son de son art, sans doute *Le Père Goriot*, à cause de ses multiples résonances, est-il, plus encore que *La Peau de Chagrin*, plus qu'*Eugénie Grandet*, le premier chef-d'œuvre de Balzac.

Ibid. (pp. 543-544).

Le Père Goriot est un roman d'une grande complexité, carrefour et point d'origine. Mais ce roman n'existe et ne se lit vraiment que par tout ce qui constitue son avant-texte puis son après-texte. Car tout est loin de commencer absolument avec « *Madame Vauquer, née de Conflans, est une vieille femme qui tient depuis quarante ans à Paris une pension bourgeoise établie rue Neuve-Sainte-Geneviève* » et tout est bien loin de se clore avec « *Il revint à pied rue d'Artois* ». Le « depuis quarante ans » de la première ligne du manuscrit et la relance dans les éditions successives de la dernière phrase marquent déjà qu'introduction et conclusion ne sont qu'illusoires frontières et concessions à la nécessité. Dès le manuscrit de même il est dit que Rastignac aura tout un avenir : tout vient de loin, tout va vers autre chose, l'histoire contée, les héros présentés et choisis parmi d'autres, comme le réel transcrit, utilisé, trié, dit lui aussi dans une masse immense de disponible déjà dit, à demi dit ou à dire. Ceci se manifeste assez dans l'embarras des lectures traditionnelles auxquelles il faut absolument un sujet. Quel est-il ce sujet ? La mort de Goriot ? Le premier projet, sur l'album de Balzac, ne fait aucun doute : « un brave homme — pension bourgeoise — 600 francs de rente — s'étant dépouillé pour ses filles qui toutes deux ont 50 000 francs de rente — mourant comme un chien ». Mais qu'y vient faire Vautrin ? Et l'histoire de Rastignac ? C'est avec Rastignac, héros quand même, que l'on croit le plus souvent se tirer d'affaire : le sujet serait son éducation, ce qui implique une suite. Mais, en fait *Le Père Goriot*, contrairement au roman traditionnel, et souvent au roman d'après lui, n'a pas réellement de centre, « histoire » ou personnage. Le sujet en est-il le calvaire d'un père, ou l'initiation d'un jeune homme aux mystères sociaux ? Tout y tient-il à un motif central, dont les autres ne seraient que l'illustration ? Par exemple, l'histoire de Mme de Beauséant n'a-t-elle pour intérêt que d'illustrer l'idée de cruauté, de l'inhumanité parisienne, et le discours de l'héroïne n'a-t-il pour intérêt que de « pré-

parer », d'habile et rhétorique manière, celui de Vautrin, à lui seul sommet et comme morceau choisi destiné aux anthologies ? Ou bien tout ceci vaut-il en soi
et par soi, ce qui n'empêche d'ailleurs nullement les
effets de composition ? Le vrai sujet sur lequel a travaillé Balzac ne serait-il pas : comment traiter tant de
texte possible et tant de sujets qui attendaient de pouvoir passer outre aux diverses censures ou retards que
constituaient les choix d'écriture précédents ? On a
longtemps voulu, pour des raisons éthiques et esthéti-
ques dont il faut lire l'idéologie, centrer l'ensemble sur
les « sacrifices » et sur les douleurs d'un père abandonné par ses filles. Mais alors pourquoi le « sujet »
est-il mis en cause par de si nombreuses et récurrentes
interférences ? En fait, seule l'histoire précisément
chronologique, seule la génétique de cette écriture
permettent de rendre compte de la richesse et des
multiples présences et manifestations dans le texte.
Chez Balzac, dès les premiers écrits, comme on le voit
dans l'histoire de *La Peau de Chagrin,* comme il est
arrivé pour *Le Médecin de Campagne,* écrire un roman
n'est pas creuser un sillon aigu, de plus en plus aigu,
douloureux et vrai, c'est rassembler, puissamment,
mais aussi de manière toujours allusive et incomplète,
divers éléments préexistants ; c'est mener de front un
immense travail d'assemblage et de fusion qui pourtant jamais n'achève ni ne s'achève et qui à son tour
censure ou met en réserve ou dévie, alors même qu'il
promeut à l'existence et à la lecture. Ni au centre de la
création balzacienne, ni à son point d'aboutissement
ne se trouvent l'anecdote, l'expression du seul moi, ou
la promenade dans l'univers des autres d'un héros
chargé de tout dire et de tout exprimer. Sans doute
Balzac s'exprime en exprimant tout un monde : bana-
lité ? Non, si on lui donne un sens. La composition et
l'organisation du *Père Goriot* sont déroutantes parce
qu'elles correspondent à une vision et à une manière
très particulière d'écrire : cette manière-forme étant
peut-être, sans que pour autant le réel repéré et
signifié, dénoté, connoté ou découvert en soit diminué

pour ce qui est de son pouvoir de signification, le lieu véritable et l'efficacité vraie de l'acte d'écrire. Le système du retour des personnages, inauguré à plein avec ce roman et si souvent invoqué, ne permet à lui seul de rendre compte des interférences, entrecroisements et relances que de manière extérieure et toute formelle. En fait, le retour des personnages n'est que la formulation apparente de tout un système souterrain de présence et de récurrences et du besoin de dire qui relèvent non d'une banale technique, mais d'une expérience personnelle exceptionnelle ayant engendré une vision et, au sens le plus fort du terme, comme on aurait dit dans l'*Encyclopédie*, un « art ». Les éléments, ou les étapes, ou les moments du dit ou du vouloir-dire antérieurs doivent, pour la commodité, être classés. On peut, on doit, suivre d'abord la chronologie des affleurements et des essais. Puis, lorsque la pratique écrivante semble s'assurer, lorsque le paysage se stabilise, on peut, on doit, à moins de vouloir dénier à l'ensemble continu toute espèce de rationalité, voir les choses et les problèmes selon certaines séries.

P. Barbéris, *Le Père Goriot de Balzac*,
Larousse, 1972 (pp. 19-22).

Vautrin initiateur et corrupteur, en effet, Vautrin découvreur des secrets du monde et théoricien de l'arrivisme, doit beaucoup apparemment au *Neveu de Rameau* et à Gaudet d'Arras dans *Le Paysan et la Paysanne pervertis*. Des rapprochements précis ont été faits, et ils sont convaincants : cynisme, idée qu'il n'y a pas de principes mais seulement des occasions, passion de se dévouer pour un autre et de réussir par personne interposée, tout ceci Balzac l'avait lu dans Diderot et dans Restif. La différence, toutefois, entre ces cyniques du XVIIIᵉ siècle et Vautrin est immense. L'attitude d'ensemble, le vocabulaire même, peuvent se ressembler, mais le contenu, l'orientation, la signification, la mise en perspective sont d'un autre univers. D'abord, parce que Vautrin parle dans l'univers post-révolutionnaire, après le triomphe des Lumières, de la raison et de l'égalité, après le grand effort de rationalisation et de clarification des rapports sociaux que s'était voulu la Révolution française et qu'on avait pensé qu'elle devait être. De même que la présence de Corentin aux côtés du naïf commandant Hulot, dans *Les Chouans*, est un signe romanesque de ce qu'est *devenue* la Révolution, d'universaliste devenant policière, de missionnaire et d'organisatrice devenant répressive, de même le discours et l'action de Vautrin au cœur même du monde libéral sont un autre signe romanesque de ce qu'est devenu le monde né de la Révolution. Il est absolument impossible de mettre sur le même plan, du point de vue de l'histoire des mentalités et des réactions subjectives, la société d'avant 1789 et la société de 1819. Ni Vautrin, ni Rastignac, ni personne en 1819 ne peut penser la vie sociale dans les mêmes termes qu'avant 1789. Aucun lecteur s'il tient compte de l'Histoire (c'est-à-dire s'il accepte, aujourd'hui, de considérer la Révolution française non comme la révolution définitive, mais bien comme l'opération politique majeure de la Bourgeoisie, non comme un absolu mais comme du relatif) ne peut donner la même signification politique et sociale aux paroles du Neveu (ou de Gaudet) et à celles de Vautrin (ou de Gobseck). Comment mettre, en effet, sur le même plan des thèmes pessimistes dans le contexte de la fin d'un monde (même s'ils sont annonciateurs de ce que sera le monde nouveau) et ces mêmes thèmes pessimistes dans le contexte d'un lendemain de rénovation, après un grand éclair libérateur ? C'est déjà toute la différence entre le pessimisme de la fin de la Restauration et celui des premiers mois de la monarchie de Juillet. Dans le second cas le pessimisme porte accusation non contre une quelconque nature humaine, mais bien contre l'efficacité, contre la validité de ce qui vient de s'accomplir et qui se trouve ainsi radicalement contesté, récusé, *désenchanté*. Balzac a historisé un thème moral et sans racines précises. D'abord, en l'exploitant, en le *ressortant* dans un contexte historique qui lui donne nécessairement une résonance nouvelle. Puis il fait mieux : il l'a traité explicitement à coup de références historiques précises. Les références de Vautrin, en effet, ses justifications sont constamment historiques, politiques, et son histoire, sa politique ne sont pas celles de la rhétorique (Annibal, César, les grands hommes sur lesquels raisonnait encore un Montaigne), mais celles, brutales, immédiates, des hommes d'une génération : Napoléon, Talleyrand, Villèle, Manuel, La Fayette au sujet de qui l'un des personnages de *La Peau de Chagrin* s'était exclamé : « Est-ce ma faute si le libéralisme devient La Fayette ? » Vautrin ne discourt ni ne raisonne dans un éternel qui ne concernerait que les hommes de culture. Il raisonne et discourt sur le fond d'une expérience récente et en cours, vécue et comprise comme historique et comme politique. Non seulement le monde, mais le monde *moderne*, le seul que connaissent des millions d'hommes, est ainsi fait. C'est pourquoi, si le Neveu ou Gaudet peuvent exciter des esprits qui, d'avance, y « reconnaissent » Vautrin, ils ne s'adressent à personne d'autre qu'à une minorité de lecteurs de culture. Vautrin, lui, parle pour tous et s'adresse à tous, parce qu'il met en cause les fondements mêmes du monde nouveau.

De plus, le Neveu de Rameau et Gaudet parlaient dans un monde stable et clos, dans un monde sans perspective d'ouverture ni de changement. Vautrin, lui, va parler dans un monde ouvert, en proie à la fièvre, un monde en expansion qui permet tout à tout le monde. Vautrin ne se conçoit pas séparé de la grande poussée plébéienne consécutive à la révolution capitaliste qui a brisé les cadres de la société noble et parlementaire. Un lieutenant corse est devenu Empereur. Un berger de l'Albigeois est devenu adjoint au maire de Tours. Thiers est devenu Thiers. Certes, Sébastien Mercier l'avait bien montré dès 1781 dans son *Tableau de Paris*, la société nouvelle était en germe, était déjà présente dans l'ancienne. Mais seule la Révolution et ses suites, seule l'explosion économique, sociale et culturelle qu'elle a déclenchée ou rendue possible et qui, ensuite, s'est consolidée avec le retour de la paix et la fin des restrictions impériales, ont pu donner tout leur sens aux théories de l'arrivisme et de l'ambition. Le Neveu de Rameau et Gaudet n'exprimaient guère que du détail, de l'accidentel et du pittoresque. Ils n'allaient nulle part. Vautrin exprime une loi générale, celle de toute la société nouvelle. Le Neveu et Gaudet n'étaient que d'étonnants cyniques dans un coin du tableau. Vautrin est au centre de *La Comédie humaine*. Et lui va quelque part parce que le siècle est orienté. Sources, donc, en un sens, ces textes de Diderot et de Restif, mais sources, chez Balzac, d'effets et de leçons sans commune mesure avec ceux et celles de ses devanciers, et ceci non seulement parce que Balzac leur est « supérieur », mais aussi parce qu'il exprime un monde en totale mutation. Or, une mutation ne relève pas de la morale. Une mutation relève du fait, de l'objectif, de la science, et c'est encore l'une des clés du personnage. Vautrin le dit : il fait un décompte (« Voilà votre compte, jeune homme ». Balzac, quelques mois plus tard, mettra des paroles presque identiques dans la bouche de Gobseck initiant Derville). Or, un décompte n'est pas moral ou immoral. Il est juste ou faux. C'est par là que Vautrin, loin de n'être qu'un « cas », comme le Neveu ou Gaudet, prend de la grandeur et de la stature. Vautrin est un moment du devenir historique et social : par là il accède à l'épique, il est l'une des figures majeures de la création romanesque au XIXe siècle. Exprimant leur siècle, Diderot et Restif pouvaient mettre leurs cyniques et leurs corrupteurs dans un coin du tableau. Exprimant son siècle, Balzac devait mettre Vautrin au centre. C'est ainsi que, la nature des choses et l'histoire y contraignant, le réalisme opère sa propre mutation à partir des lectures et des anecdotes. Balzac aurait pu faire de

Vautrin un simple original ou un monstre : il aurait alors donné une image menteuse de la société qu'il exprimait. Ce n'est pas de l'art, au sens étroit du terme, que ce dépassement de Diderot et de Restif : c'est de la fidélité au réel — quelles qu'en soient les conséquences.

Ibid. (pp. 61-64).

Le père Goriot meurt de ses péchés et des « crimes » de ses filles, qu'il prend sur lui. Abandonné par elles, il se trouve dans la situation du Christ sur la croix : « Mon Dieu, pourquoi m'avez-vous abandonné ? », cet *Eli, Eli, lema sabachtani* se retrouve dans « Voilà ma récompense, l'abandon ». D'ailleurs ce n'est pas la seule des célèbres Sept paroles du Christ sur la croix qui soit réutilisée : le « Sitio » (« j'ai soif ») est repris par « A boire » et l'on peut rapprocher « c'est la meilleure des deux » et « L'autre est bien malheureuse » — qui reprennent en la modulant l'affirmation « Elles sont innocentes » — de « Mon Dieu, pardonnez-leur, car ils ne savent pas ce qu'ils font », et « Ah ! c'est fini » de « Tout est consommé ».

Bien entendu, se récupère l'identification du Père à Dieu, et c'est Dieu qui meurt en Goriot, qui parle pour toute une humanité souffrante, pour la part sublime de l'âme humaine, tuée par la part maudite : « laissez-moi seulement le cœur ». De plus, la nature divine de la paternité transmet aux enfants un pouvoir thaumaturgique : « je suis guéri si je les vois », « La main de mes filles, ça me sauverait ».

Avant de mourir, le père remet en quelque sorte son esprit entre les mains de Rastignac (« In manus tuas, Domine... ») : « aimez-la, soyez un père pour elle », « allez, vous êtes bon, vous ; je voudrais vous remercier ». Mais en même temps, le thème divin se laïcise : « Il faut toujours se faire valoir » : le trajet christique de Goriot est incompatible avec le monde réel. La subli-

mation procède de cette contradiction. L'amour infini
(« je les adore ») est à la mesure de celui que Dieu
prodigue aux hommes, mais ce que la religion affirme,
la société le nie, ou plus exactement Goriot a vécu
sans vouloir admettre la réalité, en créateur qui veut
garder sa créature : « ne mariez pas vos filles si vous les
aimez » ; il ne peut être totalement sublime, et
accepter l'inéluctable séparation. En dépit de ses
pathétiques désirs (« rien que leurs robes, c'est bien
peu ; mais que je sente quelque chose d'elles »),
malgré cette concession sacrificielle, Goriot reven-
dique l'absolu, et c'est en définitive son moi qui attire
tout à lui : « Elles n'ont jamais su rien deviner de *mes*
chagrins, de *mes* douleurs, de *mes* besoins. »

Toutefois, cet égoïsme ne referme pas les significations du texte. Le rejet (« je les maudis ») cède la place
à la mansuétude : « Je les bénis », qui réactive le
lexique religieux. Le désir forcené de possession se
transmue en une ultime abnégation, et, dans la mort,
le père emportera ces boucles de cheveux qu'il
réclame comme viatique.

Vaincu par la douleur tant physique que morale,
Goriot « *s'affaiss(e)* ». Au grand cri final qu'avait jeté le
Christ répond le dernier effort d'une parole articulée.
Une question demeure : qu'en est-il des assistants ?
Christophe représente la pitié solidaire des humbles
(serait-il le bon larron ?). Rastignac accomplit une de
ses toutes dernières « *bonnes actions* » ; il n'écoute que
sa compassion et se dévoue paternellement (maternellement ?) : « *Je vais aller chercher vos filles* », « *Buvez
ceci* », « *ne vous agitez pas* », « *Vous allez les voir* ». Mais
nous l'avons déjà dit, il subit sa presque dernière
épreuve initiatique avant de se conformer aux lois du
monde, celles-là mêmes qui ont tué Goriot. Sans en
faire le mauvais larron, on peut voir en Rastignac un
personnage qui accomplit un acte de charité, peut-être
pour se pardonner lui-même des péchés qu'il devra
désormais commettre dans la réalisation de son ambition. D'une certaine manière, il doit lui aussi tuer le
père pour s'accomplir totalement. Les leçons de

madame de Beauséant et de Vautrin l'emportent sur celles du père Goriot, dont aucune volonté posthume ne s'effectuera.

Dès lors, l'on voit où s'arrête l'identification de Goriot à une figure christique. Le sacrifice divin rachète l'humanité. La mort rend la vraie vie possible. Celle de Goriot est absurde autant que sa vie, et d'ailleurs, il renonce, il demande à mourir : « *Eh bien ! oui, je ne demande plus à vivre, je n'y tenais plus, les peines allaient croissant.* » Pour Rastignac, cette leçon sera aussi décisive que les précédentes ; l'exemple de Goriot, pour pathétique et tragique qu'il soit, prouve que la vérité du cœur n'a pas pour s'exprimer de lieu autre que la marginalité. Le galetas dans lequel expire ce misérable n'est que la niche concédée à ce « *chien* » qui croyait à la fidélité amoureuse, à la reconnaissance du cœur — même si elle doit passer par celle du ventre — et à l'harmonie entre des êtres liés par le sang.

G. Gengembre, *Le Père Goriot*, Magnard,
« Texte et contextes », 1985 (pp. 498-501).

ORIENTATION BIBLIOGRAPHIQUE

I — *Editions.*

Pierre-Georges CASTEX : Introduction et notes au *Père Goriot*, Garnier, 1960.

Rose FORTASSIER : Introduction et notes au *Père Goriot*, in *La Comédie humaine*, Gallimard, Bibl. de la Pléiade, 1976 (t. III).

Gérard GENGEMBRE : Notes et commentaires in Balzac, *Le Père Goriot*, Magnard, « Texte et contextes », 1985.

II — *Ouvrages.*

Pierre BARBÉRIS : *Le Père Goriot de Balzac. Ecriture, structures, significations*, Larousse, « Thèmes et textes », 1972.

Maurice BARDÈCHE : *Balzac romancier*, Plon, 1940.

III — *Articles.*

Philippe BERTHIER : « Balzac du côté de Sodome », in *Figures du fantasme. Un parcours dix-neuviémiste*, Toulouse, Presses universitaires du Mirail, 1992.

Michel CROUZET : « Le Père Goriot et Lucien Leuwen, romans parallèles », *L'Année balzacienne*, 1986.

Jeannine GUICHARDET : « Un jeu de l'oie maléfique : l'espace parisien du Père Goriot », *L'Année balzacienne*, 1986.

Nicole MOZET : « La description de la Maison Vauquer », *L'Année balzacienne*, 1972 (repris in *Balzac au pluriel*, P.U.F., « Ecrivains », 1990).

CHRONOLOGIE [1]

---

1. Les titres en gras indiquent la publication en volume ; les titres en italique accompagnés de la mention d'une revue ou d'un journal, la publication en périodique.

1797 (30 janvier) : Bernard-François Balzac, cinquante et
un ans, directeur des Vivres de la vingt-deuxième division
militaire à Tours, épouse à Paris Anne-Charlotte-Laure
Sallambier, dix-neuf ans, fille du directeur de la régie des
Hospices de Paris.

1798 (20 mai) : Naissance de Louis-Daniel Balzac, premier
enfant des Balzac, qui ne vivra que trente-trois jours.

1799 (20 mai) : Naissance à Tours d'Honoré Balzac ; des
difficultés d'allaitement (?) le font mettre aussitôt en
nourrice.

1800 (29 septembre) : Naissance à Tours de Laure, sœur
d'Honoré, mise en nourrice avec lui à Saint-Cyr-sur-Loire
jusqu'en 1803.

1802 (18 avril) : Naissance de Laurence, sœur d'Honoré et
de Laure ; sur l'acte de baptême, Laurence est déclarée
fille légitime de B.-F. *de* Balzac. (Naissance de Victor
Hugo ; après *Atala* (1801), Chateaubriand publie *René* et
Le Génie du Christianisme).

1804 (avril) : Honoré entre comme externe à la pension Le
Guay de Tours.

1807 (22 juin) : Honoré entre comme pensionnaire au collège des Oratoriens sécularisés de Vendôme (aujourd'hui
Lycée Ronsard).
21 décembre : Naissance d'Henri, dernier enfant des
époux Balzac ; il passe pour être en fait le fils naturel de
Jean de Margonne, châtelain de Saché, chez qui Honoré
fera de nombreux séjours. Honoré souffrira pendant toute

sa jeunesse de la préférence de sa mère pour Henri, qui ne manifestera pourtant jamais ni don particulier, ni caractère.

1813 (22 avril) : Plongé dans un état somnambulique inquiétant, qu'il décrira plus tard dans *Louis Lambert* comme une « congestion d'idées », Honoré est retiré en hâte du collège de Vendôme ; il avait commencé à y écrire un *Traité de la volonté*, confisqué par un de ses maîtres.
Été : Honoré est placé pour quelques mois comme pensionnaire à l'institution Ganser à Paris. (Entre-temps, Chateaubriand a publié ses *Martyrs* (1809), Mme de Staël *De l'Allemagne* et Walter Scott *La Dame du lac* (1810 : année de naissance de Musset et de Chopin) ; 1811 a vu naître Théophile Gautier ; en 1812, Byron commence à publier son *Childe Harold* et, en 1813, *Le Giaour*.)

1814 : Honoré est externe au collège de Tours.
Novembre : La famille Balzac s'installe à Paris dans le Marais, 40, rue du Temple ; Honoré fréquente l'institution Lepître, rue de Turenne. (Byron publie *Lara*, Walter Scott les *Waverley Novels*, Hoffmann les *Kreisleriana*.)

1815 (octobre) : Honoré réintègre la pension Ganser, et suit en même temps la classe de rhétorique du Lycée Charlemagne.

1816 : Honoré achève ses études secondaires.
Novembre : Honoré s'inscrit à la Faculté de droit, et entre comme petit clerc chez l'avoué Guillonnet-Merville.

1817 (Été) : Vacances à L'Isle-Adam chez le maire Villers La Faye, vieil ami de la famille. (Benjamin Constant publie *Adolphe*, Hoffmann *Les Elixirs du Diable*, Byron *Manfred* ; mort de Mme de Staël.)

1818 (mars) : Honoré quitte l'étude de Guillonnet-Merville, et entre bientôt comme clerc de notaire chez Me Passez.
Été : Nouvelles vacances à L'Isle-Adam.
Novembre : Honoré entame sa troisième année de droit, et rédige son premier travail littéraire : des notes philosophiques *Sur l'immortalité de l'âme*.

1819 (4 janvier) : Honoré est reçu bachelier en droit.
Été : Vacances à L'Isle-Adam.
4 août : Honoré, qui refuse de devenir notaire, a obtenu de ses parents de s'installer à Paris dans une mansarde (rue Lesdiguières, près de l'Arsenal) pour faire ses preuves d'écrivain. Il caresse plusieurs projets de pièces de théâtre.
B.-F. Balzac, retraité de l'administration militaire avec

une pension plus mince que prévu, s'est installé à Villeparisis avec sa famille ; le 16 août, son frère Louis Balzac,
accusé d'avoir assassiné une fille de ferme, est guillotiné à
Albi.

1820 : Honoré achève sa tragédie en cinq actes et en vers
Cromwell.
Avril-mai : Séjour à L'Isle-Adam.
18 mai : Laure épouse à Paris l'ingénieur Eugène Surville.
Eté : Honoré reprend son roman médiéval commencé en
avril, *Falthurne*, qu'il n'achèvera pas. Ses parents, que la
lecture de *Cromwell* et l'avis défavorable de l'académicien
Andrieux ont peu enthousiasmés, donnent congé rue Lesdiguières pour le premier janvier suivant.
Septembre : Honoré a la chance de tirer un « bon
numéro » qui le dispense du service militaire.
Vers la fin de l'année, Honoré commence à rédiger un
roman par lettres *Sténie ou les erreurs philosophiques*, qui
restera aussi inachevé. (Lamartine publie ses *Méditations
poétiques*, Maturin son *Melmoth*.)

1821 : Honoré retourne habiter avec ses parents à Villeparisis. Il rencontre Auguste Le Poitevin dit « de l'Egreville », qui recrute des plumes pour fournir aux éditeurs
des romans pour « cabinets de lecture » ; il commence à
écrire *L'Héritière de Birague* et *Clotilde de Lusignan*.
Avril-mai : Dernier séjour à L'Isle-Adam.
1er septembre : Laurence épouse M. de Montzaigle,
— mariage qui se révélera malheureux. (Charles Nodier
publie *Smarra*.)

1822 : Début de la liaison avec Mme de Berny, la « dilecta »
de vingt-deux ans son aînée, qu'il a rencontrée en juin
1821.
Les premiers romans de Balzac paraissent sous divers
pseudonymes.
Janvier : **L'Héritière de Birague** « par A. de Viellerglé
(anagramme de de l'Egreville) et Lord R'hoone (anagramme d'Honoré) ».
Mars : **Jean-Louis** « par Lord R'hoone ».
Avril-mai : Séjour d'Honoré chez Laure, à Bayeux.
Juillet : **Clotilde de Lusignan** (premier roman rédigé
par Honoré seul) « par Lord R'hoone ».
Octobre : La famille Balzac quitte Villeparisis, et retourne
s'installer à Paris dans le Marais, rue du Bois-doré ;
Honoré s'engage à payer 1 200 francs de pension annuelle
à son père, qui lui fait signer un contrat en règle à cet
effet.

Novembre : **Le Centenaire** et **Le Vicaire des Ardennes** « par Horace de Saint-Aubin ».
Novembre-décembre : Honoré commence un roman *Wann-Chlore*, et écrit un mélodrame *Le Nègre*, refusé à la Gaîté en janvier suivant. (Stendhal publie *De l'Amour*.)

1823 (mai) : **La Dernière Fée** « par Horace de Saint-Aubin ». Honoré achève *Wann-Chlore*.
Juillet-septembre : séjour en Touraine, rédaction du poème *Fœdora*. (Lamartine publie de *Nouvelles Méditations poétiques*, Hugo *Han d'Islande*, Walter Scott *Quentin Durward*, Stendhal *Racine et Shakespeare*.)

1824 (janvier-mai) : Honoré collabore à de petits journaux, entre autres avec son ami le journaliste libéral Horace Raisson, au *Feuilleton littéraire* ; il publie deux brochures anonymes : **Du Droit d'aînesse** et **Histoire impartiale des jésuites**.
Mai : **Annette et le Criminel** « par Horace de Saint-Aubin ». Rédaction inachevée d'un nouveau *Falthurne*.
Juin : La famille Balzac retourne s'installer à Villeparisis, sans Honoré, qui prend un petit appartement rue de Tournon.

1825 : Avec de l'argent prêté par sa famille, Honoré s'associe avec l'éditeur Urbain Canel pour la publication d'*Œuvres complètes* illustrées de Molière et de La Fontaine, pour lesquelles il va écrire des notices.
Mars : **Code des gens honnêtes** sans nom d'auteur.
Avril : Bref voyage à Alençon.
Eté : Début de la liaison d'Honoré avec la duchesse d'Abrantès, de quinze ans son aînée.
11 août : mort de Laurence.
Septembre : **Wann-Chlore** sans nom d'auteur. Honoré projette une série de romans destinée à former une *Histoire de la France pittoresque*.

1826 (avril) : Grâce à des prêts encore, Honoré achète l'imprimerie Laurens, pour l'exploiter en association avec le prote Alain Barbier.
Mai : L'éditeur Canel est mis en faillite, et Honoré se charge seul de l'affaire des *Œuvres complètes* — un premier échec en affaires qui le laissera avec 30 000 francs de dettes.
4 juin : Honoré obtient son brevet d'imprimeur et s'installe rue des Marais-Saint-Germain (actuelle rue Visconti).
Juillet : Pour son premier travail d'imprimeur, Honoré

compose une première version de sa *Physiologie du
Mariage* (qui ne sera pas diffusée).
Septembre : Bref voyage à Reims pour recouvrer une
créance ; les affaires marchent mal.
La famille Balzac quitte Villeparisis et s'installe à Ver-
sailles. (Vigny publie *Cinq-Mars*, Hugo *Odes et Ballades*,
Chateaubriand *Les Natchez*, et Fenimore Cooper *Le Der-
nier des Mohicans*.)

1827 (15 juillet) : Toujours grâce à des prêts de sa famille et
de Mme de Berny, l'amie fidèle, Honoré et son associé
Barbier se mettent en société avec le fondeur de caractères Laurens. Honoré travaille à ses projets de romans
historiques et à des compilations diverses ; en aidant
Urbain Canel à rassembler des textes pour un recueil col-
lectif annuel, *Annales romantiques*, il rencontre divers écri-
vains, dont Hugo et Vigny.

1828 (février) : Barbier se retire des sociétés d'imprimerie et
de fonderie de caractères.
Avril : Poursuivi par les créanciers, Honoré s'installe, sous
le nom de son beau-frère Surville, rue Cassini, près de
l'Observatoire.
16 avril : Liquidation de la fonderie, reprise par le fils de
Mme de Berny.
16 août : Liquidation de l'imprimerie. Honoré est non
seulement ruiné, mais encombré pour l'avenir de dettes
énormes contractées envers amis et parents.
18 septembre-fin octobre : Retour à la littérature au
cours d'un séjour à Fougères chez le général de Pom-
mereul (dont le père fut le protecteur du père
d'Honoré) ; Honoré prépare un roman sur la chouan-
nerie, *Le Gars*.

1829 : Honoré est introduit par la duchesse d'Abrantès dans
les salons à la mode, entre autres chez Mme Récamier et
chez le baron Gérard. Début de la correspondance avec
Zulma Carraud, qu'il connaît depuis l'enfance ; elle est la
femme d'un capitaine de l'école de Saint-Cyr où Honoré
se lie d'amitié avec tout un groupe de camarades poly-
techniciens de Surville.
Avril : Balzac publie, pour la première fois sous son nom,
Le Dernier Chouan ou la Bretagne en 1800, qui, sous
son titre définitif *Les Chouans*, sera aussi le premier roman
à prendre place dans *La Comédie humaine*.
Juin : Séjour à La Bouleaunière (près de Nemours) chez
Mme de Berny, où il rédige la plus ancienne des *Scènes de
la vie privée*, *La Paix du ménage*.

19 juin : Mort de B.-F. Balzac, père de l'écrivain, qui était né en 1746.

10 juillet : Balzac assiste chez Hugo à la lecture de *Marion Delorme*.

Octobre : Balzac écrit ce qui deviendra *La Maison du Chat-qui-pelote*. Il travaille à *El Verdugo*, la plus ancienne des *Etudes Philosophiques*, à ce qui deviendra *La Femme de trente ans*, au *Bal des Sceaux*, nouvelles qui vont prendre place dans les *Scènes de la vie privée*.

Décembre : **Physiologie du mariage** « par un jeune célibataire », qui amorce le succès mondain de Balzac. (Mérimée publie *Chroniques du règne de Charles X*, Hugo *Les Orientales*.)

1830 (janvier) : Balzac, qui collabore désormais avec plusieurs journaux, se lie entre autres avec Emile de Girardin et s'associe avec lui pour la publication d'un journal : le *Feuilleton des Journaux politiques*.

30 janvier : *El Verdugo*, premier texte signé H. de Balzac, dans *La Mode* (un des journaux de Girardin).

25 février : Balzac prend part à la bataille d'*Hernani*, mais n'en publie pas moins un article sévère sur la pièce.

Mars : *L'Usurier* (futur *Gobseck*) et *Etude de femme* dans *La Mode*.

Avril : Premières **Scènes de la vie privée**.

Mai : *Les Deux Rêves* (future IIIe partie de *Sur Catherine de Médicis*) et *Adieu* dans *La Mode*.

Juin-août : Séjour à La Grenadière, près de Tours, avec Mme de Berny ; descente de la Loire en bateau.

Automne : Balzac fréquente le salon de Charles Nodier à l'Arsenal.

Octobre-décembre : *L'Elixir de longue vie*, *Sarrasine* et *Une passion dans le désert* dans la *Revue de Paris*. (Stendhal publie *Le Rouge et le Noir*.)

1831 : Balzac homme du monde rencontre entre autres Rossini, Jules Sandeau et George Sand.

Janvier-mars (et octobre) : Plusieurs épisodes de la future *Femme de trente ans* et du *Réquisitionnaire* dans la *Revue de Paris*.

Mars-avril : Séjour à La Bouleaunière avec Mme de Berny.

23 avril : Tenté par la politique, Balzac, qui vient de rencontrer le duc de Fitz-James (chef du parti néo-légitimiste), publie à des fins électorales la brochure : *Enquête sur la politique de deux ministères*.

Mai : *Les Proscrits* dans la *Revue de Paris*.

1er juin : Balzac est témoin au mariage d'Emile de Girardin.
31 juillet-7 août : *Le Chef-d'œuvre inconnu* dans *L'Artiste*.
1er août : *La Peau de chagrin* consacre la réputation de Balzac comme écrivain à la mode.
Fin septembre : **Romans et Contes philosophiques**.
Septembre-octobre : Séjour à La Bouleaunière avec Mme de Berny.
Octobre-décembre : Séjour à Saché chez M. de Margonne. (Hugo publie *Notre-Dame de Paris*.)

1832 (janvier) : **Contes bruns** avec Chasles et Rabou.
15 février : *Le Message* dans la *Revue des Deux-Mondes*.
19 février : *Madame Firmiani* dans la *Revue de Paris* ; *La Transaction* (futur *Colonel Chabert*) dans *L'Artiste*.
28 février : Première lettre à Balzac de celle qui n'est encore que « L'Etrangère », Mme Hanska, épouse d'un riche propriétaire d'Ukraine.
Avril : Premier dizain des **Contes drolatiques**. Nouveaux épisodes de *La Femme de trente ans* dans la *Revue de Paris*.
Fin avril-début mai : Séjour à Saint-Firmin, près de Chantilly, avec Mme de Berny.
19 mai : *La Vie d'une femme* dans *Le Rénovateur*.
6 juin-16 juillet : Séjour à Saché, où Balzac rédige *Louis Lambert*.
Juillet-août : Séjour à Angoulême chez les Carraud.
Fin août-13 octobre : Balzac rejoint à Aix-les-Bains la marquise de Castries (nièce du duc de Fitz-James), rencontrée l'année précédente et à laquelle il fait une cour assidue ; il s'est, pour lui plaire, rallié ouvertement au parti néo-légitimiste.
9-16 septembre : *La Femme abandonnée* dans la *Revue de Paris*.
14-18 octobre : Balzac séjourne à Genève avec la marquise de Castries, qui se refuse à lui ; il la quitte et se « vengera » avec *La Duchesse de Langeais*.
Octobre : **Nouveaux Contes philosophiques**, contenant **Louis Lambert**. *Lettre à Nodier* et *La Grenadière* dans la *Revue de Paris*.
Fin octobre-décembre : Séjour à La Bouleaunière avec Mme de Berny.
9 décembre : Première réponse de Balzac à l'Etrangère ; Balzac a commencé *Le Médecin de campagne*. (Mort de Goethe.)

1833 : Balzac cesse son activité purement journalistique et ne donne aux journaux que la pré-publication de ses œuvres. Début d'une correspondance suivie avec Mme Hanska ; liaison avec Marie du Fresnay ; Balzac continue d'élargir le cercle de ses relations mondaines.

13 janvier : Deuxième partie des *Marana* dans la *Revue de Paris*.

Mars : *Ferragus* dans la *Revue de Paris*.

Mi-avril-mi-mai : Nouveau séjour à Angoulême chez les Carraud ; une partie de *La Duchesse de Langeais* dans *L'Echo de la Jeune France*.

19 juin : *La Veillée* du *Médecin de campagne* dans *L'Europe littéraire*.

Juillet : Deuxième dizain des **Contes drolatiques**. Procès avec l'éditeur Mame à propos du *Médecin de campagne*.

15 août-5 septembre : *Théorie de la démarche* dans *L'Europe littéraire*.

Début septembre : **Le Médecin de campagne**. Début d'*Eugénie Grandet* dans *L'Europe littéraire*.

25 septembre : Première rencontre avec Mme Hanska à Neuchâtel, où Balzac reste jusqu'au 1er octobre.

Octobre : Contrat avec Mme Béchet pour la publication des *Etudes de mœurs au XIXe siècle* : douze volumes divisés en trois séries qui préfigurent *La Comédie humaine*, *Scènes de la vie privée*, *Scènes de la vie de province*, *Scènes de la vie parisienne*.

Décembre : **Tome V-VI des Etudes de Mœurs**, volumes 1 et 2 des *Scènes de la vie de province*, contenant en inédit **Eugénie Grandet** et **L'Illustre Gaudissart**.

24 décembre : Balzac retrouve Mme Hanska à Genève et lui offre, en cadeau de Noël, le manuscrit d'*Eugénie Grandet*. (George Sand publie *Lélia*.)

1834 (janvier-8 février) : Séjour à Genève avec Mme Hanska devenue sa maîtresse, qui lui présente la comtesse Marie Potocka, laquelle fera inviter Balzac à l'ambassade d'Autriche.

Fin mars : **Tomes X-XI des Etudes de Mœurs**, volumes 2 et 3 des *Scènes de la vie parisienne*, contenant en édition originale **Histoire des Treize**.

26 avril : Balzac, qu'on a vu aussi dîner en compagnie des bourreaux Samson père et fils, rencontre Vidocq.

1er juin (et 19 juillet) : Début de *Séraphîta* dans la *Revue de Paris*.

4 juin : Naissance de Maria du Fresnay, fille présumée de Balzac (qui vivra jusqu'en 1930).

Juillet (ou octobre ?) : Au cours d'une soirée à l'ambassade d'Autriche, Balzac rencontre la comtesse Guidoboni-Visconti, née Sarah Lovell.

16 juillet : Balzac, qui a pris conscience de l'unité de son œuvre et songe à la diviser en trois grandes séries : *Etudes de mœurs au XIX⁰ siècle*, *Etudes philosophiques* et *Etudes analytiques*, signe avec l'éditeur Werdet un contrat pour la publication d'une édition collective des *Etudes philosophiques*.

Septembre : Tome III-IV des Etudes de Mœurs, volumes 3 et 4 des *Scènes de la vie privée*, contenant **La Femme de trente ans** et **La Recherche de l'Absolu.**

25 septembre-10 octobre : Séjour à Saché, rédaction du début du *Père Goriot* ; Balzac invente le procédé du « retour des personnages ».

Décembre : **Première livraison des Etudes philosophiques,** précédées d'une *Introduction* de Félix Davin. Balzac commence *César Birotteau.*

14 et 28 décembre : Début du *Père Goriot* dans la *Revue de Paris.* (Musset publie *Lorenzaccio*, Sainte-Beuve *Volupté.*)

1835 (janvier-février) : Séjour auprès de Mme de Berny souffrante à La Bouleaunière. Fin du *Père Goriot* dans la *Revue de Paris.*

Début mars : **Le Père Goriot.** Sans abandonner la rue Cassini, Balzac se fait installer, rue des Batailles à Chaillot, une « cellule inabordable », sous le nom de Mme veuve Durand.

Avril-début mai : Mystérieux séjour à Meudon, peut-être pour échapper à l'envahissante comtesse Guidoboni-Visconti.

Début mai-4 juin : Balzac a rejoint Mme Hanska qui est à Vienne avec son mari ; la société viennoise lui fait bon accueil, il est reçu par Metternich ; il ne reverra Mme Hanska que huit ans plus tard.

Juin : **Melmoth réconcilié** au tome VI du *Livre des conteurs* (coll.) **Tomes I et XII des Etudes de Mœurs,** volume 1 des *Scènes de la vie privée* et volume 4 des *Scènes de la vie parisienne* où figure **La Comtesse à deux maris,** édition originale du futur *Colonel Chabert.*

16-21 juin : Bref voyage à Boulogne, sans doute avec la comtesse Guidoboni-Visconti.

Juillet : Bref séjour à La Bouleaunière ; Balzac esquisse ce qui deviendra *Les Paysans.*

31 août-8 septembre : Nouvel aller-retour à Boulogne.

Octobre : Dernier séjour à La Bouleaunière, où Balzac termine *La Fleur des pois.* Mme de Berny vient de perdre son fils ; elle décide de ne plus revoir Balzac.

Novembre : **Tome II et IX des Etudes de mœurs**, volume 2 des *Scènes de la vie privée* contenant en inédit **La Fleur des pois (Le Contrat de Mariage)**, et volume 1 des *Scènes de la vie parisienne*.

Novembre-décembre : Début du *Lys dans la Vallée* dans la *Revue de Paris*. Souverain achète le droit de publier les *Œuvres complètes d'Horace de Saint-Aubin*. **Le Livre Mystique**, contenant **Séraphîta** et une version augmentée de *Louis Lambert*.

24 décembre : Balzac achète les six huitièmes des actions de *La Chronique de Paris*. (Musset publie *Les Nuits*, Hugo *Les Chants du Crépuscule*.)

1836 (janvier) : Balzac se consacre à la direction de son journal, dont l'équilibre financier est précaire. Début du procès à propos du *Lys dans la vallée*, dont l'éditeur Buloz (*Revue de Paris*) a, sans l'autorisation de Balzac, transmis des épreuves à une revue de Saint-Pétersbourg. Cession des *Etudes de mœurs au XIXᵉ siècle* à Werdet, qui devient aussi l'éditeur unique de Balzac.

Janvier-février : *La Messe de l'athée* et *L'Interdiction* dans *La Chronique de Paris*.

Février : Début des lettres à Louise, dont l'identité n'a pas encore été établie avec certitude.

6 mars : Début du *Cabinet des antiques* dans *La Chronique de Paris*.

16-26 avril : Balzac à la campagne pour terminer *Le Lys dans la vallée*.

27 avril-4 mai : Balzac en prison pour ne pas avoir assumé son tour de garde national.

29 mai : Naissance de Lionel-Richard Guidoboni-Visconti, qui pourrait bien être le fils de Balzac.

3 juin : Balzac obtient partiellement satisfaction dans son procès avec Buloz.

9 juin : Fragment des *Martyrs ignorés* dans la *Chronique de Paris*.

18 juin : Le Lys dans la vallée.

19 juin : Balzac part pour Saché où il commence *Illusions perdues*.

3-4 juillet : Retour en catastrophe à Paris, où Balzac doit dissoudre sa société de gérance de *La Chronique de Paris* ; il se retrouve ainsi avec 46 000 francs de dettes supplémentaires...

25 juillet-22 août : Voyage en Italie (qu'il découvre) avec Caroline Marbouty déguisée en page. Au retour, Balzac apprend la mort de Mme de Berny, survenue le 27 juillet.

Septembre : **Deuxième livraison des Etudes philoso-**

phiques, contenant en édition originale **L'Interdiction**.
30 septembre : Poursuivi par les créanciers, Balzac quitte définitivement la rue Cassini pour son refuge de Chaillot.
9-16 octobre : *La Perle brisée* (IIe partie de *L'Enfant maudit*) dans *La Chronique de Paris*.
23 octobre-4 novembre : Balzac donne, pour la première fois en France, un roman dans un quotidien : *La Vieille Fille* dans *La Presse* que vient de lancer Emile de Girardin.
15 novembre : Un traité avec les éditions Delloye et Lecou, et une avance substantielle, permettent à Balzac de payer ses dettes les plus urgentes.
20 novembre-1er décembre : Séjour en Touraine.
8 décembre-22 janvier 1837 : *Le Secret des Ruggieri* dans *La Chronique de Paris*.

1837 (février) : **Tomes VII-VIII (les derniers) des Etudes de mœurs**, volumes 3 et 4 des *Scènes de la vie de province* contenant la **première partie**, inédite, d'**Illusions perdues**, et l'édition originale de **La Vieille Fille**.
8 février : Un ancien associé de *La Chronique de Paris*, William Duckett, fait saisir le tilbury de Balzac.
14 février-3 mai : Long voyage en Italie, où il est bien accueilli par la haute société (Milan, Venise, Gênes, Livourne, Florence, Bologne, Côme).
Mai : Faillite de l'éditeur Werdet.
Fin juin-début juillet : Balzac échappe de justesse, en se cachant, à la prison pour dettes. **Troisième livraison des Etudes philosophiques**, assumée par Delloye et Lecou.
1er-14 juillet : *La Femme supérieure (Les Employés)* dans *La Presse*.
23 juillet-20 août : *Gambara* dans la *Revue et Gazette musicale de Paris*.
15-28 août : Séjour à Saché.
16 septembre : Balzac achète à Sèvres un « chalet » et des terrains au lieu-dit « Les Jardies ».
Décembre : Troisième et dernier dizain des **Contes drolatiques**.
17 décembre : **César Birotteau**.

1838 (février) : Séjour dans le Berry, à Frapesle, chez les Carraud.
24 février-2 mars : Visite à Nohant, chez George Sand, qui suggère à Balzac le sujet de *Béatrix*.
Mars-début juin : Voyage en Sardaigne, où Balzac envisage d'exploiter des mines argentifères : l'idée était si bonne qu'une société de Marseille a déjà acquis la conces-

sion. Voyage en Italie, séjour à Turin. A son retour à Paris, Balzac apprend la mort de la duchesse d'Abrantès, survenue le 7 juin.

Fin juin-début juillet : Balzac s'installe aux Jardies, où il a acquis de nouvelles parcelles et dépense une fortune en aménagements et en plantations — la légende dira qu'il rêvait de faire fortune en acclimatant aux Jardies la culture de l'ananas.

Septembre : **La Femme supérieure (Les Employés)** ; **La Maison Nucingen** ; La Torpille (début des futures **Splendeurs et misères des courtisanes**).

12 novembre : Contrat de réimpression avec l'éditeur Charpentier qui lance sa célèbre collection « Bibliothèque in-18° ».

21 décembre : Léon Curmer achète à Balzac plusieurs textes pour son recueil *Les Français peints par eux-mêmes*.

28 décembre : Balzac adhère à la toute neuve Société des gens de lettres.

31 décembre : *Une fille d'Eve* dans *Le Siècle*, le quotidien de Dutacq. (Victor Hugo fait jouer *Ruy Blas*.)

1839 (1ᵉʳ-7 janvier) : Début du *Curé de village* dans *La Presse*. Janvier : Balzac est de nouveau à « l'Hôtel des Haricots » pour n'avoir pas fait son tour de garde national.

Février : Balzac loue un pied-à-terre rue de Richelieu.

24 février : Le théâtre de la Renaissance refuse *L'Ecole des ménages*.

24 mars : Balzac élu au comité de la Société des gens de lettres. **Le Cabinet des Antiques** suivi de **Gambara**.

13-26 avril (et 10-19 mai) : Iʳᵉ et IIᵉ partie de *Béatrix* dans *Le Siècle*.

18-20 avril : Balzac fait transporter sa bibliothèque aux Jardies, où il réside la plupart du temps.

14 mai : Balzac achète un deuxième « chalet » aux Jardies.

15 juin : **Un grand homme de province à Paris (IIᵉ partie d'Illusions perdues)**.

Juillet : *Véronique* et *Véronique au tombeau* (IIᶜ et IIIᶜ parties du *Curé de village*) dans *La Presse*.

16 août : Balzac président de la Société des gens de lettres.

20-26 août : *Une princesse parisienne (Les Secrets de la Princesse de Cadignan)* dans *La Presse*. Une fille d'Eve suivi de **Massimila Doni**.

30 août-28 octobre : Affaire Peytel ; sur les instances de Gavarni, Balzac (*Lettres* dans *Le Siècle*) essaie en vain de sauver la tête d'un notaire de Bourg-en-Bresse, accusé du double meurtre de sa femme et de son domestique.

Octobre-décembre : *Petites Misères de la vie conjugale* dans *La Caricature*.

Novembre : **Béatrix ou les amours forcés.**

2 décembre : Candidat à l'Académie française, Balzac s'efface devant Hugo, qui ne sera d'ailleurs pas élu. (Stendhal publie *La Chartreuse de Parme*.)

1840 (9 janvier) : Hugo succède à Balzac à la présidence de la Société des gens de lettres.

14-27 janvier : *Pierrette* dans *Le Siècle*. Balzac trouve le titre de « *La Comédie humaine* ».

Janvier-février : Balzac achève, remanie et fait répéter sa pièce *Vautrin*. La pièce, rejetée deux fois (23 janvier, 27 février) par la censure, sera finalement autorisée le 6 mars.

Février : **Une princesse parisienne (Les Secrets de la Princesse de Cadignan)** dans le recueil (coll.) *Le Foyer de l'Opéra*, tome I.

14 mars : Création de *Vautrin* à la Porte-Saint-Martin. La pièce est interdite le lendemain même : Frédérick Lemaître, qui jouait Vautrin, s'était fait une tête de Louis-Philippe...

Mai : Frédérick Lemaître refuse de jouer *Mercadet*, que Balzac vient d'écrire pour lui à la hâte, et préfère faire sa rentrée dans *Kean* de Dumas.

Juillet : Avec l'aide de Dutacq, Balzac lance une petite revue, *La Revue parisienne*, qu'il rédige pratiquement seul.

25 juillet : *Z. Marcas* dans *La Revue parisienne*.

25 août : *Les Fantaisies de Claudine (Un prince de la bohème)* dans le deuxième numéro de *La Revue parisienne*.

Fin août-début septembre : **Quatrième livraison des Etudes philosophiques,** contenant Les Proscrits.

18-19 septembre : Un créancier, Foullon, obtient la saisie immobilière des Jardies.

25 septembre : *Etudes sur M. Beyle* dans *La Revue parisienne* : c'est le fameux article sur *La Chartreuse de Parme* ; c'est aussi le dernier numéro de la revue, Dutacq arrête les frais à temps.

1er octobre : Avec sa gouvernante-maîtresse Louise Breugniot, dite Mme de Brugnol, Balzac se cache sous le nom de M. de Brugnol dans un appartement à double issue rue Basse, à Passy (c'est la future Maison de Balzac de la rue Raynouard) ; il y accueille bientôt sa mère.

Novembre : **Pierrette suivi de Pierre Grassou.**

15 décembre : Balzac assiste au retour des cendres de Napoléon. (Sainte-Beuve publie le début de *Port-Royal*, Hugo *Les Rayons et les Ombres*.)

1841 (janvier) : Balzac est nommé président honoraire de la Société des gens de lettres.

14 janvier-20 février : *Une ténébreuse affaire* dans *Le Commerce*.

24 février-4 mars : *Les Deux Frères* (Ire partie de *La Rabouilleuse*) dans *La Presse*.

Mars : *Notes* sur la propriété littéraire. **Le Curé de village**.

21-28 mars : *Une scène de boudoir (Autre étude de femme)* dans *L'Artiste*.

23 mars-4 avril : *Les Lecamus (Le Martyr calviniste)*, fragment de *Sur Catherine de Médicis* dans *Le Siècle*.

14 avril : Premier traité avec Hetzel, Dubochet et Sanches pour la publication de *La Comédie humaine*.

Avril-début mai : Voyage en Touraine et en Bretagne, probablement avec Hélène de Valette.

3 juin : Balzac assiste à la réception de Victor Hugo à l'Académie française.

15 juillet : Vente par adjudication des Jardies, que Balzac fait acheter par un prête-nom.

21 août : **Physiologie de l'employé**.

25 août-23 septembre : *Ursule Mirouet* dans *Le Messager*.

5 septembre : Balzac offre sa démission à la Société des gens de lettres, qui la refusera (5 et 22 octobre).

2 octobre : Second traité (annulant le premier) avec Furne, Dubochet et Hetzel pour la publication de *La Comédie humaine*. Balzac collabore toute l'année avec Hetzel pour le tome I de *La Vie publique et privée des animaux*.

26 novembre-6 décembre (et 27 décembre-3 janvier) : Ire et IIe partie des *Mémoires des jeunes mariées* dans *La Presse*.

24-28 décembre : *La Fausse Maîtresse* dans *Le Siècle*. Balzac propose *Les Ressources de Quinola* à l'Odéon.

1842 (5 janvier) : Balzac apprend la mort du comte Hanski, survenue le 10 novembre précédent. Son idée fixe sera désormais d'épouser Mme Hanska, avec laquelle il a cependant moins correspondu depuis 1839 et qui risque de perdre tous ses biens si elle l'épouse.

9-15 janvier : **Mémoires de deux jeunes mariées**.

Mars : **Ursule Mirouet**.

19 mars : Première des *Ressources de Quinola* à l'Odéon.

6 avril : Balzac déménage son pied-à-terre parisien de la rue de Richelieu pour éviter la saisie de ses meubles ; et la mère de Balzac quitte la rue Basse.

16 avril : Première livraison de l'édition Furne de *La Comédie humaine*.

23 avril : *Les Ressources de Quinola* quitte l'affiche ; échec financier.

29 mai-11 juin : *Albert Savarus* dans *Le Siècle*.

Juin-début juillet : Voyage en Touraine, en Bretagne et à Arcis-sur-Aube en vue du *Député d'Arcis*.

Juillet : George Sand ayant renoncé, après Nodier, à préfacer *La Comédie humaine*, Balzac rédige son grand *Avant-Propos*.

26 juillet-4 septembre : *Le Danger des mystifications (Un début dans la vie)* dans *La Législature*.

Septembre : *Les Méchancetés d'un saint* (incorporé plus tard à *L'Envers de l'histoire contemporaine*) dans *Le Musée des familles*. **La Fausse Maîtresse** et **Autre Etude de femme** dans la deuxième livraison de l'édition Furne.

27 octobre-19 novembre : *Un ménage de garçon en province* (IIᵉ partie de *La Rabouilleuse*) dans *La Presse*.

Novembre : **Albert Savarus** dans la troisième livraison Furne.

Décembre : **Les Deux Frères (La Rabouilleuse).**

(Eugène Sue publie *Les Mystères de Paris* ; mort de Stendhal.)

1843 (7 mars) : Balzac assiste à la création des *Burgraves* de Hugo.

17-29 mars : *Honorine* dans *La Presse* ; **Une ténébreuse affaire.**

20 mars-29 avril : *Dinah Piédefer (La Muse du département)* dans *Le Messager*.

21-30 mai : *Esther ou les amours d'un vieux banquier (La Torpille* corrigée*)* dans *Le Parisien*.

31 mai-1ᵉʳ juillet : fin de Iʳᵉ partie et début de IIᵉ partie de *Splendeurs et Misères des courtisanes* dans *Le Parisien*.

4 juin-début juillet : Balzac s'installe pour un mois à Lagny, près de l'imprimerie Giroux et Vialat qui compose *Esther* et *David Séchard*.

9-19 juin : Début de *David Séchard ou les souffrances de l'inventeur* dans *L'Etat*.

21 juin : *L'Etat* cesse de paraître.

5 juillet : Balzac rentre à Passy. **La Muse du département.**

18 juillet-14 août : *Le Parisien-L'Etat* (qui ont fusionné) achèvent de publier *David Séchard*.

21 juillet : Balzac s'embarque à Dunkerque sur le *Devonshire*, qui accoste à Saint-Pétersbourg le 29 juillet.

29 juillet-7 octobre : Séjour à Saint-Pétersbourg avec Mme Hanska ; Balzac est victime au cours de ce séjour

d'un sévère coup de soleil ; au retour, le docteur Nacquart diagnostiquera une sorte de méningite chronique.

Septembre : *Madame de la Chanterie* (fragment de *L'Envers de l'histoire contemporaine*) dans le *Musée des familles.*

26 septembre : Création (en l'absence de Balzac donc) de *Paméla Giraud* à la Gaîté.

1er octobre-3 novembre : Balzac rentre à Paris via l'Allemagne et la Belgique.

8-10 novembre : Balzac va récupérer sa malle (revenue par bateau) au Havre, où il recueille des renseignements qu'il utilisera dans *Modeste Mignon.*

Décembre : Candidature à l'Académie française, et retrait. Balzac pose pour le sculpteur David d'Angers.

1844 (janvier) : Balzac, qui se plaint de douleurs nerveuses, écrit entre autres *Les Roueries d'un créancier (Un homme d'affaires)* et travaille aux *Petits Bourgeois* (qui restera inachevé) et à *Modeste Mignon,* dont l'idée lui vient de Mme Hanska — à laquelle il écrit alors chaque jour.

Mars : **David Séchard (IIIᵉ partie d'Illusions perdues).**

4-18 avril : Début de *Modeste Mignon* dans le *Journal des Débats.*

19 avril-mai : Une jaunisse interrompt la rédaction de *Modeste Mignon.*

17 mai-1er juin (et 5-21 juillet) : Fin de *Modeste Mignon* dans le *Journal des Débats.*

Juin : Un début dans la vie.

26 juillet : Balzac établit un catalogue des ouvrages que contiendra *La Comédie humaine* : 125 ouvrages, dont 40 restent à faire.

30 août : Balzac a déjà fourni quatre « croquis de mœurs » à Hetzel pour le tome I du *Diable à Paris* (coll.), et Hetzel lui en commande une nouvelle série.

Septembre : IIᵉ partie de Splendeurs et misères des courtisanes, sous ce titre et le sous-titre Esther. Catherine de Médicis expliquée. Le Martyr calviniste.

Octobre : Névralgie et inquiétudes.

12 octobre : *Un Gaudissart de la rue de Richelieu (Gaudissart II)* dans *La Presse.*

Octobre-novembre : Suite de *Madame de la Chanterie* dans *Le Musée des familles.* **Honorine suivi d'Un prince de la bohème.**

Novembre (-janvier 1845) : **Modeste Mignon suivi de Un épisode sous la Terreur et Une passion dans le désert.**

3-21 décembre : Première partie des *Paysans* dans *La Presse*.
24 décembre-23 janvier 1845 : *La Lune de miel (Un adultère rétrospectif)* IIe partie de *Béatrix* dans *Le Messager*. (Vigny publie *La Maison du Berger*, Dumas le début du *Comte de Monte-Cristo* et des *Trois Mousquetaires* ; mort de Charles Nodier ; naissance d'Anatole France.)

1845 (20 janvier) : Balzac reçoit son buste en marbre par David d'Angers.
Janvier-mars : Divers textes dans *Le Diable à Paris*, tome II ; Hetzel publie aussi tout au long de l'année des fragments des *Petites Misères de la vie conjugale*.
24 avril : Balzac est fait chevalier de la Légion d'honneur.
25 avril-5 juillet : Balzac rejoint Mme Hanska, sa fille Anna et son fiancé Georges Mniszech à Dresde ; ils voyagent en Allemagne.
Mai : *La Lune de miel (IIe partie de Béatrix)*.
7 juillet : De retour à Paris, Balzac installe Mme Hanska et sa fille rue de la Tour, à Passy.
Fin juillet-début août : Voyage ensemble en France (Orléanais, Touraine, Berry).
11-27 août : Voyage ensemble en Hollande. On se sépare à Bruxelles.
19 août : Fragment des *Comédiens sans le savoir* dans *Le Siècle*.
30 août-fin septembre : Balzac est seul à Paris.
10 septembre : *Les Roueries d'un créancier (Un homme d'affaires)* dans *Le Siècle*.
24 septembre-4 octobre : Séjour à Baden.
Octobre : Liquidation définitive des Jardies.
Fin octobre-début novembre : Descente en bateau de la Saône et du Rhône, et voyage à Naples avec Mme Hanska, Anna et Georges.
8-17 novembre : Balzac rentre seul à Paris, non sans avoir acheté des antiquités à Marseille : depuis dix-huit mois, il se ruine en meubles, objets, tableaux, en vue de son mariage avec Mme Hanska.
13 décembre : Visite de la Conciergerie en vue d'un épisode de la fin de *Splendeurs et misères des courtisanes* qu'il a beaucoup de mal à écrire.
24 décembre : Voyage-éclair à Rouen pour acheter un meuble.

1846 (janvier-mars) : Travail lent et difficile.
16 mars-avril : Balzac part retrouver Mme Hanska à Rome.

14-24 avril : *Les Comédiens sans le savoir* dans *Le Courrier français.*

22 avril-mai : Balzac et Mme Hanska en Suisse.

28 mai : Balzac rentre à Paris.

30 mai : Première allusion à un espoir de maternité de Mme Hanska.

3-9 juin : Balzac en Touraine pour acheter une propriété.

Juillet : IIIᵉ partie de *Splendeurs et misères des courtisanes* dans *L'Epoque.*

16 juillet : Balzac commence à écrire *La Cousine Bette.*

30 août-15 septembre : Balzac accompagne Mme Hanska à Mayence, d'où elle gagne Wiesbaden pendant qu'il rentre à Paris.

Septembre : **Petites misères de la vie conjugale. La Femme de soixante ans** (Iʳᵉ partie de l'**Envers de l'histoire contemporaine**) suivi de **L'Enfant maudit.**

19 septembre : **Dernière livraison de l'édition Furne de La Comédie humaine.**

28 septembre : Balzac achète (à crédit) la maison de la rue Fortunée (actuelle rue Balzac).

8 octobre-3 décembre : *La Cousine Bette* dans *Le Constitutionnel.*

9-17 octobre : A Wiesbaden pour le mariage d'Anna et du comte Georges Mniszech.

11 octobre : *Lettre à Hippolyte Castille* dans *La Semaine,* pour défendre son œuvre accusée d'immoralité.

1ᵉʳ décembre : Balzac apprend que Mme Hanska a fait une fausse couche, et en est désespéré.

(Michelet publie *Le Peuple,* George Sand *La Mare au diable.*)

1847 (fin janvier) : Balzac congédie Mme de Brugnol.

4 février : Balzac va chercher Mme Hanska à Francfort.

15 février : Balzac et Mme Hanska s'installent dans un appartement meublé loué pour deux mois rue Neuve-de-Berry.

18 mars-10 mai : *Le Cousin Pons* dans *Le Constitutionnel.*

7 avril-2 mai : Première partie du *Député d'Arcis* dans *L'Union monarchique.*

13 avril-4 mai : *La Dernière Incarnation de Vautrin* (dernière partie de *Splendeurs et misères des courtisanes*) dans *La Presse.*

15 avril : Installation rue Fortunée, dont le coûteux aménagement n'est pas encore terminé.

Début mai : Balzac reconduit Mme Hanska en Allemagne.

13 mai : Balzac est de retour à Paris, où il s'occupe surtout de l'aménagement de la rue Fortunée.
Juin : **Un drame dans les prisons** (Où mènent les mauvais chemins, IIIᵉ Partie de **Splendeurs et misères des courtisanes**).
28 juin : Balzac malade fait son testament, léguant tout à Mme Hanska.
Juillet : **La Dernière Incarnation de Vautrin** (IVᵉ partie de Splendeurs et misères des courtisanes).
5 septembre : Balzac quitte Paris pour Wierzchownia ; il restera en Ukraine jusqu'en janvier 1848.
Fin de l'année : **Le Provincial à Paris** (Les Comédiens sans le savoir et Gaudissart II). Début de la publication en librairie des **Parents pauvres** (Le **Cousin Pons** et La **Cousine Bette**).
(Emilie Brontë publie *Les Hauts de Hurlevent*.)

1848 (15 février) : Retour de Balzac à Paris.
23 février : Début de la Révolution de Février. Balzac va assister au pillage des Tuileries.
17 mars : Balzac candidat aux élections législatives.
Mi-mars-mi-mai : Contrecarré dans ses projets romanesques par les événements politiques, Balzac revient à ses projets pour le théâtre, et écrit *La Marâtre*.
25 mai : Première de *La Marâtre* au Théâtre Historique. Succès auprès des critiques, mais les événements politiques vident les salles ; les représentations cessent dès le 30 mai.
3 juin-6 juillet : Séjour à Saché, d'où Balzac perçoit les échos affaiblis des Journées de Juin — et les premiers symptômes d'une grave maladie de cœur.
8 juillet : Balzac assiste aux obsèques de Chateaubriand, mort le 6 juillet.
20 juillet-11 août : Reprise de *La Marâtre*.
1ᵉʳ août-3 septembre : *L'Initié* (IIᵉ partie de *L'Envers de l'histoire contemporaine*) dans l'éphémère *Spectateur républicain*.
17 août : *Mercadet*, devenu *Le Faiseur*, est accepté par la Comédie-Française, mais ne sera finalement pas monté.
11 septembre : Balzac, candidat à l'Académie française, ne sera pas élu.
20 septembre : Balzac quitte Paris pour l'Ukraine, où il passera tout l'hiver avec Mme Hanska, puis toute l'année suivante, et jusqu'en avril 1850.
Fin de l'année : Fin de la publication des **Parents pauvres** (Le Cousin Pons et La Cousine Bette) comme

XVIIᵉ volume, en supplément, de l'édition Furne de *La Comédie humaine*.
(Dumas fils publie *La Dame aux Camélias*; début de la publication des *Mémoires d'Outre-tombe*.)

1849 : En Ukraine.
4 janvier : *Madame Marneffe ou le père prodigue*, adaptation de *La Cousine Bette* par Clairville, est créée au Théâtre du Gymnase.
11 et 18 janvier : Deux scrutins de l'Académie française sont défavorables à Balzac.
Février : La librairie Furne et Cie remet en vente *La Comédie humaine*.
30 avril : Balzac écrit à sa sœur qu'il souffre d'une « hypertrophie du cœur ».
Juin : « Affreuse crise. »
2 juillet : Le Tsar repousse la supplique de Mme Hanska : elle perdra ses biens si elle épouse Balzac.
Septembre-octobre : « Fièvre céphalalgique intermittente. »
Fin octobre : Grave bronchite.

1850 (janvier) : Nouvelle bronchite, « rhume effroyable ».
14 mars : Balzac épouse Evelyne Hanska.
24 avril : Départ de Wierzchownia.
Mai : Séjour à Dresde et à Francfort.
20 ou 21 mai : Etrange arrivée rue Fortunée : toutes les lumières de la maison sont allumées, mais personne ne vient ouvrir, il faut aller quérir un serrurier ; au milieu du salon, Balzac trouve son valet de chambre hébété, devenu fou.
30 mai : Consultation du docteur Nacquart, assisté de trois confrères.
1ᵉʳ juin : Balzac écrit sa dernière lettre.
4 juin : Balzac et sa femme se font donation réciproque de leurs biens en cas de décès.
9 juillet : Péritonite et pose de ventouses.
24 juillet : Début des ponctions, qui resteront inefficaces.
(5 août : Naissance de Guy de Maupassant.)
Dimanche 18 août, à 11 heures et demie du soir, mort d'Honoré de Balzac. Les obsèques ont lieu le 21 août, en l'église Saint-Philippe du Roule — convoi de troisième classe, mais Hugo, Dumas, Sainte-Beuve et Baroche, ministre de l'Intérieur, tiennent les cordons du poêle. Au Père-Lachaise, Victor Hugo prononce un vibrant hommage au génie de Balzac.

TABLE

DERNIÈRES PARUTIONS

GF Flammarion

04/12/111305-XII-2004 – Impr .MAURY Eurolivres ,45300 Manchecourt.
N° d'édition FG 082639. – Mars 1996. – Printed in France.